조선후기 통신사 필담창화집 번역총서 20

桑韓塤篪 一・二・三・四

상한훈지 일・이・삼・사

조선후기 통신사 필담창화집 번역총서 20

桑韓塤篪 一·二·三·四

상한훈지 일·이·삼·사

진영미 역주

보고사

이 역서는 2008년도 정부재원(교육과학기술부 학술연구조성사업비)으로 한국연구재단의 지원을 받아 연구되었음(KRF-2008-322-A00073)

이 번역총서는 2012년도 연세대학교 정책연구비(2012-1-0332) 지원을 받아 편집되었음.

차례

일러두기 / 7

해제
상한훈지(桑韓塤篪) ··· 9

◇상한훈지 권일 桑韓塤篪 卷一

번역
상한훈지 권일 ··· 17

원문
桑韓塤篪 卷一 ··· 75

◇상한훈지 권이 桑韓塤篪 卷二

번역
상한훈지 권이 ··· 97

원문
桑韓塤篪 卷二 ··· 180

◇상한훈지 권삼 桑韓塤篪 卷三

번역
상한훈지 권삼 ··· 211

원문
桑韓塤篪 卷三 ·· 283

◇ 상한훈지 권사 桑韓塤篪 卷四

번역
상한훈지 권사 ··· 309

원문
桑韓塤篪 卷四 ·· 360

◇ 영인자료 [우철]

桑韓塤篪 卷一 ·· 584

桑韓塤篪 卷二 ·· 536

桑韓塤篪 卷三 ·· 474

桑韓塤篪 卷四 ·· 424

조선후기 통신사 필담창화집 번역총서를 간행하면서 / 587

일러두기

1. 통신사 필담창화집 번역총서는 제1차 사행(1607)부터 제12차 사행(1811) 까지, 시대순으로 편집하였다.

2. 각권은 번역문, 원문, 영인자료(우철)의 순서로 편집하였다.

3. 300페이지 내외의 분량을 한 권으로 편집하였으며, 분량이 적은 필담 창화집은 두 권을 합해서 편집하고, 방대한 분량의 필담창화집은 권을 나누어 편집하였다.

4. 번역문에서 일본 인명과 지명은 한국 한자음 그대로 표기하고, 처음 나오는 부분의 각주에 일본어 발음을 표기하였다. 그러나 번역자의 견 해에 따라 본문에서 일본어 발음대로 표기를 한 경우도 있다.

5. 번역문에서 책명은 『 』, 작품명은 「 」로 표기하였다.

6. 원문은 표점 입력하였는데, 번역자의 의견에 따라 표기하는 것을 원칙 으로 하였지만, 가능하면 한국고전번역원에서 정한 지침을 권장하였 다. 이 경우에는 인명, 지명, 국명 같은 고유명사에 밑줄을 그어 독자 들이 읽기 쉽게 하였다.

7. 각권은 1차 번역자의 이름으로 출판되었는데, 최종연구성과물에 책임 연구원과 공동연구원의 이름이 반드시 들어가야 한다는 한국연구재단 의 원칙에 따라 최종 교열책임자의 이름으로 출판되는 책도 있다.

8. 제1차 통신사부터 제12차 통신사에 이르기까지 필담 창화의 특성이 달라지므로, 각 시기 필담 창화의 특성을 밝힌 논문을 대표적인 필담 창화집 뒤에 편집하였다.

상한훈지(桑韓塤篪)

1. 개요

『상한훈지(桑韓塤篪)』는 1719년 정사 홍치중(洪致中)·부사 황선(黃璿)·종사관 이명언(李明彦) 등 통신사 일행이 덕천길종(德川吉宗, 도쿠가와 요시무네)의 습직(襲職)을 축하하기 위해 일본에 건너갔을 때, 미농(美濃, 미노)·미장(尾張, 오와리) 등지에서 그곳 문사와 조선 문사 간에 주고받았던 필담과 창화를 1720년 뇌미용졸재(瀬尾用拙齋)가 일본 경도(京都, 교토) 경화서방(京華書坊) 규문관(奎文館)에서 편집 간행한 필담창화집이다.

2. 저자사항

『상한훈지』의 편자이면서 동시에 간행자인 뇌미용졸재(瀬尾用拙齋, 세오 요세쓰사이, 1691~1728)는 강호(江戶, 에도)시대 중기의 유학자 겸 한시인(漢詩人)이다. 성(姓)을 '세노오'라고도 읽는다. 이름은 유현(維賢)이고, 자(字)는 준부(俊夫)이며, 별호는 규문관(奎文館), 통칭은 원병위(源兵衛)이다. 용졸자(用拙子)라고도 하였다. 경도(京都) 사람이며, 가업(家業)으로 경도에서 환옥(丸屋, 마루야) 서점을 운영하였다. 고의학파(古義學派)의 창시자인 이등인재(伊藤仁齋, 이토 진사이, 1627~1705)에게 배웠고, 만당(晚唐)과 송시풍(宋詩風)으로 서정시를 즐겨 지었던 입강약수(入江若水, 이리에 자쿠스이, 1671~1729) 등과 교제하였다. 서점을 운영하는 등 서책에 관심이 많아 인재(仁齋)·동애(東涯)·약수(若水) 등의 저서를 출판하였다. 1719년 통신사행 때 조선의 제술관 신유한(申維翰, 1681~1752), 서기 성몽량(成夢良, 1718~1795)·장응두(張應斗, 1670~1729) 및 양의(良醫) 권도(權道, 1678~?)·의원 백흥전(白興詮) 등과 필담을 나누었고 시를 주고받기도 하였는데, 이때 나눈 필담과 창화가 본서(本書) 제10권에 수록되어 있다. 편저로『상한훈지』이외에도『계림창화집(鷄林唱和集)』·『팔거제영(八居題詠)』등이 있다.

3. 구성 및 내용

『상한훈지』는 총11권 11책으로 되어 있다. 권별 구성과 수록 내용을 살펴보면 다음과 같다.

제1권에는 서문·열조한사내빙고(列朝韓使來聘考)·한사관직성명(韓使官職姓名)·목차·범례·본문 등으로 구성되어 있다. 서문은 1720년 음력 2월 보름에 송산(松山) 찬하관(餐霞館)에서 전전시동(前田時棟, 마에다 도키무네, 1673~1744)이 지었다. 본문에는 천룡사(天龍寺)의 월심성담(月心性湛, 겟신 쇼탄)·동복사(東福寺) 즉종원(卽宗院)의 석상용창(石霜

龍菖, 세키소 류쇼, 1678~1728) · 동도(東都, 에도)의 미견정수(尾見正數, 오미 마사카즈) · 미장(尾張, 오와리)의 취황당(翠篁堂, 스이코도) · 택발헌(宅潑軒, 다쿠 핫켄) · 산기붕숭(山崎朋崇, 야마자키 도모타카) 등이 조선의 제술관 신유한, 서기 강백(姜栢, 1690~1777) · 성몽량 · 장응두 및 의원 백흥전 등과 주고받은 필담과 창화가 수록되어 있다.

제2권에는 미주(尾州, 비슈, 尾張國)에서 조비내문연(朝比奈文淵, 아사히나 분엔, ?~1734) · 목하난고(木下蘭皐, 기노시타 란코) · 복도학저(福島鶴渚, 후쿠시마 가쿠쇼) · 야중구경(野中久敬, 노나카 규케이) · 정출보합(井出保合, 이데 호고) 등이, 제3권에는 농주(濃州, 노슈, 美濃國)에서 북미춘포(北尾春圃, 기타오 슌포, 1658~1741) · 북미춘죽(北尾春竹, 기타오 슌치쿠) · 북미춘륜(北尾春倫, 기타오 슌린, 1701~?) 등이, 제4권에는 역시 농주에서 북미춘륜이, 제5권에는 농주에서 북미도선(北尾道仙, 기타오 도센) · 북미춘달(北尾春達, 기타오 슌다쓰) · 북미춘을(北尾春乙, 기타오 슌이쓰) · 관해산(菅海山, 간 가이잔) · 대죽현포(大竹玄圃, 오타케 겐포) 등이 조선 문사들과 주고받은 필담과 창화가 수록되어 있다.

이어 제6권에는 강주(江州, 고슈, 近江國) 언근(彦根, 히코네)에서 소야전성영(小野田盛英, 오노다 모리히데)이, 대진(大津, 오쓰)에서 복부제성(服部齊省, 핫토리 세이쇼) · 본산구기(本山求其, 모토야마 규키) · 화전서암(和田恕菴, 와다 조안) · 중촌유기(中村由己, 나카무라 유키) · 의립불극(衣笠不克, 기누가사 후코쿠) · 서촌관란(西村觀瀾, 니시무라 간란) 등이, 그리고 낭화(浪華, 나니와, 지금의 오사카)에서 일비자주(日比自周, 히비 지슈) · 송정만취(松井晚翠, 마쓰이 반스이) · 서촌관란 등이 조선 문사들과 주고받은 필담과 창화가 수록되어 있다. 제7권에는 낭화에서 수족병산(水足屛山,

미즈타리 헤이잔, 1671~1732)·수족박천(水足博泉, 미즈타리 하쿠센, 1707~1732)·전전국동(前田菊洞, 마에다 기쿠도)·이등용주(伊藤龍洲, 이토 류슈, 1683~1755) 등이 조선 문사들과 주고받은 필담과 창화가 수록되어 있다.

제8권에는 비후주(備後州, 빈고슈, 備後國)에서 문강동교(門岡東郊, 가도오카 도코)가, 방주(防州, 보슈, 周防國) 상관(上關, 가미노세키)에서 우도궁규재(宇都宮圭齋, 우쓰노미야 게이사이, 1677~1724)·반전규양(飯田葵陽, 이다 기요)·조지구가(朝枝玖珂, 아사에다 구카, 1697~1745) 등이, 제9권에는 반전관재(飯田寬齋, 이다 간사이)·임강재(林剛齋, 하야시 고사이) 등이 조선 문사들과 주고받은 필담과 시가 수록되어 있다.

제10권은 「한객필어(韓客筆語)」라 하여 뇌미용졸재와 공등교우(工藤矯宇, 구도 교우) 등이 조선 문사들과 주고받은 필담과 창화가 수록되어 있고, 향보(享保) 경자년(1720) 용졸산인(用拙散人) 곧 뇌미용졸재가 쓴 자서(自序)가 수록되어 있다. 마지막 제11권에는 수족습헌(水足習軒, 미즈타리 슈켄)·전전엽암(前田葉庵, 마에다 요안, 1677~1752)·속옥문란(粟屋文蘭, 아와야 분란)·호천정재(戶川整齋, 도가와 세이세이) 등이 조선 문사들과 주고받은 필담과 창화가 수록되어 있다.

제1권에 수록되어 있는 「열조한사내빙고(列朝韓使來聘考)」는 정치(貞治) 5년(1366)부터 향보(享保) 4년(1719)까지 고려와 조선 사신이 일본에 건너간 시기와 사행원들의 성명과 자호 등의 대략을 기록한 자료이고, 「한사관직성명(韓使官職姓名)」은 통신삼사신(通信三使臣)부터 기수(旗手) 8명까지 총 475인의 사행원 명단을 기록한 자료이다. 창화시의 내용은 양국 문사들 간의 우의를 돈독히 하는 것 이외에도 아름다운 산

수 자연을 예찬하고 이별을 아쉬워하며 객수를 달래는 내용이 주를 이루고 있다. 필담의 내용 또한 다양한데 그 가운데 주목할 만한 것으로는 조선 양의 권도와 일본 의원 북미춘죽이 난치병환자들의 치료법에 대해 여러 차례 나눈 의담(醫談)을 들 수 있다.

4. 서지적 특성 및 자료적 가치

『상한훈지』는 목판으로 된 일본향보판(日本享保版)이며, 11권 11책이다. 글 주변 사방에 단선 테두리가 있는 사주단변(四周單邊)이고, 행마다 선이 없는 무계(無界)이다. 10행 19, 20자이며 주(註)는 두 줄 소자(小字)로 된 주쌍행(註雙行)이다. 판심(版心)은 상내향단엽흑어미(上內向單葉黑魚尾)이고 판심제(版心題)는 '桑韓塤篪 卷一 奎文館'・'桑韓塤篪 補遺 奎文館' 등 매 권마다 일정하지 않다. 제1권 내표지(內表紙)와 본문 첫머리마다 '朝鮮總督府圖書館藏書之印'이라는 소장인이 찍혀 있다. 표제는 '桑韓塤篪'이고 표지명은 '桑韓唱和塤篪集'이다. 『상한지훈(桑韓篪塤)』 혹은 『상한훈지집(桑韓塤篪集)』이라고도 하며, 또한 외표지(外表紙)에 '桑韓唱和塤篪集'으로 되어 있어 『상한창화훈지집(桑韓唱和塤篪集)』으로 더 알려져 있다. 제10권 끝에 '享保五年(1720)庚子夏五月穀旦瀨尾源兵衛藏板'이라는 간기(刊記)가 있다. 국립중앙도서관에 소장되어 있는 판본(古朝51-나152)을 저본으로 하여 번역하였다.

『상한훈지』는 18세기 초 일본의 문화수준・문학풍토・생활상・풍습・의학 등 다양한 분야의 지식과 정보가 담겨 있는 역사적으로 가치

가 높은 문헌이다. 본 자료를 통해 18세기 초 조선과 일본의 외교 양
상을 구체적으로 살펴볼 수 있을 뿐만 아니라 일본인이 조선과 조선
사신, 나아가 조선의 문화 수준을 어떻게 인식하고 있는지 그것을 객
관적으로 살펴볼 수 있다. 무엇보다도『상한훈지』는 신유한(申維翰)의
『해유록(海遊錄)』등 조선 문사들이 쓴 사행록(使行錄)과 함께 통신사
연구에 크게 도움이 되는 귀중한 자료이다.

상한훈지 권일

桑韓塤篪 卷一

상한훈지 권일

황화(皇和) 향보(享保) 기해(己亥)년

부(附) : 열조한사내빙고(列朝韓使來聘考)

상한훈지집(桑韓塤篪集)

경화서방(京華書坊) 규문관(奎文館) 발행

서(序)

향보 기해년(1719) 가을에 조선 사신이 배를 타고 바다를 건너와 빙문
(聘問)의 예를 갖추었는데, 신(申) 제술관과 강(姜)·성(成)·장(張) 세 분
서기[1]가 수행하였다. 이에 전국의 문사들이 앞을 다투어 명함을 건네었
다. 한 마디 말과 한 글자라도 얻은 자는 진귀한 옥[2]을 얻은 것처럼
기뻐하였고, 이별 뒤에는 마치 유모와 헤어지는 어린애처럼 탄식하고

---

1 신(申) 제술관과 강(姜)·성(成)·장(張) 세 분 서기(書記) : 신(申)은 1719년 기해 사행
때 제술관 신유한(申維翰)을, 강(姜)은 서기 강백(姜栢)을, 성(成)은 서기 성몽량(成夢
良)을, 장(張)은 서기 장응두(張應斗)를 가리킨다.

2 진귀한 옥[連城璧] : 전국시대 때 진(秦)나라 소왕(昭王)이 15성(城)과 바꾸자고 청했
던 조(趙)나라 화씨벽(和氏璧)을 말한다.

애석해하였다. 어떤 서생이 묻기를, "우리나라 사람들은 조선사행원에
대해서 만남을 기뻐하고 헤어짐을 슬퍼하는 것이 어찌 이다지도 심합니
까?"라고 하였다. 내가 대답하기를, "옛말에 '즐거움으로는 새로 아는
것보다 더한 즐거움이 없고, 슬픔으로는 생이별보다 더한 슬픔이 없다.'[3]
라고 한 것을 그대는 듣지 못했습니까? 조선과 일본은 바다와 산으로
막혀 있어 세상을 함께 하면서도 처한 곳이 달라 만날 기회가 드물고
게다가 계속 만나기가 어려운 것이 비할 데가 없으니 슬픔과 기쁨의
정도가 심한 것은 어쩔 수 없지 않겠습니까?"라고 하였다. 이야기가
아직 끝나지 않았는데, 경도(京都) 저자거리에 은둔하고 있는 용졸자(用
拙子)[4]가 글을 가지고 와서 말하기를 "『상한지훈(桑韓篪塤)』[5]의 판각이
다 완성되었는데 아직도 서문이 비어 있습니다. 어찌 그것을 지어주지
않습니까?"라고 말하였다. 내가 손뼉을 치면서 "세상에 취향이 같은 그
런 사람이 있지요."라고 말하였다. 나와 용졸자는 반면식[6]도 없고 반형[7]

---

3 초사(楚辭)〈구가(九歌)〉에 "悲莫悲兮生別離, 樂莫樂兮新相知。"라고 하였다.
4 용졸자(用拙子) : 뇌미용졸재(瀨尾用拙齋, 세오 요세쓰사이, 1691~1728). 강호시대
  중기의 유학자, 한시인(漢詩人). 이름은 유현(維賢), 자(字)는 준부(俊夫), 별호는 규문
  관(奎文館), 통칭은 원병위(源兵衛)이다. 가업(家業)으로 경도에서 환옥(丸屋) 서점을
  운영하였다. 이등인재(伊藤仁齋)에게 배웠고, 입강약수(入江若水) 등과 교제하였다. 인
  재(仁齋)·동애(東涯)·약수(若水) 등의 저서를 출판하였다. 편저로는 『계림창화집(鷄林
  唱和集)』·『팔거제영(八居題詠)』등이 있다.
5 『상한지훈(桑韓篪塤)』:『상한훈지(桑韓塤篪)』를 가리킨다.
6 반면식(半面識) : 후한(後漢) 응봉(應奉)이 수레 만드는 장인의 얼굴을 반쪽만 얼핏
  보았는데도 수십 년이 지난 뒤에 길에서 만나보고는 바로 알아보며 반갑게 불렀다는 '반
  면지식(半面之識)'의 고사가 있다. (『후한서(後漢書)』「응봉열전(應奉列傳)」)
7 반형(班荊) : 옛 친구를 만난 기쁨을 표현할 때 쓰는 말. 춘추시대 초(楚)나라 오거(伍
  擧)가 채(蔡)나라 성자(聲子)와 세교(世交)를 맺고 있었는데, 두 사람이 우연히 정(鄭)나

의 친분도 없다. 그런데 멀리서 나의 보잘것없는 글⁸을 구하였으니 이것
이 어찌 우연한 뜻이겠는가? 게다가 또 내가 경성(京城, 교토)을 떠나
벼슬살이를 한 지 이미 이십 년이나 흘러 마치 속세와 떨어져 있는
것처럼 경성 소식에 어두운데, 지금 문집 속에 고향 사람들의 작품이
많이 실려 있다는 것을 듣고 인물의 성대함이 예전과 다름이 없어 기뻤
다. 마침내 보잘것없는 글을 써서 함께 서신으로 보내며 서(序)하노라!

향보 경자년(1720) 음력 2월 보름에 경도의 전전시동⁹이 송산(松山)
찬하관(餐霞館)에서 쓰다.

라 교외에서 만나 형초(荊草)를 깔고 앉아서[班荊] 옛날이야기를 주고받았다는 고사에서
유래하였다. (『춘추좌전(春秋左傳)』「양공(襄公)」)
8 보잘것없는 글[茗柯] : 명가(茗柯)는 명정(茗艼)과 같은 뜻으로 술에 몹시 취한 상태를
말하기도 하나, 여기서는 보잘것없는 글을 뜻하는 것으로 보인다.
9 전전시동(前田時棟, 마에다 도키무네) : 강호 중기의 번사(藩士)인 전전동계(前田東
溪, 마에다 도케이, 1673~1744). 성(姓)은 일시(一時) 혹은 일색(一色), 이름은 시동(時
棟), 자는 자적(子績), 호는 동계(東溪), 별호는 국총(菊叢), 통칭은 일지진(一之進)·시
지진(市之進). 교토 출신. 송산번주(松山藩主) 석천총경(石川總慶)의 가신(家臣). 1711
년 통신사행 때 오사카에서 제술관 이현(李礥), 서기 홍순연(洪舜衍)·엄한중(嚴漢重)·
남성중(南聖重) 등 조선 문사와 만나 교유하였고, 이때 수창한 시 등이 『계림창화집(鷄林
唱和集)』에 수록되어 있다.

열조한사내빙고

삼한에서 내빙한 것이 대대로 국사에 드러나 있어 사신들의 성명을 모두 살펴볼 수 있다. 그리하여 정치[10] 이후 내빙한 시대와 사신들의 대략을 기록하여 참고할 수 있도록 구비하였다.

후광엄제[11] 정치(貞治) 5년(1366) 병오년 가을에 의전공[12]이 장군[13]으로 있을 때, 고려 사신이 출운[14]을 거쳐 경도에 이르렀는데 도성 안으로 들어가지 않아 천룡사[15]에서 지내도록 하였다.

후원융제[16] 영화(永和) 3년(1377) 정사년에 의만공[17]이 장군으로 있을

---

10 정치(貞治) : 1362~1367. 일본 남북조시대 때 북조의 후광엄제(後光嚴帝)와 족리의전 (足利義詮)이 통치하던 시기에 사용한 연호이다.

11 후광엄제(後光嚴帝, 고코곤테이) : 일본 남북조시대의 북조 제4대 천황. 재위 1352~ 1371년.

12 의전공(義詮公) : 족리의전(足利義詮, 아시카가 요시아키라, 1330~1367). 실정막부 (室町幕府)의 제2대 장군. 어렸을 때 이름은 천수왕(千壽王). 재직 1358~1367.

13 장군(將軍) : 일본 막부(幕府)의 우두머리에 대한 칭호. 곧 막부(幕府)의 장군(將軍). 정이대장군(征夷大將軍)의 준말로 일본 칭호로는 '쇼군'이다. 원래는 고대 아이누족 정벌을 위해 임시로 편성된 토벌군의 총대장을 의미하는 말이었다.

14 출운(出雲) : 일본 산음도(山陰道) 8주(州) 가운데 하나. 현재 도근현(島根縣, 시마네현) 동부에 위치.

15 천룡사(天龍寺) : 경도오산(京都五山) 중 하나로 실정시대(室町時代)에는 제일의 자리를 차지하였다. 임제종(臨濟宗) 천룡사파(天龍寺派)의 대본산(大本山)이다. 족리존씨 (足利尊氏)가 후제호천황(後醍醐天皇)의 영(靈)을 위로하기 위해서 1339년에 몽창국사 (夢窓國師)를 개산(開山)으로 창건하였다. 차아산(嵯峨山)에 있다.

16 후원융제(後圓融帝, 고엔유테이) : 일본 남북조시대의 북조 제5대 천황. 재위 1371~1382.

17 의만공(義滿公) : 족리의만(足利義滿, 아시카가 요시미쓰, 1358~1408). 실정막부의

때, 고려 사신 정몽주(鄭夢周)[18] 호 포은(圃隱), 시호 문충(文忠) 등이 내빙하여 축자(築紫, 築紫國) 박다(博多)에 이르러 탐제[19] 금천료준[20]을 만나고 돌아갔다. 수도 경도에는 이르지 않았다. 이 일이 『동국통감(東國通鑑)』등의 서적에 보인다.

후화원제[21] 영향(永享) 11년(1439) 기미년 가을 7월에 의교공[22]이 장군으로 있을 때, 조선의 첨지중추원사 고득종[23]과 호용시위사 대호군 윤인보[24] 등이 내빙하였다. 『선린국보기(善鄰國寶記)』[25]에 보인다.

제3대 장군. 의전공(義詮公)의 아들. 재직 1368~1394.

18 정몽주(鄭夢周, 1337~1392) : 고려 말기의 학자 겸 정치가. 초명은 몽란(夢蘭)·몽룡(夢龍), 자는 달가(達可), 호는 포은(圃隱). 성균대사성·예문관대제학 등을 역임하였다.

19 축자(築紫, 築紫國) 박다(博多)에 이르러 탐제(探題, 단다이) : 구주탐제(九州探題)를 가리키며, 겸창막부(鎌倉幕府) 및 실정막부(室町幕府)가 구주(九州) 지방을 다스리기 위하여 박다(博多)에 둔 광역(廣域) 행정기관 겸 군사적 출장기관. 조선과의 외교 업무도 함께 수행하였다.

20 금천료준(今川了俊, 이마가와 료슌) : 일본 남북조시대의 무장. 가인(歌人)으로도 유명. 속명은 정세(貞世). 구주탐제(九州探題) 직을 역임하였다. 1377년 고려 사신 정몽주 등이 박다(博多)에 이르렀을 때 왜구금압책(倭寇禁壓策)을 놓고 회답하였다.

21 후화원제(後花園帝, 고하나조노테이) : 실정(室町)시대 일본 천황. 재위 1428~1464.

22 의교공(義教公) : 족리의교(足利義教, 아시카가 요시노리, 1394~1441). 실정막부의 제6대 장군. 재직 1429~1441. 족리의만(足利義滿)의 3남. 유명(幼名)은 춘인(春寅), 법명은 의원(義圓), 원래 이름은 의선(義宣), 별명은 첨인장군(籤引將軍)·첨장군(籤將軍)·악어소(惡御所).

23 고득종(高得宗) : 조선 전기의 제주 출신 문신. 자는 자부(子傅), 호는 영곡(靈谷), 시호는 문충(文忠). 1427년 중시 문과에 을과로 급제하였고, 1437년 첨지중추원사가 되었다. 1439년 통신사로 일본왕의 서계(書契)를 가지고 돌아왔다.

24 윤인보(尹仁甫) : 조선 초기의 무신. 1414년 왜관통사(倭官通事)를 지내고 1420년 일본국회례사통사(日本國回禮使通事)를 거쳐 1424년 왜통사(倭通事)·호군(護軍) 등을 역임하였다. 1430년에 통신사통사(通信使通事)를 거쳐 1440년 통신부사상호군(通信副

관정(寬正) 원년(1459) 경진년 가을에 의정공[26]이 장군으로 있을 때
조선 사신이 왔다.

후양성제[27] 천정(天正) 18년(1590) 경인년에 풍신수길 공이 관백(關
白)으로 있을 때, 상사(上使) 첨지(僉知) 황윤길(黃允吉)[28] · 부사(副使) 사
성(司成) 김성일(金誠一)[29] · 서장관(書狀官) 전적(典籍) 허성(許筬)[30] 등이

使上護軍)으로 일본에 다녀왔다.

25 『선린국보기(善鄰國寶記)』: 서계주봉(瑞溪周鳳)이 실정(室町)시대 중기의 일본과 중
   국·조선의 외교 실태를 정리한 문헌으로 총3권으로 되어 있다.

26 의정공(義政公) : 족리의정(足利義政 , 아시카가 요시마사, 1436~1490). 실정막부의
   제8대 장군. 재직 1449~1473. 초명은 의성(義成). 1474년 조선에 글을 보내어 명나라의
   감합인신(勘合印信)을 구하였다.

27 후양성제(後陽成帝, 고요제이테이) : 안토도산(安土桃山)시대의 제2대 천황. 재위
   1586~1611.

28 황윤길(黃允吉, 1536~?) : 조선 중기의 문신. 자는 길재(吉哉), 호는 우송당(友松堂).
   1590년 통신정사(通信正使)로 선임되어 부사 김성일(金誠一), 서장관 허성(許筬)과 함
   께 일본으로 건너가 풍신수길(豊臣秀吉)을 만났다. 이듬해 3월 귀국하여 선조에게 일본
   의 내침이 있을 것이며, 수길은 담력과 지략이 있는 사람이라고 보고했다. 당시 집권세력
   인 동인 유성룡(柳成龍) 등이 김성일의 의견에 찬성하여 그의 의견은 묵살되었다. 1592
   년 임진왜란이 일어나자 선조가 그의 말을 듣지 않은 것을 후회했다고 한다. 이후 병조판
   서를 역임했다.

29 김성일(金誠一, 1538~1593) : 조선 중기의 문신. 자는 사순(士純), 호는 학봉(鶴峰).
   1590년 통신부사(通信副使)가 되어 정사(正使) 황윤길(黃允吉)과 함께 일본에 건너가
   실정을 살피고 이듬해 돌아왔다. 이때 서인인 황윤길은 일본의 침략을 경고했으나, 동인
   인 그는 일본의 침략 우려가 없다고 보고하여 당시의 동인정권은 그의 견해를 채택했다.
   1592년 임진왜란이 일어나자, 잘못 보고한 책임으로 처벌이 논의되었으나 동인인 유성룡
   의 변호로 경상우도초유사에 임명되었다. 그 뒤 경상우도관찰사 겸 순찰사를 역임하다
   진주에서 병사하였다.

30 허성(許筬, 1548~1612) : 조선 중기의 문신. 자는 공언(功彦), 호는 악록(岳麓)·산전
   (山前). 검열을 거쳐 전적으로 재직 중이던 1590년 통신사(通信使)의 종사관(從事官)으

내빙하였다.

경장(慶長) 원년(1596) 병신년 가을 7월에 전라도 관찰사 황신[31] 장관(將官)과 박홍장[32] 등이 내빙하였다. 살펴보니, 수길 공을 만나지 못하고 돌아갔다.

경장(慶長) 9년(1604) 갑진년 동조궁[33] 시기에, 승려 송운대사 유정[34]이 와서 포로들을 돌려주기를 청하였다. 김효순[35]과 손문욱[36] 등도 함

로 일본에 다녀왔다.

31 황신(黃愼, 1560~1617) : 조선 중기의 문신. 자는 사숙(思叔), 호는 추포(秋浦), 시호는 문민(文敏). 1596년 절충장군이 되었으며, 통신사로 명나라 사신 심유경(沈惟敬) 등을 따라 일본에 다녀왔다. 저서로 『일본왕환일기(日本往還日記)』가 있다.

32 박홍장(朴弘長, 1558~1598) : 조선 선조 때 무관. 자는 사임(士壬), 세렴(世廉)의 아들. 1596년 대구부사(大邱府使)로 있을 때 유성룡(柳成龍)의 추천으로 통신부사가 되어 정사 황신(黃愼)과 함께 강화의 중책을 띠고 일본에 갔다. 풍신수길(豊臣秀吉)이 조선사절을 멸시, 국서에 답하지 않았으나 조금도 굴함이 없이 국가의 체면을 욕되게 하지 않고 돌아온 뒤 가자(加資)되었다.

33 동조궁(東照宮) : 강호막부의 초대 장군인 덕천가강(德川家康, 도쿠가와 이에야스)을 모신 신사. 원명은 동조대신궁(東照大神宮)이다.

34 송운대사(松雲大師) 유정(維政) : 조선시대 승려. 법명은 유정(惟政), 속명은 임응규(任應奎), 자는 이환(離幻), 호는 사명당(四溟堂) 혹은 송운(松雲), 별호는 종봉(鍾峰), 본관은 풍천(豊川). 임진왜란 때 승병을 모집하여 전공을 세우고 당상관(堂上官)의 위계를 받았으며, 1604년 8월 일본으로 가서 덕천가강과 강화를 맺고, 조선인 포로 3,500명을 인솔, 1605년 4월에 귀국하였다.

35 김효순(金孝舜) : 조선 선조 때 역관. 본관은 보령(保寧). 자는 백진(伯進). 1592년 임진왜란이 일어나자 왕을 호종하여 파주에 이르렀으나 이때 적에게 붙잡혔다가 탈출하였다. 1604년과 1607년 두 번에 걸쳐 일본에 사신으로 파견되어 남녀 포로들을 쇄환해왔다. 특히 1604년에는 승장(僧將) 유정(惟政)을 따라 일본에 들어가 조선인 포로 3,500명을 이끌고 돌아왔다. 이 일로 당상관에 승진되었고, 한성판윤에 증직되었다.

36 손문욱(孫文彧) : 조선 선조 때 무신. 임진왜란이 일어나던 해 왜군의 포로가 되어 오랫동안 일본에 억류, 돌아올 때 일본 사정을 자세히 탐지해와 당면한 군사·외교 등의

께 왔다.

경장(慶長) 12년(1607) 정미년에 여우길[37]·경섬[38]·정호관[39] 등이 와서 포로를 돌려보내준 것에 대해 사례하였다.

후수미제[40] 원화(元和) 3년(1617) 정사년 가을 8월 23일 태덕대군(台德大君)[41] 시대에, 오윤겸[42]·박재[43]·이경직[44] 등이 와 복견성[45]에서 배

전략상에 기여하였다. 1598년 노량해전 당시 이순신(李舜臣) 휘하에 참전, 이순신이 전사하자 임기응변으로 그의 죽음을 비밀에 붙인 다음 자신이 직접 갑판 위에 올라가 북을 치며 평상시와 다름없이 군사들을 지휘, 독전(督戰)함으로써 마침내 승전할 수 있게 하였다. 1604년 승장(僧將) 유정(惟政)과 함께 일본에 들어가 임진왜란의 사태수습에 공을 세우고 조선인 포로 3,500명을 이끌고 돌아온 뒤, 2년 뒤 서장관(書狀官)으로 대마도(對馬島)에 파견되어 전란의 뒤처리를 위하여 노력하였다. 관직은 부장(部將)·만호(萬戶)·첨지중추부사 등을 역임하였다.

37 여우길(呂祐吉, 1567~1632) : 조선 중기의 문신. 자는 상부(尙夫), 호는 치계(稚溪, 痴溪). 1603년 밀양부사를 거쳐 첨지중추부사(僉知中樞府事)를 지냈다. 임진왜란이 끝난 다음 전쟁을 마무리 짓는 사신으로서 일본에 내왕하면서 포로의 쇄환 등에 공이 많았다.

38 경섬(慶暹, 1562~1620) : 조선 중기의 문신. 자는 퇴부(退夫), 호는 삼휴자(三休子)·석촌(石村)·칠송(七松). 1607년 통신사 여우길(呂祐吉)과 함께 통신부사가 되어 일본에 건너가 국교를 다시 열고 임진왜란 때 잡혀간 포로 1,340명을 데리고 돌아왔으며, 『해사록(海槎錄)』을 남겼다.

39 정호관(丁好寬, 1568~1618) : 조선 중기의 문신. 자는 희율(希栗), 호는 정곡(鼎谷), 대사헌 윤복(胤福)의 아들. 1607년 회답사(回答使) 여우길(呂祐吉)의 종사관(從事官)으로 일본에 다녀왔다.

40 후수미제(後水尾帝, 고미즈노오테이) : 강호시대 제108대 천황. 재위 1611년~1629.

41 태덕대군(台德大君) : 덕천수충(德川秀忠, 도쿠가와 히데타다, 1579~1632). 강호시대 덕천막부(德川幕府)의 제2대 정이대장군. 재직 1605~1623. 덕천가강(德川家康, 도쿠가와 이에야스)의 3남으로 공가와 무가의 법을 정비하고 정착시켜 강호막부의 기초를 공고히 하였다.

42 오윤겸(吳允謙, 1559~1636) : 조선 중기의 문신. 자는 여익(汝益), 호는 추탄(楸灘)·토

알하였다.

관영(寬永) 원년(1624) 갑자년에 강홍중[46]이 왔다.

명정제[47] 관영(寬永) 13년(1636) 병자년 겨울 11월 대유대군[48] 시대에, 정사 임광(任絖)[49] 호 백록(白麓)·부사 김세렴(金世濂)[50] 호 동명(東溟)·종사 황호(黃㦿)[51] 자 자유(子由)·제술관 권칙(權侙)[52] 자 자경(子敬), 호 국헌(菊軒)·

당(土塘). 1617년 첨지중추부사가 되어 회답겸쇄환사(回答兼刷還使)로 일본에 가서 임진왜란 때 잡혀간 피로인(被虜人) 150명을 이끌고 돌아왔다. 1633년에 좌의정이 되었다.

43 박재(朴榟, 1564~?) : 조선 중기의 문신. 자는 자정(子貞). 공조좌랑·강릉부사 등을 역임. 1617년 정사 오윤겸과 함께 회답부사(回答副使)로 일본에 가서 임진왜란 때 잡혀간 피로인(被虜人) 150명을 인솔하여 돌아왔다.

44 이경직(李景稷, 1577~1640) : 조선 중기의 문신. 자는 상고(尙古), 호는 석문(石門). 1617년 오윤겸·박재 등과 함께 일본에 가서 피로인(被虜人) 150명을 이끌고 돌아왔다. 『부상록(扶桑錄)』이 있다.

45 복견성(伏見城) : 풍신수길(豊臣秀吉)이 은거한 곳으로, 지금의 경도(京都) 복견구(伏見區)에 그 유적의 일부가 남아 있다.

46 강홍중(姜弘重, 1577~1642) : 조선 중기의 문신. 자는 임보(任甫), 호는 도촌(道村). 통신부사(通信副使)로 일본에 다녀왔다. 『동사록(東槎錄)』이 있다.

47 명정제(明正帝, 메이쇼테이) : 일본 제109대 천황. 강호시대 여성 천황. 재위 1629~1643.

48 대유대군(大猷大君) : 덕천가광(德川家光, 도쿠가와 이에미쓰, 1604~1651). 강호시대 덕천막부(德川幕府)의 제3대 장군. 재직 1623~1651.

49 임광(任絖, 1579~1644) : 조선 중기의 문신. 자는 자정(子瀞). 사헌부감찰 익신(翊臣)의 아들. 첨지중추부사로서 통신사가 되어 일본에 다녀왔다.

50 김세렴(金世濂, 1593~1646) : 조선 중기의 문신 겸 학자. 자는 도원(道源), 호는 동명(東溟). 1636년 통신사행 때 부사로 일본에 다녀왔다. 『동명해사록(東溟海錄)』이 있다.

51 황호(黃㦿, 1604~1656) : 조선 중기의 문신 겸 학자. 자는 자유(子由), 호는 만랑(漫浪). 1636년 통신사행 때 종사관으로 일본에 다녀왔고, 이듬해 장령이 되었다. 남인계열

의원(醫員) 오신보(吳信甫) 등이 내빙하였다. 살펴보건대, 11월일에 경도(京都)를 출발하여 12월 6일에 동경(東京)에 이르렀고, 또 일광산(日光山)[53]을 방문하였다.

관영(寬永) 20년(1643) 계미년 여름 6월에, 정사 윤순지(尹順之)[54] 자 낙천(樂天), 호 행명(涬溟)·부사 조경(趙絅)[55] 자 일장(日章), 호 용주(龍洲)·종사 신유(申濡)[56] 자 군택(君澤), 호 죽당(竹堂)·제술관 박안기(朴安期)[57] 자 진경(眞

에 속하였던 인물로 추정되며, 그의 문재(文才)는 당대의 신진 중에서 발군의 측면이 있었고 문명(文名)을 크게 떨쳤다고 한다. 저서로 『만랑집』이 있다.

52 권칙(權伏, 1599~1667) : 조선 중기의 문신. 자는 자경(子敬), 호는 국헌(菊軒). 1636년 통신사행 때 제술관으로 일본에 다녀왔고, 이때 지은 『시인요고집(詩人要考集)』이 일본에 전래되고 있다.

53 일광산(日光山) : 현재의 회목현(栃木縣, 도치기켄) 일광시(日光市, 닛코시)에 있는 윤왕사(輪王寺)의 산호(山號). 회목현 서북부에 위치. 강호시대에는 일광사(日光寺) 사군(社群)을 총칭하여 일광산이라고 불렀다.

54 윤순지(尹順之, 1591~1666) : 조선 중기의 문신. 자는 낙천(樂天), 호는 행명(涬溟). 1643년 통신사로 일본에 다녀왔다. 1657년 실록수정청당상(實錄修正廳堂上)이 되어 『선조수정실록』의 편찬에 참여하였다.

55 조경(趙絅, 1586~1669) : 조선 중기의 문신. 자는 일장(日章), 호는 용주(龍洲)·주봉(柱峯). 1643년 통신부사로 일본에 다녀와서 기행문을 저술하였다. 저서로 『용주집』 23권 12책과 『동사록(東槎錄)』이 있다.

56 신유(申濡, 1610~1665) : 조선 중기의 문신. 자는 군택(君澤), 호는 죽당(竹堂)·이옹(泥翁). 1642년에 이조좌랑이 되었고, 이듬해 통신사(通信使)의 종사관으로 일본에 다녀왔다. 1650년(효종 1)에 동지춘추관사를 겸하여 『인조실록』 편찬에 참여하였으며, 저서로는 『죽당집』이 있다.

57 박안기(朴安期, 1608~?) : 조선 중기의 천문학자. 호는 나산(螺山). 1643년 통신사의 독축관(讀祝官)으로 일본에 가서 일본의 천문학자 강야정현정(岡野井玄貞, 오카노이 겐테이)에게 역법을 가르쳐 주었다. 강야정현정은 이 역법을 다시 제자 삽천춘해(澁川春海, 시부카와 슌카이)에게 전수하였고, 1683년 삽천춘해는 이 지식을 바탕으로 일본 최초의 역법인 정향력(貞享曆)을 완성하였으며, 이 사실이 삽천춘해의 전기인 『춘해선생실기』에 기록되어 있다. 일본 정강현(靜岡縣, 시즈오카켄) 청수시(淸水市, 시미즈시) 청견

卿), 호 나산(螺山) 등이 와 엄유대군[58]의 탄강(誕降)을 축하하였다. 살펴보건 대, 여름 6월에 경도에 들어와 가을 7월 7일에 동경에 이르렀다. 22일에 일광산에 이르러 제기(祭器)와 그 나라의 국왕이 지은 편액을 헌공하고 29일에 동경으로 돌아왔다.

후서제[59] 명력(明曆) 원년(1655) 을미년 가을 9월 엄유대군 시대에, 정사 조형(趙珩)[60] · 부사 유창(兪瑒)[61] 호 추담(秋潭) · 종사 남용익(南龍翼)[62] 호 호곡 (壺谷) · 제술관 이명빈(李明彬)[63] 자 문재(文哉), 호 석호(石湖) 등이 내빙하였다.

법황(法皇)[64] 천화(天和) 2년(1682) 임술년 가을 8월 상헌대군[65] 시대

사(淸見寺, 세이켄지)의 2층 종루에 나산이 쓴 현판 '瓊瑤世界'가 걸려 있고, 친필 시도 남아 있다. 또한 덕천가강(德川家康)의 스승인 임나산(林羅山, 하야시 라잔)이 그를 초 청하여 나눈 대화가 그의 문집에 남아 있다. 박안기는 일본 책에 대개 용나산(容螺山)으 로 잘못 표기된 경우가 많다. 『일본역사대사전』·『일본인명대사전』 등에도 모두 용나산 으로 되어 있는데 이는 1940년 처음 발표된 삽천춘해의 연구서에 그의 이름이 조선의 용나산이라 잘못 인쇄되었기 때문이다.

58 엄유대군(嚴有大君) : 덕천가강(德川家綱, 도쿠가와 이에쓰나, 1641~1680). 강호시대 덕천막부(德川幕府)의 제4대 장군. 재직 1651~1680.

59 후서제(後西帝, 고사이테이) : 일본 제111대 천황. 재위 1654~1663.

60 조형(趙珩) : 조선 중기의 문신. 자는 군헌(君獻), 호는 취병(翠屛). 1655년 대사간이 되어 통신사로 일본에 다녀왔다.

61 유창(兪瑒, 1614~1692) : 조선 중기의 문신. 자는 백규(伯圭), 호는 추담(楸潭) · 운계 (雲溪). 부친은 유여해(兪汝楷). 1655년 통신사 부사로 일본에 다녀온 이후 1658년 7월 부터 1660년 6월까지 지금의 구로 지역을 관할하는 부평부사로 활약하였다.

62 남용익(南龍翼, 1628~1692) : 조선 중기의 문신 · 학자. 자는 운경(雲卿), 호는 호곡 (壺谷). 1655년 통신사의 종사관으로 일본에 다녀와 사가독서(賜暇讀書)했다. 『부상록 (扶桑錄)』이 있다.

63 이명빈(李明彬) : 조선 중기의 문신. 자는 문재(文哉). 1657년 식년시에 급제하였으며, 1655년 통신사 제술관으로 일본에 다녀왔다.

64 법황(法皇, 호오) : 출가한 상황(上皇), 즉 태상천황(太上天皇)의 호칭. 여기서는 영

에, 정사 윤지완(尹趾完)[66] 자 숙린(叔麟), 호 동산(東山), 종사 이언강(李彦

綱)[67] 호 노호(鷺湖), 부사 박경후(朴慶後)[68] 호 죽암(竹菴), 제술관 성완(成

琬)[69] 자 백규(伯圭), 호 취허(翠虛), 서기 홍모(洪某) 이름 세태(世泰),[70] 호 창랑(滄

浪)・이담령(李聃齡)[71] 호 붕명(鵬溟), 사자관 이삼석(李三錫) 호 설월당(雪月

堂)・안신휘(安愼徽)[72] 자 전숙(典叔), 호 신재(愼齋)・모(某) 호 한송재(寒松齋)[73]

원천황(靈元天皇, 레이겐텐노, 1654~1732)을 가리킨다. 강호시대 전기의 제112대 천황.
재위 기간 1663~1687.

65 상헌대군(常憲大君) : 덕천강길(德川綱吉, 도쿠가와 쓰나요시, 1646~1709). 강호시
대 덕천막부(德川幕府)의 제5대 장군. 재직 1680~1709.

66 윤지완(尹趾完, 1635~1718) : 조선 중-후기의 문신. 자는 숙린(叔麟), 호는 동산(東
山). 1682년 통신사의 정사(正使)가 되어 일본에 다녀왔다.

67 이언강(李彦綱, 1648~1716) 조선 중-후기의 문신. 자는 계심(季心), 호는 노호(鷺
湖). 1682년 통신사를 파견할 때 정사 윤지완(尹趾完)과 함께 부사로서 일본에 다녀왔다.
기지가 있고 영리하였으며, 또한 문장에 능하였다.

68 박경후(朴慶後, 1644~1706) : 조선 중-후기의 문신. 자는 휴경(休卿), 호는 죽암(竹
菴)・취옹(醉翁)・만오(晩悟). 1682년 통신사의 종사관으로 일본에 다녀왔다. 글씨를 잘
써서 당대에 이름이 났고, 양주(楊州)의 좌찬성박대립비(左贊成朴大立碑), 하양(河陽)
의 통제사김시성비(統制使金是聲碑) 등의 유필(遺筆)이 남아 있다.

69 성완(成琬, 1639~?) : 조선 중-후기의 문신. 자는 백규(伯圭), 호는 취허(翠虛). 시를
잘 지었고, 1682년 통신사행 때 제술관으로 일본에 다녀왔다.

70 홍모(洪某) 이름 세태(世泰) : 1653~1725. 조선 후기의 시인. 자는 도장(道長), 호는 창
랑(滄浪)・유하(柳下). 이문학관(吏文學官)과 제술관 등을 역임하였다. 1682년 통신사
정사 윤지완(尹趾完)과 함께 서기(書記)로 일본에 다녀왔다.

71 이담령(李聃齡, ?~?) : 조선 중-후기의 문신. 호는 붕명(鵬溟). 1682년 통신사행 때
부행서기(副行書記)로 일본에 다녀왔다.

72 안신휘(安愼徽, 1640~?) : 조선 중-후기의 문신. 본관은 순흥(順興). 자는 백륜(伯
倫), 본문에는 전숙(典叔)으로 되어 있다. 호는 신재(愼齋). 왜학(倭學)을 전공하였으며
1662년 임인(壬寅) 증광시(增廣試)에 역과 5위로 합격하여 관직이 동지중추부사(同知中
樞府事)에 이르렀다.

73 모(某) 호 한송재(寒松齋) : 사자관 이화립(李華立)으로 추정된다. 1682년 통신사행 때

등이 내빙하였다.

금상(今上) 황제[74] 정덕(正德) 원년(1711) 신묘년 가을 9월 문소대군[75] 시대에, 정사 조태억(趙泰億)[76] 자 대년(大年), 호 평천(平泉), **부사 임수간(任 守幹)[77]** 자 용예(用譽), 호 정암(靖菴), **종사 이방언(李邦彦)[78]** 자 미백(美伯), 호 남 강(南岡), **제술관 이현(李礥)[79]** 자 중숙(重叔), 호 동곽(東郭), **서기 홍순연(洪舜 衍)[80]** 자 명구(命九), 호 경호(鏡湖) · **엄한중(嚴漢重)[81]** 자 자정(子鼎), 호 용호(龍

사자관(寫字官)으로 일본에 다녀왔다.

74 금상(今上) 황제 : 중어문제(中御門帝, 나카미카도테이). 일본 제114대 천황. 재위 1709~1735.

75 문소대군(文昭大君) : 덕천가선(德川家宣, 도쿠가와 이에노부, 1662~1712). 일본 강 호시대 덕천막부(德川幕府)의 제6대 장군. 재직 1709~1712.

76 조태억(趙泰億, 1675~1728) : 조선 후기의 문신. 자는 대년(大年), 호는 겸재(謙齋) · 태록당(胎祿堂). 1711년 통신사행 때 정사로 일본에 다녀왔다. 1712년 왜인의 국서(國書) 가 격식에 어긋났다는 이유로 문외출송(門外黜送)되었다가 이듬해 풀려나왔다. 초서(草 書) · 예서(隸書)를 잘 썼다.

77 임수간(任守幹, 1665~1721) : 조선 후기의 문신. 자는 용여(用汝), 호는 정암(靖菴) · 청평(靑坪) · 둔와(遯窩). 1711년 통신사행 때 부사로 일본에 파견되었다. 경사(經史)에 밝았으며 음률(音律) · 상수(象數) · 병법(兵法) · 지리 등에도 해박하였다. 사행록『동사 일기(東槎日記)』가 전하고 있다.

78 이방언(李邦彦, ?~?) : 조선 후기의 문신. 자는 미백(美伯), 호는 남강(南岡). 1711년 통신사 종사관으로 일본에 다녀왔는데, 복선사(福禪寺, 후쿠젠지)에 있는 대조루(對潮 樓)에서 본 조망을 '日東第一形勝'이라고 상찬(賞贊)하였다.

79 이현(李礥, 1654~?) : 조선 후기의 문신. 자는 중숙(重叔), 호는 동곽(東郭). 1711년 통신사행 때 제술관으로 일본을 다녀왔다. 이때 홍세태가 인견우원(人見友元, 히토미 유겐)에게 편지를 전해주길 이현에게 부탁하였다. 그러나 인견우원이 이미 죽고 없어 이현은 그 아들에게 대신 편지를 전한 적이 있다.

80 홍순연(洪舜衍, 1653~?) : 조선 후기의 문신. 자는 명구(命九), 호는 경호(鏡湖). 어린 나이에 일찍 문장(文章)을 이루었고, 필치(筆致)가 매우 정묘(精妙)하였다. 1711년 통신

湖)·남성중(南聖重)[82] 자 중용(仲容), 호 범수(泛叟), 의원 기두문(奇斗文)[83] 호 상백헌(嘗百軒), 사자관 이수장(李壽長)[84] 자 인수(仁叟), 호 정곡(貞谷)·이이방 (李爾芳)[85] 자 형원(馨遠), 호 화암(花菴) 등이 내빙하였다.

향보(享保) 4년(1719) 기해년 가을 9월 현재의 대군(大君)[86] 시대에, 정

사행 때 서기로 일본에 다녀왔다.

81 엄한중(嚴漢重, 1665~?) : 조선 후기의 문신. 자는 자정(子鼎), 호는 용호(龍湖). 1706 년 과거에 급제하였고, 1711년 통신사행 때 서기로 일본에 다녀왔다.

82 남성중(南聖重, 1666~?) : 조선 후기의 문신. 자는 중용(仲容), 호는 범수(泛叟). 1655 년 통신사의 종사관으로 일본에 다녀온 호곡(壺谷) 남용익(南龍翼)의 서자. 1711년 통신 사행 때 서기로 일본에 다녀왔다. 그때 부사산(富士山)을 보고 읊은 시에 나오는 '先君畵 一本'은 부친인 남용익이 일본 방문 때 자연경관을 보고 읊은 시에 한시각(韓時覺)이 사경도(寫景圖)를 그려 넣은 「남호곡부상시화첩(南壺谷扶桑詩畵帖)」으로 추정된다.

83 기두문(奇斗文, ?~?) : 조선 후기의 중인 출신 의관(醫官). 호 상백헌(嘗百軒). 직장 (直長) 벼슬을 하다가 1711년 통신사의 일행으로 일본에 다녀왔다. 그때 일본인 의원 북 미춘포(北尾春圃, 기타오 슌포)와 전창사(全昌寺, 젠쇼지)에서 나눈 의학문답을 기록한 『상한의담(桑韓醫談)』이 1713년 일본에서 간행되었다. 이 책의 주요 내용이 『조선국기 상백헌필어(朝鮮國奇嘗百軒筆語)』에 남아 있는 것으로 보아 기두문의 영향이 크게 미쳤 음을 알 수 있다.

84 이수장(李壽長, 1661~1733) : 조선 후기의 서예가. 자는 인수(仁叟), 호는 정곡(貞谷). 사자관(寫字官)으로 찰방(察訪)에 이르렀으며 일찍이 숙종조에 금중(禁中)에 들어가 어 제시(御製詩) 8장을 썼고, 다시 금박(金箔)으로서 종왕첩(鍾王帖)을 썼는데 왕이 보고 가찬(嘉讚)하였다. 1711년 통신사로 일본에 건너가니 글씨를 요구하는 자가 하루에 수천 명에 이르렀으며, 크게 명성을 떨치고 돌아왔다. 해서·초서에 능하였고, 만년에 서학(書 學)의 원류(源流)를 참고하여 『묵지간금(墨池揀金)』이라는 책을 지었는데 후학자(後學 者)의 지침서(指針書)가 되었다.

85 이이방(李爾芳) : 조선 후기의 문신. 자는 형원(馨遠), 호는 화암(花菴) 혹은 해봉(海 峯). 1711년 통신사행 때 사자관(寫字官)으로 일본에 다녀왔고, 그때 미장(尾張) 명고옥 (名古屋) 번사(藩士) 조일중장(朝日重章, 아사히 시게아키)에게 직접 글을 써주기도 하 였다. 이이방은 1682년 통신사행 때 사자관으로 일본에 다녀온 이삼양(李三揚)의 아들 로, 부자가 2대에 걸쳐 사자관으로 일본을 방문하였다.

사 홍치중(洪致中)[87] 자 사능(士能), 호 북곡(北谷), **부사 황선(黃璿)**[88] 자 성재(聖

在), 호 노정(鷺汀), **종사 이명언(李明彦)**[89] 자 계통(季通), 호 태호(太湖), **제술관**

신유한(申維翰)[90] 자 주백(周伯), 호 청천(青泉), **서기 강백(姜栢)**[91] 자 자청(子青),

호 경목(耕牧) · **성몽량(成夢良)**[92] 자 여필(汝弼), 호 소헌(嘯軒) · **장응두(張應斗)**[93]

자 필문(弼文), 호 국계(菊溪), **의원 권도(權道, 1678~?)**[94] 자 대원(大原), 호 비목(卑

牧), **사자관 정세영(鄭世榮)**[95] 자 후교(後僑), 호 국당(菊塘) · **이일방(李日芳)**[96]

---

86 현재의 대군(大君) : 덕천길종(德川吉宗, 도쿠가와 요시무네, 1684~1751). 일본 강호
　시대 덕천막부(德川幕府)의 제8대 장군. 재직 1716~1745.

87 홍치중(洪致中, 1667~1732) : 조선 후기의 문신. 자는 사능(士能), 호는 북곡(北谷).
　1719년 통신사행 때 정사(正使)로 일본에 다녀왔고, 『해사일기(海槎日記)』가 있다.

88 황선(黃璿, 1682~1728) : 조선 후기의 문신. 자는 성재(聖在), 호는 노정(鷺汀). 1719년
　통신사행 때 부사(副使)로 일본에 다녀왔다.

89 이명언(李明彦, 1674~ ?) 조선 후기의 문신. 자는 계통(季通), 호는 태호(太湖). 1719
　년 통신사행 때 종사관(從事官)으로 일본에 다녀왔다.

90 신유한(申維翰, 1681~1752) : 조선 후기의 문신 겸 문장가. 자는 주백(周伯), 호는
　청천(青泉). 1719년 통신사행 때 제술관으로 일본에 다녀왔고, 이때 지은 사행록 『해유록
　(海遊錄)』이 있다. 문장이 뛰어났으며, 특히 시에 걸작이 많고 사(詞)에도 능하였다.

91 강백(姜栢, 1690~1777) : 조선 후기의 문신 겸 시인. 자는 자청(子青), 호는 우곡(愚
　谷) · 경목(耕牧). 과시(科詩)에 능했으며 시풍(詩風)이 호탕하였다. 1719년 통신사행 때
　서기로 일본에 다녀왔다.

92 성몽량(成夢良, 1718~1795) : 조선 후기의 문신 겸 시인. 자는 여필(汝弼), 호는 소헌
　(嘯軒) · 장소헌(長嘯軒). 1719년 통신사행 때 서기로 일본에 다녀왔으며, 이때 일본 학자
　들로부터 받은 시와 편지 등을 모아 편찬한 『한원청상(翰苑清賞)』이 있다.

93 장응두(張應斗, 1670~1729) : 조선 후기의 문신. 자는 필문(弼文), 호는 국계(菊溪).
　1719년 통신사행 때 서기로 일본에 다녀왔다.

94 권도(權道) : 조선 후기의 의원(醫員). 자는 대원(大原), 호는 비목(卑牧) · 비목재(卑
　牧齋). 1719년 통신사행 때 양의(良醫)로 일본에 다녀왔다.

95 정세영(鄭世榮) : 조선 후기의 문신 겸 무신인 정후교(鄭後僑, 1675~1755)를 말한다.
　본관은 하동(河東). 자는 혜경(惠卿), 호는 국당(菊塘). 부사 황선(黃璿)의 자제군관으로
　사행에 참여하였다. 사행록 『부상기행(扶桑紀行)』이 있다. 후교(後僑)는 자(字)가 아닌

호 월암(月巖), 화공 함세휘(咸世輝)[97] 호 취헌(翠軒) 등이 내빙하였다.

「열조한사내빙고」 마침

이름이고, 사자관이 아닌 자제군관으로 수행하였다.

96 이일방(李日芳, ?~?) : 조선 후기의 문신. 호는 월암(月巖). 1719년 통신사행 때 사자 관으로 일본에 다녀왔다.

97 함세휘(咸世輝, ?~?) : 조선 후기의 화원. 호는 취헌(翠軒). 도화서(圖畵署)의 별제 (別提)를 지냈다. 1719년 통신사행 때 화원으로 일본에 다녀왔다. 이때 그가 그렸던 「부용봉도(芙蓉峰圖)」가 19세기까지 일본에 전해졌다고 『고화비고(古畵備考)』에 기록되 어 있는데, 지금은 전하지 않는다.

한사관직성명(韓使官職姓名)

통신삼사신(通信三使臣)

○정사(正使)

통정대부 이조참의 지제교(通政大夫吏曹參議知製敎) 홍치중, 호 북곡
(北谷).

○부사(副使)

통훈대부 행 홍문관전한 지제교 겸 경연시독관 춘추관 편수관(通訓
大夫行弘文館典翰知製敎兼經筵侍讀官春秋館編修官) 황선, 호 노정(鷺汀).

○종사(從事)

통훈대부 행 홍문관교리 지제교 겸 경연시독관 춘추관 기주관(通訓
大夫行弘文館校理知製敎兼經筵侍讀官春秋館記注官) 이명언(李明彦), 호 태
호(太湖).

원역(員役)

○상상관(上上官)

동지(同知) 박재창(朴再昌)

첨지(僉知) 한준원(韓俊瑗)

첨지(僉知) 김도남(金圖南)

○상판사(上判事) 3원(三員)

첨지(僉知) 한중억(韓重億)

판관(判官) 이장(李樟)

판관(判官) 정창주(鄭昌周) 살펴보건대, 북경을 네 차례 갔고, 일본을 두 차례 갔다. 금년 69세이다.

○제술관(製述官)

저작(着作) 신유한(申維翰), 자호 청천(靑泉). 을유년에 시(詩)로 진사에 2등으로 급제하였고 계사년에 부(賦)로 급제하였다.

○서기(書記)

진사(進士) 강백(姜栢), 호 경목자(耕牧子) 또는 추수(秋水).

진사(進士) 성몽량(成夢良), 호 소헌(嘯軒). 계축생(癸丑生), 금년 47세. 성취허(成翠虛)의 조카. 살펴보건대, 취허는 이름은 완(琬) 자는 백규(伯圭). 임술년 학사(學士)이다.

진사(進士) 장응두(張應斗), 자 필문(弼文), 호 국계(菊溪) 또는 단계(丹溪). 금년 50세.

○차상판사(次上判事)

첨정(僉正) 김세일(金世鎰), 자 백붕(百朋), 호 죽창(竹窗).

봉사(奉事) 한찬흥(韓纘興)

○압물판사(押物判事)

부사맹(副司猛) 박춘서(朴春瑞)

봉사(奉事) 김진혁(金震烋)

첨정(僉正) 권흥식(權興式)

○양의(良醫) 1인

부사과(副司果) 권도(權道, 1678~?), 자 대원(大原), 호 비목(卑牧). 금

년 42세.

○ 의원(醫員) 2인

별제(別提) 백흥전(白興詮), 자 군평(君平), 호 서초(西樵).

부사과(副司果) 김광사(金光泗), 호 소심헌(小心軒).

○ 사자관(寫字官) 2인

상호군(上護軍) 정세영(鄭世榮)[98]

상호군(上護軍) 이일방(李日芳), 호 월암(月巖).

○ 화원(畫員) 1인

부사과(副司果) 함세휘(咸世輝), 호 취헌(翠軒).

○ 정사군관(正使軍官) 7인

절충장군(折衝將軍) 이사성(李思晟)

동(同) 최필번(崔必蕃)

동(同) 갈성적(曷成績)

동(同) 연득동(沿得洞)

도총도사(都摠都事) 구시(具試)

만호(萬戶)

부사맹(副司猛) 양봉명(楊鳳鳴)

○ 부사군관(副使軍官) 7인

절충장군(折衝將軍) 한세원(韓世元)

---

98 정세영(鄭世榮) : 조선 후기의 문신 겸 무신인 정후교(鄭後僑, 1675~1755)를 말한다.
주95 참조.

도총경력(都總經歷) 홍덕망(洪德望)

선전관(宣傳官) 유선기(柳善基)

선전관(宣傳官) 원필규(元弼揆)

우후(虞候) 박창징(朴昌徵)

부사용(副司勇) 정준교(鄭俊僑)

부사맹(副司猛) 김한주(金漢主)

○종사관 군관(從事官軍官) 3인

감찰(監察) 조숙(趙倏)

낭청(郞廳) 김흡(金瀚)

부사과(副司果) 김석(金錫)

○별파진(別破陣) 2인

윤희철(尹希哲)

김세만(金世萬)

○마상재(馬上才) 2인

강상주(姜相周)

심중운(沈重雲)

○이마(理馬) 1인

김만(金萬)

○전악(典樂) 2인

김중립(金重立)

함경형(咸經亨)

○반당(伴倘) 3인

최명연(崔鳴淵)

신명우(申命禹)

윤창세(尹昌世)

○기선장(騎船將) 3인

김정일(金鼎一)

서석귀(徐碩貴)

김한향(金漢向)

이상 삼사(三使)부터 차상관(次上官)에 이르기까지 합하여 50인, 중관(中官) 160인

내(內)

도도훈(都道訓)[99] 3인,　복선장(卜船將) 3인,

예단직(禮單直) 1인,　청직(廳直) 3인,

반전(盤纏) 1인,　소통사(小通事) 10인,

소동(小童) 16인,　삼사노자(三使奴子) 6인,

일행노자(一行奴子) 46인,　흡갈(吸喝) 6인,

사령(使令) 18인,　취수(吹手) 8인,

역척(力尺) 6인,　포수(炮手) 6인,

독봉지(纛奉持) 2인,　형명기봉지(形名旗奉持) 2인,

기수(旗手) 8명이 있다.

---

[99] 도도훈(都道訓) : 통신사행의 수행원으로, 훈도(訓導) 중에서 최선임 훈도인 도훈도(都訓導)를 잘못 표기한 것으로 보인다.

하관(下官) 260인 중 기선(騎船)과 복선(卜船) 사사(沙士) 24인은 일체 중관(中官)의 예(例)에 따라서 지급한다.

이상 합하여 475인은 일체 임술년 예에 의거한다.

상한훈지집 목차

권1

열조한사내빙고(列朝韓使來聘考)

가죽(可竹)[100] 천룡사(天龍寺)의 월심장로(月心長老) 자사(紫賜) 사문(沙門)

석상(石霜)[101] 동복사(東福寺) 즉종원(卽宗院)의 창장로(菖長老)

정사(正使) 북곡(北谷)의 거천(巨川)시

전현(前賢)[102]의 청견사(淸見寺)를 지나는 시

전현(前賢)의 역로시(驛路詩)

부사(副使) 노정(鷺汀)이 이정암(以酊菴) 선사(禪師)에게 준 시

종사(從事) 태호(太湖)가 이정암 선사에게 부친 시

동무(東武)

정수(正數)[103] 씨는 미견(尾見), 자는 유부(有孚). 관가문인(菅家門人).

---

100 가죽(可竹) : 월심성담(月心性湛, 겟신 쇼탄) 강호시대 전-중기의 승려. 천룡사(天龍寺)의 월심장로(月心長老) 자사(紫賜) 사문(沙門). 『해유록(海游錄)』상, 9월 4일(계유)조에 "장로는 이름이 성담(性湛)이고 자는 월심(月心)이며 호는 가죽(可竹)이다. 진승원(眞乘院)의 승려로서 명을 받들고 온 것인데 지금 임기가 찼다. 위인이 옛 태가 있어 단아하였고 불경을 널리 통하여 마주 앉았는데 오랑캐의 속된 기색이 없었다."라고 하였다.

101 석상(石霜) : 석상용창(石霜龍菖, 세키소 류쇼, 1678~1728) 강호시대 전-중기의 승려. 동복사(東福寺) 즉종원(卽宗院) 창장로(菖長老). 이정암(以酊庵) 가번화상(加番和尚). 『해유록(海游錄)』상, 6월 27일(무진)조에 "이름은 용창(龍菖), 자는 석상(石霜), 호는 와운산인(臥雲山人) 혹은 매주의묵옹(梅州宜嘿翁)이라는 접반(接伴)하는 장노승(長老僧)이 황사삼(黃紗衫)을 입고 와서 담장로의 다음 자리에 앉았다."라고 하였다.

102 전현(前賢) : 정사(正使) 홍치중(洪致中). 주87 참조.

미주(尾州, 尾張國)

취황당(翠篁堂)[104] 적(荻) 은사(隱士).

발헌(潑軒)[105] 성은 택(宅), 이름은 응린(應璘), 자는 수부(粹夫) 또는 미오좌위문(彌五左衛門).

붕숭(朋崇)[106] 성은 산기(山崎).

권2

미주(尾州, 尾張國)

현주(玄洲)[107] 성은 조비내(朝比奈), 이름은 문연(文淵), 자는 함덕(涵德) 또는 심좌위문(甚左衛門).

난고(蘭皐)[108] 성은 목하(木下), 이름은 희성(希聲), 자는 실문(實聞) 또는 달부(達

---

103 정수(正數) : 미견정수(尾見正數, 오미 마사카즈). 강호시대 전-중기의 한시인(漢詩人). 자는 유부(有孚). 관가문인(菅家門人). 1728년에 필사한 『주역본의(周易本義)』가 남아있다.

104 취황당(翠篁堂, 스이코도) : 강호시대 전-중기의 한시인(漢詩人). 적(荻) 은사(隱士)이다.

105 발헌(潑軒) : 택발헌(宅潑軒, 다쿠 핫켄). 강호시대 전-중기의 한시인(漢詩人). 통칭은 미오좌위문(彌五左衛門).

106 붕숭(朋崇) : 산기붕숭(山崎朋崇, 야마자키 도모타카). 강호시대 전-중기의 한시인(漢詩人).

107 현주(玄洲) : 조문연(朝文淵) · 조현연(朝玄淵). 원명은 조비내문연(朝比奈文淵, 아사히나 분엔, ?~1734)으로 강호시대 중기의 유자(儒者)이며 미장국(尾張國) 서기(書記)이다. 성을 달리 조(晁, 조)라고도 한다. 자는 함덕(涵德), 호는 현주(玄洲) · 옥호(玉壺), 통칭은 심좌위문(甚左衛門)이다. 적생조래(荻生徂徠)에게 배웠고, 미장(尾張) 명고옥번(名古屋藩)에서 근무하였다. 1719년 동문인 목하난고(木下蘭皐)와 함께 조선 사신과 필담을 나누었고, 글씨를 잘 써 칭송을 받았다. 난고(蘭皐)가 그의 시문과 필록(筆錄)을 모아 『객관최찬집(客館璀粲集)』을 편찬하였다.

夫), 별칭은 옥호진인(玉壺眞人). 우좌위문(宇左衛門).

학저(鶴渚)[109] 성은 복도(福島), 이름은 창언(昌言), 자는 자도(子道). 원오우위문(源五右衛門).

구경(久敬)[110] 성은 야중(野中), 이름은 무고(茂高), 자는 문팔(文八).

보합(保合)[111] 성은 정출(井出), 이름은 감평(勘平), 자는 양중(良重), 또는 석체(夕替)라고도 부름.

권3

농주(濃州, 美濃國)

---

108 난고(蘭皐) : 목하난고(木下蘭皐, 기노시타 란코, 1681~1752). 미장국 번사. 목실문(木室閒)이라고 한다. 이름은 실문(實聞), 자(字)는 공달(公達)·희성(希聲), 호는 난고(蘭皐)·옥호진인(玉壺眞人), 통칭은 우좌위문(宇左衛門). 미장(尾張) 중촌(中村) 출신. 강호에서 적생조래(荻生徂徠)를 사사(師事)하였다. 1719년 통신사행 때 동료인 조비내문연(朝比奈文淵)과 함께 명고옥(名古屋) 관소(館所)에서 조선 사신을 접대하였다. 이때 조선 문사와 수창한 시가 『상한훈지』권2와 『봉도유주(蓬島遺珠)』에 수록되어 있고, 별도로 필담 창화를 모아 『객관최찬집(客館璀粲集)』을 편찬하기도 하였다. 1748년 통신사행 때 조선 문사와 증답한 시문이 『화한창화부록(和韓唱和附錄)』과 『한인과의 창화시집(韓人卜ノ唱和詩集)』및 『성초여굉(星軺餘轟)』에 수록되어 있다. 본문에는 이름과 자가 바뀌어 있다.

109 학저(鶴渚) : 복도학저(福島鶴渚, 후쿠시마 가쿠쇼) 강호시대 전-중기의 한시인(漢詩人). 『해유록(海游錄)』상, 부(附) 「문견잡록(聞見雜錄)」에 "복창언(福昌言)이란 사람이 있어 호를 학저(鶴渚)라 하며, 자못 시를 잘한다는 명성이 있었는데, 미장국(尾張國)에 숨어 살았다. 내가 강호(江戶)로부터 돌아올 때에 본주(本州)를 지나는데, 그 사람이 와서 보지는 아니하고 기실(記室) 조문연(朝文淵)의 소개로 칠언절구(七言絶句) 두 편을 지어 떠나는 나에게 보냈다."라고 하였다.

110 구경(久敬) : 야중구경(野中久敬, 노나카 규케이). 강호시대 전-중기의 한시인(漢詩人).

111 보합(保合) : 정출보합(井出保合, 이데 호고). 강호시대 전-중기의 한시인(漢詩人).

당장암(當壯菴)[112] 성은 북미(北尾), 이름은 육인(育仁), 자는 춘포(春圃). 농주(濃州, 美濃國) 대원(大垣) 의원(醫員).

춘죽(春竹)[113] 성은 북미(北尾), 이름은 충(忠), 자는 신의(信義).

춘륜(春倫)[114] 성은 북미(北尾), 이름은 권(權), 자는 중정(中正). 지금은 강주(江州, 近江國) 언근(彦根) 시가지에 살고 있다.

권4

농주(濃州, 美濃國)

춘륜(春倫)

권5

농주(濃州, 美濃國)

---

112 당장암(當壯菴) : 북미춘포(北尾春圃, 기타오 슌포, 1658~1741). 강호시대 전-중기의 의원(醫員)·한시인(漢詩人). 성은 북미(北尾), 이름은 육인(育仁), 자는 춘포(春圃), 호는 송은(松隱)·당장암(當壯菴). 대대로 의술을 가업으로 한 북미가(北尾家, 기타오케)의 후손으로 양로정(養老町, 요로초) 실원(室原, 무로하라)에서 태어나 아버지 현보(玄甫, 겐포)로부터 가업을 이어받아 대원(大垣, 오가키)의 전창사(全昌寺, 젠쇼지) 근처로 옮겨 의술을 크게 펼쳤다. 1711년 전창사(全昌寺)에서 통신사의 수행 의원 기두문(奇斗文)과 문답하였던 내용을 『상한의담(桑韓醫談)』으로 간행하였다.

113 춘죽(春竹) : 북미춘죽(北尾春竹, 기타오 슌치쿠). 강호시대 중기의 의원(醫員)·한시인(漢詩人). 성은 북미(北尾), 이름은 충(忠), 자는 신의(信義). 북미춘포(北尾春圃)의 아들로 의술을 업으로 하면서 문학을 하였다.

114 춘륜(春倫) : 북미춘륜(北尾春倫, 기타오 슌린, 1701~?). 강호시대 중기의 의원(醫員)·한시인(漢詩人). 성은 북미(北尾), 이름은 권(權), 자는 중정(中正). 미농(美濃) 출신. 북미춘포(北尾春圃, 기타오 슌포)의 차남. 1719년 당시 근강국(近江國) 언근(彦根)에 살았다. 경도(京都, 교토)에 가서 이등주경(伊藤周敬, 이토 슈케이)에게 의학을 배워 양체정이조(兩替町二條, 료가에초니조) 하정(下ル町, 사가루마치)에서 개업하였다.

도선(道仙)[115] 성은 북미(北尾), 이름은 직(直), 자는 행방(行方).

춘달(春達)[116] 성은 북미(北尾), 이름은 경(敬), 자는 의방(義方).

춘을(春乙)[117] 성은 북미(北尾), 이름은 정(貞), 자는 허중(虛中).

해산(海山) 성은 관(昔), 이름은 징(徵), 자는 동경(董卿). 낭화인(浪華人).

현포(玄圃) 성은 대죽(大竹), 이름은 중(重), 자는 자정(子鼎), 또는 매호(梅湖)라

고 부르기도 함. 농주(濃州, 美濃國) 대원인(大垣人).

입선(立仙) 성은 이등(伊藤). 대원(大垣) 의원(醫員).

세 분 사상(使相)의 망호정(望湖亭)[118]시 3수

권6

강주(江州, 近江國) 언근(彦根)

세 분 서기의 소야전씨(小野田氏) 분석찬(盆石贊) 3수 소야전씨(小野田氏), 이름은 성영(盛英). 세주(勢州, 伊勢國) 구산(龜山)에 거주.

---

115 도선(道仙) : 북미도선(北尾道仙, 기타오 도센). 강호시대 중기의 의원(醫員) · 한시
인(漢詩人). 성은 북미(北尾), 이름은 직(直, 다다시), 자는 행방(行方). 미농(美濃) 출
신. 북미춘포(北尾春圃, 기타오 슌포)의 아들.

116 춘달(春達) : 북미춘달(北尾春達, 기타오 슌다쓰). 강호시대 중기의 의원(醫員) · 한
시인(漢詩人). 성은 북미(北尾), 이름은 경(敬), 자는 의방(義方). 미농(美濃) 출신. 북미
춘포(北尾春圃, 기타오 슌포)의 아들.

117 춘을(春乙) : 북미춘을(北尾春乙, 기타오 슌이쓰). 강호시대 중기의 의원(醫員) · 한
시인(漢詩人). 성은 북미(北尾), 이름은 정(貞), 자는 허중(虛中). 미농(美濃) 출신. 북미
춘포(北尾春圃, 기타오 슌포)의 아들.

118 망호정(望湖亭) : 중산도(中山道, 나카센도) 접침상(摺針峠, 스리하리토게)에 있었
던 다옥(茶屋). 1748년 통신사 사자관인 김계승(金啓升)이 '望湖堂'이라고 쓴 편액과 삼
사(三使)가 이곳에서 본 풍정을 읊은 한시가 남아 있었는데, 1991년의 화재로 전부 소실
되었다.

동주(同州, 近江國) 대진(大津)

제성(齊省) 성은 복부(服部), 이름은 보숙(保淑), 자는 중부(中孚), 반우위문(半右衛門). 단주(丹州, 丹波國) 구산번(龜山藩) 청산후(靑山侯)의 경도(京都) 번저(藩邸)의 유수(留守).

구기(求其) 성은 본산(本山), 이름은 창전(昌詮), 자는 삼좌위문(三左衛門). 단주(丹州, 丹波國) 구산번(龜山藩) 청산후(靑山侯)의 가신(家臣).

서암(恕菴) 성은 화전(和田), 이름은 삼의(參倚), 자는 신병위(新兵衛). 단주(丹州, 丹波國) 구산성(龜山城)의 서기(書記)

유기(由己) 성은 중촌(中村), 이름은 정궁(貞恆), 자는 행태좌위문(幸太左衛門). 단주(丹州, 丹波國) 구산번(龜山藩) 번주의 가신(家臣).

불극자(不克子) 성은 의립(衣笠), 이름은 윤실(尹實), 자는 오좌위(五左衛). 단주(丹州, 丹波國) 구산번(龜山藩) 번주의 가신(家臣).

잠재(箴齋) 성은 서촌(西村), 이름은 승신(勝信), 자는 칠랑우위문(七郎右衛門). 단주(丹州, 丹波國) 구산번(龜山藩) 번주의 가신(家臣).

낭화(浪華)

자주재(自周齋) 성은 일비(日比), 이름은 모(某), 자는 정보(正甫). 낭화(浪華)의 의원(醫員).

방암(芳菴) 성은 입산(廿山), 이름은 정창(正昌). 일비씨(日比氏) 장자(長子). 지금은 작주(作州, 美作國) 진산(津山)에 거주한다.

만취(晩翠) 성은 송정(松井), 이름은 정궁(貞恆), 자는 안절(安節) 또는 지지재(止止齋). 화주(和州, 大和國)의 의원(醫員).

관란(觀瀾) 성은 서촌(西村), 이름은 방(方), 자는 원류(圓流), 호는 반화주인(伴花主人).

권7

낭화(浪華)

병산(屏山)[119] 성은 수족(水足), 이름은 안직(安直), 자는 중경(仲敬)·반조(半助). 비
후주후(肥後州侯) 문학(文學).

출천(出泉)[120] 성은 수족(水足), 이름은 안방(安方). 평지진(平之進). 이때 나이 13세.
병산(屏山)의 아들.

국동(菊洞)[121] 성은 등원(藤原), 이름은 유기(維祺), 자는 좌중치(佐仲治) 이때 나이
15세. 비중주(備中州, 備中國) 송산(松山) 기실(記室) 전전일진(前田一進)의 아들.

용주(龍洲)[122] 성은 이등(伊藤), 이름은 원희(元熙), 자는 광풍(光風), 별호는 의재(宜

---

119 병산(屏山) : 수족병산(水足屏山, 미즈타리 헤이잔, 1671~1732). 강호시대 중기의
유자(儒者). 이름은 안직(安直), 자는 중경(仲敬), 통칭은 반조(半助), 별호는 매재(昧
齋)·어헌(漁軒)·성장당(成章堂). 비후(肥後, 비고) 웅본번(熊本藩, 구마모토한)의 문
학(文學). 경도(京都)의 천견경재(淺見絅齋, 아사미 게이사이)에게 배웠다. 후에 적생조
래(荻生徂徠, 오규 소라이)에게 사숙(私淑)하였고, 조래학(徂徠學)을 주창했다.

120 출천(出泉) : 수족박천(水足博泉, 미즈타리 하쿠센, 1707-1732). 강호시대 중기의
유자(儒者). 성은 수족(水足), 이름은 안방(安方), 자는 업원(業元)·사립(斯立), 호는
출천(出泉), 통칭은 평지진(平之進). 수족병산(水足屏山)의 장남. 비후(肥後) 웅본번(熊
本藩)의 번사. 시문에 탁월하고, 신동으로 이름이 높았다.

121 국동(菊洞) : 전전국동(前田菊洞, 마에다 기쿠도). 강호시대 중기의 유자(儒者). 등원
국동(藤原菊洞). 성은 등원(藤原), 이름은 유기(維祺), 자는 좌중치(佐仲治). 비중국(備
中國) 송산(松山) 기실(記室) 전전일진(前田一進)의 아들, 전전도통(前田道通)의 조카.

122 용주(龍洲) : 이등용주(伊藤龍洲, 이토 류슈, 1683~1755). 강호시대 전-중기의 유
학자. 월전국(越前國) 문학(文學). 이등의재(伊藤宜齋)라고도 한다. 성은 이등(伊藤),
본성(本姓)은 청전(淸田, 기요타), 이름은 도기(道基)·원기(元基)·원희(元熙), 자는 소
숭(小崇)·광풍(光風), 호는 용주(龍洲)·의재(宜齋), 통칭은 장사(莊司). 사사로이 시호

齋). 월전주(越前州, 越前國) 문학(文學).

권8

비후주(備後州, 備後國)

매우(梅宇)[123]의 필어(筆語)와 시에 대한 소헌(嘯軒)의 답

동교(東郊)[124] 성은 문강(門岡), 이름은 직방(直方), 자는 종좌(宗佐). 비후주인(肥後州人).

방주(防州, 周防國) 상관(上關)

규재(圭齋)[125] 성은 우도궁(宇都宮), 이름은 삼적(三的), 자는 일각(一角). 방주(防州,

(諡號)를 장소선생(莊蕭先生)이라 하였다. 파마(播磨, 하리마) 명석(明石, 아카시) 출신. 경도(京都)로 와서 이등탄암(伊藤坦庵, 이토 단안)의 문하에 들어가 그의 양자이자 후계자가 되었다. 경학(經學)과 역사는 물론 제자백가(諸子百家)로부터 야사소설(野史小說)에 이르기까지 박학다식하였고, 문장에도 뛰어났다.

123 매우(梅宇) : 이등매우(伊藤梅宇, 이토 바이우, 1683~1745). 강호시대 전-중기의 유학자. 이름은 처음에는 장돈(長敦), 후에는 장영(長英), 자는 중장(重藏), 호는 매우(梅宇), 시호는 강헌선생(康獻先生). 경도(京都) 출신. 부친은 이등인재(伊藤仁齋). 부친에게 고의학(古義學)을 배웠다. 1706년부터 주방국(周防國) 덕산번(德山藩) 번주(藩主) 모리원차(毛利元次)로부터 객분(客分, 손님으로 대접받는 사람)으로 봉록을 받았다. 1715년 번유(藩儒)로 덕산에 부임하였고, 1717년 문강총개(門岡惣介)의 추천으로 비후국(備後國) 복산번(福山藩)의 번유가 되어 복산으로 옮겨 고의학(古義學)을 전하였다.

124 동교(東郊) : 문강동교(門岡東郊, 가도오카 도코). 강호시대 전-중기의 한시인(漢詩人). 성은 문강(門岡), 이름은 직방(直方), 자는 종좌(宗佐). 비후국(肥後國) 출신.

125 규재(圭齋) : 우도궁규재(宇都宮圭齋, 우쓰노미야 게이사이, 1677~1724). 강호시대 전-중기의 유학자. 성은 우도궁(宇都宮), 이름은 삼적(三的), 자는 문보(文甫), 호는 규재(圭齋), 통칭은 일각(一角). 우도궁둔암(宇都宮遯庵)의 아들. 주방(周防) 길천후(吉川侯) 문학(文學). 경도(京都)에서 이등인재(伊藤仁齋)에게 배웠다. 주방 암국번(岩國藩)에서 대대로 벼슬을 하였고, 번주 길천광규(吉川廣逵)의 문학사범(文學師範)이 되어 암

周防國) 길천후(吉川侯) 문학(文學).

규양(葵陽)[126] 성은 반전(飯田), 이름은 현기(玄機), 자는 도조(道珝). 방주(防州, 周防國) 암국(岩國) 의원(醫員).

의재(毅齋)[127] 성은 조지(朝枝), 이름은 세미(世美), 자는 원차랑(源次郎). 시문이 경사(京師) 및 낭화부(浪華部)에 실려 있는데, 성명이 이곳에 잘못 나와 있다.

부록 : 동애(東涯)[128]가 아우 매우(梅宇)에게 보낸 시

권9

관재(寬齋) 성은 반전(飯田), 이름은 융경(隆慶), 자는 현계(玄啓). 경성(京城)의

국번 학문의 기초를 구축했다. 본문에는 일각(一角)이 자(字)로 되어 있다.

126 규양(葵陽) : 반전규양(飯田葵陽, 이다 기요). 강호시대 전-중기의 주방국(周防國) 암국(岩國)의 의원(醫員).

127 의재(毅齋) : 조지구가(朝枝玖珂, 아사에다 구카, 1697~1745). 강호시대 중기의 유자(儒者). 이름은 세미(世美), 자는 덕제(德濟), 통칭은 선차랑(善次郎)·원차랑(源次郎)·원이랑(源二郎), 별호는 의재(毅齋). 조지의재(朝枝毅齋)라고도 한다. 이등동애(伊藤東涯)의 문하에서 배웠다. 1727년 주방(周防) 암국(岩國)의 번유(藩儒)가 되었다. 중국어에 능통했고 중국 소설에 정통했다.

128 동애(東涯) : 이등동애(伊藤東涯, 이토 도가이, 1670~1736). 강호시대 전-중기의 유학자. 이원장(伊原藏)이라고도 한다. 이름은 장윤(長胤), 자는 원장(原藏·源藏·元藏), 별호는 조조재(慥慥齋). 경도 출신. 이등인재(伊藤仁齋)의 장남. 부친의 가숙(家塾)인 고의당(古義堂)을 지켜, 다수의 문인을 가르쳤다. 부친의 저서를 간행하기 위해 고의학(古義學)을 집대성하였고, 중국의 유교사·어학·제도를 일본과 대비시켜 연구하였다. 문하에 입강약수(入江若水)·조지구가(朝枝玖珂)·청목곤양(靑木昆陽)·송정원천(松井原泉)·무전매룡(武田梅龍)·고야옥천(股野玉川)·원내웅악(垣內熊岳) 등이 있다. 매우(梅宇)·개정(介亭)·죽리(竹里)·난우(蘭嵎) 등 동생들과 함께 가학(家學)을 계승하였다. 부친이 타계하자 『어맹자의(語孟字義)』·『동자문(童子問)』·『고학선생문집(古學先生文集)』 등 부친의 저술 대부분을 간행하였다. 그의 저술은 뇌미용졸재(瀨尾用拙齋)에 의해 출판되었다.

의원(醫員).

강재(剛齋) 성은 임(林), 현정(玄貞)으로 칭함, 실명은 의방(義方). 장주(長州, 長門國) 추성(萩城)의 의원(醫員).

권10 제목에 『한객필어(韓客筆語)』라고 하였다.

용졸재(用拙齋)[129] 성은 뇌미(瀨尾), 이름은 유현(維賢). 경화인(京華人).

교우(矯宇) 성은 공등(工藤), 이름은 경승(敬勝), 자는 충백(忠伯). 풍전주(豊前州, 豊前國) 송평후(松平侯)의 의원(醫員). 시가 경사부(京師部)에 실려 있다.

보유(補遺) 성명이 권수(卷首)에 나와 있다.

---

129 용졸재(用拙齋) : 뇌미용졸재(瀨尾用拙齋, 세오 요세쓰사이, 1691~1728). 강호시대 중기의 유학자・한시인(漢詩人). 용졸자(用拙子)라고도 한다. 성 또한 '세노오'라고도 읽는다. 이름은 유현(維賢), 자는 준부(俊夫), 별호는 규문관(奎文館), 통칭은 원병위(源兵衛). 경도(京都) 출신. 가업(家業)으로 경도에서 환옥(丸屋) 서점을 운영하였다. 이등인재(伊藤仁齋)에게 배웠고, 입강약수(入江若水) 등과 교제하였다. 인재(仁齋)・동애(東涯)・약수(若水) 등의 저서를 출판하였다. 1719년 통신사행 때의 필담창화집 『상한훈지』를 경화서방(京華書坊)에서 간행하였다. 편저로 『계림창화집(鷄林唱和集)』・『팔거제영(八居題詠)』 등이 있다.

『상한훈지집』 범례

一. 여러 주(州, 國)에서 일본 문사들이 시를 짓고 한인이 수응하여
주옥같은 시들이 많지만 찾아내기가 몹시 어려워 우연히 민간에 들어
와 있는 것을 수집해서 편찬하였다. 감히 우열을 따질 수는 없다.

一. 고관들에게도 수창시[130]가 또한 많지만, 빼어난 시구를 그들에
게서 구할 길이 없었다. 훗날 만약 시를 받게 된다면 여전히 이 편에
이어서 유집(遺集) 후록(後錄)을 만들 생각이다.

一. 여러 명현(名賢)들의 뛰어난 시편들이 동서 천 리에서 전사(傳
寫)되어 세상에 나왔다. 잘못된 문자 또한 많지만 한 획도 마음대로
고치지 않았다. 대개 그 가부와 득실은 식견이 미천한 어리석은 무리
들이 말할 바가 아니라 식자(識者)가 가릴 것이다.

규문관(奎文館) 주인 삼가 쓰다.

---

130 수창시[塤箎] : 훈지(塤箎)는 서로 가락이 잘 맞는 두 개의 관악기 훈(塤)과 지(箎).
   『시경(詩經)』「소아(小雅)」〈하인사(何人斯)〉에 "형은 질나발, 동생은 피리 부네[伯氏吹
   塤, 仲氏吹箎。]"라고 하였다.

상한훈지 권1

산수찬사
山水贊詞

월심성담(月心性湛)[131]

험준한 바위 우뚝 솟아 있고	嵯崒巉巖聳
우람한 고목 살아있는 듯하구나	峻嶒古木眞
산천이 온통 수려하고 아름다운데	山川渾秀美
다리 건너오는 사람도 있네	添得度橋人

병진 해안산에서
鞆津海岸山卽事

섬나라 풍경 절로 기이하구나	海國風煙自一奇
보타사 해안가로 언제 옮겨왔나	補陀岸畔幾時移
경치 둘러보니 인간 세상 아니니	觀光非是人間境
생각으로 알 수 있는 게 아닐 듯	比擬思量絶覺知

---

131 월심성담(月心性湛, 겟신 쇼탄) : 강호시대 전-중기의 승려. 주100 참조.

낭화[132]에서 누선을 타다
浪華駕樓船

목란주[133] 치장한 빛 화려한데	蘭舟裝色麗
낭화 남쪽에서 닻줄 푸는구나	解纜浪華陰
구름은 뱃노래를 가로막고	雲使棹歌遏
가을은 퉁소소리 좇아 깊어가네	秋追籟韻深
물결은 옥천의 물처럼 맑고	流淸玉川水
산은 낙양의 봉우리처럼 늘어섰네	山列洛陽岑
누선에서 본 풍경 그윽이 감상하니	幽賞柂樓景
차 향기에 울적한 가슴 시원하구나	茶芬爽鬱襟

묵죽찬사
墨竹贊辭

석상용창(石霜龍菖)[134]

햇가지 더위 물리쳐 깨끗하고	新梢拂暑淨
푸른 대나무 바람 머금어 향기롭네	綠竹含風香
사시사철 풍경 변함없는데	不改四時色

132 낭화(浪華) : 대판(大阪, 오사카). 대판을 낭화 이외에도 낭화(浪花)·난파(難波)·낭속(浪速)이라고도 한다.
133 목란주(木蘭舟) : 결이 곱고 향기 좋은 목련나무로 만든 작은 배. 조각배의 미칭으로 난주(蘭舟)라고도 한다.
134 석상용창(石霜龍菖, 세키소 류쇼, 1678~1728) : 강호시대 전-중기의 승려. 주101 참조.

주렴 앞 세월 길기만 하구나　　　　　　　　　簾前日月長

청견관을 지나가다
過淸見關

천고에 이름 난 청견사[135]　　　　　　　千古得名淸見寺

태평성대라 관문을 세울 필요 없네　　　　太平不用立門關

그림처럼 지금도 풍경 아름다우니　　　　畵圖今尙裝風景

삼보 앞 준하만[136]과 부사산이라네　　　三保前灣富士山

부사산
富士山

오르기 어려운 산마루　　　　　　　絶巓登陟難

높고 험해 뭇 산들 압도하네　　　　岑崒壓群巒

구월이라 맑고 시원한 기운 띠었고　　九月帶晴爽

---

135 청견사(淸見寺) : 일본 정강시(靜岡市)에 있는 사찰로 1261년 관성상인(關聖上人)이
다시 일으키면서 역사상에 등장하였다. 빼어난 경관으로 유명. 조선 후기 일본에 12차례
파견된 통신사 중 10차례 지나간 절이며, 1607년과 1624년에는 숙박하기도 하였다. 사행
기간 동안 통신사 일행이 일본인들에게 선사한 시(詩)·서(書)·화(畵) 등 총 50여 점의
유물이 소장되어 있다.

136 삼보 앞 준하만[三保前灣] : 삼보(三保)는 현재의 정강현(靜岡縣) 정강시(靜岡市)
청수구(淸水區)의 삼보반도(三保半島)에 있는 경승지. 송원(松原)과 준하만(駿河灣)으
로 유명하다.

천 년 동안 차가운 눈 남아 있구나　千秋留雪寒

산 뿌리 역로에 서려 있고　山根盤驛路

푸른 기운 천단을 에워쌌네　嵐翠鎖天壇

안개노을 너머 기이한 승경　奇勝煙霞外

동쪽 유람으로 한 바탕 기쁨 얻네　東遊得一歡

위의 6수는 두 장로[137]가 동도(東都, 에도)의 전중(殿中)에서 태명(台命)[138]에 응해 즉석에서 지은 시인데, 지금 세상에 전해지고 있기 때문에 기록한다.

큰 내를 건너다
渡巨川

북곡(北谷)[139]

아득하고 넓은 시내 흰 물결 솟구치는데　渺渺洪川白浪騰

다리도 뗏목도 없이 험난함 어찌 넘으랴　無梁無筏險何勝

역부는 스스로 황하 건너는 기술 있어　驛夫自有憑河術

멈춘 수레 떠받쳐 힘껏 파도 건너가네　盡使駐車扶獲凌

---

137 두 장로 : 천룡사(天龍寺)의 월심장로(月心長老)와 동복사(東福寺) 즉종원(卽宗院)의 창장로(菖長老)를 가리킨다. 창장로는 석상용창(石霜龍菖)이다.

138 태명(台命) : 장군(將軍) 또는 삼공(三公)·황족(皇族) 등 지체가 높은 사람의 명령.

139 북곡(北谷) : 정사(正使) 홍치중(洪致中). 주87 참조.

청견사
淸見寺

생김새 기이하고 아름다운 소나무	風鑒也奇美穗松
숲속 오래된 사찰 흰 구름 속에 잠겨있네	林巒刹古白雲封
큰 자라[140]는 세월 따라 이름만 남긴 채	巨鼇霜去名空有
등 뒤에 팔엽봉[141] 이고 오래도록 떠있네	背後長浮八葉峰

역에서 우연히 짓다
驛上偶作

상쾌한 바람 소리 가을 하늘에 가득한데	爽籟颼颼秋滿空
나그네 신세라서 세월 참으로 빠르구나	行裝尤覺馹陰怱
동경과 서경은 천 백 리나 멀리 있고	一千百里兩京遠
큰 길은 오십 삼 개 역참으로 통해 있네	五十三郵大道通
갈마든 역말은 굽 놀려 짧은 돈대 지나가고	遞驛弄蹄過短堠
어리석은 파리 꼬리에 붙어 먼 곳까지 가네[142]	癡蠅附尾逐長風

---

140 큰 자라[巨鼇] : 바다 위의 삼신산(三神山)을 등에 지고 있는 큰 자라.
141 팔엽봉(八葉峰) : 부사산(富士山)을 말한다.
142 어리석은 파리 꼬리에 붙어 먼 곳까지 가네[癡蠅附尾逐長風] : 『사기(史記)』 「백이열전(伯夷列傳)」에 "안연(顏淵)이 비록 독실하게 학문을 닦긴 하였지만, 그래도 천리마 꼬리 끝에 붙었기[附驥尾] 때문에 그 행동이 더욱 이 세상에 드러나게 되었다."라고 하였는데, 당(唐)나라 사마정(司馬貞)의 주석에 "쉬파리가 천리마 꼬리 끝에 붙어서 천 리를 치달리는 것[蒼蠅附驥尾而致千里]처럼, 안회도 공자 덕분에 이름이 드러나게 되었다는 뜻이다."라고 하였다.

어깨 스치고 소매 뒤섞여 지내는 구구한 처지　　　　肩摩袂雜區區處

뉘라서 어렴풋한 한단의 꿈속[143] 벗어나랴　　　　誰出邯鄲殘夢中

이정암 선사께 드리는 시
奉贈以酊禪師詩

노정(鷺汀)[144]

선문의 의발에 종주의 풍모 있는데　　　　禪門衣鉢有宗風

해외에서 만나 뵈니 모습 동자 같구려　　　　海外逢迎貌若童

구름 가사 두르고 보배 뗏목[145] 타셨는데　　　　雲衲摩來乘寶筏

여의주 떨어지는 곳[146] 시통(詩筒) 드러내네　　　　驪珠落處見郵筒

객로 두루 돌다보니 삼추가 지나가는데　　　　周旋客路三秋過

이웃 동맹 맺음은 백 년 동안 한결 같네　　　　講莅鄰盟百載同

어젯밤 객창에서 몹시도 그립더니　　　　旅窓昨夜勞相憶

대숲 쓸쓸하고 하늘에 달 떠올랐네　　　　脩竹蕭蕭月上空

---

143 한단의 꿈속 : 한단지몽(邯鄲之夢)은 인생과 영화(榮華)의 덧없음을 비유적으로 이르는 말. 심기제(沈旣濟)의 『침중기(枕中記)』에 나오는 말로, 노생(盧生)이 한단 땅에서 여옹(呂翁)의 베개를 빌려서 잠을 자며 80년간의 영화로운 꿈을 꾸었는데, 깨고 보니 여옹이 조밥을 짓는 사이였다는 고사에서 유래한 말이다.

144 노정(鷺汀) : 부사(副使) 황선(黃璿). 주88 참조.

145 보배 뗏목 : 불법(佛法)에서, 미혹(迷惑)의 바다를 건너 깨달음의 피안(彼岸)에 이르는 것을 뗏목에 비유하여 한 말.

146 여의주 떨어지는 곳[驪珠落處] : 몹시 아름다운 시를 비유하는 말.

이정암 선사께 드리다
奉贈以酊禪師

태호(太湖)[147]

팔월 뗏목 주변 은하수 밝은데	八月槎邊河漢明
잔에 탄 노승[148] 웃으며 맞이하네	浮盃老釋笑相迎
근래 이웃과의 우의에 모두 간극이 없고	爾來鄰好俱無間
우리들 함께 즐기니 또한 영예로움 있네	吾輩交驩亦有榮
고해에서 나루 헤매다 보배 뗏목 함께 타고	苦海迷津同寶筏
맑은 시편 땅에 던지니 금석 소리 나네[149]	淸篇擲地見金聲
나랏일로 겨를이 없고 병도 많으니	不遑王事仍多病
오랫동안 화답시 짓지 못함을 괴이타 마오	莫怪瓊琚久未賡

이정암 노사(老師)의 화운시가 『성사여향(星槎餘響)』[150]에 보인다.

---

147 태호(太湖) : 종사관(從事官) 이명언(李明彦). 주89 참조.
148 잔에 탄 노승[浮盃老釋] : 남조(南朝) 송(宋) 때의 성명을 모르는 한 고승(高僧)이 조그만 잔을 타고 하수(河水)를 건넜으므로 세상 사람들이 배도화상(杯渡和尙)이라고 일컬었다.
149 맑은 시편 땅에 던지니 금석소리 나네[淸篇擲地見金聲] : "시를 땅에 던지면 금석 같은 소리가 난다.[擲地作金石聲]"라는 뜻으로 훌륭한 시문을 말한다. 진(晉)나라 손작 (孫綽)이 시문을 잘 지었는데, 일찍이 〈천태산부(天台山賦)〉를 지어 범영기(范榮期)에 게 보이면서 "경(卿)은 이것을 땅에 던져 보라. 응당 금석(金石) 소리가 날 것이다."라고 한 데서 유래하였다. (『진서(晉書)』「손작전(孫綽傳)」)
150 『성사여향(星槎餘響)』 : 가죽(可竹) 월심성담(月心性湛)의 『상한성사여향(桑韓星 槎餘響)』을 가리킨다.

동무(東武: 江戸)

조선국 세 분 사신[151]께 드리다
奉呈朝鮮國三使臺下

정수(正數)[152]

일본 사행 박망후[153]처럼 다하는데	奉使日東窮博望
사신 수레 이르는 곳마다 문장 드날리네	星軺到處擅文章
몇 년 동안 화친 닦아 명성 중해졌고	幾年修睦名聲重
만 리 먼 길 행차에 도의 향기롭다오	萬里行裝道義芳
호기로운 시낭 속 구슬은 밤에 빛나고	豪氣詩囊珠照夜
멋스런 채색 붓 푸르름 향기 나네	風流彩筆綠生香
하늘가에서 다행히 통성명하게 된다면	天涯幸假得通刺
일본과 조선의 옛 맹약 오래가길 축원하리	敬祝桑韓舊範長

신유한께 부치다
奉寄申維翰案下

동(仝)

육로와 해로로 만 리 하늘 동쪽에 이르니	梯航萬里到天東

---

151 조선국 세 분 사신 : 정사 홍치중(洪致中) · 부사 황선(黃璿) · 종사 이명언(李明彦).
152 정수(正數) : 미견정수(尾見正數, 오미 마사카즈). 주103 참조.
153 박망후(博望侯) : 흉노(匈奴)를 정벌하고 박망후(博望侯)에 봉해진 한(漢)나라 장건(張騫). 뒤에 대하(大夏)에 사신(使臣)으로 가서 황하(黃河)의 수원(水源)을 끝까지 탐사(探査)하였다고 한다.

훌륭한 명성 자자하고 기개 높은 영웅이로세   籍甚榮名蓋世雄
성대한 예로 함께 우러르니¹⁵⁴ 현주의 덕이요   盛禮具瞻賢主德
전대¹⁵⁵를 돈독하게 하니 사신의 충성이라네   專對敦好使臣忠
구름 사이 붉은 기운은 규성의 반짝임이요   雲間紫氣奎光動
꿈속의 채색 붓은 문장의 융성함이로다   夢裏彩毫文藻隆
파가¹⁵⁶ 한 곡조 지으니 그대 비웃지 말게   一曲巴歌君莫笑
태평시대 노랫가락 시 속에 담겨 있다오   太平聲調入詩中

신묘년에 내빙한 사신 동곽 이공¹⁵⁷과 용호¹⁵⁸·경호¹⁵⁹·정곡¹⁶⁰·화암¹⁶¹ 등 여러 선비들은 무탈하신지요? 이공에게 특별히 아낌과 사랑을 받아, 창화함이 많았기 때문에 소식을 듣고 싶습니다.

---

154 함께 우러르니[具瞻] : 『시경』 「소아」〈절남산(節南山)〉에 "높은 저 남산이여, 돌이 많이도 쌓였도다. 혁혁한 태사 윤씨여, 백성들이 다 너를 우러러보도다.[節彼南山, 維石巖巖。赫赫師尹, 民具爾瞻。]"라고 한 데서 온 말로, 백성들이 다 우러러본다는 것은 곧 재상(宰相)의 지위를 가리킨다.
155 전대(專對) : 사신이 외국에 나가 독자적으로 임기응변하며 응답하는 것을 말한다.
156 파가(巴歌) : 파곡(巴曲). 파인(巴人). 곧 하리파인곡(下里巴人曲)을 말한다. 송옥(宋玉)의 「대초왕문(對楚王問)」에, "어떤 나그네가 영중(郢中)에서 노래하는데 처음에 하리파인곡을 부르니, 화답하는 자가 수천 명에 달했다."라고 하였다. 여기서는 자기의 글을 낮추어 말한 것이다.
157 동곽(東郭) 이공(李公) : 1711년 통신사행 때의 제술관 이현(李礥).
158 용호(龍湖) : 1711년 통신사행 때의 서기 엄한중(嚴漢重).
159 경호(鏡湖) : 1711년 통신사행 때의 서기 홍순연(洪舜衍).
160 정곡(貞谷) : 1711년 통신사행 때의 사자관 이수장(李壽長).
161 화암(華菴) : 1711년 통신사행 때의 사자관 이이방(李爾芳).

세 분 서기께 드리다
奉贈三記室吟榻

정수

수레 멀리 야마대[162] 동쪽에 이르렀는데	軺車遠到馬臺東
옥절이 구름 뚫고 오니 순고한 기풍이로세	玉節凌雲淳古風
사신이여[163] 이 같은 사람 아직도 있다니	使乎若斯人尙在
뛰어난 재주 탁월하여 관중을 진동시키네	英才卓犖動關中

미견공[164]께서 주신 시에 수응하다
奉詶尾見公惠寄

신비서(申祕書)[165]

술과 노래 무르익은 바다 동쪽	高歌斗酒海之東
천지의 남아들 몇이나 영웅인가	天地男兒幾箇雄
문무 모두 연시의 뼈[166]로 팔리지 못하고	書劍未沽燕市骨

---

162 야마대[馬臺] : 일본을 가리킨다. 『후한서(後漢書)』·『양서(梁書)』·『수서(隋書)』 등 중국 사서(史書)에 야마대(邪馬臺) 혹은 야마대국(邪馬臺國)이라고 기록되어 있다.

163 사신이여[使乎] : 거백옥(蘧伯玉)의 사신이 전대(專對)를 잘하자 공자(孔子)가 '훌륭한 사신이여[子曰: 使乎使乎]'라고 두 번이나 찬탄한 고사가 전한다.

164 미견공(尾見公) : 정수(正數)의 씨(氏)가 미견(尾見)이다.

165 신비서(申祕書) : 제술관 신유한(申維翰)을 가리킨다.

166 연시의 뼈[燕市骨] : 옛날 어느 임금이 1천 금(金)을 상으로 내걸고 천리마를 구하려다가 3년 뒤에 죽은 말 한 마리의 뼈를 5백금에 사들였는데, 1년도 채 안 되어 천리마 3필을 얻게 되었다는 천금시골(千金市骨)의 고사를 전용한 것이다. 이는 전국시대 연(燕) 소왕(昭王)이 현사(賢士)를 구하려고 할 때, 곽외(郭隗)가 소왕에게 말해 준 설화로 훌륭한 인재를 구하려면 그보다 못한 사람부터 후대해야 한다는 의미로 쓰였다.

햇볕과 미나리¹⁶⁷로 야인의 충성 흉내내었지	曝芹長擬野人忠

햇볕과 미나리[167]로 야인의 충성 흉내내었지 　曝芹長擬野人忠
백 년이나 호해에서 호기 칭할 만했고[168] 　百年湖海稱豪氣
천 리나 퍼진 풍요는 태평성세[169]에 속하네 　千里風謠屬泰隆
알겠구나, 사신들이 희색 가득함은 　解道星槎多喜色
새로 지은 시 멀리 역정으로 부쳐서임을 　新篇遙寄驛樓中

족하의 시를 얻고 시원스레 역정의 가을빛이 더해졌는데, 다시 신묘년의 옛 일[170]을 듣고 족하께서 삼한과 교분을 맺음에 호의가 있음을 알게 되었습니다. 정신이 왕성하던 이동곽(李東郭)이 불행하게도 갑작스럽게 운명하여 묘소에 풀이 난 지도 이미 오래되었고, 홍(洪)과 엄(嚴)[171] 등 제공들은 혹은 벼슬을 하기도 하고 혹은 물러나 있기도 한데, 모두 무탈합니다.

167 햇볕과 미나리[曝芹] : 성의만 지극할 뿐 식견이 모자란 예물이라는 뜻. 옛날 미나리 맛이 기막히다고 윗사람에게 바쳤다가 조소를 당한 헌근(獻芹)의 고사와, 따뜻한 햇볕을 임금에게 바치면 중상(重賞)을 받을 것이라며 기뻐했다는 헌폭(獻曝)의 고사가 있다. (『열자(列子)』「양주(楊朱)」)
168 호해에서 호기 칭할 만했고[湖海稱豪氣] : 삼국시대 국사(國士)로 이름이 높았던 허사(許汜)와 유비(劉備)가 형주목사(荊州牧使) 유표(劉表)와 함께한 자리에서 천하의 인물을 논하면서 "진원룡(陳元龍)은 호해(湖海)의 선비라 그 호기가 없어지지 않았다."라고 하였다.
169 태평성세[泰隆] : 『대대례(大戴禮)』에 "근본을 귀하게 여기는 것을 문(文)이라 하고, 친히 쓰는 것을 이(理)라 하는데, 이 두 가지를 합쳐 문(文)을 이룩해서 태일(太一)에 귀결함을 곧 태륭(泰隆)이라 한다."라고 하였다.
170 신묘년의 옛 일 : 1711년 통신사행을 말한다.
171 홍(洪)과 엄(嚴) : 정덕(正德) 원년(1711) 신묘년 통신사행 때의 서기 홍순연(洪舜衍)과 엄한중(嚴漢重).

멀리서 미견공께서 주신 시에 화답하다
遙和尾見公惠韻

성몽량(成夢良)

동백꽃 시들어가는 오래된 절 동쪽에서　　　東柏華殘古寺東
멀리서 온 길손 돌아갈 생각에 서풍을 향하네　思歸遠客向西風
오교172의 수초 어느 곳에 있는지 아는가　　　五橋水艸知何處
낙엽 속에서 경자 병자173 시 전해오네　　　　競病詩傳落葉中

미견공께서 주신 시에 차운하다
奉次尾見公惠贈韻

강백(姜栢)

옛 절 동쪽에 등불 푸르게 빛나는데　　　　燈火靑熒古寺東
누워서 우수수 낙엽 지는 바람소리 듣네　臥聽蕭蕭落木風
우습구나! 시마 물리쳐도 떠나지 않고　　可笑詩魔推不去
따라 와 다시 괴로이 읊는 시심에 드네　隨來又入苦吟中

172　오교(五橋) : 두보(杜甫)의 〈제정십팔저작장고거(題鄭十八著作丈故居)〉 시에 "제오
교 동쪽 물에 한을 흘러 보내고, 황자파 북쪽 정자 시름이 서렸어라.[第五橋東流恨水,
皇陂岸北結愁亭。]"라는 구절이 있다.

173　경(競)자 병(病)자 : 험운(險韻)을 가지고 시를 짓는 것을 말한다. 양(梁)나라 조경종
(曹景宗)이 개선할 때에 양(梁) 무제(武帝)가 잔치를 베풀고 연구(聯句)를 시험했던 바,
험운인 경과 병 두 자만 남았을 때 조경종이 최후로 참여하여 시를 쓰기를, "떠날 땐
아녀자들이 슬퍼하더니, 돌아오매 피리와 북 다투어 울리네. 길가는 사람에게 묻노니,
곽거병 그 사람과 비교해 어떠한가?[去時兒女悲, 歸來笳鼓競。借問行路人, 何如霍去
病。]"라고 한 데서 온 말이다. (『남사(南史)』「조경종전(曹景宗傳)」)

동해사[174]에 이르러 미견공께서 부쳐주신 시에 차운하다
行到東海寺奉次尾見公寄惠之韻

장필문(張弼文)[175]

웅건한 자태 해 뜨는 동쪽에서 빼어나고	赳赳雄姿挺日東
시와 예를 숭상하니[176] 고인의 풍도로다	敦詩說禮古人風
우리네 고생길 오래됨을 가련히 여겨	爲憐吾輩辛勤久
멀리 객관으로 맑은 시편 부쳐주었구려	遠寄淸篇逆旅中

청천공께 부치다
奉寄青泉公

정수

객관은 쓸쓸히 등불 그림자 기울고	旅館蕭條燈影斜
차가운 밤 하늘가엔 나그네 꿈만 깊어가네	夜寒客夢杳天涯
동쪽 사행길 벌써 상건수[177]를 건넌 듯	東行旣似桑乾水

---

174 동해사(東海寺, 도카이지) : 동경(東京) 품천구(品川區)에 위치한 임제종(臨濟宗) 대덕사파(大德寺派)의 사찰. 일본 사행 중 조선 사신들이 묵었던 곳이기도 하다. 신유한의 『해유록(海遊錄)』(중) 9월 26일조에 "저녁에 품천(品川)에 당도하여 동해사(東海寺) 현성원(玄性院)에 관(館)을 정하였다. 집이 굉장하고 푸른 소나무가 10리에 뻗쳐 있었다."라고 하였다.

175 장필문(張弼文) : 서기 장응두(張應斗). 주93 참조.

176 시와 예를 숭상하니[敦詩說禮] : 춘추시대 진(晉)나라 대부 조최(趙衰)가 "극곡이 적합합니다. 신이 자주 그가 하는 말을 들었는데, 예악을 좋아하고 시서를 숭상하였습니다.[郤縠可。臣亟聞其言矣, 說禮樂而敦詩書。]"라고 한 데서 온 말이다. (『춘추좌씨전(春秋左氏傳) 희공(僖公) 27년)

177 상건수(桑乾水) : 당나라 시인 가도(賈島)의 〈도상건(渡桑乾)〉에 "병주의 나그네살

서쪽 향하는 강한[178]의 뗏목 또다시 아득하네	西進又遙江漢槎
사신의 공 이루어 성주에게 보답하고	玉節功成詶聖主
금낭에 시 가득하니 직분에 걸맞구나	錦囊詩滿稱官家
성긴 재주로 어찌 그대 뵐[179] 생각 했으랴	疎才豈料得荊識
시단에 올라[180] 입 놀리게 되어 기쁘다오	且喜登壇動齒牙

미견공께서 보내주신 시에 수응하다
奉詶尾見公惠贈

청천

역참에서 그대 만나 북두성 기울도록	驛舍逢君北斗斜
황홀히 구름 물가에서 학을 탔지	怳然騎鶴水雲涯
천년의 불로초, 진나라 동자 굴	千年藥艸秦童窟

이 십 년이 지나도록, 밤낮으로 고향 함양에 돌아가고 싶었네. 무단히 다시금 상건수를 건너니, 돌아보매 병주가 바로 고향처럼 느껴지더라.[客舍幷州已十霜, 歸心日夜憶咸陽。無端更渡桑乾水, 却望幷州是故鄉。]」라고 하였다.

178 강한(江漢) : 중국 장강(長江)과 한수(漢水)를 이르는 말. 『서경』 「우공(禹貢)」에 "마치 백관이 임금에게 조회하듯, 장강(長江)과 한수(漢水) 등 온갖 물줄기가 바다로 모여 든다.[江漢朝宗于海]"라고 하였다.

179 그대 뵐[荊識] : 형주의 장사(長史)로 있던 한조종(韓朝宗)에게 보낸 이백(李白)의 편지 「여한형주서(與韓荊州書)」 가운데 "살아서 만호후(萬戸侯)에 봉해지는 것보다도, 한 형주를 한 번 만나 보는 것이 소원이다.[生不用封萬戸侯, 但願一識韓荊州。]"라는 말에서 유래하였다.

180 시단에 올라[登壇] : 등단은 원래 '단에 오르다'는 뜻인데 회맹(會盟)이나 제사, 사신 접대 등 국가의 중요한 의식을 말한다. 여기서는 시 짓는 현장에 오르는 것을 뜻하는 것으로 보인다. 옛날 사령관의 권위를 높여주기 위해 단을 쌓고 예식을 행했던 고사에서 유래한 것이다. (『사기(史記)』「회음후열전(淮陰侯列傳)」)

팔월의 파도, 한나라 사신 배	八月濤漢客槎
강산에 시원한 경치 더해져 함께 기뻐하고	共喜江山添爽槩
한묵마당에 명가들 다 모이니 서로 놀랐지	相驚翰墨盡名家
은근히 붙잡는 호의[181] 감사하며	慇懃好謝場駒意
헤어진 뒤 새로 지은 시 읊조리네	別後新篇動頰牙

미견공께서 보내주신 시에 다시 화답하다
再和尾見公辱惠韻

여필(汝弼)[182]

각자 하늘 서쪽과 바다 동쪽에 사는데	各處天西與海東
우연히 서로 만나 높은 풍도에 읍하였네	偶然相值挹高風
내일 아침이면 구름 산 너머로 이별할 테니	明朝別路雲山隔
밤새도록 촛대 잡고 기쁜 정 나누리라	秉燭歡情一夜中

하룻밤 잠시 만나 사귀었는데도[183] 뇌의(雷義)와 진중(陳重)의 오래

---

181 붙잡는 호의[場駒] : 장구는 『시경』「소아(小雅)」〈백구(白駒)〉에 "새하얀 저 망아지가, 우리 채마밭 싹을 먹었노라고 핑계 대고서, 발을 동여매고 고삐를 매어, 오늘 아침 길게 늘여, 우리 귀한 손님, 여기에서 놀다 가시게 하리라.[皎皎白駒, 食我場苗, 縶之維之, 以永今朝, 所謂伊人, 於焉逍遙。]"라는 구절에서 인용한 것으로, 임금이 어진 은사(隱士)를 만나 못 가게 간절히 만류하는 뜻을 담고 있다.

182 여필(汝弼) : 서기 성몽량(成夢良). 주92 참조.

183 잠시 만나 사귀었는데도[傾蓋] : 수레를 멈추고 일산을 기울인다는 뜻으로, 길에서 잠깐 만남을 뜻한다. 『사기』「추양열전(鄒陽列傳)」에 백발이 되도록 오래 사귀어도 처음 사귄 듯하고, 수레를 멈추고 잠깐 만났어도 오래 사귄 듯하다고 하였다.

된 사귐[184]과 다름이 없었습니다. 내일 아침에 구름이 흩어지고 나면 삼성과 상성[185]처럼 멀리 떨어져 있게 될 것입니다. 훗날 금년을 보면 마치 지금 신묘년(1711)을 보는 것과 같을 것입니다. 하늘가에서의 이번 이별로 어찌 심정이 끊어지지 않겠습니까? 훗날 산속 누대에서, 부상에서 떠오르는 달을 보면 해외에 계신 그대가 생각날 것입니다. 돌아가 홍순연(洪舜衍)과 엄한중(嚴漢重) 등 여러 공들을 만나게 되면 마땅히 공의 간절한 마음을 전하도록 하겠습니다.

청천

만나서 기쁨을 나누는 것은 실로 전생의 좋은 인연에서 나온 것이며, 두 차례 수창시는 또한 서로를 보는 대신으로 삼을 수 있을 것입니다. 지금 밤은 이미 반쯤 지나갔고, 닭이 울어대며 또한 길을 재촉합니다. 바다산은 푸르게 우거졌는데 이별의 안타까움 길기만 합니다. 다만 태평한 시대에 밝은 임금을 만나 뵈었으니, 두 나라의 환호에 영원히 허물이 없을 것입니다. 각자 소중히 여겨 그리움을 달래도록 합시다.

---

184 뇌의(雷義)와 진중(陳重)의 오랜된 사귐 : 후한(後漢)의 진중(陳重)과 뇌의(雷義)는 우의(友誼)가 매우 두터워 향리에서 "아교와 칠을 두고 단단하다 하지만 뇌의와 진중만은 못하다.[膠漆自謂堅, 不如雷與陳。]"라고 일컬었다 한다. (『후한서(後漢書)』)

185 삼성(參星)과 상성(商星) : 서로 멀리 떨어져 있는 것을 뜻하는 말이다. 삼성(參星)은 새벽녘 서쪽 하늘에 떠있고 상성(商星)은 저녁 무렵 동쪽 하늘에 떠있어서, 각각 뜨고 지는 시각과 방향이 다르기 때문에 영원히 서로 만날 수 없는 데에서 유래한 것이다. (『춘추좌전(春秋左傳)』「소공원년(昭公元年)」)

청천공께 드리다
奉贈青泉公

정수

신선 배 타고 다시 머나먼 강가 건너와	仙槎再渡遠江濱
양춘 백설가[186] 높이 읊으니 귀신도 감읍하네	春雪高吟泣鬼神
배나 더한 다정함 어느 날이나 다할까	倍覺多情何日竭
한 쌍의 백옥 낮이나 밤이나 비치는구나	一雙白璧照昏晨

신저작(申著作, 申維翰)

또다시 새로운 시편을 주셨는데, 생각지도 않게 왕림까지 해주시다니 예의 법도에 벗어나 부끄럽기 한량없습니다. 역사(驛舍)에 가을 등불을 밝혀놓고 엄연히 신선 모임을 이루었으니 참으로 기쁘고 다행스럽습니다.

미주(尾州)[187]

학사 신공께 시를 드립니다. 나라에서 금지한 법 때문에 공을

---

186 양춘 백설가[春雪] : 초(楚)나라 서울인 영(郢) 땅에서 부른 곡조로, 〈양춘곡(陽春曲)〉과 〈백설가(白雪歌)〉를 가리킨다. 두 노래 모두 수준이 높은 곡들이다.

187 미주(尾州, 비슈) : 현재의 애지현(愛知縣, 아이치켄) 서부 지역. 미장국(尾張國, 오와리노쿠니)·미장주(尾張州, 오와리슈)라고도 한다. 율령제(律令制) 하에서는 동해도(東海道, 도카이도)에 속했다. 1871년 번(藩)을 폐지하고 현(縣)을 설치함에 따라 명고옥현(名古屋縣)이 되었다가 다음해 애지현으로 개칭하였고, 구(舊) 삼하국(三河國) 지역을 통합하였다. 통신사행 때 휴식을 취하거나 묵었던 기(起, 오코시)·명고옥(名古屋, 나고야)·명해(鳴海, 나루미)·도엽(稻葉, 이나바) 등이 이 지방에 속한다.

모실[188] 길이 없습니다. 멋대로 보잘것없는 시 한 수를 지어 공께 드리니, 살펴보시고 바로잡아주신다면 무한한 영광이겠습니다. 자애로이 헤아려주시길 바랍니다.

奉呈學士申公吟榻。拘國禁, 無緣御李。謾裁俚語一章, 以投左右, 仰瀆淸矚, 過眆郢斤, 榮幸何鑿乎, 伏祈慈炤

취황당(翠篁堂)[189]

두 나라의 태평 예나 지금이나 같아	二國昇平同古今
당당한 빈객 계림으로부터 오셨네	堂堂賓客自鷄林
깃발은 물결 가르며 연안에 이었고	旌旗分浪連汀岸
젓대소리 구름을 뚫고 물가에서 들리네	笙笛徹雲聞水潯
채익선 바람 스치며 해상에 떠 있고	綵舫拂風浮海上
비단옷 햇살 받아 물결 속에 비치네	繡衣映日照波心
바라보며 얼마나 많이 그리워했던가[190]	翹望多幾渴塵積
나랏법 엄해 만나기[191] 어려워 한스럽네	邦憲恨嚴疎盍簪

---

188 공을 모실[御李] : 어리(御李)는 현자(賢者)를 경모(敬慕)하는 일. 후한(後漢)의 순상(荀爽)이 이응(李膺)의 어자(御者)가 된 것을 기뻐하였다는 고사에서 나온 말이다.

189 취황당(翠篁堂) : 강호시대 전-중기의 한시인(漢詩人). 주104 참조.

190 그리워했던가[渴塵] : 갈진은 가슴이 바짝 말라붙어 먼지가 일어난다[渴心生塵]는 말로, 간절한 그리움을 뜻한다.

191 만나기[盍簪] : 뜻 맞는 이들이 서로들 달려와 회동하는 것을 말한다. 『주역(周易)』「예(豫)」에, '붕합잠(朋盍簪)'이라 하였고, 그 주석에 합(盍)은 회합의 뜻이요, 잠(簪)은 빠르다는 뜻이라 하였으니, 여러 친구들이 빨리 와서 회합하는 것을 뜻한다.

적은사¹⁹²께서 부쳐주신 시에 화답하다
奉和荻隱士見寄

청천

사모¹⁹³와 황화¹⁹⁴ 지금도 읊고 있는데	四牡皇華詠在今
바다 뗏목 사행 마치고 계림으로 돌아가네	海槎行盡復鷄林
소미성¹⁹⁵은 노인성¹⁹⁶의 그림자 비추고	少微星照老人影
부사산은 호수 물가에서 높기도 하구나	富士山高湖水潯
은거하며¹⁹⁷ 밝은 달빛 길게 노래하고	叢桂長歌明月色
지초 캐며 멀리서 그리운 마음 보내주네	采芝遙贈白雲心
선계가 지척인데 잠시의 만남조차 어긋나	仙源咫尺違傾蓋
나그네 비녀에 감도는 풍진 견디지 못하겠네	不耐風塵繞客簪

---

192 적은사(荻隱士) : 적(荻) 지방의 은사. 취황당(翠篁堂)을 말한다.

193 사모(四牡) : 네 필의 수말이라는 뜻으로, 『시경』 「소아(小雅)」의 편명이다. 왕명을 봉행하는 사신을 위로하기 위해 지어진 시이다.

194 황화(皇華) : 『시경』 〈녹명지십(鹿鳴之什)〉 제3편 〈황황자화(皇皇者華)〉 시를 말한다. 임금이 사신을 보내면서 그 노고를 위로한 시이다.

195 소미성(少微星) : 처사(處士)를 상징하는 성좌(星座) 이름.

196 노인성(老人星) : 남극(南極)에 있는 별이름. 춘분(春分)과 추분(秋分) 때 나타나는데, 이 별을 보는 사람은 오래 산다고 한다.

197 은거하며[叢桂] : 총계는 계수나무가 무더기로 자라는 곳으로, 『초사』 〈초혼(招魂)〉에 "계수나무는 총생함이여, 산의 그윽한 곳이로다. 어엿하게 길이 굽었음이여, 가지가 서로 얽혔도다.[桂樹叢生兮, 山之幽。偃蹇連蜷兮, 枝相繆。]"라고 한 데서 온 말로, 고결(高潔)한 은사(隱士)가 있는 곳을 의미한다.

진사 경목자께 부치다
呈寄進士耕牧子旅案

취황당(翠篁堂)

조선에서 사신 오니	星使自朝鮮
앞 다투어 바라보네	企望更競先
먼 산 긴 물길 지나며	遙山長水道
천 리 배에 파도 가득하네	千里滿波船
채색 깃발의 용과 뱀 꿈틀대고	綵旆龍蛇動
비단 돛의 난새와 봉새 펄럭이네	錦帆鸞鳳翩
뭇사람들 오래도록 고대하다가	衆人瞻仰久
반가이 맞이하며 손님 자리 쓰네	倒履掃賓筵

기이(其二)

신선 배 타고 만 리에서 처음 온 손님	仙槎萬里初來客
행렬 끝없이 이어지고 의기 두텁구나	行裝悠揚意氣濃
여관에서 나랏일로 분주함 알았으나	旅館爲方知鞅掌
거친 시 멋대로 지어 바쁜 그대 방해하네	蕪詩謾綴妨恩中

기삼(其三)

이 시는 화운시가 없다. 바쁜 일 때문이라고 한다.

옥연환체(玉連環體) 글을 지어 먼 길을 자유롭게 왔다 돌아가는
것을 드러내면서 화운시를 구하다 [번역생략]
裁玉連環之文以表成長程往還自由伏丐高斤和

취황당 시운에 화답하다
和贈翠篁堂韻

경목자(耕牧子)[198]

가을빛 철 늦은 국화 고운데	秋光晚菊鮮
먼 길손 기러기보다 앞서 왔네	遠客雁來先
업무는 천 권 분량인데	事業唯千卷
행장은 배 한 척 정도라오	行裝只一船
타향이라 울적함 심했는데	殊方增鬱悒
좋은 밤 함께 하여 기쁘구려	良夜喜聯翩

---

198 경목자(耕牧子) : 강백(姜栢, 1690~1777). 조선 후기의 문신 겸 시인. 자는 자청(子
青), 호는 우곡(愚谷)·경목(耕牧). 경목자(耕牧子)라고도 한다. 찰방 역임. 과시(科詩)
에 능했으며 시풍(詩風)이 호탕하였다. 1719년 통신사행 때 서기로 일본에 다녀왔다.

만남은 진실로 부평초라서 　　　　　　　邂逅眞萍水
내일 아침이면 헤어지겠구나 　　　　　　明朝有別筵

기이
其二

　　　　　　　　　　　　　　　　　　　동(仝)

미주[199] 옛 절에 나그네 묵으니 　　　　尾州古寺行人宿
귤과 유자의 가을빛 사원 가득 짙구나 　橘柚秋光滿院濃
한 바탕 웃으며 맞이해주는 시 동무 있어 一笑逢迎詩伴在
맑은 밤 밝은 달빛 속에서 낭랑히 읊조리네 朗吟淸夜月明中

저의 성은 택(宅)이고, 이름은 응린(應璘)이며, 자는 수부(粹夫), 별호(別號)는 발헌(潑軒)입니다. 오랫동안 높은 위의를 듣고 가까이에서 모시기를 간절히 바랬는데, 일 때문에 그만 훌륭한 말씀을 받들지 못하고 사사로이 뵙고 싶은 마음만 날로 더하였습니다. 이에 절구 한 수를 지어 저의 회포를 펴보았으니, 다행히 맑은 화운시를 내려주시면 감사하겠습니다.

---

199 미주(尾州, 비슈) : 현재의 애지현(愛知縣, 아이치켄) 서부 지역. 미장국(尾張國, 오와리노쿠니)·미장주(尾張州, 오와리슈)라고도 한다. 주187 참조.

신학사께 부치다
寄贈申學士

발헌(潑軒)[200]

공무로 유람하다 바다 동쪽 물가에 수레 멈추고	官遊駐駕海東濱
일 마치자 돌아가고 싶어 자주 서쪽 바라보네	竣事西望歸思頻
지금 이별하고 나면 다시 만나기 어려울 테니	好是別離難再會
채색붓으로 온갖 봄꽃 소식 알려주면 좋겠네	彩筆幸報百花春

객관이 분주하니 학사의 화운시가 어찌 있겠는가?

부사산 절구 한 수를 지어 신학사께 드리다
題士山一絶書以呈申學士案下

동(仝)

부사산은 예나 지금이나 자태 변함없어	士山不改古今容
해 뜨는 동쪽의 제일가는 봉우리라네	便是日東第一峰
흰 눈 영롱하게 팔엽봉 에워싼 채	白雪玲瓏圍八面
그림자 창해에 떠 신령한 자취 넘치네	影浮蒼海漫靈蹤

---

200 발헌(潑軒) : 강호시대 전-중기의 한시인(漢詩人) 택발헌(宅潑軒, 다쿠 핫켄). 주105 참조.

부사산을 읊은 발헌의 시에 멀리서 화답하다
遙和潑軒詠富士山詩

청천

그대 파리한 모습으로 사슴 타고	聞君騎鹿自癯容
바다 위에서 부사산 시 지었다지	海上題詩白雪峰
옥정의 백련화²⁰¹ 별 탈 없겠지요?	玉井蓮花無恙否
천년이나 세간의 자취 빌리지 않았으니	千年不借世間蹤

조선국 제술관 청천선생께 시를 드리며 바로잡아주시길 청하다
奉呈朝鮮國製述官青泉先生旅榻下伏丐郢政

붕숭(朋崇)²⁰²

예전에 선린우호 다져 태평한 기운 상서롭더니	昔修鄰好泰平祥
지금 부상에 빛나는 삼성²⁰³ 보게 되었네	今見三星耀搏桑
구슬 드리운 깃발은 향기로운 귤에 이슬 맺힌 듯	金節垂珠香橘露

---

201 옥정의 백련화[玉井蓮花] : 옥정은 태화산(太華山) 꼭대기에 있다는 못 이름인데, 한유의 〈고의(古意)〉 시에 "태화봉 산꼭대기 옥정의 연꽃은, 크기가 열 길이고 뿌리는 배와 같네. 차갑기는 서리와 눈 달기는 꿀과 같나니, 한 조각만 입에 물어도 묵은 병이 싹 낫네.[太華峰頭玉井蓮, 開花十丈藕如船。冷比雪霜甘比蜜, 一片入口沈痾痊。]"라고 하였다.

202 붕숭(朋崇) : 강호시대 전-중기의 한시인(漢詩人) 산기붕숭(山崎朋崇, 야마자키 도모타카). 주106 참조.

203 부상에 빛나는 삼성[三星耀搏桑] : 부상(搏桑)은 부상(扶桑)·부상(榑桑)·부목(搏木)이라고도 하며, 전설상 해 돋는 곳에서 자란다는 신목(神木)으로 일본을 가리키는 말이다. 삼성(三星)은 오리온자리의 삼형제별을 뜻하기도 하고, 복(福)·녹(祿)·수(壽)의 세 신(神)을 가리키기도 한다.

옥 박힌 비단 옷은 붉은 단풍에 서리 내린 듯	繡衣點玉赤楓霜
어진 바람 간간이 관현소리 보내오고	仁風陣陣送絃至
화락한 기운 아련히 피리에 울려 퍼지네	和氣悠悠入管揚
마침 소춘[204]이라서 빼어난 경치 많아	正是小春饒勝景
시 짓는 자리에 나가지 못한다면 미치겠지요	題詩不就意將狂

산기공께서 주신 시에 화답하다
奉和山崎公惠贈

청천

길조 알려준 천지기운에 한 바탕 웃으며	一笑乾坤報吉祥
편안한 복장으로 시상[205]에 누워 있네	太平衣服臥柴桑
구름 이는 새벽에 서산에서 약을 캐고	西山采藥雲生曉
서리 같은 달빛 속에 남포에서 구슬 찾네	南浦探珠月似霜
마침 빈연에 들어 등불 아래 앉으셨으니	正値賓筵燈下坐
술자리에서 시묵 드날려도 무방하오	不妨詩墨酒邊揚
평소 옥갑에 새긴 교룡 자줏빛으로 빛나	平生玉匣蛟龍紫
만나보니 그대 의기 광달함 사랑스럽소	邂逅憐君意氣狂

『상한훈지(桑韓塤篪)』 권1 마침

---

204 소춘(小春) : 음력 10월. 겨울철에 양기(陽氣)가 발동하면 만물이 귀의할 곳을 얻게
되고, 그 기운이 봄처럼 따뜻하게 되기 때문에 소춘(小春) 혹은 소양춘(小陽春)이라고
한다.

205 시상(柴桑) : 중국 강서성(江西省) 구강현(九江縣) 서남쪽에 있는데, 진(晉)나라 도
잠(陶潛)이 일찍이 그 산에서 전원을 즐기며 살았다.

桑韓塤篪 卷一

皇和享保己亥
附列朝韓使來聘考
桑韓塤篪集
京華書坊奎文館發行

序

　　享保己亥之秋，朝鮮使臣，航海修聘，申製述、姜、成、張三書記從焉。於是，闔國操觚之士，爭先投刺，得片語隻字者，喜如獲連城之璧，別後歎惜如嬰兒之離乳媼。有一庠生問曰："斯邦之人於韓客，何喜相遇而悲相別之若斯太甚也？"余答曰："子不聞乎？古云'樂無樂兮新相知，悲無悲兮生別離。'朝鮮之與日本，阻海關山，同世異處，相遇之希，而繼見之難，無物所愈，悲喜之深，或不固宜乎？"談未畢，雒之市隱用拙子齎書告曰："《桑韓篪塤》刻成，尚虛首簡，子盍題之？"余撫掌曰："同臭味者，世有其人。"余與用拙子，無半面之識、班荊之款，而遠需鄙文，此豈偶然情乎？且余自一辭京城，宦游業已二十霜，京輦消息恍如隔塵世，今聞集中所載多鄉人之作，喜人物之盛不異於昔時。

終書一場茗柯, 附諸潮信, 序云乎哉!"

享保庚子花朝平安前田時棟父秉翰於松山餐霞館。

列朝韓使來聘考

三韓來聘, 世著于國史, 使价姓名, 皆可考知也。因記貞治以來來聘歲月、使員大略, 以備考云。

後光嚴帝貞治五年丙午秋, 義詮公爲將軍時, 高麗使來, 著于出雲而赴洛, 不入于洛中, 使居天龍寺。

後圓融帝永和三年丁巳, 義滿公爲將軍時, 高麗使者鄭夢周【號圃隱, 謚文忠。】等來聘, 至築紫 博多, 見探題今川了俊而還。不至于京師。【事見《東國通鑑》等書。】

後花園帝永享十一年己未秋七月, 義教公爲將軍時, 朝鮮僉知中樞院事高得宗、虎勇侍衛司大護軍尹仁甫等來聘。【見《善鄰國寶記》。】

寬正元年庚辰秋, 義政公爲將軍時, 朝鮮使者來。

後陽成帝 天正十八年庚寅, 豐臣秀吉公爲關白時, 上使僉知黃允吉、副使司成金誠一、書狀官典籍許筬等來聘。

慶長元年丙申秋七月, 全羅道觀察使黃愼將官、朴弘長等來聘。【按秀吉公不面而還之。】

慶長九年甲辰[206], 東照宮時, 僧松雲大師 維政來請俘。金孝舜、孫文彧[207]等同來。

206　원문 '慶長十一年丙午'를 '慶長九年甲辰'으로 바로잡는다.
207　원문 '孫武彧'을 '孫文彧'으로 바로잡는다.

慶長十二年丁未, 呂祐吉、慶暹、丁好寬等來謝歸俘。

後水尾帝元和三年丁巳秋八月二十三日, 台德大君時, 吳允謙、朴梓、李景稷等來於伏見城拜謁。

寬永元年甲子, 姜弘重來。

明正帝寬永十三年丙子冬十一月, 大猷大君時, 正使任絖【號白麓。】、副使金世濂【號東溟。】、從事黃㦿【字子由。】、製述官權伏【字子敬, 號菊軒。】、醫師吳信甫等來聘。【按十一月日發京, 十二月六日至東武, 又拜日光山。】

寬永二十年癸未夏六月, 正使尹順之【字樂天, 號洚溟。】、副使趙絅【字日章, 號龍洲。】、從事申濡【字君澤, 號竹堂。】、製述官朴安期等【字眞卿, 號螺山。】來, 奉賀嚴有大君降誕。【按夏六月入京, 秋七月七日到東武。二十二日詣日光山, 獻祭器幷其國王所題額, 二十九日歸東武。】

後西帝明曆元年乙未秋九月, 嚴有大君時, 正使趙珩、副使俞㙫【號秋潭。】、從事南龍翼【號壺谷。】、製述官李明彬【字文哉, 號石湖。】等來聘。

法皇天和二年壬戌秋八月, 常憲大君時, 正使尹趾完【字叔麟, 號東山。】、副使李彦綱[208]【號鷺湖。】、從事朴慶後[209]【號竹菴。】、製述官成琬【字伯圭,[210] 號翠虛。】、書記洪某【名[211]世泰, 號滄浪。】、李聃齡[212]【號鵬溟。】、寫字李三錫【號雪月堂。】、安愼徽[213]【字典叔, 號愼齋。】、某【號寒松齋。】等來聘。

今上皇帝正德元年辛卯秋九月, 文昭大君時, 正使趙泰億【字大年, 號平泉。】、副使任守幹【字用譽, 號靖菴。】、從事李邦彦【字美伯, 號南岡。】、製述官

---

208 원문에는 '從事李彦綱'으로 되어 있으나 '副使李彦綱'으로 바로잡는다.
209 원문에는 '副使朴慶佼'으로 되어 있으나 '從事朴慶後'로 바로잡는다.
210 원문에는 '伯孝'로 되어 있으나 '伯圭'로 바로잡는다.
211 원문에는 '字'로 되어 있으나 '名'으로 바로잡는다.
212 원문에는 '李盤谷'으로 되어 있으나 '李聃齡'으로 바로잡는다.
213 원문에는 '徵'으로 되어 있으나 '徽'로 바로잡는다.

李礩【字重叔，號東郭。】，書記洪舜衍【字命九，號鏡湖。】、嚴漢重【字子鼎，號龍湖。】、南聖重【字仲容，號泛叟。】，醫師奇斗文【號嘗百軒。】，寫字李壽長【字仁叟，號貞谷[214]。】、李爾芳【字馨遠，號花菴[215]。】等來聘。

享保四年己亥秋九月，今大君時，正使洪致中【字士能[216]，號北谷。】，副使黃璿【字聖在[217]，號鷺汀。】，從事李明彦【字季通[218]，號太湖。】，製述官申維翰【字周伯，號青泉。】，書記姜柏【字子青，號耕牧。】、成夢良【字汝弼，號嘯軒。】、張應斗【字弼文，號菊溪。】，醫師權道【字大原，號卑牧。】，寫字鄭世榮【字后僑，號菊塘。】、李日芳【號月巖。】，畫工咸世輝【號翠軒。】等來聘。

列朝韓使來聘考【畢。】

韓使官職姓名

通信三使臣

○正使

通政大夫吏曹參議知製教洪致中，號北谷。

○副使

通訓大夫行弘文館典翰知製教兼經筵侍讀官春秋館編修官黃璿，號

---

214 원문에는 '花菴'으로 되어 있는데, 이는 뒤 '李爾芳'의 호 '貞谷'과 혼동한 것으로 보여 바로잡는다.
215 이이방의 호가 앞의 李壽長의 호라고 한 '花菴'일 것으로 추정되나, 일설에는 '海峰'이라고도 한다.
216 원문에는 '□□'으로 되어 있으나 '士能'으로 바로잡는다.
217 원문에는 '□□'으로 되어 있으나 '聖在'로 바로잡는다.
218 원문에는 '□□'으로 되어 있으나 '季通'으로 바로잡는다.

鷺汀。

○從事

通訓大夫行弘文館校理知製教兼經筵侍讀官春秋館記注官李明彦,
號太湖。

員役

○上上官

同知 朴再昌

僉知 韓[219]俊瑗

僉知 金圖南

○上判事 三員

僉知 韓重億

判官 李樟

判官 鄭昌周【按四過北京, 二遊日東。今六十九歲。】

○製[220]述官

着作 申維翰, 字號靑泉。乙酉以詩進士二等, 癸巳以賦得及第。

○書記

進士 姜栢, 號耕牧子, 又號秋水。

進士 成夢良, 號嘯軒。癸丑生, 今年四十七。成翠虛之猶子。【按翠
虛, 名琬, 字伯圭, 壬戌學士。】

---

219 원문에는 '翰'으로 되어 있으나 '韓'으로 추정된다.
220 원문에는 '制'로 되어 있으나 '製'로 바로잡는다.

進士 張應斗, 字弼文, 號菊溪, 又號丹溪。今年五十。

○次上判事

僉正 金世鎰, 字百朋, 號竹窗。

奉事 韓纘興

○押物判事

副司猛 朴春瑞

奉事 金震烐

僉正 權興式

○良醫 一員

副司果 權道, 字大原, 號卑牧。今年四十二。

○醫員 二員

別提 白興詮, 字君平, 號西樵。

副司果 金光泗, 號小心軒。

○寫字官 二員

上護軍 鄭世榮

上護軍 李日芳, 號月巖。

○畫員 一員

副司果 咸世輝, 號翠軒。

○正使軍官 七員

折衝將軍 李思晟

同 崔必蕃

同 曷成績

同 沿得洞

都摠都事 具試

萬戶

副司猛 楊鳳鳴

○副使軍官 七員

折衝將軍 韓世元

都總經歷 洪德望

宣傳官 柳善基

宣傳官 元弼揆

虞候 朴昌徵

副司勇 鄭俊僑

副司猛 金漢主

○從事官軍官三員

監察 趙倏

郎廳 金瀗

副司果 金錫

○別破陣[221] 二員

尹希哲

金世萬

○馬上才 二員

姜相周

---

221 원문에는 '陳'으로 되어 있으나 '陣'으로 바로잡는다.

沈重雲

○**理馬 一員**

金萬

○**典樂 二員**

金重立

咸經亨

○**伴倘 三員**

崔鳴淵

申命禹

尹昌世

○**騎船將 三員**

金鼎一

徐碩貴

金漢向

以上自三使, 至次上官, 合五拾員中官, 一百六十人。

內

都道訓222 三人,	卜船將 三人,
禮單直 一人,	廳直 三人,
盤纏 一人,	小通事 十人,
小童 十六人,	三使奴子 六人,

---

222 都道訓：통신사행의 수행원으로, 훈도(訓導) 중에서 최선임 훈도인 도훈도(都訓導)를 잘못 표기한 것으로 보인다.

一行奴子 四十六人,　　吸喝 六人,

使令 十八人,　　　　吹手 八人,

力尺 六人,　　　　　炮手 六人,

纛奉持 二人,　　　　形名旗奉持 二人,

旗手 八名。

下官二百六十人內, 騎、卜船沙士二十四人, 一依中官例交給事。

已上合四百七十五人, 一依壬戌年例者。

桑韓塤箎集目次

卷之一

列朝韓使來聘考

可竹【天龍寺月心長老。 紫賜沙門。】

石霜【東福寺卽宗院菖長老。】

正使相北谷巨川詩

前賢過淸見寺詩

前賢驛路詩

副使相鷺汀奉贈以酊禪師詩

從事相太湖奉寄以酊禪師詩

東武

正藪【氏尾見, 字有孚。 昔家門人。】

尾州

翠篁堂【荻隱士。】

潑軒【姓宅, 名應璘, 字粹夫, 一字彌五左衛門。】

朋崇【姓山崎。】

卷之二

尾州

玄洲【姓朝比奈, 名文淵, 字涵德, 一字甚左衛門。】

蘭皐【姓木下, 名希聲, 字實聞, 一字達夫, 別稱玉壺眞人, 宇左衛門。】

鶴渚【姓福島, 名昌言, 字子道, 源五右衛門。】

久敬【姓野中, 名茂高, 字文八。】

保合【姓井出, 名勘平, 字良重, 又號夕替。】

卷之三

濃州

當壯菴【姓北尾, 名育仁, 字春圃。濃州大垣醫士。】

春竹【姓北尾, 名忠, 字信義。】

春倫【姓北尾, 名權, 字中正。今寓于江州彥根市間。】

卷之四

濃州

春倫

卷之五

濃州

道仙【姓北尾，名直，字行方。】

春達【姓北尾，名敬，字義方。】

春乙【姓北尾，名貞，字虛中。】

海山【姓菅，名徵，字董卿。浪華人。】

玄圃【姓大竹，名重，字子鼎，又號梅湖。濃州大垣人。】

立仙【姓伊藤。大垣醫士。】

三使相望湖亭詩三首

卷之六

江州彦根

三書記小野田氏盆石贊三首【小野田氏，名盛英。勢州龜山住。】

同州大津

齊省【姓服部，名保淑，字中孚，半右衛門。丹州龜山、青山侯洛邸留守。】

求其【姓本山，名昌詮，字三左衛門。丹州龜山、青山侯家臣。】

恕菴【姓和田，名參倚，字新兵衛。丹州龜山城書記。】

由己【姓中村，名貞恆，字幸太左衛門。丹州龜山侯家臣。】

不克子【姓衣笠，名尹實，字五左衛。丹州龜山侯家臣。】

箴齋【姓西村，名勝信，字七郎右衛門。丹州龜山侯家臣。】

浪華

自周齋【姓日比，名某，字正甫。浪華醫士。】

芳菴【姓廿山，名正昌。日比氏長子。今居作州津山。】

晚翠【姓松井，名貞恆，字安節，又稱止止齋。和州醫士。】

觀瀾【姓西村，名方，字圓流，一號伴花主人。】

卷之七

浪華

屏山【姓水足，名安直，字仲敬、半助。肥後州侯文學。】

出泉【姓水足，名安方，平之進。時年十有三。屏山子。】

菊洞【姓藤原，名維祺，字佐仲治。時年十有五。備中州松山記室前田一進子。】

龍洲【姓伊藤，名元熙，字光風，別號宜齋。越前州文學。】

卷之八

備後州

嘯軒答梅宇筆語幷詩

東郊【姓門岡，名直方，字宗佐。肥後州人。】

防州上關

圭齋【姓宇都宮，名三的，字一角。防州吉川侯文學。】

葵陽【姓飯田，名玄機，字道瑀。防州岩國醫士。】

毅齋【姓朝枝，名世美，字源次郎。文詩載在于京師及浪華部，姓名錯出于此。】

附東涯寄弟梅宇詩

卷之九

寬齋【姓飯田，名隆慶，字玄啓。京城醫士。】

剛齋【姓林，稱玄貞，實名義方。長州荻[223]城醫士。】

卷之十【題曰《韓客筆語》。】

---

223 원문에는 '荻'으로 되어 있으나 '萩'로 바로잡는다.

用拙齋【姓瀨尾，名維賢。京華人。】

矯宇【姓工藤，名敬勝，字忠伯。豊前州松平侯醫士。詩載在于京師部。】

補遺【姓名題于其卷首。】

桑韓塤篪集凡例

一．倭唱韓酬於諸州，珠玉猶多，而最難搜索，採偶入鄙家者彙編，不敢爲後先耳。

一．縉紳先生塤篪者亦多，而靈蛇遺珠，靑雲無路。他日如蒙下賜，猶嗣于此編，於遺集後錄有意耳。

一．諸名賢雄編鉅什，東西千里傳寫，落于人間。其文字僞誤亦多，然不漫改一畫。蓋其可否得失，則非淺見庸輩所容口吻，識者擇焉。

奎文館主人謹識

桑韓塤篪卷一

山水賛詞　　　　　　　　　　　　　　　月心性湛

嵽嶪巉巖聳，峻嶒古木眞。山川渾秀美，添得度橋人。

鞆津海岸山卽事

海國風煙自一奇，補陀岸畔幾時移。觀光非是人間境，比擬思量絶覺知。

浪華駕樓船

蘭舟裝色麗，解纜浪華陰。雲使棹歌遏，秋追籟韻深。流清玉川水，山列洛陽岑。幽賞柁樓景，茶芬爽鬱襟。

墨竹贊辭　　　　　　　　　　　　　　　　　石霜龍菖

新梢拂暑淨，綠竹含風香。不改四時色，簾前日月長。

過清見關

千古得名清見寺，太平不用立門關。畫圖今尚裝風景，三保前灣富士山。

富士山

絕巔登陟難，崒崔壓群巒。九月帶晴爽，千秋留雪寒。山根盤驛路，嵐翠鎖天壇。奇勝煙霞外，東遊得一歡。

右六首兩長老，於東武殿中，應台命，席上所賦，今落于人間，故錄。

渡巨川　　　　　　　　　　　　　　　　　　北谷

渺渺洪川白浪騰，無梁無筏險何勝。驛夫自有憑河術，盡使駐車扶獲淩。

清見寺

風鑒也奇美穗松，林巒刹古白雲封。巨鼇霜去名空有，背後長浮八葉峰。

驛上偶作

爽籟飂飂秋滿空，行裝尤覺馹陰恩。一千百里兩京遠，五十三郵大道通，遞驛弄蹄過短堠。癡蠅附尾逐長風，肩摩袂雜區區處，誰出邯鄲殘夢中。

奉贈以酊禪師詩　　　　　　　　　　　　　　　　鷺汀

禪門衣鉢有宗風，海外逢迎貌若童。雲衲摩來乘寶筏，驪珠落處見郵筒。周旋客路三秋過，講莅鄰盟百載同。旅窓昨夜勞相憶，脩竹蕭蕭月上空。

奉贈以酊禪師　　　　　　　　　　　　　　　　　太湖

八月槎邊河漢明，浮盃老釋笑相迎。爾來鄰好俱無間，吾輩交驩亦有榮。苦海迷津同寶筏，清篇擲地見金聲。不遑王事仍多病，莫怪瓊琚久未賡。

以酊老師之和韻，見《星槎餘響》。

東武

奉呈朝鮮國三使臺下　　　　　　　　　　　　　　正數

奉使日東窮博望，星軺到處擅文章。幾年修睦名聲重，萬里行裝道義芳。豪氣詩囊珠照夜，風流彩筆綠生香。天涯幸假得通刺，敬祝桑、韓舊範長。

奉寄申維翰案下　　　　　　　　　　　　　　　　仝

梯航萬里到天東，籍甚榮名蓋世雄。盛禮具瞻賢主德，專對敦好使臣忠。雲間紫氣奎光動，夢裏彩毫文藻隆。一曲巴歌君莫笑，太平聲調入詩中。

　辛卯聘使東郭 李公、龍湖、鏡湖、貞谷、華菴諸彥，無恙乎否？李公特蒙眷愛，倡和多般，故要聞知。

奉贈三記室吟榻　　　　　　　　　　　　　　　　　　正數
　輶車遠到馬臺東，玉節凌雲淳古風。使乎若斯人尙在，英才卓犖動關中。

奉詶尾見公惠寄　　　　　　　　　　　　　　　　　　申祕書
　高歌斗酒海之東，天地男兒幾箇雄。書劍未沽燕市骨，曝芹長擬野人忠。百年湖海稱豪氣，千里風謠屬泰隆。解道星槎多喜色，新篇遙寄驛樓中。

　得足下詩，爽然加驛亭秋色，復聞辛卯舊事，知足下有三韓托交之好。頓神王李東郭，不幸奄化，墓艸已宿，洪、嚴諸公，或仕或退，皆無恙。

遙和尾見公惠韻　　　　　　　　　　　　　　　　　　成夢良
　東柏華殘古寺東，思歸遠客向西風。五橋水艸知何處，競病詩傳落葉中。

奉次尾見公惠贈韻　　　　　　　　　　　　　　　　　姜柏
　燈火靑熒古寺東，臥聽蕭蕭落木風。可笑詩魔推不去，隨來又入苦吟中。

行到東海寺奉次尾見公寄惠之韻　　　　　　　張弼文

赳赳雄姿挺日東，敦詩說禮古人風。爲憐吾輩辛勤久，遠寄淸篇逆旅中。

奉寄靑泉公　　　　　　　正數

旅館蕭條燈影斜，夜寒客夢杳天涯。東行旣似桑乾水，西進又遙江漢槎。玉節功成諆聖主，錦囊詩滿稱官家。疎才豈料得荊識，且喜登壇動齒牙。

奉誂尾見公惠贈　　　　　　　靑泉

驛舍逢君北斗斜，悅然騎鶴水雲涯。千年藥艸秦童窟，八月波濤漢客槎。共喜江山添爽槩，相驚翰墨盡名家。慇懃好謝場駒意，別後新篇動頰牙。

再和尾見公辱惠韻　　　　　　　汝弼

各處天西與海東，偶然相値抱高風。明朝別路雲山隔，秉燭歡情一夜中。

一夜傾蓋，無異百年雷、陳。明朝雲散，參商落落。後之視今年，猶今視辛卯。天涯此別，豈不心折絶？異日山樓，見月出扶桑，想像海外顏面耳。歸對洪、嚴諸公，當傳公懇懇之懷耳。

　　　　　　　靑泉

邂逅一歡，實出前生好緣，兩度倡酬，又能作彼此顏面。今夜已過半，雞鳴且戒途矣。海嶠蒼蒼，別意俱長。但以時平俗泰，遭遇明王，兩邦歡好，永世無愆。各自珍愛，以慰相思。

奉贈青泉公 正數

仙槎再渡遠江濱,《春》、《雪》高吟泣鬼神。倍覺多情何日竭, 一雙
白璧照昏晨。

申著作[224]

復蒙賜新篇, 不謂枉臨, 坐墮禮度, 愧赧何量? 驛舍秋燈, 儼成神仙
會, 喜幸千萬千萬。

尾州

奉呈學士申公吟榻。拘國禁, 無緣御李。謾裁俚語一章, 以投左右, 仰
瀆清矚, 過覘郢斤, 榮幸何罄乎, 伏祈慈炤。 翠篁堂

二國昇平同古今, 堂堂賓客自鷄林。旌旗分浪連汀岸, 笙笛徹雲聞
水潯。綵艦拂風浮海上, 繡衣映日照波心。翹望多幾渴塵積, 邦憲恨
嚴疎盍簪。

奉和荻隱士見寄 青泉

《四牡》、《皇華》詠在今, 海槎行盡復鷄[225]林。少微星照老人影, 富
士山高湖水潯。叢桂長歌明月色, 采芝遙贈白雲心。仙源咫尺違傾蓋,
不耐風塵繞客簪。

呈寄進士耕牧子旅案 翠篁堂

星使自朝鮮, 企望更競先。遙山長水道, 千里滿波船。綵斾龍蛇動,
錦帆鸞鳳翩。衆人瞻仰久, 倒履掃賓筵。

---

224 원문에는 '著佐'로 되어 있으나 '著作'으로 바로잡는다.
225 원문은 '溪'로 되어 있으나 '鷄'로 바로잡는다.

其二

仙槎萬里初來客, 行裝悠揚意氣濃。旅館爲方知鞅掌, 蕪詩謾綴妨
悤中。

其三【此詩無和, 因悤忙, 云云。】

裁玉連環之文, 以表成長程往還自由, 伏丐高斤和。

和贈翠篁堂韻　　　　　　　　　　　　　　　　　耕牧子

秋光晚菊鮮, 遠客雁來先。事業唯千卷, 行裝只一船。殊方增鬱悒,
良夜喜聯翩。邂逅眞萍水, 明朝有別筵。

其二　　　　　　　　　　　　　　　　　　　　　　　仝

尾州古寺行人宿, 橘柚秋光滿院濃。一笑逢迎詩伴在, 朗吟淸夜月
明中。

僕姓宅, 名應璘, 字粹夫, 別號潑軒。久聞高儀, 切御李, 遇爲事所
徂, 不獲承謦咳, 懸企之私, 與日俱積矣。爰裁一絶, 以申鄙懷, 幸賜
淸和爲感。

寄贈申學士　　　　　　　　　　　　　　　　　　潑軒

官遊駐駕海東濱, 竣事西望歸思頻。好是別離難再會, 彩筆幸報百

花春。

【客館紛冗，學士和章烏有焉?】

題士山一絕書以呈申學士案下 仝

士山不改古今容，便是日東第一峰。白雪玲瓏圍八面，影浮蒼海漫靈蹤。

遙和潑軒詠富士山詩 青泉

聞君騎鹿自癯容，海上題詩白雪峰。玉井蓮花無恙否，千年不借世間蹤。

奉呈朝鮮國製述官青泉先生旅榻下伏丐郢政 朋崇

昔修鄰好泰平祥，今見三星耀搏桑。金節垂珠香橘露，繡衣點玉赤楓霜。仁風陣陣送絃至，和氣悠悠入管揚。正是小春饒勝景，題詩不就意將狂。

奉和山崎公惠贈 青泉

一笑乾坤報吉祥，太平衣服臥柴桑。西山采藥雲生曉，南浦探珠月似霜。正值賓筵燈下坐，不妨詩墨酒邊揚。平生玉匣蛟龍紫，邂逅憐君意氣狂。

桑韓塤篪卷一【終。】

상한훈지 권이

桑韓塤篪 卷二

상한훈지 권이

기해년(己亥年, 1719) 가을 9월 16일 밤, 신유한(申維翰)[1]·강백(姜栢)[2]·장응두(張應斗)[3]·백흥전(白興銓)[4]을 미장번(尾張藩)[5]의 빈관에서 만나다.

---

[1] 신유한(申維翰, 1681~1752) : 조선 후기의 문신 겸 문장가. 자는 주백(周伯), 호는 청천(靑泉). 1719년 통신사행 때 제술관으로 일본에 다녀왔고, 이때 지은 사행록『해유록(海遊錄)』이 있다. 문장이 뛰어났으며, 특히 시에 걸작이 많고 사(詞)에도 능하였다.

[2] 강백(姜栢, 1690~1777) : 조선 후기의 문신 겸 시인. 자는 자청(子靑), 호는 우곡(愚谷)·경목(耕牧). 찰방 역임. 과시(科詩)에 능했으며 시풍(詩風)이 호탕하였다. 1719년 통신사행 때 서기로 일본에 다녀왔다.

[3] 장응두(張應斗, 1670~1729) : 조선 후기의 문신 . 자는 필문(弼文), 호는 국계(菊溪). 1719년 통신사행 때 서기로 일본에 다녀왔다.

[4] 백흥전(白興銓, ?~?) : 조선 후기의 의관(醫官). 호는 서초(西樵), 자는 군평(君平). 1719년 통신사행 때 의원으로 일본에 다녀왔다. 양의(良醫) 권도(權道)와 함께 각기(脚氣)와 상한론(傷寒論) 관련 의학서에 대한 일본 의원과의 문답이『상한창수집』에 수록되어 있고, 11월 1일 통신사 일행이 경도 본능사(本能寺)에 숙박했을 때에는 가등겸재(加藤謙齋)와 인삼에 관해 필담을 나누기도 하였다.『승정원일기』에 의거하면, 1722년 부사과(副司果)를 제수 받고 대전(大殿)의 진료에 참여하는 등 사행을 다녀온 직후 경종대(1720~1724)에 최고 전성기를 구가하였고, 그 후 1728년 노령으로 관직을 그만둘 때까지 어의(御醫)로서 활동하였다.

[5] 미장번(尾張藩, 오와리한) : 애지현(愛知縣, 아이치켄) 서부 지역에 있던 미장국(尾張國, 오와리노쿠니)과 미농(美濃, 미노), 삼하(三河, 미카와) 및 신농(信濃, 시나노) 일부를 통치한 번이다. 덕천가강(德川家康, 도쿠가와 이에야스)의 자손이 번의 시조가 되었고, 이 때문에 번주는 대대로 미장덕천가(尾張德川家, 오와리도쿠가와케)가 맡았다. 미

아뢰다
稟

현주(玄洲)[6]

저의 성은 조(朝)이고, 이름은 문연(文淵)이며, 자는 함덕(涵德), 별호
는 현주(玄洲)입니다. 족하의 문장은 큰 파도가 이는 듯하고 학문은 산
처럼 우뚝 솟아 있어서, 그대의 높은 풍도가 사전에 우리나라에 알려
져 사람마다 환영한 지 오래되었습니다. 이제 사신의 깃발이 이곳에
임하여 안내를 필요로 하시어 특별히 숙소에 왔고, 또한 보잘것없는
시 한 편을 드리니 기쁜 마음으로 잘 살펴봐주시기를 바랍니다.

청천 신공께 드리다
奉呈靑泉申公

현주

사신 별 멀리 무창성 향해 가는데	使星遙指武昌城

장국 명고옥성(名古屋城, 나고야조, 현재의 나고야시)을 거성(居城)으로 하였고, 명치
(明治)시대 초에 명고옥번(名古屋藩)으로도 불렸다. 통신사행 때 사절단이 10여 차례나
이곳에 들렀다.

6 현주(玄洲): 조문연(朝文淵)・조현연(朝玄淵). 원명은 조비내문연(朝比奈文淵, 아사
히나 분엔, ?~1734)으로 강호시대 중기의 유학자이며 미장국(尾張國) 서기(書記)이다.
성을 달리 조(晁, 조)라고도 한다. 자는 함덕(涵德), 호는 현주(玄洲)・옥호(玉壺), 통칭
은 심좌위문(甚左衛門)이다. 적생조래(荻生徂徠)에게 배웠고, 미장(尾張) 명고옥번(名
古屋藩)에서 근무하였다. 1719년 동문인 목하난고(木下蘭皐)와 함께 조선 사신과 필담
을 나누었고, 글씨를 잘 써 칭송을 받았다. 난고(蘭皐)가 그의 시문과 필록(筆錄)을 모아
『객관최찬집(客館璀粲集)』을 편찬하였다.

삽상한 바람 만 리에서 생겨나네 颯爾雄風萬里生

맑은 풍경 속 높은 누각에 말을 매니 繫馬高樓淸景地

나부끼는 채색 붓이 동해에서 빛나네 翩翩彩筆耀東瀛

답하다
復

청천(靑泉)

저의 성은 신(申)이고, 이름은 유한(維翰)이며, 자는 주백(周伯), 호는 청천(靑泉)입니다. 관직은 지금 비서저작(秘書著作)이며, 외람되이 뽑혀 왔습니다. 뭍길 바닷길에 몹시 피로하고, 차고 습한 기운에 탈이 나, 이제 막 옷을 벗고 누워 있는 터입니다. 분에 넘치게 왕림하여 맑은 시를 주시어 매우 감격스럽습니다만, 직접 뵙고 말씀을 나누는 예를 갖출 수 없으니, 황송하여 땀이 날 지경입니다. 저의 졸시가 어찌 볼 만하겠습니까만 마땅히 틈을 내보겠습니다.

조현연이 주신 시에 수응하다
奉酬朝玄淵惠贈

청천

가을 달 가득한 강성에서 만나 相逢秋月滿江城

한 번 웃자 청산이 붓 아래 생기네 一笑靑山筆下生

그대 몸 일찍이 신선 되었으니 自是君身曾羽化

손잡고 삼신산에 오를 수 있겠네   可能携手上壺瀛

다시 신학사께 수응하다
再奉酬申學士

현주

시편에서 누가 사선성[7]을 대적하리오 詩篇誰敵謝宣城
비단 종이 먹의 흔적 기이한 기운 이네 彩牋墨痕奇氣生
이로부터 동도로 가는 천 리 길   從是東行一千里
날개로 바람 가르며 깊은 바다 건너네 凌風羽翼絶重瀛

아뢰다
稟

현주

一.

"동도(東都)에 성이 강도(岡島)이고 이름은 박(璞)이며, 자가 옥성(玉成) 또는 원지(援之)인 사람[8]이 있는데, 저와 막역한 사이입니다. 신묘

---

7 사선성(謝宣城) : 사조(謝朓). 남제(南齊)의 시인으로, 일찍이 선성태수(宣城太守)를 역임하였다.

8 성이 강도(岡島)이고 이름은 박(璞)이며, 자가 옥성(玉成) 또는 원지(援之)인 사람 : 강도관산(岡島冠山, 오카지마 간잔, 1674~1728)을 가리킨다. 강호시대 전-중기의 유학자. 이름은 명경(明敬)・박(璞), 자는 원지(援之)・옥성(玉成), 호는 관산(冠山), 통칭은 장좌위문(長左衛門)이며, 장기(長崎) 출신이다. 당통사(唐通事, 중국어 통역사)가 되어

(辛卯, 1711)년 사행 때 귀국의 이동곽(李東郭)[9]·정창주(鄭昌周)[10] 등과 인사를 나눈 적이 있고, 자못 칭찬을 받았습니다. 이제 사신의 일행이 동도에 이르면 그가 반드시 객청으로 올 것이니, 살펴 만나주신다면 그에게 영광일 뿐만 아니라 저에게도 다행일 것입니다. 유념해 주시기 바랍니다."

청천(靑泉)이 답함, "경사(京師, 동도)에 이르러 만약 원지가 저를 찾아온다면 마땅히 족하의 말대로 먼저 뜻을 전하고 은근한 기쁨을 나누겠습니다. 이동곽은 이미 세상을 떠났고, 정창주는 상판사(上判事)로 지금 이곳에 와 있습니다."

청천께서 몸이 좀 좋지 않다는 말을 듣고 이후로 물러나 만나지 못하였다. 다음 날 아침 떠날 때에 사람을 시켜 내게 몇 마디 전하기를, "조현주께서 어젯밤에 나를 만나러 오셨는데, 병이 나 조용히 말씀을 나누지 못하였습니다. 오늘 또 다시 뵙지 못하고 떠나게 되니, 무척 안타깝습니다."라고 하였다.

다음 날 새벽, 청천의 자리를 찾아가 글을 썼다.

추번(萩藩)에서 일하였다. 1711년 통신사가 일본에 방문했을 때, 강도관산의 어학 실력을 높이 산 임봉강(林鳳岡, 하야시 호코)에 의해 그의 제자가 되었다.

9 이동곽(李東郭) : 이현(李礥, 1654~?). 조선 후기의 문신. 자는 중숙(重叔), 호는 동곽(東郭). 호조정랑(戶曹正郞)을 역임하였다. 1711년 통신사행 때 제술관으로 일본을 다녀왔다.

10 정창주(鄭昌周, 1652~?) : 조선 후기의 역관. 본관은 온양(溫陽). 서울에 거주하였다. 1675년 식년시 역과에 24세의 나이로 합격하였다. 품계는 봉렬대부(奉列大夫), 관직은 상통사(上通事)에 이르렀다. 1711년 통신사행 때 한학상통사로 수행하였는데, 당시 관직은 판관(判官)이었다.

一.

"외람되이 그대가 기대 이상으로 아껴주셔서 감사한 마음 그지없는데, 지금 작별하려 하시니 특별히 와서 문후 여쭙습니다. 병세는 좀 나아지셨는지요? 더운 가을이라 변방의 바람에 몸이 쉬 상할까 싶습니다. 보중하시기 바랍니다."

청천, "그대가 병문안을 해주셨는데도 이야기를 나누지 못하고 한 차례 웃기만 하였으니 과연 예법이 있다 하겠습니까? 분명 그대를 잊을 수 없을 것입니다. 돌아갈 때 다시, 저를 붙잡아 두려는[駒谷]¹¹ 그대의 마음을 따르고 싶습니다. 난고(蘭皐)¹²의 장편시에 아직 화답하지 못하였으니 또한 돌아오는 길에 전하겠습니다. 저를 위해 이 뜻을 전해주셨으면 합니다."

현주가 다시 답함, "매번 후의를 베풀어 주셔서 감사합니다. 기왕에 행장을 꾸리셨으니 또한 영광스럽게 돌아오실 날만을 기약하겠습니다. 난고의 시에 대한 화답시를 돌아오실 때 주시겠다는 뜻을 난고에게

---

11 붙잡아 두려는[駒谷] : 『시경』「소아」〈백구(白駒)〉에 "희고 흰 망아지가, 채소밭 싹을 먹었다 하여, 붙잡아 매어 두고, 오늘 아침 붙잡아두고는, 저 어진 이, 더 놀다가게 하리라.[皎皎白駒, 食我場苗. 縶之維之, 以永今朝。所謂伊人, 於焉逍遙。]"라고 하여, 어진 이를 떠나지 못하게 만류하는 뜻을 노래하였다.

12 난고(蘭皐) : 목하난고(木下蘭皐, 기노시타 란코, 1681~1752). 강호시대 전-중기의 유학자. 이름은 실문(實聞), 자(字)는 공달(公達)·희성(希聲), 호는 난고(蘭皐)·옥호진인(玉壺眞人), 통칭은 우좌위문(宇左衛門). 미장(尾張) 출신. 1719년 통신사행 때 동료인 조비내문연(朝比奈文淵)과 함께 명고옥(名古屋) 관소(館所)에서 조선 사신을 접대하라는 명을 받았다. 조선 문사들과 창수하여 이름을 떨쳤다. 필담창화집으로 『객관최찬집(客館璀粲集)』과 『성여광(星餘耩)』이 있고, 저서로 『옥호시고(玉壺詩稿)』와 『난고문효(蘭皐文孝)』가 있으며, 묘비명 「난고선생신도비(蘭皐先生神道碑)」가 있다.

전하겠습니다."

강·장[13] 두 시인께 드리다
呈姜張兩詩伯

현주

뛰어난 재사 어명 받들고 일본에 들어오니 　　大才御命入扶桑
사신 길 가을 깊어 등자와 귤나무 노랗네 　　征路秋深橙橘黃
푸른 바다에 걸린 무지개 읊으니 　　　　　賦就彩虹橫碧海
물 속 물고기 뛰어 올라 은은한 빛 따르네 　　潛鱗躍出逐餘光

현주께서 주신 시에 차운하다
奉次玄洲惠贈

경목자(耕牧子)[14]

남아의 숙원 봉래 부상에서 이루는데 　　　男兒宿願償蓬桑
긴 여정 세월 흘러 늦가을 국화 노랗네 　　歲月長程晚菊黃
필묵 시낭 지니고 온 시인과 만나 　　　　邂逅詩人携筆橐
외로운 등불 지키고 앉아 청담 나누네 　　　清談坐守一燈光

---

13 강·장 : 1719년 통신사행 때 서기 강백(姜栢)과 장응두(張應斗)를 가리킨다.
14 경목자(耕牧子) : 강백(姜栢, 1690~1777). 조선 후기의 문신 겸 시인. 자는 자청(子
　青), 호는 우곡(愚谷)·경목(耕牧). 경목자(耕牧子)라고도 한다. 찰방 역임. 과시(科詩)
　에 능했으며 시풍(詩風)이 호탕하였다. 1719년 통신사행 때 서기로 일본에 다녀왔다.

현주께서 주신 시에 차운하다
奉次玄洲贈韻

국계(菊溪)

오이 심는 법[15]과 성도의 팔백상[16]으로	學種成都八百桑
책을 베개 삼고 황제 헌원씨[17]를 꿈꾸네	圖書莋枕夢軒黃
가을바람에 우연히 뗏목 탄 사신 되어	秋風偶作乘槎客
만장의 광염을 토해내는 그대 문장 보았네	睹子文章萬丈光

강·장 두 공께서 맑은 화답시를 주셔서 전운을 써서 사례하다
姜張兩公辱賜淸和用前韻奉謝

현주

예전부터 시상[18]을 그리워하는 뜻 지녔으나	從來夙志慕柴桑
세 갈래 길에서 한낱 누런 가을 잎만 읊었다오	三徑徒吟秋葉黃
그날 밤 그대 향해 보잘것없는 시 던졌는데	此夜對君投水杓

---

15 오이 심는 법[學種] : 진(秦)나라 때 동릉후(東陵侯)를 지낸 소평(召平)이 진나라가 망하자 지난날의 부귀를 잊고 평민이 되어 장안성(長安城) 동쪽에 오이를 심어 생활하였던 동릉과(東陵瓜) 고사가 있다. 학종이란 이런 뜻을 배워, 벼슬을 버리고 전원에 살고 싶다는 뜻을 비유적으로 표현한 것이다.

16 성도의 팔백상[成都八百桑] : 남의 도움 없이 스스로 생활할 수 있는 정도의 자산. 제갈량(諸葛亮)이 후주(後主)에게 "신에게는 성도(成都)에 뽕나무 팔백 주와 밭 십오 경(頃)이 있어 자손들이 먹고 살기에는 넉넉합니다."라고 말한 데서 유래하였다.

17 황제 헌원씨(軒轅氏) : 헌원씨는 중국 고대 황제의 이름. 헌원이라는 언덕에 살았는데, 그것을 이름으로 하였다.

18 시상(柴桑) : 산(山) 이름. 중국 강서성(江西省) 구강현(九江縣) 서남쪽에 있는데, 진(晉)나라 도잠(陶潛)이 일찍이 이 산에서 살았었다.

맑은 빛 발하는 검은 구슬 내게 주셨네 　　　　酬吾玄璧發淸光

一.

서초(西樵) 아룀, "종이 끝의 글자 형상을 보니 고명께서는 이미 그 요체를 얻으셨습니다. 이 첩(帖)은 저를 위해 주시는 것입니까?"

현주 답함, "지나친 칭찬을 받으니 감당하기 어렵습니다. 이 첩의 경우 한 말씀 해주신다면 감사하겠습니다. 요청하신 졸필은 곧 별도로 한 본(本)을 써서 드리겠습니다."

그때 경목자(耕牧子)와 서초(西樵)께서 첩마다 몇 마디씩 써서 내게 주었다.

초서첩
艸書帖

기해(己亥, 1719)년에 내가 붓을 드는 서기(書記)가 되어 일본에 들어와 미장주(尾張州, 尾張國)에 머물며 조현주의 글씨를 얻어 보았다. 대개 필법이 진실로 조자앙(趙子昻, 趙孟頫)이라서 기이하고 장엄하며 높고 고결하여 과연 평범한 서체가 아니었다. 아, 현주께서 묵지(墨池)에서 서첩을 만든 공력이 깊고도 많구나! 혹 마음에 터득함이 있어서 신의 조화의 경지에 든 것이 아니겠는가? 옛사람이 검무(劍舞)를 보는데, 짐꾼과 공주가 좁은 길을 다투는 형상[19]처럼 붓끝으로 갖가지 신의 조화를 부릴 수 있도록 하였으니, 현주께서는 과연 이 일에 있어서 훗날 뜻을 이루어 조자앙과 같을 뿐만 아니라 철문한(鐵門限)[20]처럼 몇 사람이나 모여들지 알 수 없다. 현주께서는 부지런히 힘쓰시게. 나는 평생 졸필이라서 누구는 잘 쓰고 누구는 못쓴다는 등 감히 남의 글씨를 논할 수 없지만, 청하는 까닭에 용기를 내어[21] 권미(卷尾)에 써서 돌려드린다. 기해년, 조선국 진사 자청(子靑) 강백(姜栢)이 발문을 짓다.

팔분첩
八分帖

팔분(八分)[22]은 옛것이라 지금 사람 중에 그 설(說)을 이해하는 사람이 드문데, 하물며 그 옛것에 가까이 가기를 바라랴! 내가 기해년 초가을에 사절을 따라 미장주(尾張州, 尾張國)에 이르자 내게 팔분 한 첩

---

19 짐꾼과 공주가 좁은 길을 다투는 형상[擔夫與公主爭路之狀] : 서법(書法)의 하나로 담부쟁도(擔夫爭道)를 말한다. 일찍이 공주와 짐꾼이 구불구불한 좁은 길에서 서로 가겠다고 양보하지 않으며 다투고 있는데, 그런 중에도 요리조리 재빨리 빠져 나가는 법이 있음을 알고 서법에 적용한 장욱(張旭)의 고사가 있다. 글자와 글자 사이가 서로 엉키지 않고 조화로운 형상을 이르는 말이다. (이조(李肇), 『당국사보(唐國史補)』)

20 철문한(鐵門限) : 남조(南朝) 진(陳)나라 때 지영선사(智永禪師)가 오흥(吳興) 영흔사(永欣寺)에 갔었는데, 글씨를 청해 오는 사람들이 워낙 많이 모여들어서 그의 문지방이 모두 닳아져 없어지므로, 쇠[鐵]로 문지방을 포장하였다는 고사가 전한다.

21 용기를 내어[抗顔] : 항안(抗顔)은 낯을 쳐드는 것을 뜻한다. 당(唐)나라 유종원(柳宗元)의 「답위중립논사도서(答韋中立論師道書)」에, 괜히 스승으로 자처하여 세상의 비난을 사려고 하지 않는 때에 유독 한유(韓愈)가 과감하게 나서서 사설(師說)을 짓고 얼굴을 쳐들고 스승으로 나섰다는 '항안위사(抗顔爲師)'의 내용이 나온다.

22 팔분(八分) : 예서(隸書) 이분(二分)과 전서(篆書) 팔분(八分)을 섞어서 만든 한자(漢字)의 서체(書體). 한(漢)나라 채옹(蔡邕)이 처음 만들었다고 한다.

을 보여주는 이가 있었는데, 그 모양을 보니 꾸밈이 없이 깨끗하고 그
문장을 보니 먹물이 뚝뚝 떨어지는 듯하였다. 이 첩은 곧 손수 쓴 묵
적이었다. 내가 공경하며 거듭 물었더니, 조(朝)는 그의 성이었고 현주
(玄洲)는 그의 호였다. 이에 내가 현주에게 이르기를, "팔분법(八分法)
은 아름답고 반듯하며 빠르지도 느리지도 않아 예로부터 쓰기가 어려
웠는데, 지금 그대가 그 법을 완전히 익혔으니, 어찌 크게 기뻐하지
않을 수 있겠습니까? 두보(杜甫)가 말하기를 '한 글자가 천금의 값이
나간다'고 하였는데, 진실로 빈말이 아닙니다. 그대가 노력하여 더욱
더 신의 경지에 들기를 원합니다."라고 하였다. 현주가 그 말을 써주
기를 청하여 졸필로 그 첩의 끝에 써서 주었는데, 속초(續貂)[23]라 할
수 있겠다. 동화(東華) 서초(西樵) 백군평(白君平) 쓰다.

一.

다른 사람을 위해 글씨를 청하면서 현주가 아룀, "왕희지와 같은 명필[24]을 받고
싶은 욕심에 그만 종이 몇 장을 드립니다."

국계 답함, "제 글씨는 심히 졸렬하고, 고명(高明)께서는 이미 스스로
그 재주를 가지고 있으십니다. 『황정경(黃庭經)』을 쓰기 어려운데, 누
가 흰 거위로 그것을 바꾸겠습니까?"

---

23 속초(續貂) : 구미속초(狗尾續貂). 진(晉)나라 조왕륜(趙王倫)의 일당이 고관(高官)이
   되자 그의 종까지 관위(官位)에 올라, 관(冠)을 장식하는 담비 꼬리가 부족하여 개꼬리로
   장식하였다는 고사가 전한다. 자신의 글에 대한 겸사이다.
24 왕희지와 같은 명필[換鵝手] : 환아(換鵝)는 진(晉)나라 때 명필로 유명한 왕희지(王羲
   之)가 거위를 매우 좋아하여 그 자신이 쓴 『황정경(黃庭經)』과 도사(道士)의 집에 있는
   거위를 바꾼 고사에서 유래하였다.

현주 또 답함, "거듭 칭찬을 해주시니 감당하지 못하겠습니다. 너무 사양하지 마시고 속히 글씨를 써 주십시오." 국계는 곧 몇 장을 써서 내게 주었다.

국계 아룀, "저는 공졸(工拙)을 따지지 않고 써서 드립니다. 고명께서는 글씨를 잘 쓰시면서 어찌 저에게 한 자도 써주지 않으십니까?"

현주 답함, "지나친 칭찬을 입어 참으로 부끄럽습니다. 사행이 다시 이곳을 지나게 되면 반드시 써서 드리겠습니다."

국계가 또 답함, "이미 글씨를 써 주시겠다는 뜻을 보여주셨으니 감사합니다."

경목자(耕牧子) 아룀, "저 또한 한 폭을 얻고 싶은데, 혹시 허락해 주시겠습니까?"

현주 답함, "삼가 받들겠습니다."

二.

경목자 아룀, "공께서는 중국어를 알고 계시는데 어떻게 배우셨습니까?"

현주 답함, "동경(東京)에 조래(徂徠)[25]라는 호를 가진 물무경(物茂卿)이

---

25 조래(徂徠) : 적생조래(荻生徂徠, 오규 소라이, 1666~1728). 강호시대 전-중기의 학자・사상가. 이름은 쌍송(雙松), 자는 무경(茂卿), 호는 조래(徂徠) 또는 훤원(諼園), 통칭은 총우위문(惣右衛門). 물무경(物茂卿) 혹은 물쌍백(物雙栢)이라 일컫기도 한다. 강호(江戶) 출신. 주자학을 '억측에 의거한 허망한 설(說)에 불과하다'고 갈파하고 주자학에 입각한 고전 해석을 비판하였으며, 고대 중국의 고전 독해 방법론으로 고문사학(古文辭學, 諼園學)을 확립하였다. 모장정(茅場町)에 훤원숙(諼園塾)을 열어 태재춘대(太宰春臺)・복부남곽(服部南郭)・산현주남(山縣周南)・안등동야(安藤東野)・평야금화(平野金華) 등 뛰어난 인재를 배출했다. 1763, 4년 통신사행 때, 조엄(趙曮)은 일본에서 조래의 논어 주석서 『논어징(論語徵)』을, 서기 원중거(元重擧)는 『적생조래문집(荻生徂徠

라는 분이 계시는데, 제가 스승으로 모신 지 여러 해 되었습니다. 비록 그렇긴 해도 경술과 문장은 일찍이 그 수준에 오르지 못했고, 중국어 또한 대략 한두 글자를 기억하고 있을 뿐입니다. 몹시 부끄럽기만 합니다."

10월 25일, 돌아오는 길에 다시 미장번 성광원(性光院)[26]에 묵어, 그날 밤 또 조선 손님과 만났다.

작별하며 청천 신공께 드리다
寄別靑泉申公

현주

사신이 타고 가는 말 쓸쓸히 삭풍에 우는데	征馬蕭蕭嘶朔風
등불 앞 이별의 슬픔 그대나 나나 같네	燈前別恨去留同
관소에서 거문고 울리니 정 두루 합하고	鳴琴璃館情遍合
이별연에서 술잔 잡으니 흥 더욱 무르녹네	把酒華筵興更融

文集)』을 구해 왔다. 저서로 『역문전제(譯文筌蹄)』·『논어징(論語徵)』·『변도(辨道)』·『변명(辨名)』·『의자율서(擬自律書)』·『태평책(太平策)』·『정담(政談)』·『학칙(學則)』 등이 있다.

26 성광원(性光院) : 중미굉(仲尾宏), 신기수(辛基秀) 편, 『대계조선통신사(大系朝鮮通信使)』(명석서점, 1993-2001)의 '통신사여정'에는 성향원(性向院)에서 묵은 것으로 되어 있다. 신유한의 『해유록』에는 애지현(愛知縣, 아이치켄) 명고옥시(名古屋市, 나고야시) 천종구(千種區, 지쿠사쿠) 행천정(幸川町, 고가와초)에 위치한 성고원(性高院, 쇼코인)에서 묵은 것으로 되어 있다.

육핵[27]으로 훨훨 날아 푸른 바다 넘거든	六翮飄飆凌碧海
삼신산 아득하여 맑은 하늘에 희미해지겠지	三山縹緲薄淸穹
천 리 길 그대 보내고 그리움에 사무쳐	送君千里相思切
멀리 서쪽 하늘 바라보니 저녁노을 붉구나	遙望天西夕日紅

一.

청천 아룀, "이곳에 이르러 반가이 맞이해 주시니 어찌 기쁘지 않겠습니까? 제가 동도(東都)에 있던 날, 그대에게 보내려고 지은 글을 강도공(岡島公)[28]을 통해 전해드리려고 했는데 그 뜻을 이루지 못하고 있다가 이제야 비로소 가지고 와서 드립니다."

조현주에게 부치다
寄贈朝玄洲

청천

기억나네 황화주 잡았던 일	憶把黃花酒
그대의 자태 보기 좋았지	欣看玉樹姿
별자리는 쌍검의 갑이요	星辰雙劍匣

---

27 육핵(六翮) : 여섯 개의 날갯죽지, 곧 두 날개를 뜻하며, 새를 지칭하는 말로 쓰인다.
28 강도공(岡島公) : 강호시대 전-중기의 유학자이며 중국어 통역사인 강도관산(岡島冠山, 오카지마 간잔, 1674~1728)을 가리키는 것으로 보인다. 1711년 통신사행 때 조선 문사와 필담을 주고받았는데, 이때의 필담 실력으로 인해 그 후 임봉강(林鳳岡)의 제자가 되었다.

산수는 칠현의 줄이라네	山水七絃絲
이별 후 바다에 구름 이어지고	別後雲連海
시 읊던 해변 휘장에 달 걸렸네	吟邊月掛帷
새로 알게 된 강도자	新知岡嶋子
웃으면서 그대의 시 말하네	一笑話君詩

기해년 9월, 제가 미장번의 명호옥[29]을 지나다가 관소에서 현주군과 만나 등불을 밝히고 술을 마시며 이야기를 나누었는데 그때 마침 병이 나 손님의 예를 갖추지 못하였습니다. 그러나 그대가 현포(玄圃)[30]에서의 보배임을 단번에 알아보았습니다. 또 〈양아곡(陽阿曲)〉[31]으로 거짓 꾸몄는데도 〈백설곡(白雪曲)〉으로 수응해주셨습니다. 자리가 채 따뜻해지기도 전에 문득 파하게 되어, 이별 후 가을빛 속에서 지붕을 비추는 희미한 달빛[32]만 바라보았습니다. 그대가 이미 나에게 강도자

---

29 명호옥(名護屋) : 명고옥(名古屋, 나고야)을 말한다. 미장국(尾張國)에 속하고, 현재의 애지현(愛知縣, 아이치켄) 명고옥시(名古屋市, 나고야시)이다. 명고옥(鳴古屋)이라고도 한다. 12차례 통신사행 가운데 1차, 2차, 12차를 제외한 나머지 사행 때마다 조선 사신이 이곳에 묵었다.

30 현포(玄圃) : 신선이 사는 곳으로 곤륜산(崑崙山) 꼭대기에 있다고 한다.

31 양아곡(陽阿曲) : 춘추시대 초(楚)나라에서 어떤 나그네가 〈하리(下里)〉와 〈파인(巴人)〉의 속요(俗謠)를 부르니 수천 명이 따라 불렀고, 〈양아(陽阿)〉와 〈해로(薤露)〉의 노래를 부르니 수백 명이 따라 불렀는데, 고상한 〈양춘(陽春)〉과 〈백설(白雪)〉 가곡을 부르니 수십 명밖에는 따라 부르지 못했다는 고사가 전한다.

32 지붕을 비추는 희미한 달빛[屋梁殘月] : 멀리 떨어져 있는 사람을 생각하며 추억에 잠길 때 쓰는 표현이다. 두보(杜甫)가 이백(李白)을 그리워하며 "지는 달이 지붕을 가득히 비추니, 그대의 밝은 안색 행여 보는 듯[落月滿屋梁, 猶疑見顏色。]"이라고 노래한 구절에서 유래하였다.

(岡島子)라는 현사를 말해 주었는데, 동도에 이르러서 며칠 만에 과연
그 사람을 만났습니다. 그 사람은 기이한 선비였으며, 〈녹명(鹿鳴)〉[33]
의 자리에서 함께 노래하고 시를 읊었습니다. 축원하는 사람 중에 또
한 현주군도 있었습니다. 제가 지난날의 안목을 믿고 드디어 강도자
의 시에 차운하기를, '훌륭한 백설곡에 모두 화답하기 어렵지만, 아름
다운 집에서 술잔 나누며 한 바탕 웃네. 알겠도다! 현주의 얼마간의
뜻, 역루의 밝은 달 아래 장안을 꿈꾸고 있음을[高歌白雪和皆難, 盃酒華
堂一笑觀. 認得玄洲多少意, 驛樓明月夢長安。]'이라고 하였습니다. 함께
편지에 붙여 농두(隴頭)의 매화(梅花) 소식[34]으로 삼습니다. 그대는 저
의 얼굴을 완연히 기억할 수 있는지요?

청천 신공이 보내주신 시에 붓을 달려 차운하다
走次靑泉申公見寄韻
현주

| 먼 사행 길 강과 바다 건너왔는데 | 遠役經江海 |
| 늠름함은 소나무 잣나무 자태로세 | 凜然松柏姿 |

---

33 녹명(鹿鳴) : 『시경(詩經)』「소아(小雅)」〈녹명(鹿鳴)〉을 말하며, 잔치를 열고 손님을
   접대하는 노래이다.
34 농두(隴頭)의 매화(梅花) 소식 : 남조(南朝) 송(宋)의 육개(陸凱)가 강남에 있을 때
   교분이 두터웠던 범엽(范曄)에게 매화 한 가지를 부치면서, "매화를 꺾다 역사를 만났기
   에, 농두 사는 그대에게 부치오. 강남에는 아무 것도 없어, 애오라지 한 가지 봄을 보낸
   다오.[折梅逢驛使, 寄與隴頭人。 江南無所有, 聊贈一枝春。]"라는 시를 함께 부친 일이
   있다.

만남 기뻐하며 자주 술잔 나누다보니	懽逢頻酌酒
이별 한탄하는 심사는 실타래 같구나	恨別思如絲
서유의 걸상³⁵ 내려놓고	爲設徐孺榻
동자의 장막³⁶ 드리우네	聊垂董子帷
그대 강도자의 말 전해주니	君傳岡島語
시 한 편에 깊이 감동하네	深感一篇詩

조현주께 화답하여 드리다
和奉朝玄洲

청천

굳세고 힘찬 그대 글씨 바라보니	看君筆下起長風
승상과 중랑³⁷이 돌아온 듯하네	丞相中郞廻自同
10월 강산 차가워 더욱 좋고	十月江山寒更好
외로운 등불 아래 시주의 흥 무르익네	孤燈詩酒興方融
신령스런 붕새 물차며 남해로 향하고	神鵬擊水移南海

---

35 서유의 걸상[徐孺榻] : 한(漢)나라 진번(陳蕃)이란 사람이 예장(豫章)태수로 가서 그
지방의 명사인 서유(徐孺)가 올 때에만 높은 곳에 매달아둔 걸상을 내려놓았다는 고사가
전한다.

36 동자의 장막[董子帷] : 서한(西漢)의 학자 동중서(董仲舒)가 장막을 드리운 채 강론을
하였으므로 제자들 중에서도 그 얼굴을 한 번도 보지 못한 자가 있었으며, 독서에 심취한
나머지 3년 동안 집의 뜨락을 내다보지도 않았다는 고사가 전한다.

37 승상과 중랑[丞相中郞] : 승상 이사(李斯)와 중랑 채옹(蔡邕)을 가리킨다. 이사(李斯,
B.C.280~208)는 전서체(篆書體)를 잘 썼고, 채옹(蔡邕, 133~192)은 전서(篆書)·예서
(隸書) 등을 잘 썼다.

빼어난 학 구름 따라 하늘 멀리 날아가네　　　　　逸鶴連雲渺上穹
함께 이웃나라에서 태어나 기뻐서일까　　　　　　猶喜並生脣齒國
내 머리 희지 않고 그대 얼굴은 붉구려　　　　　　吾頭未白子顔紅

작별하며 경목자 강공께 부치다
寄別耕牧姜公

현주

조선에서 오신 손님과 만나　　　　　　　　邂逅箕域客
절집 누대에서 인사 나누네　　　　　　　　傾蓋寺樓前
채색 지팡이 붉은 누각에서 빛나고　　　　彩杖輝朱閣
시 주머니 화려한 연석에 비치네　　　　　錦囊映綺筵
진수의 새벽녘에 서리 차가운데　　　　　霜寒秦樹曉
파릉의 하늘에 아지랑이 모였네[38]　　　　靄簇巴陵天
헤어진 뒤 밝은 달 바라보면　　　　　　　別後望明月
그리움에 몇 번이나 둥글어질까　　　　　相思幾度圓

---

38 진수의 새벽녘에 …… 아지랑이 모였네[霜寒秦樹曉, 靄簇巴陵天] : 진수(秦樹)는 진
(秦) 지방에 있는 나무라는 뜻으로 붕우 간에 오랫동안 멀리 떨어져 있으면서 서로 그리
워하는 정을 표현할 때 쓰는 말이다. 두보의 〈춘일억이백(春日憶李白)〉 시, "위수 북쪽
의 봄날 나무이고, 강 동쪽의 저물녘 구름이네.[渭北春天樹 江東日暮雲]"에서 나온 말이
다. 파릉(巴陵)은 오(吳)나라나 초(楚)나라처럼 남쪽에 있는 나라를 가리킨다.

조현주 시에 차운하다
奉次朝玄洲

경목자

내가 사절단을 따라 일본에 들어와 험한 산과 바다를 지나면서 자주 일본의 글 짓는 선비와 고금을 담론하였기 때문에 한 나라의 뛰어난 인재들을 거의 모두 보았다고 생각했는데, 뜻밖에도 미장주(尾張州, 尾張國)에서 수재 한 분을 만났으니, 조현주가 바로 그 사람이다. 현주는 사람됨이 청수(淸瘦)하여 옷조차 이기지 못할 정도이며, 글씨를 무척 잘 써 이왕(二王)[39]과 안류(顔柳)[40]의 근골(筋骨)과 육간(肉幹)을 체득하지 않은 바가 없었다. 한 획도 방심하지 않고 울연히 하나의 법을 이루었으니 참으로 기이하다. 또한 시를 지었는데 소쇄하여 사랑할 만하고 더욱이 중국어를 잘하여 한 사람이 세 가지 어려운 재주를 지니고 있으니, 진실로 두루 달통한 인재이다. 내가 밤새도록 그와 이야기를 나누고 새벽이 되어서야 파하였는데, 아쉬워 차마 헤어지지 못하고, 돌아올 때 다시 만나기로 기약하였다. 강호(江戶)[41]에 들어가 현주의 친구 원지(援之, 岡島公)를 만났는데, 마치 현주를 마주한 듯 말할 때마다 현주를 언급하며 일찍이 애석해하지 않은 적이 없었으니, 얼마나 좋은가. 왕사(王事)를 마치고 돌아오는 길에 이미 지나온 길을 되밟아 미장주에서

39 이왕(二王) : 왕희지(王羲之)와 그의 아들 왕헌지(王獻之)를 함께 이르는 말.

40 안류(顔柳) : 안진경(顔眞卿)과 유공권(柳公權)을 함께 이르는 말.

41 강호(江戶, 에도) : 현재의 동경도(東京都, 도쿄토) 천대전구(千代田區, 지요다쿠) 천대전(千代田, 지요다)에 위치. 동무(東武)·무주(武州)·무성(武城)·강관(江關)·강릉(江陵)이라고도 하였다. 강호는 일본의 수도인 동경(東京, 도쿄)의 옛 명칭으로 특별히 황거를 중심으로 한 동경 특별구 중심부를 지칭하며, 강호성에서 유래하였다.

묵게 되자 먼저 현주가 무고한 지 물었다. 만나서는 위로의 말을 쏟아
내는데, 실로 말로 다하기 어려웠다. 현주가 또 시 한 편을 내게 주고
게다가 붓과 먹을 선물로 주니, 도타운 정을 어찌 잊을 수 있겠는가.
마침내 원운에 화답하여 현주에게 돌려주니, 훗날 상자 속에 넣어두었
다가 긴 세월 동안 나를 보는 듯 했으면 한다. 삼가 서한다.

상봉하여 거듭 활짝 웃으니	相逢重一笑
시골42이 앞에 있는 듯 완연하네	詩骨宛如前
오늘밤은 길게 이야기하기 좋은데	此夜宜長語
내일 아침은 다시 이별 잔치라네	明朝更別筵
외로운 구름 깊은 골짜기로 돌아가고	孤雲歸大壑
홀로 된 기러기는 먼 하늘에서 우네	獨雁叫長天
끊임없이 그리움 사무치는 곳	脈脈銷魂處
등불 가물거리고 새벽달 둥글구나	燈殘曉月圓

장소헌 성공께 드리다
奉長嘯軒成公

현주

서릿발 속 국화꽃들 기이한 향기 뿜는데	傲霜百菊吐奇芳

---

42 시골(詩骨) : 시의 풍격을 의미하는 동시에 시의 풍격이 고준(高峻)하고 사의(詞意)가
격앙한 진자앙(陳子昂)을 가리키기도 한다.

난새와 학, 봉래 섬 구름 속에서 노니네 鸞鶴扶搖蓬島雲
이별 뒤 누대 위에서 옥적을 부노라면 別後樓頭吹玉笛
하늘가 달빛 희미한 날 그대 생각하리라 天涯月暗日思君

또 드리다
又

현주

선객 거문고 타니 이별의 슬픔 일어 仙客彈琴動別情
맑은 시 읊조리니 도리어 애끊는 소리 清吟還作斷腸聲
응당 이 모임 진실로 덧없음을 알고 應知此會眞萍水
다시 촛불 심지 돋우며 담소 나누네 更剪燭花笑語傾

조현주의 시에 붓을 달려 화답하다
走和朝玄洲惠韻

소헌(嘯軒)

골짜기 입구 난초 그윽이 향기 뿜는데 谷口崇蘭暗吐芳
붓 끝에서 피어난 시 구름 가르려는 듯 筆端詞賦欲凌雲
동도에서 일찍이 원지[43]를 만났거니와 武城曾會與援之
천하의 영재라 그대를 얻어 기쁘네 天下英才喜得君

---

43 원지(援之) : 강도관산(岡島冠山, 오카지마 간잔, 1674~1728)을 가리킨다.

또 화답하다
又

소헌

하룻밤 만남, 만고의 정	一夜相逢萬古情
고산유수곡[44] 칠현금 소리	高山流水七絃聲
내일 새벽 총총한 이별이야 감당하랴만	可堪明曉匆匆別
이제까지 만나지 못해 한스러울 뿐이네	只恨從前盍未傾

작별하며 국계 장공께 부치다
寄別菊溪張公

현주

외로운 관소 푸른 등불 꺼져갈 무렵	孤館青燈欲滅時
이별의 정은 서로의 마음 알도록 재촉하네	別情頻促兩心知
선객께서 이제 바다에 떠가노라면	仙客此去浮瀛海
구름 기운 팔채의 눈썹[45]에 모이리라	雲靄交攢八彩眉.

---

44 고산유수곡(高山流水曲) : 종자기(鍾子期)의 친구인 백아(伯牙)가 탔다고 하는 곡. 『열자(列子)』「탕문(湯問)」에, "백아는 금(琴)을 잘 탔고, 종자기는 소리를 잘 들었다. 백아가 금을 타면서 뜻이 높은 산에 있으면 종자기가 말하기를, '좋구나, 아아(峨峨)하기가 태산(泰山)과 같구나.'라고 하고, 뜻이 흐르는 물에 있으면 종자기가 말하기를, '좋구나, 양양(洋洋)하기가 강하(江河)와 같구나.'라고 하였다. 그 뒤에 종자기가 죽자 백아는 다시는 금을 타지 않았다."고 하였다.

45 팔채의 눈썹[八彩眉] : 당요(唐堯)의 눈썹에 여덟 가지 색채가 있었다는 데서 나온 것으로, 상대방의 얼굴을 찬미하는 말이다.

조현주의 시에 붓을 달려 차운하다
走次朝玄洲惠贈

국계

달 솟고 닭 우는 헤어질 무렵	月出鷄鳴去住時
묵연히 이별 심사 아는 이 뉘런가	黯然離思有誰知
뜬세상 모이고 흩어짐에 원래 정한 바 없으니	浮生聚散元無定
장정[46]을 향해 함부로 눈썹 찌푸리지 마시게	莫向長亭浪皺眉

서초 백공께 드리다
奉贈西樵白公

현주

신선 재사께서 새로 명을 받아	仙才新被命
바다 밖 멀리 사신을 따라왔네	海外遠從官
좋은 풍광 이미 감상하였는데	已愛風光好
길 험난하다[47]고 어찌 슬퍼하랴	何愁行路難
야인은 검패[48]를 맞이하며	野人迎劍佩

---

46 장정(長亭) : 10리(里) 지점마다 세운 정자로 일종의 행인들의 쉼터이다. 우정(郵亭)·
　역정(驛亭)·돈대(墩臺) 등이 정(亭)의 기능을 하기도 하였다.

47 길 험난하다[行路難] : 악부가사(樂府歌辭) 〈행로난(行路難)〉을 비유한 표현이다.
　〈행로난〉은 세상길의 험난함과 이별의 슬픔을 노래한 것으로 진(晉)나라 포조(鮑照)가
　처음 지은 뒤로 수많은 작품이 나왔는데 그 중에서도 이백(李白)이 지은 시가 가장 유명
　하다.

48 검패(劍佩) : 칼과 패옥(珮玉). 여기서는 그것을 찬 조신(朝臣)을 가리킨다.

다른 풍속 의관에 놀라네   殊俗駭衣冠
오늘밤 봉래 영주에 뜬 달   此夜蓬瀛月
쓸쓸히 차가운 눈 비추네   淒凉映雪寒

조현주의 시에 차운하며 이별의 정을 담다
奉次朝玄洲惠示韻以寓別懷

서초

원습[49]이라 말 달리는 땅   原濕驅馳地
삼한의 관리일 뿐이라오   三韓一小官
고래 파도 험하다 말하지 마오   鯨波休道險
나랏일 감히 어렵다고 사양하랴   王事敢辭難
만나서 그대 소매 붙잡는데   邂逅摻君袂
초라한 내 의관 부끄럽소   空疎愧我冠
이별에 임해 생각이 많아   臨別多少意
차가운 보검을 바라보네   看取寶刀寒

---

49 원습(原濕) : 언덕과 습지. 원습은 왕명을 받든 사신의 행로를 가리키는 시어(詩語)로
쓰이기도 한다. 『시경(詩經)』「소아(小雅)」〈황황자화(皇皇者華)〉에 "휘황한 꽃이여, 언
덕과 습지에 피었도다.[皇皇者華, 于彼原隰。]"에서 유래하였다.

호북첩 발문
跋湖北帖

내가 일본에서 조현주(朝玄洲)의 시를 얻어 보고 이를 기이하게 여겨 이미 서로 화답하며 노래하였는데, 시원스레 아름다웠다. 이윽고 상자를 열고 그 자신이 쓴 팔분(八分) 소전(小篆)과 초서 예서 한 축을 보니, 매우 기묘하여 현포(玄圃)[50]에서의 안개 노을 기운이 있었다. 큰 것은 이무기가 서린 것 같고, 작은 것은 순간기(珣玕琪)[51] 같았으며, 혹은 날카롭기도 하고 혹은 세차기도 하여 모양이 하나같지 않았다. 대개 천기(天機)에서 촉발된 것으로 모두 십주(十州) 삼도(三嶋)의 옥수(玉樹)와 청총(靑蔥) 사이로부터 변화하여 불어와 흡사 인간 세상에서 일종의 청쾌(淸快)함을 만든 듯하였으니, 곧 서하(西河)의 혼탈무(渾脫舞)[52]도 도리어 거리 아녀자의 태도일 뿐이었다. 나는 고니를 새기는 것[53]도 곤란한데다가 들판의 오리[54]도 될 수가 없다. 돌아보건대 어찌 감히 그대에게 손익이 되겠는가. 오직 구구한 인연이 있어 다행히 동해상에 이르러 안기생(安期生)[55]이 오이만한 대추를 먹으면서 배회하

---

50 현포(玄圃) : 신선이 사는 곳으로 곤륜산(崑崙山) 꼭대기에 있다고 한다.

51 순간기(珣玕琪) : 의무려(醫無閭)에서 난다는 옥.

52 혼탈무(渾脫舞) : 공손 대랑은 당(唐)나라 때 교방(敎坊)의 기녀(妓女)로서 검무(劍舞)를 매우 잘 추었는데, 그가 혼탈무를 출 때 승(僧) 회소(懷素)는 그 춤을 보고서 초서(草書)의 묘(妙)를 터득했고, 서가인 장욱(張旭) 역시 그 춤을 보고서 초서에 커다란 진보를 가져왔다고 한다.

53 고니를 새기는 것[刻鵠] : 고니를 조각하다 그대로 안 되더라도 집오리 정도는 되지만 호랑이를 그리다가 그대로 안 되면 도리어 개 모양이 되어버린다고 하였다.

54 들판의 오리[野鶩] : 진(晉)나라 유익(庾翼)이 자신의 글씨는 집안의 닭[家鷄]과 같은 반면에 왕희지의 글씨는 들판의 오리[野鶩]와 같다고 평한 고사가 있다.

며 머뭇거리는 것을 몸소 보고 연연해하여 시상이 맺혀가니, 또 어찌
스스로 문장을 짓지 않을 수 있겠는가? 그리하여 아래처럼 몇 줄 초라
한 말을 지어 돌려드리면서, 훗날 돌아가거든 우리 삼한(三韓)에 자랑
하기를, "신선의 붓 아래 오색의 옥 같은 글자가 있고, 또 여룡의 턱과
봉황의 알[56]이 되니, 내가 그와 더불어 그 정화를 주웠다."라고 하겠
다. 기해(己亥) 맹동(孟冬) 하현(下絃)에 조선국 선무랑 비서관저작 겸
태상시충통신제술관(宣務郎秘書館著作兼太常寺充通信製述官) 청천(青泉)
신유한(申維翰) 쓰다.

수축에 쓰다
題壽軸

어느 날 내가 사절단을 따라 미양(尾陽, 尾張)에 이르자 현주(玄洲)
조(朝) 공이 시를 소매에 넣어 가지고 숙소로 찾아왔다. 촛불을 켜고
오래도록 수창을 해도 싫증나지 않아 동이 트는 줄도 몰랐다. 참으로
그 재기(才氣)가 동료들보다 뛰어남에도 아직 그 명성을 얻지 못하였
음을 알았다. 일을 마치고 돌아오던 날 다시 미양에 이르니 현주가 벌
써 지난날 촛불을 켠 곳에서 기다리고 있었다. 반가움에 옷소매를 잡

---

55 안기생(安期生) : 안기생은 전설상의 신선 이름인데, 한나라 무제(武帝) 때 방사(方士)
　소군(少君)이 임금에게 말하기를 "신이 일찍이 해상(海上)에 노닐면서 신선 안기생을 만
　나 보았는데, 그는 크기가 오이만 한 대추를 먹고 있었습니다."라고 하였다.
56 여룡의 턱과 봉황의 알[驪龍頷鳳皇圓] : 여룡의 턱에 있는 여의주나 봉황이 품고 있는
　알처럼 아름다운 시구를 형용하는 표현이다.

고 놀람과 기쁨을 나누고 나서 소매에서 축(軸) 하나를 꺼내었는데 곧 '수(壽)'자를 전서체로 백 번이나 쓴 현주의 자필이었다. 글자의 획이 예스러워 고인의 법을 크게 터득하였는데, '수(壽)'자를 백 번이나 쓴 것은 양친의 만수무강을 축원하는 뜻이라고 하였다. 아, 시가 현주와 같고 글씨가 현주와 같다면 한 시대 문단의 걸출한 사람이라고 할 수 있을 것이다. 또 효제(孝悌)의 행실이 예술계에서 노니는 가운데 나온 것이니, 이처럼 부지런히 힘쓴다면 부모봉양의 도리와 입신양명의 방도에 지극하지 않을 수 없을 것이다. 그런즉 문장은 곧 여사(餘事)이고 또한 그 효사(孝思)에만 머무를 수 없으니, 남은 힘으로 학문을 하겠다는 그대의 뜻에 기뻐하면서, 몇 마디 써서 식견이 높은 사람을 기다린다고 한 것이다. 기해년 맹동 조선국 진사 국계(菊溪) 장필문(張弼文).

서초(西樵)

귤 품어 효성 깊은 육랑[57]을 말하고	懷橘深誠說陸郎
뛰어오른 물고기의 감동 왕상[58]이 있네	躍魚眞感有王祥
어찌 알았으랴, 일본의 현주라는 분	爭知日域玄洲子

---

57 육랑(陸郎) : 삼국시대 오(吳)나라의 육적(陸積)을 가리킨다. 여섯 살 되던 해에 원술(袁術)을 만나 감귤 대접을 받고는 모친에게 드리려고 몰래 감귤을 가슴속에 품고 나왔던 고사가 전한다.

58 왕상(王祥) : 중국 24효(孝) 중의 한 사람. 자는 휴징(休徵), 시호는 원(元). 임기(臨沂) 사람. 계모를 지극한 효성으로 봉양하였다. 한겨울에 계모가 잉어를 찾자, 잉어를 대접하기 위해 강에 내려가 얼음을 깨려고 하니 얼음이 절로 벌어져 한 쌍의 잉어가 뛰어 나왔다고 한다.

백 글자 '수(壽)' 속에 효성이 깊음을 　　　　　　　　　百字壽中孝意長

一.

　현주 아룀, "귀국의 명산에서 오래된 석비(石碑)를 출토한 적이 있습니까? 만약 그것을 얻었다면 비문을 탁본하는 방법에 대해 상세히 가르쳐 주십시오."

　청천(青泉) 답함, "옛 비문이 출토되면 먼저 좋은 술로 깨끗이 씻고 그 위에 종이를 발라 약간 축축하게 한 다음 솜뭉치 같은 것으로 자획이 패인 곳을 살살 문지릅니다. 패인 곳의 획이 오목하게 들어가게 되니, 곧 튀어나온 부분에 먹을 바르면 자연스레 글자를 이루게 됩니다."

　현주 아룀, "귀국의 사군자(士君子)의 관복은 중국의 것을 모방한 지 오래되었습니다. 그렇다면 부인의 두발 장식은 명나라의 제도에 따른 것입니까, 또는 달풍(韃風)[59]을 모방한 것입니까?"

　청천 답함, "청(清)나라 제도는 우리나라에서 한 번도 시행된 적이 없습니다. 다만 우리나라는 사사건건 중화를 본받는데, 부녀자의 두발 장식은 명나라도 청나라도 아닌 신라 때부터 전해 내려온 오래된 풍습입니다. 사람이 모두 그렇다는 것은 알지만 또한 갑자기 변화시키기 어렵고, 이 때문에 대궐의 궁녀와 서울의 권문세가에서는 대부분 나라의 습속을 쓰지 않고 여성을 아름답게 드러내는 것으로 장식합니다."

---

59 달풍(韃風) : 달단(韃靼)의 풍속. 달단은 옛날 한족의 북방 유목민족에 대한 총칭. 명대에는 동몽고인을 가리켰다.

현주 아룀, "귀국의 소동의 두발은 어느 시대의 풍습에 의거한 것입니까?"

청천 답함, "관례를 치르기 전에는 저 아이의 두발과 같은데, 이 제도가 어느 시대를 모방한 것인지는 들어보지 못하였으니 아마도 나라 안의 오래된 풍속일 것입니다."

一.

현주 아룀, "귀국의 거문고 곡조는 중국과 같습니까?"

청천 답함, "곡조는 차이가 나지만 제작(制作, 作曲)은 같습니다."

현주 아룀, "손님을 마주할 때 여의(如意)[60]를 잡는다든지, 주미(塵尾)[61]를 흔드는 등의 일을 합니까?"

청천 답함, "여의나 주미라면 쓰기도 하고 쓰지 않기도 합니다."

현주 아룀, "귀국의 생황은 중국과 같은가요, 다른가요? 어떻습니까?"

청천 답함, "우리나라의 생황은 중국과 매우 흡사한데 소리가 아주 맑습니다."

청천 아룀, "우리나라의 먹 가운데 좋은 것은 해주(海州)에서 나는데, 구해묵(口海墨)이라 이름을 붙인 바로 이것입니다. 그대에게 드릴 테니 왕희지(王羲之)와 같은 글씨를 쓰십시오."

현주 답함, "황공하게도 문방구 가운데 영원한 보배를 내려주시다니

---

60 여의(如意) : 여의장(如意杖). 뿔이나 나무 혹은 대나무 등으로 만든 작은 지팡이 종류로 불가에서 법회나 설법 때 주로 사용한다.

61 주미(塵尾) : 진(晉)나라 왕연(王衍)이 옥 손잡이[玉柄]에 고라니 꼬리털[塵尾]을 매단 불자(拂子)를 항상 손에 들고서 청담을 펼쳤다는 고사가 전한다.

훗날의 용안으로 삼겠습니다."

청천 아룀, "필담이 천고의 시문(詩文)에까지 미치면 헤어짐에 섭섭함을 이길 수 없을 것이니, 어찌 그대와 함께 이곳에서 열흘이나 머물 수 있겠으며 또한 말을 통해 이 뜻을 펼 수 있겠습니까?"

현주 답함, "겸사[62]를 버리지 않으시다니 시단의 훌륭한 분이라 이를 만합니다. 밤새도록 가르침을 주셨으니 감격스러운 마음 어찌 다할 수 있겠습니까? 다만 날이 밝으면 이별을 해야 하는데 기껏해야 제 마음을 만분의 일도 다하지 못하였으니 무척 안타깝습니다."

현주가 강(姜)과 장(張) 두 서기에게 아룀, "전에 약속했던 졸필 각 한 첩씩을 삼가 드립니다. 명을 거절하기 어려워 결국 도아(塗鴉)[63]를 이루었으니 남궁(南宮) 위국(魏國)에서 웃음거리가 될 것입니다."

경목(耕牧) 국계(菊溪) 답함, "귀중한 첩(帖)을 주시다니 그 광영이 삼명(三命)[64]을 넘어서고, 기쁨이 백붕(百朋)[65]이나 넘치니, 깊이 감사드립니

---

62 겸사[樗櫟] : 저력은 크기만 할 뿐 아무 짝에도 쓸모가 없어서 어떤 목수도 돌아보지 않는다는 가죽나무와 떡갈나무의 합칭이다. 주로 겸사의 뜻으로 쓰인다.

63 도아(塗鴉) : 글씨가 유치한 것을 이르는 말로 흔히 겸사(謙辭)로 쓰인다. 당(唐)나라 노동(盧仝)의 시 〈시첨정(示添丁)〉에 "갑자기 서안(書案) 위에 먹물을 끄적거리니, 시서(詩書)에 먹칠한 것이 마치 늙은 까마귀 같네.[忽來案上飜墨汁, 塗抹詩書如老鴉。]"라는 구절에서 유래하였다.

64 삼명(三命) : 벼슬이 높아질수록 겸손한 자세를 보이는 것을 말한다. 공자(孔子)의 선조인 정고보(正考父)의 솥[鼎]에 "대부 때에는 고개를 숙이고, 하경(下卿) 때에는 등을 구부리고, 상경(上卿) 때에는 몸을 굽히고서, 길 한복판을 피해 담장을 따라 빨리 걸어간다면, 아무도 나를 감히 업신여기지 못하리라.[一命而僂, 再命而傴, 三命而俯, 循墻而走, 亦莫余敢侮。]"라는 내용이 새겨져 있었다고 한다. (『춘추좌씨전』소공 7년)

65 백붕(百朋) : 녹(祿)이 많음을 뜻한다. 옛날에 화패(貨貝)의 단위를 붕(朋)이라 하였는데, 붕은 곧 쌍(雙)의 뜻으로 2패(貝)를 1붕(朋)으로 삼았다.

다. 검하현기(劍下玄機)⁶⁶에 대해서 공께서 말을 이해하시고 진리를 터득하셨으니 참으로 부럽습니다."

창수(唱酬)와 필어(筆語) 등은 모두 『봉도유주(蓬島遺珠)』⁶⁷에 실려 있으므로 간략히 한다.

기해년(己亥年) 9월 16일에 조선 사신이 장주(張州, 尾張國) 오도(吳都)에 이르러, 그날 밤 대웅정사(大雄精舍)에서 묵고 다음 날 아침 떠났다.

저의 성은 목하(木下), 초명은 희성(希聲), 자는 실문(實聞)인데, 자로 행세하였고, 또 자를 달부(達夫)라고도 합니다. 호는 난고(蘭皐)이며, 또 옥호진인(玉壺眞人)이라고도 부릅니다.⁶⁸ 일찍이 천한 직책으로 객

---

66 검하현기(劍下玄機) : 현기(玄機)는 현묘한 이치를 뜻한다.
67 봉도유주(蓬島遺珠) : 1719년 통신사행 때 조일 문사들 간에 주고받은 필담과 시문을 조문연(朝文淵)이 편찬한 필담창화집. 1책. 1720년에 간행되었고, 국립중앙도서관에 소장되어 있다.
68 목하난고(木下蘭皐, 기노시타 란코, 1681~1752) : 강호시대 전−중기의 유학자. 이름은 실문(實聞), 자(字)는 공달(公達)・희성(希聲), 호는 난고(蘭皐)・옥호진인(玉壺眞人), 통칭은 우좌위문(宇左衛門). 미장(尾張) 중촌(中村) 출신. 미장(尾張) 번사(藩士)로 처음 경도(京都)에서 강도관산(岡島冠山)에게 중국어를 배웠고, 뒤에 강호(江戶)로 가 적생조래(荻生徂徠)를 사사(師事)하였다. 1719년 통신사행 때 동료인 조비내문연(朝比奈文淵)과 함께 명고옥(名古屋) 관소(館所)에서 조선 문사들과 창수하여 이름을 떨쳤다. 신유한(申維翰)의 『해유록(海遊錄)』 하, 「문견잡록(聞見雜錄)」에는 미장주 기실(尾張州記室) 목실문(木室聞)이라고 하였다. 본문에서는 실문(實聞)이 자(字)로 되어 있다.

청(客廳)에서 그대의 모습을 뵈었으니 기쁘기 그지없습니다. 조선 손님의
성명은 지금 여기서 생략한다.

통신사 제술관께 드리다
呈國信製述官案下

난고(蘭皐)

바람결 관현소리에 원근의 사람들 기뻐하는데	風送管絃遠邇驩
사신 깃발 머문 곳에서 날고 있는 난새 보네	霓旌停處見飛鸞
태평성대 사신 길에 어진 이 수고롭겠지만[69]	聖朝修聘勞賢者
빈관에서 〈행로난〉[70] 노래하지 마오	賓館莫歌行路難

선인편을 지어 학사께 드리다
賦得仙人篇贈學士座下

난고

옥 같은 신선이 육룡을 거느리고	玉骨仙人御六龍
멀리 부상에서 노닐고자 하네	翺翔遠欲遊扶桑

---

69 어진 이 수고롭겠지만[勞賢者] : 현로(賢勞)의 의미와 같다. 곧, 홀로 수고가 많다는
  뜻으로, 『시경(詩經)』「소아(小雅)」〈북산(北山)〉에, 다른 관원들도 많은데 불공평하게
  자기만 잘나서 혼자 고생한다[獨賢勞]고 한탄하는 시에서 유래하였다.
70 〈행로난〉 : 악부가사(樂府歌辭) 〈행로난(行路難)〉을 말한다. 〈행로난〉은 세상길의 험
  난함과 이별의 슬픔을 노래한 것으로 진(晉)나라 포조(鮑照)가 처음 지은 뒤로 수많은
  작품이 나왔는데 그 중에서도 이백(李白)이 지은 시가 가장 유명하다.

한밤중 동남쪽에 해가 뛰놀더니	夜半東南日毱躍
큰 바다로 솟아 구슬을 부수네	大海湧動碎琳瑯
문득 고삐를 달려 하늘로 올라가	倏忽騁轡凌紫虛
아침엔 석수, 저녁엔 경장 마시네[71]	朝餐石髓暮瓊漿
쌍쌍의 신동은 봉소[72]를 부는데	兩兩神童吹鳳簫
구름 사이로 흰 무지개 치마 나부끼네	雲間飄颻素霓裳
봉래산 굽어보니 오색구름 모였는데	俯觀蓬萊五雲簇
잠시 가마 멈추고 높은 집에 오르네	少時停駕上高堂
호화로운 잔치자리 산호 패물 빛나니	珊瑚寶玦耀玧筵
신선들 웃으며 술잔 함께 나누네	仙人解顔共壺觴
왼손에 부용 잡고 오른손으로 지초 놀리며	左把芙蓉右弄芝
가래침으로 단약 이루어 옥마루에 가득하네	咳唾成丹滿玉床
구름 모였다 흩어지는 것 어찌 그리 쉬운지	雲氣聚散何容易
부질없이 아득한 하늘 바라보니 마음 미칠 듯	空望窈冥心欲狂
바라컨대 우리들에게 날개 돋게 하여	願使我輩生羽翼
자취 바꿔 길이 곤륜산에 유람토록 했으면	翻跡長遊崑崙岡

이때 학사께서 병이 생겨 방주(芳洲)[73]를 시켜 드렸다.

---

71 아침엔 석수, 저녁엔 경장 마시네[朝餐石髓暮瓊漿] : 석수(石髓)는 석종유(石鍾乳),
   즉 돌고드름의 이명(異名)인데, 선인(仙人)들이 곧잘 이것을 복용하였다고 한다. 경장
   (瓊漿)은 음료(飮料)의 일종으로 송옥(宋玉)의 〈초혼(招魂)〉에 "화려한 술잔 이미 베풀
   어졌는데 경장도 있네.[華酌旣陳, 有瓊漿些。]"라고 하였다.
72 봉소(鳳簫) : 아악(雅樂)에서 쓰는 관악기의 하나. 대나무로 만든 16개의 가는 대롱을
   나무틀에 꽂고, 대롱의 끝을 밀랍으로 봉한 다음 대롱마다 부는 구멍이 있다. 대롱의
   길이는 양쪽 끝이 가장 길며 가운데로 갈수록 점차 짧아지고 있어 봉황의 날개를 닮았다.
73 방주(芳洲) : 우삼방주(雨森芳洲, 아메노모리 호슈, 1668~1755). 강호시대 전-중기

목난고께서 부쳐준 시에 수응하다
奉酬木蘭皐見寄

청천

종자기[74] 기쁘게 하려고 거문고 켜니	瑤琴彈向子期驩
가을 달 채란 타고 봉래산에 내려왔네	秋月蓬山降彩鸞
이 노래 천년 동안 아는 이 드물어	此曲千年知者少
가엾어라 화답하기 어려운 〈백설가〉여	堪憐白雪和歌難

아뢰다 병상에 찾아가 뵙고 사례하다
稟 往病床而面謝

난고

"병환 중이시라고 들었습니다. 근래 몹시 추우니 더욱더 몸조심하시는 것이 좋겠습니다. 변변치 못한 시를 드렸는데 문득 주옥같은 시

의 유학자. 우백양(雨伯陽)이라고도 한다. 이름은 준량(俊良)·성청(誠淸), 자는 백양(伯陽), 통칭은 동오랑(東五郎), 호는 방주(芳洲)·상경당(尙絅堂)·귤창(橘窓), 조선에서는 우삼동(雨森東)이라는 이름으로 알려져 있다. 중국어와 조선어에 능통하여 조선방좌역(朝鮮方佐役, 조센호사야쿠)으로 조선과의 외교를 담당했다. 통신사행 때 조선 사신을 강호(江戶)에 수행하였고, 참판사(參判使)나 재판역(裁判役) 등 외교사절로서 조일외교(朝日外交)의 실무 역할을 수행하였다. 저서로『교린수지(交隣須知)』·『조선풍속고(朝鮮風俗考)』·『천룡원공실록(天龍院公實錄)』·『조선천호연혁지(朝鮮踐好沿革志)』 등이 있다.

74 종자기(鍾子期) :『열자(列子)』「탕문(湯問)」에, "백아는 금(琴)을 잘 탔고, 종자기(鍾子期)는 소리를 잘 들었다. 백아가 금을 타면서 뜻이 높은 산에 있으면 종자기가 말하기를, '좋구나, 아아(峨峨)하기가 태산(泰山)과 같구나.'라고 하고, 뜻이 흐르는 물에 있으면 종자기가 말하기를, '좋구나, 양양(洋洋)하기가 강하(江河)와 같구나.'라고 하였다. 그 뒤에 종자기가 죽자 백아는 다시는 금을 타지 않았다."고 하였다.

를 주시다니, 어떻게 감사해야 할지 모르겠습니다."

청천 답함, "송구스럽게도 병문안을 해주시다니 참으로 감사합니다. 주신 절구에 대해서는 이미 차운하였는데, 장편시는 아직까지 화답할 겨를이 없었습니다. 내일까지 기다려 주시면 반드시 수응하여 드리겠습니다."

통신사 세 분 서기께 드리다
呈國信三書記案下

난고

난초와 국화 어지러이 맑은 꽃 피우니	繽紛蘭菊耀淸華
사신 수레는 향기 가득 풍류 넘치네	香滿風流使者車
내일 그대 봉래도 지나가시거든	明日君過蓬島去
안개 자욱한 오두에 푸른 노을 빛나리	鼇頭靄靄湧靑霞

성의 남쪽 열전사(熱田祠)[75]는 예로부터 봉래궁(蓬萊宮)이라 불렸다.

---

75 열전사(熱田祠) : 미장국(尾張國) 명고옥시(名古屋市)에 위치하며, 열전궁(熱田宮)이라고도 한다. 『동사일기(東槎日記)』곤(坤)「강관필담(江關筆談)」서(序)에 의하면, 이곳에 과두문자(蝌蚪文字)로 된 칠서(漆書)가 있다고 하였다.

난고 사백의 시에 차운하다
奉次蘭皐詞伯韻

경목(耕牧)

십년 동안 경사로 영화를 맛보았으니　　　　十年經史咀英華
그대 두뇌엔 서책 다섯 수레나 되겠지　　　　知子腦中富五車
우연히 좋은 밤에 만나 곁에 앉고 보니　　　　連榻偶成良夜晤
등불 앞 기이한 기운 푸른 노을 토하네　　　　燈前奇氣吐靑霞

난고의 시에 차운하다
奉次蘭皐玉韻

국계(菊溪)

깊은 가을 이역에서 세월을 느끼니　　　　　秋老殊方感歲華
언제 다시 고국으로 수레 돌리려나　　　　　靑丘何日更回車
객창에서 나그네 회포 풀 길 없었는데　　　　旅窓無以寬愁抱
채색 노을 읊은 현휘[76] 만나 기쁘네　　　　喜得玄暉詠綺霞

부사(副使)의 서기가 병이 나 별관에 있었으므로 화답시가 없다.

一.

난고 아룀, "신묘(1711) 사행 때 사신 이학사와 세 분 서기[77]는 별고 없

---

76 현휘(玄暉) : 중국 남북조시대 제(齊)나라 시인 사조(謝朓)를 가리킨다.
77 신묘(1711) 사행 때 사신 이학사와 세 분 서기 : 1711년의 통신사행 때 제술관 이현(李

으신지요?"

국계 대답, "그때의 세 분 서기는 모두 무탈한데, 제술관은 불행히도 세상을 떠났습니다."

난고 아룀, "저는 멀리 유람하기를 좋아합니다. 남쪽으로는 강회(江淮)에서 노닐고 회계산(會稽山)에 올라가 우혈(禹穴)을 찾고 구의(九疑)를 관람하며 원수(沅水)와 상수(湘水)에 배를 띄우고, 북쪽으로는 문수(汶水)와 사수(泗水)에서 노닐었던 태사공(太史公)[78]을 흠모하여 천하의 명승지를 두루 다 가고 싶었지만 세상사에 얽매여 그 계획을 아직까지 도모하지 못하였으니 어찌 유감스럽지 않겠습니까? 귀국은 중국과 땅을 접하고 있어 명산대천(名山大川)이 어찌 수십 개뿐이겠습니까? 그 가운데 한두 군데 유람할 만한 절경과 기굴(奇窟)한 곳을 알려주십시오."

국계 답함, "우리나라의 산이라면 금강·지리·묘향·속리·태백·한라산이 있고, 물이라면 압록·두만·패수·백마·금강·낙동강이 있습니다. 저 또한 아직까지 두루 다 가보지 못하였고, 다만 한두 군데 엿보았을 뿐입니다. 이제 삼천 리 큰 바다를 건너와 부사산[79]의 기이한 봉

礧)과, 서기 홍순연(洪舜衍)·엄한중(嚴漢重)·남성중(南聖重)을 가리킨다.

78 남쪽으로는 …… 사수(泗水)에서 노닐었던 태사공(太史公) : 사마천이 20세 때 남쪽으로는 강회(江淮)·회계(會稽)·우혈(禹穴)·구의(九疑)·원상(沅湘)을 유력하고, 북쪽으로는 문사(汶泗)를 건너고 제노(齊魯)의 땅에서 강학(講學)하고 양초(梁楚)를 지나 돌아왔다고 한다.

79 부사산(富士山, 후지산) : 부산(富山)이라고도 하고, 비유적 표현으로는 부용(芙蓉)·팔엽(八葉)·팔엽봉(八葉峰)·백설(白雪)·부악(富嶽)·용악(蓉嶽)·함담봉(菡萏峰) 등이 있다. 본주(本州, 혼슈) 중부 산리현(山梨縣, 야마나시켄)과 정강현(靜岡縣, 시즈오카켄)의 태평양 연안에 접해 있다. 12차례 통신사행 가운데 1617년·1811년을 제외한 나머지 사행 때마다 조선 사신은 이곳을 멀리서 바라보며 기렸다. 그 결과 필담창화집에

우리와 경도의 웅장하고 화려함을 보고 나니, 천하의 대관(大觀)이라고
할 만합니다. 이는 자장(子長) 사마천도 보지 못한 것입니다."

아뢰다 나와 조덕함이 중국어로 다음과 같이 주고받았다.

稟 余與晁德涵, 以唐音談話故云云。

국계

一.

"공 등은 중국어를 할 수 있으니 참으로 기이합니다. 저 또한 대략
배워서 아나 열의 여덟아홉도 이해하지 못합니다. 몹시 부끄럽습니다."

난고 답함, "저는 강도박(岡島璞)[80]에게 중국어를 배웠습니다. 그는 자
를 옥성(玉成)이라 하고 또 원지(援之)라고도 하는 분입니다. 원지는
본래 기양(崎陽)[81] 사람인데, 신묘년에 동도에서 귀국의 정창주(鄭昌
周)[82]를 접대했습니다. 정자(鄭子)께서는 지금도 무탈하신지요?"

국계 답함, "정판사(鄭判事)는 지금도 무탈하십니다. 또 이번 사행에도
오셨지요. 권첨정(權僉正)[83] 또한 중국어를 잘하는데, 이번 사행에 함

부사산을 두고 읊은 시가 상당수 수록되어 있다.

80 강도박(岡島璞) : 강호시대 전-중기의 유학자이며 중국어 통역사인 강도관산(岡島冠
山, 오카지마 간잔, 1674~1728)을 가리킨다.

81 기양(崎陽, 기요) : 강호시대 때 장기(長崎, 나가사키)를 일컬었던 별칭이다.

82 정창주(鄭昌周) : 조선시대 후기의 역관. 본관은 온양(溫陽). 서울에 거주. 1675년 24
세 때 식년시 역과에 합격하였다. 품계는 봉렬대부(奉列大夫), 관직은 상통사(上通事)에
이르렀다. 1711년 통신사행 때 한학상통사로 사행에 참여하였고 당시 관직은 판관(判官)
이었다.

께 수행하였습니다."

난고 아룀, "족하는 과거시험에서 어떤 글제로 장원을 하셨습니까?"

국계 답함, "시제〈조만탄(操鏝歎)〉으로 장원을 하였습니다. 일찍이 귀국에는 과거제도가 없다고 들었습니다. 영재를 포의(布衣)로 버려두다니 참으로 안타깝습니다."

난고, "참으로 감당할 수 없습니다." 이후로 점차 중국어로 말을 나누었는데 정신없이 바쁜 때여서 대부분 잊어버렸다.

一.

난고 아룀, "공들께서 쓰신 모자의 이름은 무엇입니까?"

경목 답함, "서초(西樵)백흥전(白興銓)[84] 의원가 쓴 것은 팔괘(八卦) 고후관(高後冠)[85]이고, 제가 쓴 것은 동파관(東坡冠)[86]이며, 국계가 쓴 것은 와

---

83 권첨정(權僉正) : 1719년 통신사행 때 한학통사로 삼사신을 수행하였던 권흥식(權興式, 1666~?)을 가리키는 것으로 보인다. 본관은 안동(安東)이며 자는 군경(君敬)이다. 1687년 22세 때 정묘(丁卯) 식년시(式年試) 역과에 1위로 합격하였고, 한학(漢學)을 전공하여 구압물(舊押物)·첨정(僉正) 등을 지냈다.

84 백흥전(白興銓) : 조선 후기의 의관(醫官). 호는 서초(西樵), 자는 군평(君平). 1719년 통신사행 때 의원으로 일본에 다녀왔다. 주4 참조.

85 고후관(高後冠) : 대나무 껍질이나 댓잎으로 만든 죽관(竹冠)으로 고사관(高士冠)의 일종이다. 고사관은 사서(士庶)나 석도(釋道)가 주로 썼고, 1763년 통신사행 때 정사(正使) 조엄(趙曮)의 반인(伴人)으로 일본에 갔던 조동관(趙東觀)이 썼던 관이다. 다음해 대판에서 오전원계(奧田元繼, 오쿠다 겐케이)가 그 당시 조동관이 쓰고 있던 모자의 이름을 묻자 조동관이 "세칭 고사관(高士冠)이라고 하는데 팔괘(八卦)의 운기(雲氣)를 본뜬 것이라 합니다.[俗名高士冠, 八卦雲氣之象云。]"라고 대답하였다. 『봉사일본시문견록(奉使日本時聞見錄)』에는 고후관(高厚冠)으로 되어 있다.

86 동파관(東坡冠) : 조선시대 사대부들이 한가로이 거처할 때 쓰던 관으로, 말총으로 만들었다. 송(宋)나라의 소식(蘇軾)이 썼다고 하여 그의 호를 본떠 동파관이라고 하였다.

룡관(臥龍冠)[87]입니다."

창화(唱和) 필어(筆語) 등은 『객관최찬집(客館璀粲集)』[88]에 상세하므로, 여기서는 기록하지 않는다.

다음 날 새벽 출발하려 할 때 학사가 벽 사이에 몇 마디 말을 적어 놓고 갔는데, 아래와 같다.

목난고(木蘭皐)의 시 가운데 아직도 화답하지 못한 시 한 편이 있습니다만, 아침에 출발이 바쁘니 어찌하겠습니까? 돌아올 때 다행히 뵐 수 있다면 지난밤 다하지 못한 이야기를 이을 것입니다.

청천 신학사(申學士)

10월 25일, 돌아오는 수레가 다시 오하(吳下)에 이르렀다. 그날 밤 또 빈관에서 조선 손님과 모임을 갖고 다음날 아침 헤어졌다.

---

87 와룡관(臥龍冠) : 말총으로 만든 관(冠). 중국 삼국시대 때 제갈량(諸葛亮)이 썼다고 하여 그의 호칭을 본떠 와룡관이라고 하였다.

88 객관최찬집(客館璀粲集) : 강호시대 중기의 유학자 목하난고(木下蘭皐, 기노시타 란코)가 편찬한 필담창화집. 2권 1책이고, 목판본이다. 1719년 9월 16일 미장국(尾張國) 오도(吳都)와 10월 25일 성고원(性高院)에서 조선의 제술관 신유한(申維翰), 서기(書記) 및 의관(醫官) 등과 나눈 필담이 주로 수록되어 있다. 내용에 한글도 보인다. 전편에는 조비내문연(朝比奈文淵, 아사히나 분엔, ?~1734)의 시문과 필록(筆錄)도 수록되어 있다.

아뢰다 내가 자리에 임하니 청천이 내 손을 잡으며 매우 기뻐했다.

啓 余臨席, 則青泉握余手而懽甚。

청천

말안장을 풀 때쯤 공 등을 뵙고 싶었는데 지금 찾아와주셔서 매우
감사합니다. 제가 동도에 있던 날 겨우 〈선인편(仙人篇)〉에 화답하여
현주(玄洲)에게 부칠 작품과 함께 강도공(岡島公) 편에 전하려 하였으
나 이루지 못하고 이제 가지고 와 전합니다.

〈선인편〉에 화답하여 목난고께 드리다
仙人篇和贈木蘭皐

청천

봉래산 높고 바다는 망망한데	蓬萊山高海茫茫
태양[89]이 아홉 가지 뽕나무 위로 솟네	金鴉躍出九枝桑
백 척이나 긴 가지 연하를 두른 듯	枝長百尺縮煙霞
잎 사이의 오색은 구슬이 쌓인 듯	葉間五色堆琳琅
신령한 빛 맑은 기운 어찌나 빠른지	靈光淑氣何翕忽
묶어 우보[90] 삼고 진한 것 미음 삼네	結爲羽葆濃爲漿
신선은 저녁에 꼬리 붉은 봉황 타고	仙人夕騎紅尾鳳
푸른 구름 치마로 하늘을 덮으며 나네	毿毿冪空青雲裳

---

89 태양[金鴉] : 금아(金鴉)는 태양 속에 있다는 세 발 가진 신조(神鳥)로 '금오(金烏)'
   또는 '삼족오(三足烏)'라고도 한다. 곧 태양을 가리킨다.

90 우보(羽葆) : 새의 깃으로 장식한 의식용(儀式用)의 아름다운 일산(日傘).

보옥 같은 거문고 광한[91]의 음악　　　　　瑤絃寶瑟廣寒音

황아와 제녀[92] 중당에 늘어섰네　　　　　皇娥帝女列中堂

한 번 봉래산 치니 가을물 푸른데　　　　　一拍蓬山秋水綠

웃으며 남두성 향해 술잔을 드네　　　　　笑指南斗作盃觴

박망후[93] 사신 뗏목 타고 이르러　　　　　博望使者乘槎至

흔연히 청소한 은 침상에 오르네　　　　　欣然灑掃登銀床

취하여 대추 먹는 안기생 보며　　　　　醉看期生食大棗

백량대의 소신[94] 급히 복숭아 훔치네　　　栢梁小臣偸桃狂

많은 노래 느린 춤 혼신으로 펼치며　　　繁歌緩舞神以舒

너울너울 비취 주워 높은 고개 넘네　　　婆娑拾翠凌高岡

발어(跋語)가 『최찬집(璀粲集)』[95]에 실려 있는 있기 때문에 여기서는 생략한다.

---

91 광한(廣寒) : 달의 궁전. 광한궁(廣寒宮).

92 황아와 제녀[皇娥帝女] : 황아(皇娥)는 소호(少昊)의 어머니. 선궁(璇宮)에 살면서 〈황아가(皇娥歌)〉를 불렀다. 제녀(帝女)는 천제의 딸.

93 박망후(博望侯) : 장건(張騫)이 대장군 위청(衛靑)의 흉노 정벌에 따라가, 수초(水草) 가 있는 곳을 잘 알았던 공로로 광박첨망(廣博瞻望)의 뜻을 취해 박망후(博望侯)에 봉해 졌다.

94 백량대의 소신[栢梁小臣] : 한나라 무제(武帝)가 장안(長安)에 백량대(柏梁臺)를 세우 고 그 위에서 신하들과 연음(宴飮)을 하며 구(句)마다 압운(押韻)을 하는 칠언시(七言詩) 를 읊었던 고사가 전한다.

95 『최찬집(璀粲集)』 : 앞의 주에서 밝힌 『객관최찬집(客館璀粲集)』을 가리킨다.

답하다
答

난고(蘭皐)

크게 후의를 입어 감사함을 다할 수 없습니다. 장편(長篇)의 옥 같은
화답시에 저도 모르게 두통이 나왔습니다. 또 변변찮은 시를 지으며
이별의 회포를 술회하였습니다.

작별하며 청천 신공께 드리다
寄別靑泉申公

난고

채색 깃발 이제 막 돌아왔는데	文旆玆初返
장쾌한 유람에 시 몇 편 지었나	壯遊賦幾篇
거듭 만나 채색 붓 휘두르고	重逢揮彩筆
다시 헤어지니 거문고 줄 끊어지네	再別絶朱絃
높은 바다 파도에 옥돌 빼어나고	層海珣玕秀
삼신산엔 난새와 학 무리 지었네	三山鸞鶴群
돌아가 고향에 도착하는 날이면	卿園歸到日
아름다운 영예 능연각[96] 비추겠지	美譽照凌煙

---

96 능연각(凌煙閣) : 공신각(功臣閣)의 이름이다. 당나라 태종(太宗)이 정관(貞觀) 17년
(643)에 장손무기(長孫無忌)·두여회(杜如晦)·위징(魏徵)·방현령(房玄齡) 등 훈신(勳
臣) 24명의 초상화를 이곳에 걸게 하였다.

난고께서 주신 시에 화답하다
奉和蘭皐見贈

청천

이곳에 와 참된 기운 만나	邂逅來眞氣
날아올라 뛰어난 시 짓네	飛騰賦傑篇
차가운 별 칼집에서 움직이고	寒星動劍匣
밝은 달빛 거문고 줄 에워싸네	明月遶琴絃
팔 척의 용[97]으로 벗을 삼고	八尺龍爲友
삼청의 학[98]은 무리 짓지 않네	三淸鶴不群
어찌하면 세간 잡사를 털어버리고	何當擺俗累
손잡고 푸른 연기 가를 수 있을까	携手破蒼煙

작별하며 경목자 강공께 드리다
寄別耕牧姜公

난고

부사산 우뚝 솟아 오랜 구름 걷히자	富山壁立宿雲收
쌓인 눈 영롱하게 채색 갖옷 비추네	積雪玲瓏照綺裘
사명을 전한 지금 대궐을 나서서	傳命卽今辭紫闕
수레 돌려 본국으로 가려고 하네	回轅更欲向靑丘

---

97 팔 척의 용[八尺龍] : 말[馬]의 크기가 8척 이상이면 용(龍)이라고 한다는 말이 있다.
98 삼청의 학[三淸鶴] : 선계(仙界)에 있는 학. 삼청(三淸)은 신선이 살고 있다는 옥청(玉淸)·상청(上淸)·태청(太淸)을 말한다.

이 땅에 금곡[99] 잔치 열어 걸상 맞대고　　　　地開金谷齊連榻

달빛 가득한 봉래산 누대에 함께 기대네　　　　月滿蓬壺共倚樓

흠씬 취해 거문고 가락[100] 고르길 재촉하니　　　爛醉促軫撫商調

칠현금 소리 두루 이별의 슬픔을 울리네　　　　七絃遍動別離愁

난고 사백의 시에 차운하다
奉次蘭皐詞伯韻

경목

시월 호숫가 밭에서 늦벼 거두는데　　　　　　十月湖田晚稻收

먼 곳 길손의 무명옷에 한기 스며드네　　　　寒侵遠客木綿衣

사절단 따라 이국 땅 일본에 왔다가　　　　　追隨使節來殊域

시 주머니 점검하며 고국으로 돌아가네　　　　點撿詩囊返故丘

푸른 등불 어스레히 야탑을 밝히는데　　　　　翳翳靑燈明夜榻

붉은 낙엽 우수수 산속 누대에 떨어지네　　　蕭蕭紅葉下山樓

인생의 만남과 헤어짐 부평초와 같아　　　　人生聚散同萍水

만나는 곳마다 곧 이별의 슬픔이라네　　　　到處相蓬卽別愁

---

99 금곡(金谷) : 진(晉)나라의 부호 석숭(石崇)의 별장이 있던 곳으로, 석숭이 금곡 별장
앞 계곡에 손님을 초대하여 밤낮으로 잔치를 베풀고, 시를 짓지 못한 사람에게는 서 말의
벌주를 마시게 했다는 고사가 전한다.

100 가락[商調] : 음조(音調)에 궁(宮)·상(商)·각(角)·치(徵)·우(羽) 등의 다섯 가지가
있는데, 상조(商調)는 슬프고 애잔한 곡조이다.

작별하며 국계 장공께 드리다
寄別菊溪張公

난고

그대 돌아가려고 이날 밤 시 지으며	使君此夜賦將歸
문밖에 말방울 울리고 동트길 기다리네	門外鳴珂待曙暉
서리 맑은 상자 속에 웅검이 움직이고	霜淨篋中雄劍動
밤 깊도록 자리엔 술잔이 날리는구나	更闌席上羽觴飛
푸른 난새 춤 끝나자 단혈[101]을 하직하고	青鸞舞罷辭丹穴
〈백설〉 노래 여운 자미성[102]에 진동하네	白雪歌殘震紫微
내일 갈림길에서 응당 눈물 훔칠 테고	明日臨岐應涕淚
마주보고 악수해도 그리움 오래가겠지	相看握手思依依

장주[尾張國] 빈관에서 난고께서 주신 시에 차운하다
張州賓館奉次蘭皐贈別韻

국계(菊溪)

말채찍 휘두르며 서쪽으로 돌아가려고	促鞭征馬向西歸
노복[103]에게 분부 내려 아침 햇살 좇네	分付奴星趁早暉

---

101 단혈(丹穴) : 봉황이 서식한다는 곳.
102 자미성(紫微省) : 제왕의 궁궐. 당나라 때 중서성(中書省)이라 했으며, 성(省) 안에
　　자미화가 있어 자미성이라고 하였다. 천자의 정령(政令)을 돕는 비서관서(祕書官署)였다.
103 노복[奴星] : 노성(奴星)의 성(星)은 종의 이름이다. 당나라 한유(韓愈)의 종 이름이
　　성(星)인 데서 유래하였다. 한유의 「송궁문(送窮文)」에 "主人使奴星, 結柳作車."라고
　　하였다.

신선 경계는 푸른 섬 따라 멀어지는데	仙境漸隨滄嶼遠
그대 마음은 먼저 흰 구름 좇아 나네	卿心先逐白雲飛
다행히 옥나무[104] 같은 인품을 접하고	幸攀標格如瓊樹
모시옷[105]에 맞는 시편 드리게 되었네	爲贈詩篇當紵衣
내일 역정에서 헤어진 뒤에도	明日驛亭分手後
서로 기댄 이곳 빈연자리 생각나겠지	定思賓榻此相依

작별하며 서초 백공께 부치다 이름은 흥전이고 자는 군평이며 의원이다
寄別西樵白公 名興銓字君平醫員

난고

계림의 신선 손님 일본에 들어와	雞林仙客入扶桑
약 캐 담는 주머니 늘 지니고 다녔네	行李每携採藥囊
나그네 관사엔 눈보라 치는 밤 긴데	客舍漏長風雪夜
표연히 양률 불어[106] 봄볕 나게 하네	飄然吹律動春陽

등불 아래 금 쟁반 귤과 유자 신선하여	燈下金盤橘柚鮮

---

104 옥나무[瓊樹] : 경수는 옥과 같이 아름다운 나무라는 뜻으로, 고상하고 결백한 인품을 지닌 사람이나 상대방의 훌륭한 시를 비유한다.
105 모시옷[紵衣] : 춘추시대 오(吳)나라 계찰(季札)이 정(鄭)나라에 사신으로 가서 자산(子産)을 만나보고는 오랜 친구처럼 여기며 흰 명주 띠[縞帶]를 선물하자, 자산이 답례로 모시옷[紵衣]을 보낸 고사가 전한다.
106 양률 불어[吹律] : 전국시대 제(齊)나라의 추연(鄒衍)이 연(燕)나라의 곡구(谷口)에 있을 때, 땅이 비옥하면서도 기후가 썰렁하여 농사가 안 되는 것을 보고, 양률(陽律)을 불어넣어 곡식을 자라게 했다는 전설이 있다.

동정호의 봄빛 빈연자리에 가득하네	洞庭春色滿賓筵
내일 아침이면 다시 하량[107]에서 이별하고	明朝更作河梁別
달 지는 서산가만 하염없이 바라보겠지	遙望西山落月邊

목난고의 시에 차운하며 이별의 회포를 담다
奉次木蘭皐惠韻以寓別懷

서초

서쪽 푸른 바다 고향[108]에 돌아가려니	西下滄溟返梓桑
가지고 온 풍경이 해낭[109]에 가득하네	携來物色滿奚囊
봉래도에서 오래 노닐었음을 알고보니	蓬萊始覺吾遊久
인간세상의 절기 동짓날[110]에 가깝구나	節序人間近一陽

물에서 나온 부용처럼 시풍 싱그러운데	詩似芙蓉出水鮮
다행히 그대 만나 잔치자리 함께 했네	幸逢佳士共華筵

---

107 하량(河梁) : 한(漢)나라 때 흉노(匈奴)에게 항복한 이릉(李陵)이, 앞서 흉노에게 사신(使臣)으로 가서 억류되었다가 19년 만에 풀려나 한나라로 돌아가는 소무(蘇武)와 작별하면서 준 시에, "서로 손잡고 하량에 올랐는데, 그대는 저문 날 어디로 가는가[携手上河梁, 遊子暮何之。]"라고 하였다.

108 고향[梓桑] : 재상(梓桑)은 뽕나무와 가래나무로, 옛날에 부모가 집 주위에 심어서 자손에게 남겨 양잠(養蠶)과 기용(器用)에 쓰도록 한 것이다.

109 해낭(奚囊) : 시초(詩草)를 넣는 주머니. 당(唐)나라 시인 이하(李賀)가 명승지를 돌아다니며 지은 시를 해노(奚奴: 노복)가 가지고 다니는 주머니에 넣었던 고사가 전한다.

110 동짓날[一陽] : 일양(一陽)은 동지(冬至)를 말한다. 양기(陽氣)가 처음 발동하므로 이르는 말이다.

| 헤어진 뒤 그리움 어느 곳에 둘까 | 相思別後知何處 |
| 동쪽으로 해 뜨는 부상가만 바라보리 | 東望扶桑日出邊 |

서기께 드리다 존호를 잘 모른다.
奉呈書記案下 未審尊號

난고

맑은 때 부절 안고 사신 수레 출발하니	淸時擁節發星軺
잘 뽑은 영재의 명성 온 천지[111]에 날리네	妙選英聲飛九霄
거문고 켜니 하늘가 구름 모였다 흩어지고	鼓瑟天邊雲聚散
붓 휘두르니 바다 위 햇살 물결 따라 요동치네	揮毫海表日漂搖
기자 나라 의례는 주나라 시대를 보존하고	箕邦禮典存周代
일본 지역의 의관은 한나라를 숭상하네	桑域衣冠尙漢朝
주머니 속 명월주[112] 고루 아끼지 마시고	囊底明珠遍莫吝
봄 하늘[113]에 상응하는 시 한 수 주시길	請投一片價春霄

---

111 온 천지[九霄] : 구소는 하늘의 가장 높은 곳을 말한다. 곧, 구소는 신소(神霄)·청소
(靑霄)·벽소(碧霄)·단소(丹霄)·경소(景霄)·옥소(玉霄)·낭소(琅霄)·자소(紫霄)·태
소(太霄)이다.

112 명월주(明月珠) : 대합에서 나오는 진주 비슷한 구슬로 밤에도 환히 비친다고 한다.
주로 아름다운 시구나 시를 표현하는 말로 쓰인다.

113 봄 하늘[春霄] : 춘소(春霄)는 봄 하늘을 뜻하기도 하고, 목왕(穆王)이 동쪽으로 순수
(巡狩)하여 정(鄭)나라 대암 골짜기까지 가서 춘소궁(春霄宮)을 세우고 모든 방사(方士)
들을 모아 신선(神仙) 되는 일을 이야기했다는 춘수궁을 염두에 둔 표현이기도 하다.

목난고가 보여준 시에 차운하다
奉次木蘭皐惠示韻

소헌

만 리 길 사신 수레 처음 돌아가는데	萬里初返使車軺
강성의 저녁 풍경 비 갠 하늘 맑구나	江城暮色雨晴霄
높은 누각에서 술 거듭하니 술잔 불룩하고	高樓酒重盃心凸
빈 의자에 바람 불어오니 촛불 그림자 흔들리네	虛榻風來燭影搖
인사 나누며 크게 기뻐하니 진솔한 모임이요	傾蓋懽深眞率會
교린의 정 드러나니 태평성대의 조정이라네	交隣液著聖明朝
내일이면 하교[114]에 뜬 구름 흩어지리니	河橋明日浮雲散
곡진한 마음 마땅히 이 밤에 다하리라	款曲端宜盡此霄.

저의 성은 성(成)이며 이름은 몽량(夢良)이고, 자는 여필(汝弼), 호는
장소헌(長嘯軒)입니다. 성균관 진사로 부사(副使)의 서기로 왔습니다.
족하의 성함은 국계(菊溪)를 통해서 이미 알고 있었습니다.

---

114 하교(河橋) : 강다리 혹은 은하수 다리. 곧 이별하는 장소를 뜻하는 하량(河梁)과 같
은 말이다.

묻다
問

난고

一.

"듣건대 귀국의 선비는 비파를 잘 탄다고 하는데, 과연 그렇습니까?"

경목 답함, "많은 선비들이 거문고를 타기는 해도 비파는 타지 않습니다. 거문고 곡조에는 고조(古調)가 많아 말로 다 설명할 수 없습니다."

난고 물음, "길거리의 소곡(小曲)으로는 어떤 곡조를 부릅니까?"

경목 답함, "〈황풍악(皇風樂)〉[115]·〈보허사(步虛詞)〉[116]·〈평우조(平羽調)〉[117]·〈옥수후정화(玉樹後庭花)〉[118] 등이 있습니다."

---

115 황풍악(皇風樂) : 왕씨(王氏)가 고려를 일으킨 공덕을 칭송한 노래로 당나라 정악(正樂)의 음률을 모방한 것이다.

116 보허사(步虛詞) : 보허는 신선이 허공을 밟고 돌아다닌다는 뜻으로, 도교(道敎)에서 경을 외우며 찬미하는 노래이다.

117 평우조(平羽調) : 한국 전통 가곡의 전신인 삭대엽의 하나.

118 옥수후정화(玉樹後庭花) : 남조 진(陳) 후주(後主) 진숙보(陳叔寶)가 정사는 돌보지 않고 매일 비빈(妃嬪) 등과 함께 노닐면서 새로 지은 시에 곡을 부쳐 노래를 부르게 하다가 끝내 나라를 망하게 한 고사가 있는데, 전해 오는 곡 가운데 〈옥수후정화(玉樹後庭花)〉라는 노래가 있다. 줄여서 〈옥수가(玉樹歌)〉라고 부르는데, 보통 망국의 노래를 뜻한다.

묻다
問

난고

一.

"우류(羽流)[119]나 여관(女冠)[120] 등이 제사를 받드는 도관(道觀)이 있습니까?"

경목 답함, "도관은 없고, 절이 있어서 승려가 주관합니다."

묻다
問

난고

一.

"언문(諺文)은 자체(字體)를 잘 모르겠습니다. 어떻습니까?"

경목 답함, "글자는 범자(梵字)와 비슷한데, 방언(方言)으로 글자의 뜻을 풉니다." 따로 언문을 써서 내게 보여주었는데, 『객관최찬집(客館璀粲集)』에 실려 있다.

---

119 우류(羽流) : 도교의 도사를 말한다.
120 여관(女冠:) : 도교에서 여자 도사를 이르는 말이다.

신장원께 아뢰다
啓申狀元

난고

동도에 조래(徂徠) 선생이라는 분이 있는데, 일찍이 고문사학(古文辭學)에 힘써, 희공(姬公)[121] 선보(宣父)[122]의 글이 아니면 보지 않았고, 좌씨(左氏)·사마천(司馬遷)·반고(班固)·양웅(揚雄)의 비책이 아니면 상자에서 꺼내지도 않았으며, 『이소(離騷)』·『문선(文選)』과 이백(李白)·두보(杜甫)의 시가 아니면 생각하지도 않았으니, 대체로 명나라 이헌길(李獻吉)[123]과 공을 나란히 할 만합니다. 선생은 일찍이 문장의 도인 달의(達意)와 수사(修辭) 두 갈래는 성인의 말씀으로부터 나왔지만 사실상 둘은 서로 의지하는 관계로 수사(修辭)가 아니면 뜻을 전달할 수 없어 삼대(三代) 때에는 두 갈래로 나누어지지 않았다고 하였습니다. 동경(東京, 後漢)은 수사(修辭)에 치우쳐 있고 달의(達意) 일파는 적막하기만 합니다. 육조(六朝) 시대의 부박하고 화려함이 당나라에 이르러 극에 달하였습니다. 때문에 한유(韓愈)와 유종원(柳宗元)이 달의(達意)로 진작하여 세상을 일신시켰고, 구양수(歐陽脩)와 소식(蘇軾)에 이르

---

121 희공(姬公) : 주나라의 정치가 희단(姬旦), 즉 주공(周公)을 가리킨다. 문왕(文王)의 아들이며 무왕(武王)의 아우로, 이름은 단(旦)이다.

122 선보(宣父) : 공자를 말하며 선니(宣尼)라고도 한다. 한(漢)나라 평제(平帝) 원시(元始) 원년에 공자(孔子)에게 포성선니공(襃成宣尼公)의 시호를 소급해서 올렸다.

123 이헌길(李獻吉) : 헌길은 명나라 때 문장가 이몽양(李夢陽, 1475~1529)의 자이다. 경양(慶陽) 사람으로 호는 공동자(空同子)이다. 의고파(擬古派)의 주요인물로 문(文)은 진한(秦漢)의 것을 본받고 시(詩)는 반드시 성당(盛唐)을 본받으라고 했다. 시와 고문에 능하여 명나라 십재자(十才子) 중에 최고로 일컬어졌다. 저서로 『공동집(空同集)』이 있다.

러 또한 서서히 진행되다가, 원(元)·명(明)에 이르러 다시 극에 달했습니다. 때마침 이우린(李于鱗)¹²⁴과 왕원미(王元美)¹²⁵라는 자가 나와 오로지 수사(修辭)로 진작하고 한결같이 옛것으로 원칙을 삼았으니 대호걸이라 이를 만합니다. 그러므로 서경(西京, 前漢) 이후의 문인을 평함에 있어서 당(唐)에서는 한유와 유종원을 취하고, 명(明)에서는 왕원미와 이우린을 취하는 것은 이 때문입니다. 제가 조래 선생의 문하에서 공부하면서 그분의 글을 전수받아 매우 재미있게 읽었는데, 지금 간책(簡冊)을 잡은 선비들이 그 풍조를 좇아 최고로 삼지 않는 이가 없습니다. 귀국의 문장의 융성함은 거의 중국에 양보하지 않은지 오래되었는데, 지금 문장 하는 이들은 송(宋)·원(元)의 옛것에 연원을 두고 있습니까? 명(明)나라의 제가(諸家)에 두고 있습니까?

---

124 이우린(李于鱗) : 우린은 명(明)나라 때 시인 이반룡(李攀龍)의 자(字)이다. 호는 창명(滄溟)이다. 이몽양(李夢陽)·하경명(何景明) 등을 중심으로 하는 홍치칠자(弘治七子)의 복고설을 계승, 왕세정 등과 고문사설(古文辭說)을 제창하여 진한(秦漢)의 고문을 모범으로 삼고 한(漢)·위(魏)·성당(盛唐) 시의 격조를 중시하였다.

125 왕원미(王元美) : 원미는 명(明)나라 때 시인 왕세정(王世貞)의 자(字)이다. 호는 봉주(鳳州) 또는 엄주산인(弇州山人)이다. 젊을 때부터 문명(文名)이 높아 가정칠재자(嘉靖七才子) 중 한 사람으로 손꼽혔고, 이반룡(李攀龍)과 함께 이왕(李王)이라 불리며 명대 후기의 시단을 주도하였다.

난고 목하군께 답하다
復蘭皐木君

청천

　조래(徂徠) 선생의 성함은 듣지 못하였지만, 고문사(古文辭)의 달의 (達意)와 수사(修辭) 이단(二段)을 논한 것은 사람으로 하여금 무척 놀라게 하니 쾌재를 부를 만합니다. 하물며 족하께서 친히 배우심에 있어서랴! 저는 문장에 있어서는 옛사람이 남기신 뜻을 살피지 못했지만, 대개 약관 이전에는 진한(秦漢)의 고서를 읽는 데 뜻을 두었고, 당송(唐宋) 말기의 지엽(枝葉)적인 것을 먼저 공부하고 싶지는 않았습니다. 애석하게도 몹쓸 병에 걸려 그로 인해 공부를 그만두고 끝내 나아가지 못하였으니, 참으로 슬픕니다. 우리나라는 고려시대에는 오로지 송나라와 원나라를 숭상하다가 조선에 이르러 여러 인재들이 등장하면서 어떤 이는 반고와 사마천을 말하고, 어떤 이는 한유와 유종원 그리고 소식을 말하였습니다. 그러나 그 본체를 살펴보면 유교를 종주로 삼고 있기 때문에 그 문장의 체재는 대개 송나라 습속을 따랐고, 그 사이에 특이하게 험순(險順)하고 평삽(平澁)한 한두 장구(章句)가 있을 뿐입니다. 명나라의 여러 대가들 중에는 진실로 이몽양(李夢陽)·하경명(何景明)[126]과 왕세정(王世貞)·이반룡(李攀龍)을 대방가라 할 만합니다. 그들의 문장이 처음 전해오자 풍조에 따르는 사조가 없지 않았

---

126 하경명(何景明, 1483~1521) : 자는 중묵(仲黙), 호는 대복(大復). 이몽양(李夢陽) 등과 고문사(古文辭)에 힘썼으며, 진한(秦漢)의 문장과 성당(盛唐)의 시를 이상으로 하는 고전주의 문학운동을 제창했다. 이몽양과 함께 '이하(李何)'로 병칭되었다. 그의 시는 청신(淸新)한 것으로 유명하다. 저서로 『하대복집』이 있다.

으나, 왕세정과 이반룡의 문장을 전적으로 공부하는 이는 열에 한둘도 되지 않았습니다. 지금 우리나라의 문장 하는 선비들은 대부분, "마땅히 먼저 팔대가(八大家)를 많이 읽어야 한다."라고 말합니다. 문장은 먼저 혜경(蹊逕)과 평탄(平坦)함을 익힌 다음에 명나라의 여러 대가들의 문장 또한 때로 펼쳐봄으로써 문채(文采)를 도와야 해서 이와 같이 말한 것입니다.

학사께 아뢰다
禀學士案下

난고

"비루한 시집 한 권을 『옥호음초(玉壺吟艸)』라고 이름 지었습니다. 고풍(古風)과 근체시(近體詩) 몇 수로 모두 보잘것없는 하리파가(下里巴歌)[127]일 뿐입니다. 감히 한 번 훑어봐주십시오. 만약 권두에 서문 몇 말씀 해주신다면 어찌 감당할 수 있겠습니까만 오직 바라고 바랄 뿐입니다."

청천이 난고께 답함, "제가 족하의 시를 보니 실로 이 세상에서 소홀히 할 수 있는 말이 아니었습니다. 서문은 반드시 깊이 생각하고 잘 써서 기려야 하는데 오늘밤 분주한 상황이라 여의치 않을 것 같습니다. 반드시 나중에 써서 우삼(雨森)[128]군 편에 보내드리겠습니다. 저쪽의 뜻

---

127 하리파가(下里巴歌) : 전국시대 초나라 민간에 유행하였던 노래.
128 우삼(雨森) : 강호시대 전-중기의 유학자 우삼방주(雨森芳洲, 아메노모리 호슈,

또한 어떠한 지 알 수 없습니다만, 보내드릴 인편이 있기 때문에 말씀
드린 것입니다."

다시 아뢰다
再稟

난고

"여기서부터 대판에 이르는 사이에 졸고(拙稿)의 서문을 쓰시거든 꼭
방주(芳洲)에게 전해 주십시오. 방주에게는 믿을 만한 사람이 있습니
다. 청컨대, 손 안에 든 구슬[129]을 아끼지 마십시오. 감사합니다."

청천이 또 답함, "제가 이미 방주의 말을 들어보았는데, 만에 하나도 소
홀함이 없을 것이라고 하였습니다."

난고자께 아뢰다
稟蘭皐子座前

청천

귀국에서 글을 읽을 때 한자의 음으로 뜻을 표현하는 데 있어서 격
이 매우 낮아 명확하게 이해하는 것이 쉽지 않습니다. 이 때문에 여

1668~1755). 주73 참조.
129 손 안에 든 구슬[握裏之璧] : 남의 시문(詩文)을 찬양하여 이른 말. 한유(韓愈)가
노정(盧汀)에게 수답한 시에서 노정이 준 시 96자(字)를 가리켜 "나에게 밝은 구슬 96개
를 주었다[遺我明珠九十六。]"라고 한 데서 유래하였다.

러 문사들이 창화와 필담을 하면서 문맥을 이해할 수 없는 경우가 많습니다. 대개 성률(聲律)이 제대로 되어 있지 않아서인데, 이는 중국과 멀기 때문에 일본의 음[風音]이 절로 달라진 것입니다. 대마도의 우삼동(雨森東)과 송포의(松浦儀)[130] 두 군자는 그 시문이 진실로 뛰어나 지금 세상에서 쉽게 얻을 수 없습니다. 그 사람들을 만나보니 모두 중국어를 익혔습니다. 족하를 뵙기 전에 먼저 〈선인편(仙人篇)〉을 얻어 보았는데, 고조(古調)가 매우 뛰어나 놀라웠습니다. 중국어를 환히 알고 있겠구나 싶었는데, 만나서 말을 들어보니 참으로 그렇고, 또 요즘 사람이 아니었습니다. 신묘(辛卯)년 사행에서 돌아올 때, 『백석시초(白石詩艸)』[131] 한 권을 가지고 와 저에게 보여주었는데, 저는 그 음조가 구성지고 낭랑하여 중국의 음이 있음에 탄복하였습니다. 지금 그 사람이 객을 만나러 오지 않는다는 말을 듣고, 인사를 나눌 길이 없어 매우 안타깝습니다. 근래 대판에 이르자, 어떤 사람이 『서지헌음고(瑞芝軒吟稿)』[132] 여러 권을 보여주면서, 조산(鳥山)[133] 씨가 지은 것이라고

---

130 송포의(松浦儀): 송포하소(松浦霞沼, 마쓰우라 가쇼, 1676~1728). 강호시대 전-중기의 유학자. 이름은 의(儀)·윤임(允任), 자는 정경(禎卿), 호는 하소(霞沼), 통칭은 의우위문(儀右衛門). 파마(播磨) 출신. 13세에 대마부중번(對馬府中藩)의 가신이 되었다. 목하순암(木下順庵)에게 배웠고, 시문에 뛰어나 목문십철(木門十哲)의 한 사람으로 꼽혔다. 동문(同門)인 우삼방주(雨森芳洲)와 절친하여 그와 함께 조선 사신의 응접을 담당하였고, 조선시대 한일관계 외교자료집인 『조선통교대기(朝鮮通交大紀)』를 편찬하였다. 기타 저서로 『하소시집(霞沼詩集)』이 있다.

131 백석시초(白石詩艸): 강호시대 중기의 정치가·경세가이고 학자 겸 시인인 신정백석(新井白石, 아라이 하쿠세키, 1657~1725)의 시고이다.

132 서지헌음고(瑞芝軒吟稿): 조산지헌(鳥山芝軒, 도리야마 시켄)의 저서 『지헌음고(芝軒吟稿)』를 가리킨다.

133 조산(鳥山): 조산지헌(鳥山芝軒, 도리야마 시켄, 1655~1715). 강호시대 전-중기의

하였는데, 그 시에 깊은 맛이 있었습니다. 그 문하생 한 사람이 애써 저에게 서문을 청하기에 사양하지 못하고 써 주었습니다. 지금 족하의 글에 대한 서문이 매우 늦어질 수밖에 없다고 한 것은, 오늘밤 바빠서 짓기 어렵다는 뜻이 아니라, 족하의 문장이 인간 세상에 오래 전해질 수 있음을 잘 알고 있기 때문에 제가 창졸간에 짓기가 어렵다는 뜻입니다.

청천께 답하다
復青泉旅榻下

난고

삼가 잘 알겠습니다. 족하께서 저를 위해 마음 써주셔서 깊이 감사드립니다. 백석자(白石子)[134]는 동도에 있고, 조산(鳥山)은 대판에서 살

한시인(漢詩人). 이름은 보관(輔寬), 자는 석부(碩夫), 호는 지헌(芝軒)·명춘(鳴春), 통칭은 좌태부(佐太夫). 산성(山城) 복견(伏見) 출신. 지헌(芝軒)은 한시(漢詩)에 뛰어났으며, 관(官)에 출사하지 않고 당시(唐詩)를 교수(敎授)하면서 청빈한 생애를 보냈다. 한시를 유학에서 독립시켜 전문 시인으로서 문호를 확장한 효시(嚆矢)가 되었다. 시풍(詩風)은 만당송시풍(晩唐宋詩風)으로 진정(眞情)을 잘 전하고 있다. 복견(伏見) 풍후교(豊後橋)에 거주하다가 뒤에 대판(大阪)으로 옮겼다. 저서로 『지헌음고(芝軒吟稿)』가 있다.

134 백석자(白石子) : 신정백석(新井白石, 아라이 하쿠세키, 1657~1725). 강호시대 중기의 정치가·경세가·학자·시인. 원여(源璵)·황정백석(荒井白石)이라고도 한다. 유명(幼名)은 전장(傳藏), 이름은 군미(君美), 호는 백석(白石)·물재(勿齋), 통칭은 여오랑(與五郎)·감해유(勘解由). 강호 출신. 1693년 스승인 목하순암(木下順庵)의 추천으로 갑부후(甲府侯) 덕천강풍(德川綱豊)에게 출사하였다. 강풍(綱豊)이 장군세자(將軍世子)가 되어[가선(家宣, 이에노부)으로 개명] 강길(綱吉)의 사후(1709) 6대 장군에 취임하자, 시강(侍講)이 되어 가선(家宣)을 보좌하였다. 1711년 이후는 장군의 정치고문의 입장

고 있어, 저 또한 아직까지 만난 적이 없습니다. 그러나 그의 시명(詩名)은 태산북두와 같아서 저희들이 감히 엿보아 알 수 없습니다. 저는 시도(詩道)에 있어서 고체시는 반드시 한위(漢魏)를 숭상하였고, 근체시는 반드시 성당(盛唐)으로 하였으며, 또 명나라의 왕세정·이반룡 등 칠자(七子)[135]를 사모하였습니다. 또한 일찍이 대력(大曆)[136] 이후 서곤체(西崑體)[137]를 모방한 자들이 행한 것은 배운 적이 없습니다. 원서(元瑞)[138]가 "시가의 도는 한나라에서 한 번 성하였고, 다시 당나라에서 성하였으며, 또 다시 명나라에서 성하였다.'라고 하였는데, 저는 확론(確論)이라고 생각합니다. 근래 어떤 사람이, "당나라에는 원진(元稹)과 백낙천(白樂天)이 으뜸이고, 송나라에는 소식(蘇軾)과 황정견(黃庭堅)이

에서 내정과 외교 양면에서 대개혁을 주도하였고, 이어 7대 장군 가계(家繼) 시대에 걸쳐 금은화(金銀貨) 개량·장기(長崎) 무역제한(貿易制限)의 2대 사업의 달성에 헌신하였으며, 대조선외교의 쇄신과 대유구외교를 강화하였다. 저서로『고사통(古史通)』·『고사통혹문(古史通或問)』·『백석수간(白石手簡)』·『신정백석전집(新井白石全集)』(전6권) 등이 있다.

135 칠자(七子) : 명대(明代)의 문인으로 전칠자(前七子)와 후칠자가 있다. 전칠자는 이몽양(李夢陽)·하경명(何景明)·서정경(徐禎卿)·변공(邊貢)·강해(康海)·왕구사(王九思)·왕정상(王廷相)이고, 후칠자는 이반룡(李攀龍)·사진(謝榛)·왕세정(王世貞)·양유예(梁有譽)·종신(宗臣)·서중행(徐中行)·오국륜(吳國倫)이다. 이들은 모두 복고(復古)를 주장했다.

136 대력(大曆) : 당나라 대종(代宗) 시대의 연호. 766~779.

137 서곤체(西崑體) : 당(唐)나라 이상은(李商隱)의 시체를 본받아 고사를 나열하고 대구, 수사에 치중했던 오대(五代) 및 송(宋)나라 초기의 시풍을 말한다. 서곤이란 이름은 북송(北宋) 때 이러한 시풍을 숭상한 양억(楊億), 유균(劉筠)의 시집에서 유래된 것이다.

138 원서(元瑞) : 명(明)나라 시 이론가 호응린(胡應麟)의 자(字). 어려서부터 시(詩)에 능하였고, 신종(神宗) 시대 과거에 응시하였으나 여러 번 실패하자, 산중으로 들어가 은거하였다. 저서로는『소실산방유고(少室山房類稿)』·『필총(筆叢)』·『시수(詩藪)』등이 있다.

유일한데, 명대 여러 문인들은 취할 만한 사람이 없다."라고 하였는데,
길거리에서 하는 말을 그대로 믿다니 슬픕니다.

묻다
問

난고

一.

"족하께서 편히 주무셔야 하니 저 또한 물러나겠습니다. 내일 아침
에 다시 와 뵙도록 하지요."

청천 답함, "새벽에 출발해야 하니, 저는 지금 잠들 수가 없습니다. 족
하께서 만약 주무실 생각이 없으시다면 저는 염려하지 마시고 잠시
앉아계셨다가 저를 보내고 가시면 좋겠습니다."

묻다
問

청천

"강도(岡島) 공의 중국어는 우리들을 크게 놀라게 하였는데, 하물며
족하께서 그 문하임에랴! 족하의 시문(詩文)은 멀리 한당(漢唐)을 배
웠고, 언어 또한 중화를 모방하였으니 지극히 감탄할 만합니다. 교유
하신 영재(英才)와 명사(名士)는 많으신지요?"

난고 답함, "지나친 칭찬을 받으니 감당할 수 없습니다. 제가 하는 일이 천하고 하찮아 출근하지 않는 날이 없고, 쉬는 날이면 두문불출하여 함부로 이런저런 손님을 만나지 않습니다. 독서하는 틈틈이 혹 거문고 줄을 고르고 피리를 불며 청풍명월(淸風明月)을 벗으로 삼고 있기 때문에 도성 안에 재인(才人)이 있는지 없는지 잘 모릅니다."

부사산 절구를 드리며 화답을 구하다
呈富山絶句要和

청천

부상 동쪽으로 가니 바다구름 먼데   扶桑東去海雲賒
만 길 산봉우리에 모래처럼 눈 쌓였네   萬仞峰頭雪似沙
아득히 가을빛 속으로 해 넘어가니   落日蒼茫秋色裏
푸른 하늘에 씻은 옥련화 나오네   靑天洗出玉蓮花.

붓을 달려 부사산 시에 차운하다
走次富山韻

난고

백옥 부용 바다에서 나와 아득한데   白玉芙蓉出海賒
비 갠 가을날 기이한 산 은빛 모래 뿌렸네   奇巒秋霽鋪銀沙
장쾌한 유람 선약 구할 마음 있어   壯遊有意求仙藥
산 절경 끝까지 올라가 눈꽃을 즐기네   蹈盡絶巔弄雪花

이 시를 현주(玄洲)로 하여금 써서 드리게 하니, 청천으로부터 감사의 말이 있었다.

묻다
問

난고

一.

"이미 나팔소리 세 번 울려 〈양관곡(陽關曲)〉[139]을 부르려고 하는데 목이 메고 눈물이 줄줄 흘러내립니다. 여쭙건대, 고취(鼓吹) 악기는 몇 가지나 있습니까?"

청천 답함, "고취는 곧 군문(軍門)에서 사용하는 것입니다. 사신이 위엄을 갖추어 행차하기 위해 피리를 불고 북을 치며 포를 쏘기도 하는데, 태평소와 금정(金鉦, 징)이 있습니다. 공악(公樂)은 임금이 행차할 때 수레 앞에서 연주하는 음악이며, 국서를 모시고 가는 앞에서는 필률(觱篥)[140]·해금[嵆琴]·생적(笙笛)·부고(缶鼓) 등을 연주합니다."

창수와 필담은 『객관최찬집(客館璀粲集)』에 갖추어져 있으므로 대부분 생략하고 여기에 싣지 않는다.

---

139 양관곡(陽關曲) : 옛날 이별곡(離別曲)의 이름이다. 양관삼첩(陽關三疊)이라고도 한다.

140 필률(觱篥) : 가로로 부는 피리. 앞면에 일곱 개, 뒷면에 한 개의 구멍이 있다.

동도로 가는 길
東行

조선국 학사 신공께 드리다
奉呈朝鮮國學士申公詞案下

학저(鶴渚)[141]

사신 배가 멀리 푸른 바다를 건너와, 채색 깃발이 이미 본주(本州)를 지나가는데, 용문(龍門)에 함부로 오르는 것을 허락하지 않는 제도가 있어, 이에 거친 시를 지어 친구 조문연(朝文淵)에게 부탁하여, 뵙고 말씀드리는 것을 대신합니다.

지나온 길에 흥겨운 일 많아서	經歷知多興
장쾌한 유람 자랑할 그대 부럽네	羨君誇壯遊
선린우호로 사신 부절 가지고 와	善隣移玉節
이역 땅에 아름다운 배 매어두었다지	異域繫蘭舟
구름은 부산 달빛에 아름답고	雲艷釜山月
땅은 봉래도 가을빛으로 치장했네	地粧蓬島秋

---

141 학저(鶴渚) : 복도학저(福島鶴渚, 후쿠시마 가쿠쇼). 에도시대 전−중기의 한시인(漢詩人). 복창언(福昌言)이라고도 한다. 성은 복도(福島), 이름은 창언(昌言), 자는 자도(子道), 통칭은 원오우위문(源五右衛門)이다. 신유한(申維翰)의 『해유록(海游錄)』 부록 「문견잡록(附聞見雜錄)」에, "복창언(福昌言)이란 사람이 있어 호를 학저(鶴渚)라고 하며, 자못 시를 잘한다는 명성이 있었는데, 미장국(尾張國)에 은거하였다. 내가 강호(江戶)로부터 돌아올 때에 이곳을 지나는데, 그 사람이 와서 보지는 아니하고 기실(記室) 조문연(朝文淵) 편에 칠언절구(七言絶句) 두 편을 지어 떠나는 나에게 보냈다."라고 하였다.

다시 돌아오길 기다리고 있는 듯   再回如有待
언제 대도두[142]마냥 돌아오실까   何日大刀頭

또 드리다
又

학저

창망한 구름파도 삼천 리 길   蒼茫雲浪路三千
바다 비추는 사신별 동방에 떠있네   照海使星拱日邊
풍류 좋은 곳 어딘지 모르겠으나   不識風流何處好
시낭 속에 산천 얼마나 거두었을까   囊中收盡幾山川

신 학사는 일이 바빠서 화답하는 시를 쓰지 못하였다.

---

142 대도두(大刀頭) : 큰 칼 머리에 달린 고리(環)처럼 돌아오다(還)를 뜻한다. 한나라
무제(武帝) 때 이릉(李陵)이 흉노(匈奴)에게 패하여 항복하고 그곳에서 살았는데, 소제
(昭帝)가 즉위한 이후 이릉의 친구인 임입정(任立政) 등 3인을 흉노에게 보내서 이릉을
불러오게 하였다. 흉노의 선우(單于)가 한나라 사신에게 주연(酒宴)을 베푼 자리에서 임
입정 등이 이릉을 보고도 사적인 말을 할 수 없어 이릉에게 자주 칼 고리[刀環]를 보이면
서 은밀히 '한나라로 돌아오라[還歸漢]'는 뜻을 암시했던 데서 온 말이다. 대도두(大刀
頭)는 곧 칼머리에 달린 고리를 지칭한 것으로, 전하여 환(還) 자의 은어(隱語)로 쓰인다.

서쪽으로의 귀국길
西歸

신선생께 드리다
奉呈申先生吟壇下

학저

천 리 먼 길 동도에 빙문하러 가셨다가 또다시 오늘 우리 미장주(尾
張州, 尾張國)를 지나시면서 수레를 잠시 멈춘다고 들었습니다. 거친
시 두 편을 조문연 편에 드립니다. 바로잡아주시길 바라며 아울러 화
답시를 내려주신다면 영광이겠습니다.

천년의 좋은 이웃 덕으로 외롭지 않아[143]	隣好千秋德不孤
신선 섬 찾아온 사신 배 기쁘게 바라보네	喜看龍旂訪蓬壺
오색구름 자라 머리[144] 경치 물들여내니	五雲染出鼇頭景
시인의 붓 끝에서 주옥같은 시 생기네	化作騷人筆下珠

---

143 덕으로 외롭지 않아[德不孤] : 덕이 있는 사람은 외롭지 않다는 뜻이다. 『논어』 「이인
(里仁)」에 "덕이 있는 사람은 외롭지 않고 반드시 이웃이 있다.[德不孤, 必有隣。]"라고
하였다.
144 자라머리[鼇頭] : 바다 위의 삼신산(三神山)을 등에 지고 있는 큰 자라의 머리.

또 드리다
又

학저

멀리서 불어온 바람에 역마 우니　　　　　　萬里長風驛馬嘶
오늘 밤에는 꼭 시를 남겨주시길　　　　　　今宵偏要爲留題
내일이면 멀리 돌아가는 그대 생각하며　　　憶君明日遙歸去
서쪽 바다 너머의 흰 구름 보겠지　　　　　徒見白雲隔水西

학저공께서 부쳐준 시에 화답하다
奉和鶴渚公見寄

청천

서쪽으로 나는 학 한 마리 물구름 속에 외로운데　西飛獨鶴水雲孤
밝은 달 아래 옥호 곁에서 이별 노래[145] 부르네　明月驪歌傍玉壺
빈연 곳곳마다 좋은 뜻 남겨두었으나　　　　　處處賓筵留好意
교인의 눈물[146] 구슬 되지 못해 아쉽다오　　　惜無鮫淚化爲珠

---

145 이별 노래[驪歌] : 여가는 여구가(驪駒歌)의 준말로 고대(古代)에 이별할 때 불렀던
　〈여구(驪駒)〉라는 시편(詩篇)이 있었던 데에서 유래하였다.
146 교인의 눈물[鮫淚] : 물고기와 같은 사람[鮫人]이 남해 물속에 살면서 비단을 늘 짜는
　데, 울면 흐르는 눈물이 마치 구슬과 같다고 한다.

또 화답하다
又

청천

차가운 성에 낙엽 지고 기러기 울어대는데	寒城木落雁連嘶
자라 머리 삼신산에 와 취기로 시 짓네	鰲頂三山入醉題
어느 곳에서 옛 거문고 이별 곡조 전했나	何處古琴傳別調
바람 따라 바다 하늘 서쪽에서 불어왔다네	隨風吹到海天西

삼가 시 한 편을 지어 학사 신공께 드리다
恭賦小律一篇奉呈學士申公

구경(久敬)[147]

사신은 유유히 동도 성을 하직하고	使節悠悠辭武城
비단 돛배 탈 없이 푸른 바다 건너겠지	錦帆無恙涉滄瀛
그대 다행히 새로운 주옥 내려주시어	雅君幸賜新珠玉
우리들로 하여금 속된 정 씻게 하네	頓令吾人洗俗情

---

147 구경(久敬) : 야중구경(野中久敬, 노나카 규케이), 강호시대 전-중기의 한시인(漢詩人). 이름은 무고(茂高), 자는 문팔(文八). 향보(享保) 4년(1719) 통신사행 때 미장국(尾張國)에서 조선 문사와 시문을 주고받았다.

구경께서 주신 시에 화답하다
奉和久敬惠贈

청천

안개 속 그대의 집 절로 이름 난 성   君家烟霧自名城
성 위 삼신산에서 큰 바다 굽어보겠지   城上三山俯大瀛
새로 지은 시편 알아 길손에게 남겨주니   解道新篇留贈客
요지에 오래도록 백운의 정 흐르리[148]   瑤池千古白雲情

삼가 시 한 편을 지어 조선의 서기께 드리다
恭賦小律一篇奉呈朝鮮大書記

구경

비단 돛배 주방[149]을 향해 가던 날   錦帆日去向珠方
덕망 광채 있는 그대 우러러 뵈네   仰見使君有德光
이별로 쌓인 근심 위로할 곳 없어   離別積憂無慰處
만 리 산천만 아득히 바라보네   山川萬里望茫茫

---

148 요지에 오래도록 백운의 정 흐르리[瑤池千古白雲情] : 요지(瑤池)는 서왕모(西王母)
가 사는 곳으로, 이곳에서 목천자(穆天子)를 맞아 연회를 베풀었다고 한다. 여기서 백운
은 친구에 대한 그리움을 비유적으로 표현한 것이다.

149 주방(珠方) : 조선을 미화시켜 비유적으로 표현한 시어일 수도 있고, 한편으로는 '殊
方'의 오기일 수도 있다.

도중에 붓을 달려 구경께서 주신 시에 차운하다
途中走次久敬惠贈韻

국계

만남에 어찌 이국이라고 꺼려하랴	邂逅何嫌各異方
찬란히 빛나는 그대 시문 사랑스럽네	愛君詞翰爛生光
가을 사일에 기러기 제비[150] 오고감에 바쁜데	秋鴻社燕忙迎送
고개 돌리니 서쪽 하늘 바다 아득하네	回首西天海渺茫

　향보(享保) 기해(1719)년 10월 25일, 동도에서의 성례(盛禮)가 끝난 다음, 조선 사신이 돌아가는 길에 다시 미장(尾張) 명해(鳴海)[151]의 객관에 이르렀다. 나는 지난번에 세 분 사신이 묵고 계신 역사(驛舍)에서 응접하는 일을 맡게 되어 조선 사신은 만났지만, 신학사와 세 분 서기는 뵙지 못하였다. 이번 사행에는 부러 학사가 머물고 계신 곳으로 찾아가 신(申)·강(姜)·백(白) 세 분을 처음 뵈었다. 그리하여 창수와 필담을 하면서 잠시 시간을 보냈으니 진정 어린 만남이었다.

---

150 가을 사일[秋鴻社燕] : 제비는 춘사일(春社日)에 왔다가 추사일(秋社日)에 떠나고, 기러기는 춘사일에 떠났다가 추사일에 다시 돌아온다고 한다.

151 명해(鳴海, 나루미) : 현재의 애지현(愛知縣, 아이치켄) 명고옥시(名古屋市, 나고야시) 녹구(綠區, 미도리쿠) 일대. 『문견별록(聞見別錄)』에 의거하면, 명해는 일본어로 '나로미(羅老未)'라 하고 명고옥의 동쪽 30리에 있으며, 땅은 미장국(尾張國)에 소속되어 있다고 하였다. 통신사가 사행 중 이곳에 들러 잠시 휴식을 취하거나 점심을 먹었던 곳이다.

필어
筆語

一.

보합(保合) 물음, "그대가 신(申) 공이십니까?"

청천(青泉) 답함, "성은 신이고, 이름은 유한(維翰)이며, 자는 주백(周伯), 호는 청천(青泉)입니다."

청천 물음, "그대는 지금 몇이십니까? 그대의 이름과 호는 어떻게 되십니까?"

보합 답함, "성은 정출(井出)이고, 이름은 감평(勘平)이며, 자는 양중(良重), 호는 보합(保合)인데, 또 석체(夕替)라고도 부릅니다."[152]

청천 물음, "그대는 조현주(朝玄洲)·목난고(木蘭皐)와 서로 아는 사이입니까? 두 사람은 모두 미장(尾張) 사람입니다."

보합 답함, "두 사람은 저의 오랜 친구들입니다."

청천 아룀, "난고는 근처에 계십니까? 저는 아직 얼굴을 뵙지 못하였습니다. 근래 현주로 인해 난고가 지은 〈선인편(仙人篇)〉을 보았는데, 매우 기이하였습니다. 제가 동도에 있을 때 마침내 그 시에 차운하였는데 이번 사행 때 전해주었으면 합니다. 혹 오늘 숙소에서 그 사람을 만나볼 수 있다면 매우 다행이겠습니다."

보합 답함, "난고에게 화답한 시를 제게 맡기시면 속히 전하겠습니다."

---

152 정출보합(井出保合, 이데 호고). 강호시대 전-중기의 한시인(漢詩人). 이름은 감평(勘平), 자는 양중(良重), 호는 보합(保合)·석체(夕替). 1719년 통신사행 때 미장국(尾張國)에서 조선 문사와 필담과 시문을 주고받았다.

청천 물음, "난고는 지금 근처에 계십니까?"

보합 답함, "여기서 3리 쯤 떨어진 명호옥[153]에 있습니다." 전에 우리나라의 이수(里數)를 보인 까닭에 이렇게 답한 것이다.

청천 신공·서초 의백과 작별하며 부치다
寄別青泉申公及西樵醫伯

보합

풍파 헤치고 멀리 사신으로 오셔서	祇役風濤千里客
청운에 왕명 받들고 사신 배 돌아가네	青雲銜命漢槎回
센 귀밑머리 덥수룩한 날 처자 마주하면	鬢霜繁日對妻子
도리어 그대 어디에서 왔는지 묻겠지	却問君從何處來

보합 사백께서 부쳐주신 시에 화답하여 드리다
和贈保合詞伯見寄

청천

봉래산 아래 신선 굴에서	蓬萊山下神仙窟
상서로운 오색 난새 그림자 언뜻 도는데	五色祥鸞影乍回

---

153 명호옥(名護屋) : 명고옥(名古屋, 나고야)을 말한다. 미장국(尾張國)에 속하고, 현재의 애지현(愛知縣, 아이치켄) 명고옥시(名古屋市, 나고야시)이다. 명고옥(鳴古屋)이라고도 한다. 12차례 통신사행 가운데 1차, 2차, 12차를 제외한 나머지 사행 때마다 조선사신이 이곳에 묵었다.

| 문득 밝은 햇빛 토한 명월주 얻었으니 | 忽得明珠光吐日 |
| 그대 벽성[154]에서 구슬 머금고 왔구려 | 知君含自碧城來 |

또 드리다
又

저물녘 비 내리는 역정의 사신 수레	軺軒雨色郵亭晚
무슨 일로 방황하며 고개 자주 돌리나	何事彷徨首屢回
사랑스럽구나, 정자 앞 아름다운 옥나무	獨愛亭前瓊樹好
가을바람 불어 기이한 향기 보내오네	秋風吹送異香來

필어
筆語

一.

　청천 아룀, "그대의 시는 청량하여 울림이 있고 재주와 정감이 매우 기이하여 사람으로 하여금 감탄하게 합니다. 부지런히 연마하면 좋겠습니다. 다만 이 작품의 아래 시구에서 저의 귀밑머리가 세었다고 말씀하셨는데, 너무 이르다고 할 만합니다. 제 나이 아직 사십[155]도 안

154　벽성(碧城) : 옥황상제(玉皇上帝)가 거처하는 곳으로 천상에 있다고 한다.
155　사십[强仕] : 강사(强仕)는 40세. 『예기』「곡례」상에 "나이 사십을 강이라고 하니, 이
　　때에 벼슬길에 나선다.[四十曰强而仕。]"라는 말에서 유래하였다.

되었습니다. 매양 남에게 늙은 것이 싫어서 젊다고 하였는데, 그대는 어찌 헤아리지 않으셨습니까?"

보합 답함, "그대의 양쪽 귀밑머리가 정말로 온통 희다는 것이 아닙니다. 아래 두 구절은 이른바 사물에 의탁하여 비흥(比興)한 것일 뿐입니다. 시인이 사물을 형용하는 것이 이와 같고, 또 옛사람에게도 이미 '백발이 삼천 길이대[白髮三千丈]'[156]라는 구절도 있는데, 뭘 그러십니까?"

청천 답함, "말씀, 참으로 그렇습니다. 저 또한 시인의 명의(命意)를 알고 이와 같이 말한 것입니다. 앞의 말은 농담을 한 것입니다."

아뢰다

稟

보합

一. 곤장을 치는 법은 노복들에 한해 행합니까?

一. 귀국에는 절이 많습니까?

一. 귀국에는 양화나루가 있습니까?

一. 귀국은 종이를 많이 생산합니까? 이 지방에서 종이를 가장 많이 생산합니다.

一. 귀국의 민간에서 장례식을 할 때, 불교식으로 합니까?

一. 그대가 지나온 곳의 풍경을 읊은 시와 문장이 분명 있을 텐데,

---

156 이백의 〈추포음(秋浦吟)〉에 나오는 "흰머리 무려 삼천 장, 시름으로 길어졌다오.[白髮三千丈, 緣愁似箇長。]"라는 구절을 가리킨다.

지금 원고를 보여주실 수 있습니까?

一. 우리나라에 천견경재(淺見絅齋)¹⁵⁷라는 이가 있는데 독실하고 근엄하여 성인의 학문을 가장 많이 공부하였습니다. 귀국에도 그의 이름이 전해졌습니까?

一. 우리나라 풍속에 해마다 9월 13일 밤이면 특별히 달을 감상하는데, 귀국에서도 또한 그러합니까?

一. 제가 읊은 시 또한 대개 시라고 할 수 있습니까?

답하다
復
청천

一. 우리나라의 곤장을 치는 법은, 관리가 백성을 다스리고 어른이 아이를 가르칠 때, 모두 죄의 경중에 따라 벌하고 있습니다. 어찌 노복에게만 해당하겠습니까?

一. 불사(佛寺)라면 많이 있습니다. 다만 백성들과 함께 기거하지 않

---

157 천견경재(淺見絅齋, 아사미 게이사이, 1652~1712) : 강호시대 전-중기의 유학자·사상가. 이름은 중차랑(重次郎), 휘(諱)는 안정(安正), 호는 경재(絅齋), 필명(筆名)은 망남루(望楠樓). 근강(近江) 출신. 처음에는 의원이었으나, 28세경 경도(京都)에서 산기암재(山崎闇齋)를 사사(師事)하였으며, 좌등직방(佐藤直方)·삼택상재(三宅尚齋)와 함께 기문(崎門) 3걸(三傑)로 불렸다. 굴원(屈原)·제갈공명(諸葛孔明)·도잠(陶潛)·안진경(顏眞卿)·문천양(文天祥)·사방득(謝枋得)·유인(劉因) 및 방효유(方孝孺) 등 중국 역대의 충신의사(忠臣義士) 8명의 유문(遺文)을 평전 형식으로 수록한 『정헌유언(靖獻遺言)』(전8권)을 출판하였다. 교수(敎授)한 강의 내용을 제자들이 기록한 '사설(師說)'이라 불리는 필기류가 남아 있다.

고, 반드시 높은 산과 깊은 골짜기의 아름다운 곳에서 속세 사람들과 인연을 끊고 삽니다.

一. 양화나루는 경기도 양천군에 있습니다.

一. 종이를 많이 생산하고 있습니다만, 제조 방법은 귀국의 종이와 차이가 있습니다.

一. 고려 이전에는 대부분 불교를 숭상하여 가정에서 장례를 치르거나 제사를 지낼 때 혹 불교식으로 거행하기도 했다고 합니다. 그러나 우리 조선에서는 300년 동안 불교를 배척하였고, 그 때문에 지금도 승려가 된 자들은 모두 상민 가운데 부역을 도피한 무리들입니다. 사대부 집안에서는 절대로 불교를 말하지 않는데 하물며 장례의 예(禮)를 행하겠습니까? 중대한 예(禮)는 비록 하층 백성이라 해도 불교식을 쓰지 않습니다.

一. 제가 지나온 곳의 산천초목 가운데 선경(仙景)이 아닌 곳이 없었습니다. 그러나 글솜씨가 졸렬하여 일컬을 만한 시가 없는데, 어찌 남에게 지어줄 만한 게 있겠습니까?

一. 경재(綗齋)는 그 사람의 호(號)입니까? 저는 지금 처음 듣습니다. 애석하게도 문자와 훈고(訓誥)한 자취를 보지 못하였습니다.

一. 9월 13일에 달을 감상하는 것은 무엇에 근거한 것입니까? 우리나라에는 있지 않습니다.

一. 그대의 시는 다만 한두 구절 보았을 뿐이니 전체를 알 수는 없습니다만 그러나 대체로 음향이 맑고 깨끗한 편입니다. 이를 미루어 힘써 나아가고 당인(唐人)의 시를 많이 읽는다면 거의 신묘한 경지에 오르게 될 것입니다. 우러러 바랍니다.

행장(行裝)이 이미 동쪽으로 가 말을 다 할 수 없었다. 다만 숙소에서 서로 만날 적에 정성을 표하고 싶었지만 물건이 없어서 더욱 탄식하였다.

학사께서 내게 약간의 시편을 주시다
學士惠余詩箋若干

보합

황공하게도 시를 주셔서 매우 감사합니다. 간직하여 훗날 그대를 대신하겠습니다. 헤어지려 하니 자꾸만 눈물이 떨어집니다.

一.

보합 물음, "그대는 무슨 일을 하십니까?"

서초 답함, "저는 서예와 그림 모두 명성을 얻지 못하였습니다. 그저 의술이나 조금 이해하고 있을 뿐입니다."

정출공이 보여주신 시에 수응하다
奉酬井出公惠示韻

서초

가을 내내 일본을 두루 빙문하고	三秋歷聘日東國
만 리 사신 수레 이곳으로 돌아왔네	萬里征車此地回
객관에서 잠시 시인의 시어 접하는데	旅舍暫逢佳士語

술잔 앞 소슬하니 빗소리 들려오네　　　　　　樽前蕭瑟雨聲來

필어
筆語

一.

보합 말함, "화답시를 주시다니 무한한 영광입니다. 이곳은 몹시 어수
선하여 다시 화답할 수 없으니 부끄럽습니다."

서초 말함, "그대의 시는 크게 청아한 지취가 있으니 시 짓기를 그치
지 않는다면 크게 진보할 수 있을 것입니다. 시가 그대의 인품과 같아
서 무척 사랑스럽습니다."

서초 말함, "송옥(宋玉)의 말에, '즐거움 가운데 새로 사람을 아는 즐거
움만한 게 없다.[樂兮莫樂新相知]'¹⁵⁸라고 하였는데, 오늘 이곳에서 우
연히 그대와 만났으니 얼마나 다행입니까? 맑은 위의와 청담은 저로
하여금 문득 여행 중의 근심과 고통을 잊게 합니다. 그러나 서로 헤어
지게 되었으니, 이곳을 떠나야 하는 안타까움과 슬픔을 어찌 말로 다
할 수 있겠습니까? 우리나라로 돌아간 뒤, 그대의 시를 읽으며 해가
떠오르는 것을 보면 그대 생각이 날 것입니다."

---

158 굴원(屈原)의 〈소사명(少司命)〉에, "살아서 이별하는 것보다 더 큰 슬픔은 없고, 새
로 사람을 알아서 사귀는 것보다 더 큰 즐거움은 없다.[悲莫悲兮生別離, 樂莫樂兮新相
知。]"라는 시구가 있는데, 본문에서는 송옥이 한 말로 되어 있고, 시구에도 약간의 출입
이 있다.

一.

보합 아룀, "어떤 이는 노윤무(盧允武)¹⁵⁹가 지은『조어사(助語辭)』에서 간혹 취해서는 안 되는 것이 있다고 하던데, 그렇습니까?"

서초 답함, "오직 자신의 선택에 달려 있을 뿐입니다."

一.

보합 아룀, "일찍이 동지의 해 그림자는 선 하나를 더한다고 들었는데, 그렇습니까?"

서초 답함, "두자미(杜子美, 杜甫)의 시에, '수놓는 오색 무늬 옷감에는 가는 실이 더 늘어나고[刺繡五紋添弱線]'¹⁶⁰라고 하였으니, 이로 보건대 선 하나를 더한다는 설이 거짓은 아닙니다."

보합 또 물음, "이 시는 사람의 입에 회자되고 있는데, 그대도 시험해 보았습니까?"

또 서초 답함, "물시계를 보면 그렇습니다."

---

159 노윤무(盧允武) :『어조(語助)』를 지은 송말 원초의 학자 노이위(盧以緯)를 가리킨다.『어조(語助)』가 나중에 출간되었는데 특히 일본에 소장되어 있는 것을『조어사(助語辭)』라고 하였다. 이 책은 고대 한어 중 허사(虛詞) 문제를 전문적으로 다루었다. 윤무(允武)는 노이위의 자(字)이다.

160 수놓는 오색 무늬 옷감에는 가는 실이 더 늘어나고[刺繡五紋添弱線] : 동지 이후로는 낮 시간이 길어져서 자수하는 궁중 여인들의 하루 일거리도 조금씩 늘어나기 시작한다는 말이다. 동지 이틀 뒤의 소지(小至)를 읊은 두보의 시에 "수놓는 오색 무늬 옷감에는 가는 실이 더 늘어나고, 갈대의 재 채운 여섯 관에는 재가 움직이네.[刺繡五紋添弱線, 吹葭六琯動飛灰。]"라는 표현이 나온다.

一.

보합 물음, "지금 떠나가시면, 이별의 한 다하기 어려울 것입니다."

서초 답함, "출발하려니 슬픔을 이길 수 없습니다. 이별을 아쉬워하는 은근한 정의(情誼) 참으로 감사합니다."

一.

서초가 출발에 임해 내 소매를 잡고 자리에서 말함, "이 고을의 칼은 날카롭다고 하는데, 그렇습니까?"

내가 말함, "그렇습니다."

一.

보합 물음, "족하의 성명은 어떻게 됩니까?"

경목자(耕牧子) 답함, "저의 성은 강(姜)이고, 이름은 백(栢)이며, 자는 자청(子青), 호는 경목당(耕牧堂) 또는 추수(秋水)라고 부릅니다. 올 때 그대의 고을에서 이틀 밤을 묵으며 조현주(朝玄洲)와 서로 친하게 되었는데, 족하께서도 그를 아시지요? 우리나라는 과거를 중시하여 진사 급제가 있고, 이방(二榜)으로 또한 방목에 더해진다면 공명(功名)을 기약할 수 있습니다. 이번 사행에 조정의 명을 받들어 정사(正使)의 서기(書記)가 되었습니다."

보합 물음, "채읍(采邑)[161]이 있습니까?"

---

161 채읍(采邑) : 공신(功臣)에게 논공행상(論功行賞)으로 주는 영지(領地). 세금을 거둬 먹게 하는 식읍(食邑).

경목자 답함, "저는 어려서 문자(文字)를 업으로 하였는데, 25세에 성균관 진사에 장원하였고, 초시(初試)에 연달아 합격하였으며, 회시(會試)에서는 2등 일곱 번째로 합격하였습니다. 올해 서른 살입니다. 비록 별도로 채읍은 없지만 사림(士林)에 이름이 나있습니다."

보합 말함, "천년만의 기이한 만남으로 물 위에 떠다니는 부평초처럼 상봉하였는데, 다만 총총히 헤어질까 두렵습니다."

경목자 답함, "생각해주심이 이에 이르니 감사한 마음 무엇이라 말하겠습니까? 지나친 칭찬을 들으니 매우 부끄럽습니다. 인생은 진실로 물 위 떠다니는 부평초와 같아 모이고 흩어짐이 이렇듯 총총하니 진실로 탄식할 만합니다. 속마음을 서로 터놓았으니 하루의 만남도 또한 부족하진 않을 것입니다. 이것으로 마음을 너그러이 하신다면 어떻겠습니까? 제가 귀국에 들어와 문장 하는 선비들을 많이 만나뵈었으니 얼마나 다행인지요. 지나는 길에 또 옥나무처럼 아름다운 자태를 지닌 족하를 만나 필담으로 속마음을 터놓다보니 그만 재미에 피곤함도 잊었습니다. 이 또한 객지의 기이한 일입니다. 정신적 사귐에는 반드시 멀고 가까움을 논할 필요가 없습니다. 오직 족하께서 때로 자중자애하심으로써 멀리 떨어져 있는 벗의 염려에 부응해주셨으면 합니다. 어떻습니까?"

보합 답함, "지나친 칭송에 얼굴이 붉어지고 땀이 흐릅니다."

경목자 또 말함, "족하께서는 어찌 그리도 지나치게 겸손하십니까?"

보합 물음, "여행 중에 읊은 시가 많을 텐데, 좀 보여주십시오."

경목자 답함, "길 가며 지은 시와 강호(江戶)에서 수창한 것이 무척 많긴 합니다."

부사산
題富士

경목자(耕牧子)

소나무 팻말에 준하주[162]라 적혀 있는데	松牌記得駿河州
부사산의 맑은 풍경, 말을 박차며 떠있네	富嶽晴光拍馬浮
꽃이 피었는데도 늘 흰 눈빛 남아 있고	花發尋常留雪色
봉우리 높아 반쯤 구름 끝 벗어나 있네	峰高一半出雲頭
공중은 오르락내리락 선인의 산맥이요	空中起伏仙山脈
세상 밖 흐렸다갰다 비옥한 들녘 가을이라	世外陰晴沃野秋
그 사이에 기이한 절경 헤아려보니	料得此間奇絶境
밤 깊은데 밝은 달 창주[163]에 떠오르네	夜深明月上滄洲

一.

보합 말함, "족하의 문장이 매우 뛰어나 놀랍습니다. 귀국에도 부사산과 같은 높은 산이 있습니까?"

---

162 준하주(駿河州, 스루가슈) : 현재의 정강현(靜岡縣, 시즈오카켄) 중동부 지역. 준하국(駿河國, 스루가노쿠니)·준주(駿州, 슨슈)라고도 한다. 율령제(律令制) 하에서는 동해도(東海道, 도카이도)에 속하였다. 1871년 번(藩)을 폐지하고 현(縣)을 설치함에 따라 정강현이 되었다. 통신사행 때 휴식을 취하거나 묵었던 등지(藤枝, 후지에다)·준하부중(駿河府中, 스루가후추)·강고(江尻, 에지리)·길원(吉原, 요시와라) 등이 이 지방에 속한다.

163 창주(滄州) : 물가의 수려한 경치를 뜻하는 말로 여기서는 일본을 가리키기도 한다. 남조(南朝) 제(齊)나라 시인 사조(謝朓)가 선성태수(宣城太守)로 나가서 창주의 정취를 마음껏 누렸던 고사가 유명하다. 삼국시대 위(魏)나라 완적(阮籍)이 지은 「위정충권진왕전(爲鄭沖勸晉王箋)」에 "창주를 굽어보며 지백에게 사례하고, 기산에 올라가 허유에게 읍한다.[臨滄洲而謝支伯, 登箕山而揖許由。]"라는 말에서 유래하였다.

경목자 답함, "우리나라는 본래 명산이 많습니다. 동쪽에 금강산 일만 이천 봉이 있는데, 모두 백옥과 부용 같아 참으로 선경(仙境)입니다."

一.

경목자 물음, "귀국의 화공이 그린 금수도(禽獸圖)를 한 폭도 보지 못하였습니다."

보합 답함, "제가 다행히 그릴 수 있습니다."

경목자 말함, "그대가 그릴 수 있다면 한 폭 받을 수 있을까요?"

보합 말함, "좋습니다."

내가 곧 일어나 한두 폭의 금수를 그렸다. 경목자 말함, "그림에서 풍기는 멋이 범상하지 않고, 붓 휘두르자마자 그 자리에서 이루어지니 참으로 놀랍습니다. 족하께서 평소 가장 득의한 작품을 한 번 볼 수 없을까요?"

보합 말함, "우연히 이 변변치 못한 물건이 하나 있어 그대에게 드리니, 훗날 저를 대신하셨으면 합니다. 웃으며 받아주십시오."

경목자 말함, "정성은 감사합니다만 동쪽으로 오는 행구(行具)에 또한 문방사우(文房四友)가 있으니 그냥 두시는 것이 어떻겠습니까? 가지고 다니는 상자가 이곳에 없어 필묵을 드릴 수 없으니 안타깝습니다."

『훈지집(塤篪集)』 권2 마침

桑韓塤篪 卷二

己亥秋九月十六日夜，會申維翰、姜栢、張應斗、白興銓於張藩[164]賓館。

  稟　　　　　　　　　　　　　　　　　　　　　　　玄洲

僕姓朝，名文淵，字涵德，別號玄洲。足下筆海翻瀾，學山聳秀，高風預通吾邦，人人歡仰，久矣。今文旆臨此，要御李，特來館下，且呈醜詩一絶，以具電矚，伏希垂靑。

  奉呈靑泉申公　　　　　　　　　　　　　　　　　玄洲

使星遙指武昌城，颯爾雄風萬里生。繫馬高樓淸景地，翩翩彩筆耀東瀛。

  復　　　　　　　　　　　　　　　　　　　　　　靑泉

僕姓申，名維翰，字周伯，號靑泉。官今秘書著作，忝選而來。海陸勞頓，冷濕成恙，今方解衣而臥，辱蒙惠臨，賜以淸什，感結傾倒。但

以不能執對晤之禮, 深自惶汗[165]。拙和何足煩高眼, 從當俟隙。

奉酬朝玄淵惠贈 青泉

相逢秋月滿江城, 一笑青山筆下生。自是君身曾羽化, 可能携手上壺瀛。

再奉酬申學士 玄洲

詩篇誰敵[166]謝宣城, 彩牋墨痕奇氣生。從是東行一千里, 凌風羽翼絶重瀛。

稟 玄洲

一。

"東都有姓岡島, 名璞, 字玉成, 一字援之者, 僕莫逆也。辛卯歲, 與貴邦李東郭、鄭昌周等, 有傾蓋之識, 而頗蒙推奬。方今彩旆到東都, 則彼必詣客廳, 嵬眄爲之容接, 則非啻彼之榮, 抑僕之幸也。伏要留念。"

【青泉復。】"到京師, 若蒙援之之來枉, 當以足下之言, 爲先致意, 接慇懃之懽矣。李東郭已作九泉之人, 鄭昌周以上判事, 今方到此。

青泉聞有微恙, 此後退亦不相接。明早將發行, 乃使人傳數語於余曰: "朝玄洲昨夜來見我, 而病不得從容語, 今又不復見而去, 可歎可歎。"

明晨, 訪青泉之席, 寫曰:

165 원문에 '汁'으로 되어 있으나 '汗'으로 바로잡는다.

166 원문에 '敵'으로 되어 있으나 '敵'으로 바로잡는다.

一. "辱蒙雅愛, 榮出望外, 感謝無盡, 卽今欲作別, 特來奉候耳。貴恙信宿, 得稍愈否? 時屬烈秋, 邊風易傷。伏惟自重。"

【青泉】"蒙君見訪病, 未能酬話, 一場歡笑, 果有數耶? 皎然玉樹令人不可忘, 歸時更奉以慰駒谷之思是望。蘭皐詩長篇尙未和, 亦當於歸路敬傳, 幸爲我道此意。"

【玄洲又復。】"數荷厚愛, 感佩彌深矣。已裝行色, 亦期榮旋之日, 蘭皐詩高和, 歸時可惠之意, 乃以傳之蘭皐。"

呈姜張兩詩伯　　　　　　　　　　　　　　　　　玄洲

大才御命入扶桑, 征路秋深橙橘黃。賦就彩虹橫碧海, 潛鱗躍出逐餘光。

奉次玄洲惠贈　　　　　　　　　　　　　　　　　耕牧子

男兒宿願償蓬桑, 歲月長程晚菊黃。邂逅詩人携筆囊, 淸談坐守一燈光。

奉次玄洲贈韻　　　　　　　　　　　　　　　　　菊溪

學種成都八百桑, 圖書菲枕夢軒黃。秋風偶作乘槎客, 睹子文章萬丈光。

姜張兩公辱賜淸和用前韻奉謝　　　　　　　　　　玄洲

從來夙志慕柴桑, 三徑徒吟秋葉黃。此夜對君投水杓, 酬吾玄璧發淸光。

一。

【西樵稟。】"紙尾鷘高明已得其骨髓矣。此帖爲我投之否?"

【玄洲復。】"辱過譽, 不敢當矣。如此帖, 則賜一言爲感。所需拙筆, 則別書一本以呈之耳。"

時耕牧子、西樵, 每帖書數語以與余。

艸書帖

己亥, 余以載筆之役, 入日東國, 抵尾張州, 得見朝玄洲筆。蓋筆法眞是趙子昂, 而奇壯峻潔, 實非凡墨。噫, 玄洲墨池臨帖之功, 深且苦矣! 或者無乃有得於心而神化耶? 古人見劍舞, 及擔夫與公主爭路之狀, 而能使筆端, 神化百出, 玄洲果有此一事, 則他日進就, 不但如子昂而已, 玄洲之鐵門限, 未知被幾人踏破也, 玄洲勉之矣。余平生筆拙, 不敢論人筆, 某也善, 某也不善, 而請之, 故抗顔書其卷尾以歸之。歲在己亥, 朝鮮國進士姜栢子靑跋。

八分帖

八分古也, 今之人鮮解其說, 況望其近於古耶! 余於己亥抄秋, 隨使節到尾張州也, 有以八分一帖示余者, 觀其貌粹然也, 扣其文汪然。此帖卽其手墨也。余重爲敬而問之, 朝其姓, 玄洲其號也。余仍謂玄洲曰: "八分之法, 句句井井, 不疾不徐, 自古作者爲難, 而今子盡得其法而有之, 豈非可大喜耶? 老杜所謂'一字直千金'者, 信非虛也。願子勖之愈入於神化也。" 玄洲請書其言, 仍以拙筆書其帖尾而歸之, 可謂續貂也。東華西樵白君平題。

一。

【玄洲稟爲人乞寫字。】"呈數紙, 以要煩換鵞手。"

【菊溪復。】"吾筆甚拙, 高明已自有之矣。難寫《黃庭》, 誰以自鵞換之乎?"

【玄洲又復。】"屢辱高褒, 不敢當。請莫謙辭, 速揮毫。"菊溪卽書數張與余。

【菊溪稟。】"不佞則不論工拙, 而書呈矣。高明則善書, 何不書一字與我耶?"

【玄洲復。】"多蒙虛譽, 慚愧慚愧。榮行再過此, 則必當書呈矣。"

【菊溪又復。】"旣蒙書給之示, 可感可感。"

【耕牧子稟。】"不佞亦欲得一本, 倘或許之否?"

【玄洲復。】"謹領謹領。"

一。

【耕牧子稟。】"公能解漢音, 何以學之耶?"

【玄洲復。】"東京有物茂卿號徂徠者, 余師事之有年矣。雖然經術文章, 未曾窺其階梯也, 華音亦略記一二耳。惶愧惶愧。"

十月卄五日, 歸輀再館尾藩性光院, 其夜又會韓客。

寄別青泉申公 玄洲

征馬蕭蕭嘶朔風, 燈前別恨去留同。鳴琴璚館情遍合, 把酒華筵興更融。六翮飄飆[167]凌碧海, 三山縹緲薄清穹。送君千里相思切, 遙望

---

167 원문에는 '僉+風'으로 되어 있으나 의미상 '飆'로 추정된다.

天西夕日紅。

一。

【靑泉稟。】“到此卽奉君開靑, 喜幸何已? 僕在東都之日, 寄君之作, 將因岡島公傳送而未果, 今始持來以奉。”

寄贈朝玄洲   青泉

憶把黃花酒, 欣看玉樹姿。星辰雙劍匣, 山水七絃絲。別後雲連海, 吟邊月掛帷。新知岡嶋子, 一笑話君詩。

己亥菊月, 余過尾張之名護屋, 逆旅與玄洲君邂逅, 作孤燈酒語, 余時病不能當客禮。然一開眼, 知其爲玄圃珍也已。又《陽阿》僞而《白雪》詶, 未煖席而輒罷, 別來秋色, 但見屋梁殘月耳。君旣爲余言岡嶋子之賢, 至東都數日果得其人, 其人自奇士, 與之歌且吟於《鹿鳴》之席, 所稱祝意中人, 亦在玄洲君。余益信囊日之眼, 遂次岡嶋詩曰, ‘高歌《白雪》和皆難, 盂酒華堂一笑觀。認得玄洲多少意, 驛樓明月夢長安。’ 並以付魚雁, 作隴頭梅花, 君能完然而記余面耶?

走次青泉申公見寄韻   玄洲

遠役經江海, 凜然松柏姿。懽逢頻酌酒, 恨別思如絲。爲設徐孺榻, 聊垂董子帷。君傳岡島語, 深感一篇詩。

和奉朝玄洲   青泉

看君筆下起長風, 丞相、中郎廻自同。十月江山寒更好, 孤燈詩酒興方融。神鵬擊水移南海, 逸鶴連雲泖上穹。猶喜並生脣齒國, 吾頭未白子顔紅。

寄別耕牧姜公 　　　　　　　　　　　　　　　　　　　玄洲

邂逅箕域客，傾蓋寺樓前。彩杖輝朱閣，錦囊映綺筵。霜寒秦樹曉，靄簇巴陵天。別後望明月，相思幾度圓。

奉次朝玄洲 　　　　　　　　　　　　　　　　　　　　耕牧子

余隨使節入日東，歷崎嶇山海，數與其國文章之士，談論古今，以爲殆盡見一邦翹秀之材，意外又張州得一秀才，朝玄洲是也。玄洲爲人清瘦，如不勝衣，而最長於墨妙，二王、顏柳，筋骨肉髀，無不體而得之，一畫不放心，鬱然爲一法家，吁亦奇矣。且爲詩灑灑可愛，尤善於漢語，一人而有三難，信通才也。余與之一夜噱談，至曉乃罷，猶眷眷不忍別，以來時爲後期。入江戶見玄洲所友援之，如見玄洲，每語及玄洲，未曾不悵然，何幸。王事勾當客路，已復歷路，宿尾州，先問玄洲無恙，及見之，傾慰倒瀉，實難狀言，而玄洲又以一詩贐我，且有管城、陳玄之贈，厚意何可忘也？遂和原韻，歸之玄洲，以爲他日篋中千月面目。謹序。

相逢重一笑，詩骨宛如前。此夜宜長語，明朝更別筵。孤雲歸大壑，獨雁叫長天。脈脈銷魂處，燈殘曉月圓。

奉長嘯軒成公 　　　　　　　　　　　　　　　　　　　玄洲

傲霜百菊吐奇芳，鸞鶴扶搖蓬島雲。別後樓頭吹玉笛，天涯月暗日思君。

又 　　　　　　　　　　　　　　　　　　　　　　　　玄洲

仙客彈琴動別情，清吟還作斷腸聲。應知此會眞萍水，更剪燭花笑語傾。

走和朝玄洲惠韻　　　　　　　　　　　　　　　　嘯軒

谷口崇蘭暗吐芳，筆端詞賦欲凌雲。武城曾會與援之，天下英才喜
得君。

又　　　　　　　　　　　　　　　　　　　　　　嘯軒

一夜相逢萬古情，《高山流水》七絃聲。可堪明曉匆匆別，只恨從前
蓋未傾。

寄別菊溪張公　　　　　　　　　　　　　　　　　玄洲

孤館青燈欲滅時，別情頻促兩心知。仙客此去浮瀛海，雲靄交攢八
彩眉。

走次朝玄洲惠贈　　　　　　　　　　　　　　　　菊溪

月出鷄鳴去住時，黯然離思有誰知。浮生聚散元無定，莫向長亭浪
皺眉。

奉贈西樵白公　　　　　　　　　　　　　　　　　玄洲

仙才新被命，海外遠從官。已愛風光好，何愁行路難。野人迎劍佩，
殊俗駭衣冠。此夜蓬瀛月，凄凉映雪寒。

奉次朝玄洲惠示韻以寓別懷　　　　　　　　　　　西樵

原濕驅馳地，三韓一小官。鯨波休道險，王事敢辭難。邂逅摻君袂，
空疎愧我冠。臨別多少意，看取寶刀寒。

跋湖北帖

余於日東之國, 得朝玄洲詞藻而奇之, 業相與和而歌, 颯颯乎嫩哉! 既又發其篋, 而睹其自書八分小篆艸隷一軸, 奇奇有玄圃煙霞氣。大者如蛟螭蟠, 小者如珣玗琪, 或爲劍或爲怒, 貌者不一。蓋其所觸於天機者, 皆從十州三嶋玉樹靑蔥間, 打化吹來, 恰作人間一種淸快, 卽西河之渾脫舞, 却是塵街兒女態[168]耳。夫余之困於刻鵠, 而不能化野鶩, 顧安敢損益於君? 惟是區區緣[169]業, 幸得至東海上, 親見期生, 食大棗如瓜, 俛仰遲回, 依依結想而去, 又奚以不自文? 故題數行語疥於左方而還之, 謂以異日歸詑吾三韓曰, "神仙筆下, 有五色瑯玕字彼, 且爲驪龍頷、鳳皇圓, 而吾與之拾其華云。" 時己亥孟冬下絃, 朝鮮國宣務郎秘書館著作兼太常寺充通信製述官, 靑泉申維翰書。

題壽軸

日余隨槎役到尾陽, 玄洲朝公袖詩來, 訪於旅館, 秉燭酬唱, 亹亹不厭, 不知東方之白。固知其才氣之拔乎流輩, 而猶未得其詳也。及竣事歸來之日, 復到尾陽, 則玄洲已待於頃日秉燭之地矣。執袂驚喜之餘, 袖出一軸, 則篆書百'壽'字, 而玄洲之自筆也。字劃古雅, 大得古人之遺法, 而必書百'壽'字者, 爲其雙親祝壽無彊之意。噫, 詩如玄洲, 筆如玄洲, 可爲一代詞壇之傑。而又其孝悌之行, 發於游藝之間者, 如是孳孳, 則凡於養志之節、立身之方, 靡不用其極也。然則文章乃其餘事, 而文章亦無以寓其孝思也, 余喜其餘力學文雅志, 贅以數語, 以俟夫能言之君子云。歲己亥孟冬, 朝鮮國進士張菊溪弼文。

---

168 원문에는 '熊'으로 되어 있으나 '態'로 바로잡는다.
169 원문에는 '綠'으로 되어 있으나 '緣'의 오기로 추정된다.

西樵

懷橘深誠說陸郞, 躍魚眞感有王祥。 爭知日域玄洲子, 百字壽中孝意長。

一。

【玄洲稟。】 "貴國名山有出古石碑否? 若得之, 則搨碑文之法詳見敎。"

【靑泉復。】 "古碑文卽出時, 先以好酒洗淨, 乃以紙糊其上, 稍令濕之, 然後以綿子等物, 揉擦其字劃深處, 使其深處劃爲凹陷, 卽塗墨於高處, 自然成字。"

【玄洲稟。】 "貴國士君子冠服, 倣中朝尙矣, 然若婦人飾髮, 則沿明制也, 又摸韃風耶?"

【靑泉復。】 "淸制則一無頒行於我國者, 但我國之事事, 摸擬中華, 而婦女飾髮之制, 非明非淸, 自是新羅舊習, 人皆知其然, 而亦難猝變, 是以闕中宮女及京華貴公家, 則多不用國俗, 而以美女樣飾之。"

【玄洲稟。】 "貴國小童之頭髮, 據何代之餘風耶?"

【靑泉復。】 "若冠之前, 皆如彼小童頭髮, 而此制未聞倣[170]何代, 似是國中古俗。"

一。

【玄洲稟。】 "貴國琴調與中國同否?"

【靑泉復。】 "調則差異, 而制作則同。"

【玄洲稟。】 "對客之際, 有擎如意、揮麈尾等之事否?"

【靑泉復。】 "如意、麈尾, 則或用或不用。"

---

170 원문에는 '傲'로 되어 있으나 '倣'의 오기로 추정된다.

【玄洲稟。】"貴邦之笙, 與中國同不同, 如何?"

【青泉復。】"我國之笙, 與中國甚似, 聲甚清亮。"

【青泉稟。】"我國墨品佳者, 出於海州, 名曰海墨, 此卽是也。奉君以助右軍。"

【玄洲復。】"辱盛賜文房中永珍玩, 以爲他日之容顏耳。"

【青泉稟。】"語及千古詩文, 不勝悵然, 安能與君留此旬日, 且通言語以敍此意?"

【玄洲復。】"不棄樗櫟, 可謂詞壇之良工也。徹夜之淸誨, 感佩何已? 只恨向曉告別, 廑廑鄙懷, 未盡萬一, 是深可惜矣。"

【玄洲稟姜、張二書記。】"前所約拙筆各一帖, 謹以奉呈矣。難辭來命, 終成塗鴉, 以取笑于南宮魏國也。"

【耕牧、菊溪復。】"寶帖之惠, 榮逾三命, 喜溢百朋, 深感深感。'劍下玄機', 公解語得眞矣, 歆羨歆羨。"

唱酬、筆語等, 咸載《蓬島遺珠》, 故間略之。

己亥九月十六日, 韓使達張州吳都, 其夜館大雄精舍, 翌早發軔。

余姓木, 初名希聲, 字實聞。以字行更字達夫, 號蘭皐, 又稱玉壺眞人。曾以賤職在客廳, 乃獲接芝眉, 欣躍何罄。【韓客姓名今略此。】

呈國信製述官案下　　　　　　　　　　　　　　蘭皐
風送管絃遠邇驒, 霓旌停處見飛鸞。聖朝修聘勞賢者, 賓館莫歌《行路難》。

賦得仙人篇贈學士座下　　　　　　　　　　　　　　　蘭皐

玉骨仙人御六龍, 翶翔遠欲遊扶桑。夜半東南日毿躍, 大海湧動碎琳瑯。倏忽騁轡凌紫虛, 朝餐石髓暮瓊漿。兩兩神童吹鳳簫, 雲間飄颷素霓裳。俯觀蓬萊五雲簇, 少時騑駕上高堂。珊瑚寶玦耀玳筵, 仙人解顔共壺觴。左把芙蓉右弄芝, 咳唾成丹滿玉床。雲氣聚散何容易, 空望窈冥心欲狂。願使我輩生羽翼, 翻跡長遊崑崙岡。【時學士有病故使芳洲呈之。】

奉酬木蘭皐見寄　　　　　　　　　　　　　　　　　　青泉

瑤琴彈向子期驪, 秋月蓬山降彩鸞。此曲千年知者少, 堪憐《白雪》和歌難。

稟【往病床而面謝。】　　　　　　　　　　　　　　　　蘭皐

"承聞有尊恙, 近來暴寒, 勉加保護可。嚮呈木李, 忽賜瓊玖, 不耐感佩而已。"

【青泉復。】"辱訪賤恙, 多謝多謝。所贈玉什絶句, 旣次韻, 若長篇, 則未暇和答, 姑竢明日, 必須奉酬。"

呈國信三書記案下　　　　　　　　　　　　　　　　　蘭皐

繽紛蘭菊耀淸華, 香滿風流使者車。明日君過蓬島[171]去, 鼇頭靄靄湧靑霞。【城南熱田祠, 自古稱蓬萊宮。】

---

171 원문은 '鳥'로 되어 있으나 '島'로 바로잡는다.

奉次蘭皐詞伯韻　　　　　　　　　　　　　　　　耕牧
十年經史咀英華，知子腦中富五車。連榻偶成良夜晤，燈前奇氣吐
青霞。

奉次蘭皐玉韻　　　　　　　　　　　　　　　　　菊溪
秋老殊方感歲華，青丘何日更回車？旅窓無以寬愁抱，喜得玄暉詠
綺霞。

副使記室，病在別館，故無和章。

一。
【蘭皐稟。】"辛卯之聘使，李學士三書記等，亡恙否？"
【菊溪復。】"其時三書記皆無恙，製述官不幸下世矣。"
【蘭皐稟。】"余好遠遊，慕太史公蹤，南遊江淮，上會稽，探禹穴，闚九
疑，浮於沅、湘，北遊汶、泗，遍欲窮天下之勝，而因世故，厥圖未遂，
豈不遺慨耶？貴邦接壤於中華，名山大川，何翅數十？其中有一二絕
境奇窟可遊之地，請見敎。"
【菊溪復。】"吾邦山則有金剛、智異、妙香、俗離、太白、漢拏；水則
有鴨綠、豆滿、浿水、白馬、錦江、洛東，而僕亦未及遍觀，只窺其
一二矣。今來涉得三千里大海，看了富士之奇峭，京都之雄麗，則可
謂天下之大觀，而此則子長之所未覩也。"

稟【余與晁德涵，以唐音談話故云云。】　　　　　　　　菊溪
一。
"公等漢語能解，可奇可奇。余亦略學得，而十不解八九，可愧可

愧。"

【蘭皋復。】 "余學唐話於岡島璞，字玉成一字援之者。援之本崎陽人，辛卯歲，接見貴邦鄭昌周東都，鄭子今尙無恙否?"

【菊溪復。】 "鄭判事今果無恙，又來此行中耳。權僉正亦善華語，此行同隨來。"

【蘭皋稟。】 "足下科場中，以何題占魁耶?"

【菊溪復。】 "詩題，以操鎡歎，居魁耳。嘗聞貴邦無科第，使英材在布衣之列，可嗟可嗟。"

【蘭皋】 "不敢當，不敢當。"【自是以後，稍以華音，口談，艸艸之際，多忘却了。】

一。

【蘭皋稟。】 "公等所著冠名，如何?"

【耕牧復。】 "西樵【白興銓醫員】所著，是八卦高後冠; 我所著，則東坡冠; 菊溪所著，則臥龍冠。"

唱和、筆語等，詳在《客館璀粲集》，故不記于玆。

明晨臨發，學士題數語於壁間去，如左。

木蘭皋詩，尙有一篇未和，而早發悤悤奈何? 歸時幸得相會，以續前夜艸艸之話耳。青泉申學士。

十月二十五日，歸軺再造吳下，其夜又會諸韓客僑館，明晨分袂。

啓【余臨席，則青泉握余手而驩甚。】   青泉

解鞍之際，旣欲見公等，今來訪，多感多感。僕在東都之日，僅和《仙

人篇》，及寄玄洲之作，將因岡島公傳送而未果，今始持來以傳矣。

仙人篇和贈木蘭皋　　　　　　　　　　　　　　　　　　青泉
蓬萊山高海茫茫，金鴉躍出九枝桑。枝長百尺縮煙霞，葉間五色堆琳琅。靈光淑氣何翕忽，結爲羽葆濃爲漿。仙人夕騎紅尾鳳，毿毿羃空青雲裳。瑤絃寶瑟廣寒音，皇娥帝女列中堂。一拍蓬山秋水綠，笑指南斗作盃觴。博望使者乘槎至，欣然灑掃登銀床。醉看期生食大棗，栢梁小臣偸桃狂。繁歌緩舞神以舒，婆娑拾翠凌高岡。【有跋語載《璀粲集》故畧此。】

答　　　　　　　　　　　　　　　　　　　　　　　　　蘭皋
多荷厚意，感謝無罄。長篇之瓊報，不覺頭風傾痊。又裁鄙律述別懷。

寄別青泉申公　　　　　　　　　　　　　　　　　　　　蘭皋
文斾茲初返，壯遊賦幾篇。重逢揮彩筆，再別絶朱絃。層海珣玗秀，三山鸞鶴群。卿園歸到日，美譽照凌煙。

奉和蘭皋見贈　　　　　　　　　　　　　　　　　　　　青泉
邂逅來眞氣，飛騰賦傑篇。寒星動劍匣，明月遶琴絃。八尺龍爲友，三清鶴不群。何當擺俗累，携手破蒼煙。

寄別耕牧姜公　　　　　　　　　　　　　　　　　　　　蘭皋
富山壁立宿雲收，積雪玲瓏照綺裘。傳命卽今辭紫闕，回轅更欲向青丘。地開金谷齊連榻，月滿蓬壺共倚樓。爛醉促軫撫商調，七絃遍動別離愁。

奉次蘭皋詞伯韻　　　　　　　　　　　　　　　　　耕牧

十月湖田晚稻收, 寒侵遠客木綿衣。追隨使節來殊域, 點撿詩囊返
故丘。翳翳青燈明夜榻, 蕭蕭紅葉下山樓。人生聚散同萍水, 到處相
蓬卽別愁。

寄別菊溪張公　　　　　　　　　　　　　　　　　　蘭皋

使君此夜賦將歸, 門外鳴珂待曙暉。霜淨篋中雄劍動, 更闌席上羽
觴飛。青鸞舞罷辭丹穴, 《白雪》歌殘震紫微。明日臨岐應涕淚, 相看
握手思依依。

張州賓館奉次蘭皋贈別韻　　　　　　　　　　　　　菊溪

促鞭征馬向西歸, 分付奴星趁早暉。仙境漸隨滄嶼遠, 卿心先逐白
雲飛。幸攀標格如瓊樹, 爲贈詩篇當紵衣。明日驛亭分手後, 定思賓
榻此相依。

寄別西樵白公【名興銓, 字君平, 醫員。】　　　　　　　　蘭皋

雞林仙客入扶桑, 行李每携採藥囊。客舍漏長風雪夜, 飄然吹律動
春陽。

燈下金盤橘柚鮮, 洞庭春色滿賓筵。明朝更作河梁別, 遙望西山落
月邊。

奉次木蘭皋惠韻以寓別懷　　　　　　　　　　　　　西樵

西下滄溟返梓桑, 携來物色滿奚囊。蓬萊始覺吾遊久, 節序人間近
一陽。

詩似芙蓉出水鮮, 幸逢佳士共華筵。相思別後知何處, 東望扶桑日

出邊。

奉呈書記案下【未審尊號。】 　　　　　　　　　　　　　蘭皐
　清時擁節發星軺，妙選英聲飛九霄。鼓瑟天邊雲聚散，揮毫海表日漂搖。箕邦禮典存周代，桑域衣冠尙漢朝。囊底明珠遍莫吝，請投一片價春霄。

奉次木蘭皐惠示韻 　　　　　　　　　　　　　　　　　嘯軒
　萬里初返使車軺，江城暮色雨晴霄。高樓酒重盃心凸，虛榻風來燭影搖。傾蓋懽深眞率會，交隣液著聖明朝。河橋明日浮雲散，款曲端宜盡此霄。

　僕姓成，名夢良，字汝弼，號長嘯軒。成均館進士，以副使記室來，足下姓諱，因菊溪已知之。

問 　　　　　　　　　　　　　　　　　　　　　　　　蘭皐
一。
　"聞貴邦之士，善鼓瑟，果然否?"
【耕牧答。】"士多鼓琴，不解鼓瑟，琴曲多古調，不能盡言。"
【蘭皐問。】"里巷小曲，唱何等調耶?"
【耕牧答。】"有《皇風樂》、《步虛詞》、《平羽調》、《玉樹後庭花》。"

問 　　　　　　　　　　　　　　　　　　　　　　　　蘭皐
一。
　"有道觀，而羽流、女冠奉祠耶?"

【耕牧答。】“無道觀, 有佛寺, 而僧髡主之。”

問　　　　　　　　　　　　　　　　　蘭皐
一。
“諺文, 未審字體, 如何?”
【耕牧答。】“字似梵字, 而以方言譯字義。”【別書諺文示余, 載《客館璀粲集》。】

啓申狀元　　　　　　　　　　　　　　蘭皐
東都有徂徠先生者, 夙務古文辭之學, 非姬公、宣父之書, 不涉於
目; 非左、馬、班、楊之策, 不發于笥; 非《騷》、《選》、李、杜之篇,
不歷于思, 蓋齊功於明李獻吉矣。先生嘗謂文章之道, 達意、修辭二
派, 發自聖言, 其實二者相須, 非修辭, 則意不得達, 故三代時二派, 未
嘗分別也。東京偏修辭, 而達意一派寥寥。六朝浮靡, 至唐而極矣, 故
韓、柳以達意振之, 宇宙一新, 至歐、蘇又褒降, 迨元、明再極矣。時
有出李于鱗、王元美者焉, 專以修辭振之, 一以古爲則, 可謂大豪傑
矣。故評騭西京下文人, 唐取韓、柳, 明取王、李, 爲是故也。余遊其
門, 受其書, 讀之甚驩, 今執簡之士, 莫不趨風而宗之矣。貴邦文章之
隆, 幾不讓中國, 尙矣, 今之操觚之家, 沿宋、元之舊耶? 在明世諸家?

復蘭皐木君　　　　　　　　　　　　青泉
徂徠先生, 姓諱亦未聞, 而其論古文辭達意、修辭二段, 大令人躍
然稱快, 況足下親炙之哉! 僕於文章, 不能窺古人牖下之趾, 然大抵弱
冠以前, 卽有意讀秦、漢古書, 不欲先攻枝葉於唐、宋之末。而惜罹
毒痾, 因復輟業, 遂劃而不進, 可哀可哀。我國高麗之世, 專尙宋、元,
至我朝, 而群才亦起, 或曰班、馬, 或曰韓、柳、蘇, 而原其體, 則以

儒道爲宗, 故其文體裁, 率緣宋習, 間有一二章句, 險順、平溢之殊而已。 皇明諸子中, 李何、王李允爲大方家。 其文之始來傳也, 亦不無向風之思, 而其專攻王、李之文者, 十無一二。 卽今我國中操觚之士, 大都言曰: "先多讀八大家。" 吾文旣熟蹊[172]逕平坦然後, 皇明諸子亦可時時披閱, 以佐其采, 如此云云矣。

禀學士案下　　　　　　　　　　　　　　　　　　　　蘭皐

"鄙什一卷, 名《玉壺吟艸》, 古風近體若干首, 是皆下里巴歌耳, 敢以備電矚, 若或冠數言於卷端, 則何賜當之? 惟祈惟祈。"

【青泉復蘭皐座下。】"僕見足下之詩, 實非今世等閑語, 序文必須精思力書以奉贊, 今夜紛冗之際, 恐未如意已。 言于雨森君, 必欲從後書送, 彼意亦然, 未知如何, 傳送有便故云。"

再禀　　　　　　　　　　　　　　　　　　　　　　　　蘭皐

"拙稿序文, 自此至大坂之間搆出, 則必傳芳洲, 芳洲有信人也, 請君勿吝握裏之璧, 爲感。"

【青泉又復。】"吾已聽芳洲言, 以萬無一虛疎爲言。"

禀蘭皐子座前　　　　　　　　　　　　　　　　　　　青泉

貴國讀書, 音譯甚卑, 似難曉識, 是以諸文士, 倡和筆談, 文理脈絡, 多有不可解者, 蓋坐於聲律之未閑, 此與中國遠, 故其風音自別。 馬州雨森東、松浦儀二君子, 其詩文固是絶才, 今世之不易得也。 見其人, 皆習漢音。 未見足下, 而先得《仙人篇》, 絶驚有古調, 疑其曉漢音,

---

172 원문에는 '豁'로 되어 있으나 '蹊'로 추정된다.

而及見之, 聽言語, 乃信然, 又是非當代之人也。辛卯使行歸時, 持
《白石詩艸》一卷示余, 余歎其音調婉朗有中華之響。今聞其人不出見
客, 無以奉拜, 甚恨甚恨。頃到大坂, 有人傳示《瑞芝軒吟稿》數卷, 曰
鳥山氏所作, 其詩蘊籍有味。其門生一人, 力請余爲序, 不辭而爲之
序。方今淸製序文, 遲緩搆出, 爲云云者, 非以今夜艸艸爲難, 深知足
下文, 可得久在人間, 僕所以難於蒼卒爲之。

復靑泉旅榻下   蘭皐

謹悉示諭, 深感足下爲余傾心矣。白石子在東都, 鳥山生居浪華,
余亦未相見, 而其詩名恰如斗山, 吾輩非所可敢窺知也。余於詩道,
古必尙漢、魏, 近體必盛唐, 且慕明王、李等七子, 亦未嘗學大曆以來
倣西崑體者所爲矣。元瑞曰: "詩歌之道, 一盛於漢, 再盛於唐, 又再盛
於明", 余謂確論也。近有一家云: "唐宗元、白, 宋唯蘇、黃, 明世諸
子無足取", 塗聽耳食, 哀哉!

問   蘭皐
一。
"足下姑熟眠, 僕亦退去, 明早要再來而相會耳。"
【靑泉答。】"拂曉發行, 吾今不可宿, 足下如不欲眠, 幸勿以吾爲念, 且
坐頃刻, 以送我去。"

問   靑泉
"岡島公漢音, 大驚倒吾輩, 況足下出其門哉! 足下詩文, 遠學漢、
唐, 語亦倣中華, 極可嘆賞之甚。所交遊英才名士多耶?"
【蘭皐答。】"辱過譽無足敢當。余職務甚賤冗, 無日不朝矣, 休休則杜

門, 猥不接雜賓。讀書之暇, 或操絲弄竹, 所伴清風明月, 以故不知都
下才人有與無耳。"

呈富山絶句要和　　　　　　　　　　　　　　　　　　　青泉
　扶桑東去海雲賒, 萬仞峰頭雪似沙。落日蒼茫秋色裏, 青天洗出玉
蓮花。

走次富山韻　　　　　　　　　　　　　　　　　　　　蘭皐
　白玉芙蓉出海賒, 奇巒秋霽鋪銀沙。壯遊有意求仙藥, 踏盡絶巓弄
雪花。【此詩使玄洲書之呈示, 青泉有謝語。】

問　　　　　　　　　　　　　　　　　　　　　　　　蘭皐
一。
"已三吹欲歌《陽關》, 哽咽泣下。因問鼓吹樂器, 有幾品耶?"
【青泉答。】"鼓吹乃軍門所用, 使臣行威儀, 吹角擊鼓放炮, 平簫、金鉦
而已。公樂乃御輦前必用之樂, 觱篥、嵇琴、笙笛、缶鼓, 所以奏於
國書奉持之前。"

倡酬筆談, 具《客館璀粲集》, 故多畧不此載而已。

東行

奉呈朝鮮國學士申公詞案下　　　　　　　　　　　　鶴渚
　錦帆遠渡滄瀛, 文斾已過本州, 有制不許猥登於龍門, 兹託友人朝
文淵者, 以裁鄙詞, 聊代面話。

經歷知多興, 羨君誇壯遊。善隣移玉節, 異域繫蘭舟。雲艶釜山月, 地粧蓬島秋。再回如有待, 何日大刀頭。

又 　　　　　　　　　　　　　　　　　　鶴渚

蒼茫雲浪路三千, 照海使星拱日邊。不識風流何處好, 囊中收盡幾山川。

申學士, 人事倥傯, 和篇不就。

西歸

奉呈申先生吟壇下 　　　　　　　　　　　　　　　鶴渚

承聞聘千東都去, 又今日過吾尾張州, 遭駐華輅, 蕪詩二章, 以煩致朝文淵奉呈, 伏祈正斧, 兼賜和篇, 幸幸。

隣好千秋德不孤, 喜看龍斾訪蓬壺。五雲染出鼇頭景, 化作騷人筆下珠。

又 　　　　　　　　　　　　　　　　　　鶴渚

萬里長風驛馬嘶, 今宵偏要爲留題。憶君明日遙歸去, 徒見白雲隔水西。

奉和鶴渚公見寄 　　　　　　　　　　　　　　　青泉

西飛獨鶴水雲孤, 明月《驪歌》傍玉壺。處處賓筵留好意, 惜無鮫淚化爲珠。

又　　　　　　　　　　　　　　　　　　　　　　青泉

寒城木落雁連嘶, 鼇頂三山入醉題。何處古琴傳別調, 隨風吹到海
天西。

恭賦小律一篇奉呈學士申公　　　　　　　　　　久敬

使節悠悠辭武城, 錦帆無恙涉滄瀛。雅君幸賜新珠玉, 頓令吾人洗
俗情。

奉和久敬惠贈　　　　　　　　　　　　　　　　青泉

君家烟霧自名城, 城上三山俯大瀛。解道新篇留贈客, 瑤池千古白
雲情。

恭賦小律一篇奉呈朝鮮大書記　　　　　　　　久敬

錦帆日去向珠方, 仰見使君有德光, 離別積憂無慰處, 山川萬里望
茫茫。

途中走次久敬惠贈韻　　　　　　　　　　　　菊溪

邂逅何嫌各異方, 愛君詞翰爛生光。秋鴻社燕忙迎送, 回首西天海
渺茫。

享保己亥十月二十有五日, 東都盛禮既畢, 朝鮮之信使, 歸軺再造
尾張鳴海之客館。余繇奉饗應之役, 在三使之驛舍, 而接諸韓使, 然
未謁申學士及三書記等。今行故詣學士之客亭, 初會申、姜、白之三
子, 因有唱酬、筆談, 稍移時眞傾蓋也。

筆語

一。

【保合問。】 "君申公耶"

【青泉答。】 "姓申，名維翰，字周伯，號青泉。"

【青泉問。】 "君年幾何，君之名號如何?"

【保合答。】 "姓井出，名勘平，字良重，號保合，又號夕替。"

【青泉問。】 "君與朝玄洲、木蘭皐相知耶? 二君皆尾張人。"

【保合答。】 "兩生僕之舊知。"

【青泉稟。】 "蘭皐方在近處耶? 僕未曾奉面顔。頃因玄洲，見其所作《仙人篇》，甚奇。吾在東都之日，遂次其韻，今行欲轉送矣。或於今宿處，得見其人，幸幸。"

【保合答。】 "答蘭皐詩，托余以速傳之。"

【青泉問。】 "蘭皐今在近耶?"

【保合答。】 "在此去三里名護屋。"【向示吾邦之里數，故及此答。】

寄別青泉申公及西樵醫伯　　　　　　　　　　　保合

祗役風濤千里客，青雲銜命漢槎回。鬢霜繁日對妻子，却問君從何處來。

和贈保合詞伯見寄　　　　　　　　　　　　　　青泉

蓬萊山下神仙窟，五色祥鸞影乍回。忽得明珠光吐日，知君含自碧城來。

又

軺軒雨色郵亭晚, 何事彷徨首屢回? 獨愛亭前瓊樹好, 秋風吹送異香來。

筆語

一。

【青泉稟.】"君詩清亮有響, 才情甚奇, 令人歎賞, 幸爲勉進。但此作下句, 語僕鬢霜, 可謂大早。吾年尙未强仕, 每向人言諱老爲少, 君何不諒?"

【保合答.】"君之雙鬢, 信非白盡。下之兩句者, 所謂託物比興耳。詩人形容物如此, 且古人旣有'白髮三千丈'之句, 如何如何?"

【青泉復.】"惠示誠然。僕亦知詩人命意, 多如此所謂, 前言戲之耳。"

稟   保合

一。笞撻之法, 限於奴隷之屬而行之耶?

一。貴國多梵宮耶?

一。貴國有楊花渡耶?

一。貴邦紙之所産多耶? 吾邦紙之製最多。

一。貴邦民間, 送葬頗用浮屠耶?

一。定知尊之所經之風景, 賦詩屬文吟賞, 今有其吟藁惠之?

一。吾邦有淺見絅齋者, 篤實謹嚴, 最有功於聖學, 貴國亦傳其芳名耶?

一。歲歲九月十三夜, 吾國流俗特賞月, 貴邦亦然耶?

一。僕所賦詩, 亦略可謂詩耶?

復　　　　　　　　　　　　　　　　　　青泉

一。我國笞撻之法, 官人之治下民, 長者之課兒童, 皆隨罪之重輕而罰之, 何但奴僕。

一。佛寺僧院則多有之, 但不與凡民同居, 必於高山深谷佳麗之地, 離群絶俗而居。

一。楊花渡, 在我京畿之楊川郡。

一。紙則多産, 其製與貴邦紙差異。

一。高麗以前, 多尚佛教, 人家葬祭, 或作佛事云, 而吾聖朝三百年來, 斥去佛道, 故卽今爲僧者, 皆小民逃役之類, 而士大夫之家, 絶不言浮屠, 況送葬之禮! 禮之大者, 雖下民皆不用佛事。

一。僕之所經山川艸木, 莫非仙景, 而詞拙才薄, 吟詠無可稱。何乃有屬人艸藁之物耶?

一。絅齋是其人名號耶? 僕今始聞之。惜乎, 未見文字訓誥之跡也。

一。九月十三賞月之規, 有何所據, 我國則無有。

一。君之詩只見兩句語, 雖未可識得全體, 然大抵用意於音響清朗之地。推此勉進, 多讀唐人詩, 庶幾神化超乘而出是, 仰仰。

行裝已東矣, 言不可盡。但於宿所相見, 幸表忱, 無物, 益可歎。

學士惠余詩箋若干　　　　　　　　　　　　　　保合

辱盛賜感謝感謝, 藏以爲他日之顏色, 欲分袂淚頻下。

一。

【保合問。】"君之所業如何?"

【西樵答。】"僕於書畫, 俱不成名, 略解方技而已。"

奉酬并出公惠示韻　　　　　　　　　　　　　　　西樵

三秋歷聘日東國, 萬里征車此地回。旅舍暫逢佳士語, 樽前蕭瑟雨
聲來。

筆語

一。

【保合云。】"辱賜淸和, 榮幸何極! 此處甚紛冗, 不能再和, 慙愧慙愧。"

【西樵云。】"君之詩, 大有淸趣, 作之不已, 其進何可量也? 詩如其人,
可愛可愛。"

【西樵云。】"宋玉之言曰: '樂兮莫樂新相知', 今日何幸與尊萍逢於此!
淸儀淸談, 能使吾頓忘行役中愁苦。然於卽相別, 去此之悵恨, 何可
道也? 還吾國之後, 讀尊之詩, 看日之出, 懷君而已。"

一。

【保合稟。】"或曰, 盧允武所著《助語辭》, 間有不可取者, 果然否?"

【西樵復。】"唯在自擇而已。"

一。

【保合稟。】"曾聞冬至之日影, 添一線, 果然耶?"

【西樵答。】"杜子美之詩曰, '刺繡五紋添弱線', 以此觀之, 一線之說非
誣也。"

【保合又問。】"此詩膾炙人口, 君試之耶否?"

【又西樵答。】"刻漏觀之然。"

一。

【保合問。】“如今促行裝耶, 別恨難極。”

【西樵答。】“方欲發程, 悵缺可勝, 能慇懃惜別, 情誼良感。”

一。

【西樵臨發, 牽余袂書席曰。】“此州之刀以利稱, 果然耶?”

【余曰。】“然。”

一。

【保合問。】“足下姓名如何?”

【耕牧子答。】“僕姓姜, 名栢, 字子靑, 號耕牧堂, 又號秋水。來時, 信宿貴州, 與朝玄洲相親, 尊亦知之耶? 吾國重科擧, 有進士及第, 二榜且桼其榜, 則功名可期。今行承朝命, 見爲正使記室。”

【保合問。】“有采邑耶?”

【耕牧子答。】“僕少業文字, 二十五魁成均館進士, 初試連中, 會試二等第七, 今年三十。雖別無采邑, 名在士林矣。”

【保合云。】“千載奇遇, 萍水相逢, 只恐悤悤別。”

【耕牧子答。】“眷念至此, 感懷何言? 承此過獎, 愧歎愧歎。人生信如萍水, 聚散悤悤如此, 誠可歎也。肝膽相照, 則一日之邂逅, 亦非不足, 以此寬心, 如何? 僕入貴國, 接見詞翰之士多矣, 何幸? 過路又見如尊玉樹美姿, 以筆談吐論肝膽, 亹亹忘倦。此亦客中之一奇事, 神交不必論遠近。唯望尊以時自愛, 以副此遇之遠念, 如何?”

【保合答。】“辱蒙過譽, 而赧顏汗滴。”

【耕牧子又云。】“尊何過謙?”

【保合問。】“行中吟詠多多, 乞示之。”

【耕牧子復。】"沿路所作及江戶酬唱者甚多。"

題富士　　　　　　　　　　　　　　　　　　　　耕牧子

松牌記得駿河州, 富嶽晴光拍馬浮。花發尋常留雪色, 峰高一半出雲頭。空中起伏仙山脈, 世外陰晴沃野秋。料得此間奇絶境, 夜深明月上滄洲。

一。

【保合云。】"足下辭文藻拔, 驚歎驚歎。貴邦亦有如富嶽高山耶?"

【耕牧子復。】"我國本多名山, 東有金剛山一萬二千峰, 皆如白玉芙蓉, 眞仙境也。"

一。

【耕牧子問。】"貴邦畫工所畫禽獸, 一紙未可得見。"

【保合答。】"吾幸能之。"

【耕牧子云。】"君若能之, 幸惠一幅。"

【保合云。】"諾。"

【余卽立, 畫一二之禽獸。耕牧子云。】"畫趣不凡, 揮灑立成, 奇歎奇歎。尊之平日最得意筆, 幸未可一見耶?"

【保合云。】"偶有此一小器贈君, 乞爲他日之面目, 笑納幸幸。"

【耕牧子云。】"情則可感, 而東來之行具, 亦有文房四友, 幸留之, 如何? 行篋不在此, 恨不得以筆墨贈之。"

塤篪集卷二【畢】

상한훈지 권삼

桑韓塤篪　卷三

상한훈지 권삼

상한훈지 권3

농주(濃州)¹

대원²전회(大垣前會)

향보 4년 기해년(1719) 10월 26일 밤, 조선의 학사·서기·의관 등이 농주 대원의 객관에 이르니, 모모(某某) 형제가 부친을 좇아 모임을 가졌다.³ 필담과 창화시 약간을 차례대로 편집하여 아름다운 일을 전하고자 한다.

---

1 농주(濃州, 노슈) : 현재의 기부현(岐阜縣, 기후켄) 남부 지역. 미농국(美濃國, 미노노쿠니)을 말한다. 율령제(律令制) 하에서는 동산도(東山道, 도산도)에 속한다.
2 대원(大垣, 오가키) : 미농국에 속하고, 현재의 기부현 대원시(大垣市, 오가키시)이다. 12차례 통신사행 가운데 제2차, 제12차를 제외한 나머지 사행 때마다 조선 사신이 이곳에 묵었다.
3 향보 4년 기해년 10월 26일 밤 …… 모임을 가졌다 : 신유한의 『해유록(海遊錄)』 중(中) 10월 26일 기록에 "저물녘에 대원(大垣)에 당도하니, 춘륜(春倫)의 집 6부자(父子)가 다시 나와서 영접하며 위로하였고, 기타 시를 청하는 자가 명고옥(名古屋)과 같았다.[暮抵大垣春倫家, 六父子復出而迎勞, 及其他乞詩者, 如護屋。]"라고 하였다.

청천 신공⁴·소헌 성공⁵·국계 장공⁶께 드리다
奉呈靑泉申公嘯軒成公菊溪張公各案

춘죽(春竹)⁷

사신들⁸ 멀리 큰 바다 동쪽 향해오니	使星遙指大瀛東
안개 노을 속 봉래도 시 읊는 흥취 한창이네	蓬島煙霞吟興濃
기나긴 밤 술동이 앞에 연이어 앉으니	永夜樽前聊連榻
피어오르는 봄기운에 사람들 훈훈해지네	薰人和氣靄春融

---

4 청천(靑泉) 신공(申公) : 신유한(申維翰, 1681~1752)은 조선 후기의 문신 겸 문장가. 자는 주백(周伯), 호는 청천(靑泉). 연천현감·부안현감 등을 지냈다. 1719년 통신사행 때 제술관(製述官)으로 일본에 다녀왔다. 시문으로 명성이 자자하여, 그의 시를 받기 위해 수많은 일본 문사들이 모여들었고, 대단한 칭송을 받았다. 이때 남긴 『해유록(海遊錄)』은 문장이 유려하고 관찰이 돋보이는 기행문으로, 박지원의 중국 기행문인 『열하일기』와 비교되곤 한다.

5 소헌(嘯軒) 성공(成公) : 성몽량(成夢良, 1718~1795). 조선 후기의 문신 겸 시인. 자는 여필(汝弼), 호는 소헌(嘯軒) 혹은 장소헌(長嘯軒). 1719년 기해 사행 때 서기로 일본에 다녀왔으며, 이때 일본 학자들로부터 받은 시와 편지 등을 모아 편찬한 『한원청상(翰苑淸賞)』이 있다.

6 국계(菊溪) 장공(張公) : 장응두(張應斗, 1670~1729). 조선 후기의 문신. 자는 필문(弼文), 호는 국계(菊溪). 1719년 통신사행 때 서기(書記)로 일본에 다녀왔다.

7 춘죽(春竹) : 북미춘죽(北尾春竹, 기타오 슌치쿠). 강호시대 중기의 의원(醫員)·한시인(漢詩人). 성은 북미(北尾), 이름은 충(忠), 자는 신의(信義). 북미춘포(北尾春圃)의 아들로 의술을 업으로 하면서 문학을 하였다.

8 사신들[使星] : 한(漢)나라 화제(和帝)가 각 지방에 민정(民情)을 순찰하는 사신을 보내면서 미복으로 암행하게 하였는데, 하루는 두 사신이 익주(益州)에 들어가서 이합(李郃)의 집에서 자게 되었다. 이합은 천문(天文)을 통해 두 사신별[使星]이 익주의 분야(分野)로 향하는 것을 보고 두 사람이 사신임을 알았다는 고사에서 유래하였다.

춘죽께서 부쳐준 시에 화답하다
奉和春竹見寄

청천

십주[9] 동쪽 달빛 속에서 선금을 타니	仙琴彈月十洲東
선율 속 기화요초 눈에 가득하구나	曲裏琪花滿眼濃
내게 준 가지 하나 소매 속에서 향기로워	分我一枝香在袖
어우러진 채색노을 한동안 바라보네	到頭長見彩霞融

사신 수레 어제 대원 동쪽 지나왔는데	征輅昨過大垣東
역참의 금빛 술잔에 좋은 술 진하구나	驛舍金樽美酒濃
유독 그대 집안에만 당체곡[10] 있어	獨有君家棠棣曲
천 리 길 좇아온 나그네 마음 녹여주네	相隨千里客心融

길에서 춘죽의 시운에 화답하다
道上和春竹韻

소헌

| 아득한 길 우레 치는 호수 동쪽에 드니 | 迢迢路入震湖東 |
| 수많은 인가의 밥 짓는 연기 미농[11]이라네 | 萬戶人煙認美濃 |

---

9 십주(十洲) : 바다 속의 선경. 신선이 거주한다는 대해(大海) 가운데 열 곳의 명산(名山). 일본을 가리킨다.

10 당체곡(棠棣曲) : 『시경(詩經)』의 〈당체편(棠棣篇)〉을 말하는데, 이 시는 형제가 화목하게 술을 마시며 즐기는 것을 노래하였다.

11 미농 : 미농국(美濃國, 미노노쿠니)을 말한다. 현재의 기부현(岐阜縣, 기후켄) 남부

| 멀리서 상상했지, 그대 가문에 덕성[12]들 모여 | 遙想高門德星聚 |
| 백년의 화락함 넘쳐흐르고 있음을 | 百年和樂正融融 |

위의 3수는 동도(東都)에 와서 화답한 것인데, 서쪽으로 돌아가던 날 나에게 보여준 것이다.

춘죽의 시운에 화답하다
奉和春竹韻

국계

부상 바다 북쪽에서 동쪽 위원[13]에 오니	桑洋之北葦原東
대나무 삼목 숲 안개 맑았다 짙어지네	竹靄杉煙淡復濃
게다가 시 벗 만나 낭랑한 소리 들으니	且遇詩豪聞朗詠
속세 근심 한순간에 녹아 사라지는구나	使人塵慮頓消融

지역.

12 덕성(德星) : 목성(木星). 서성(瑞星). 상서로움을 뜻하며 현인(賢人)을 비유하여 이르는 말이다.

13 위원(葦原) : 위원중국(葦原中國). 위원중국은 일본신화에서 고천원(高天原)과 황천(黃泉)이라는 나라 사이에 있다고 하는 세계, 즉 일본을 말한다.

후회창화(後會唱和)

신·성 두 분께 급히 지어 드리다
走呈申成二公

춘죽

그대 뵈니 기품 절로 높은데	見君標格自崢嶸
호기는 원래 큰 고래 탈 만했다오	豪氣由來跨大鯨
외딴 곳이라 가련케도 고향소식 드물어	絶域可憐鴻雁少
한 동이 술로 고국의 정 위로해야하리	一樽須慰故園情

춘죽의 시에 화답하다
奉和春竹云

청천

부사산 빙설 멀리 우뚝 솟아있는데[14]	富山冰雪逈崢嶸

---

14 부사산 빙설 멀리 우뚝 솟아 있는데[富山冰雪逈崢嶸] : 신유한의 『해유록(海遊錄)』
중(中) 9월 19일 기록에 의하면, "행차가 백수촌(白須村)을 지나자 남여(藍輿)를 맨 왜인
이 동쪽 구름가를 가리키면서 떠들며 외치기를, '부사산(富士山)이다.'라고 하였다. 내가
남여를 멈추게 하고 바라보니 꽃 한 송이가 마치 백옥잠(白玉簪)이 푸른 하늘에 바로
꽂혀 있는 것처럼 빼어나고, 중턱 이하는 구름 안개가 가려있는데 또한 마치 태화산(太華
山)의 옥정(玉井)에 백련화(白蓮花)가 드러난 것과 같아서 세상에서 늘 보던 것이 아니었
다. 만약 진시황으로 하여금 이 산의 광경을 낭야대(琅琊坮)에서 바라보게 하였다면 마
땅히 다시 창해를 건너 참 신선을 불렀을 것이다. 여기서부터 산 아래까지 거리가 4백
여 리라 하는데 지금 이미 나의 눈에 들어왔다. 해외의 모든 산 가운데 부사산에 견줄
만한 산이 없는 것처럼 생각된다.[行過白須村, 昇倭東指雲際, 噪而呼曰, "富士山!" 余
爲停輿而望之, 卽一朶亭亭如白玉簪, 直揷靑霄, 半腹以下, 雲霞晻翳, 又似太華山玉
井露出白蓮花矣。殆非世間所恒見。若使秦皇帝, 得此光景於琅琊臺, 當復駕滄海呼眞

넓은 바다 가을 파도 큰 고래 만드네 　　　滄海秋波製巨鯨
어찌 그대 집안의 옥필 한 쌍[15]만 하랴 　　爭似君家雙玉筆
취한 김에 고금의 정 휘둘러 쓰네 　　　　醉憑揮洒古今情

춘죽의 시운에 화답하다
奉和春竹韻

　　　　　　　　　　　　　　　　　　　　소헌

하늘 가득 북두성 밤에 드높은데 　　　　滿天星斗夜崢嶸
성 누대에서 새벽 종소리[16] 울릴까 　　　惟恐譙樓動曉鯨
분주한 나랏일 어느 때나 끝나려나 　　　王事驅馳何日了
객지에서 송별하니 가슴 뭉클하네 　　　客中送別亦關情

일찍이 고명(高名)을 우러러보았는데 지금에야 손수 지은 글을 받들
게 되었으니 위로됨이 어떠하겠습니까?

仙耳。聞此距其山之趾四百餘里, 而今已在吾眼中。度海外諸山, 無與富士山抗者。]"라
는 내용이 있다.

15 옥필 한 쌍 [雙玉筆] : 한 쌍의 옥으로 만든 붓. 춘죽(春竹)과 춘륜(春倫) 형제의 글
　솜씨를 비유한 말이다.

16 종소리[鯨] : 경어(鯨魚) 모양으로 만들어진, 절에서 종을 치는 나무, 곧 종어(鐘魚)를
　가리킨다.

장서기께 급히 지어 드리다
走呈張書記

춘죽

붓 휘둘러 주옥같은 시상 펼쳤으니　　　珠玉揮毫藻思摛
문장 주관할 이 그대 아니면 뉘 있으랴　文章司命捨君誰
담소 나누며 애틋한 심정 쏟아내시구려　不妨談笑罄心曲
밤새 뭇별들 유난히 그대 자리 비출 테니　一夜群星照坐奇

춘죽께서 주신 시에 화답하다
奉和春竹贈韻

국계

편마다 고운 시어 찬란히 드러냈으니　　篇篇綺語爛然摛
그대처럼 훌륭한 재주 다시 뉘 있으랴　敏妙如君更是誰
적성산 위 붉은 노을 기운[17]도　　　　赤城山上丹霞氣
그대 시와 비교하니 기이하지 않구려　持比來詩亦未奇

---

17 적성산 위 붉은 노을 기운[赤城山上丹霞氣] : 진(晉)나라 손작(孫綽)이 천태산(天台山) 자락인 적성산에 푯말을 세우고 은거 생활을 즐겼는데, 그의 〈천태산부(天台山賦)〉에 "적성산은 노을이 일어나 표지를 세운다.[赤城霞起而建標。]"라는 시구가 있다.

성서기께 급히 지어 드리다
走呈成書記

춘죽

소쇄한 신선 기품이라 용모 맑은데	灑落仙標眉宇淸
문재로 온 세상에 꽃다운 명성 떨쳤네	文才一世擅英名
만나 밤새도록 취하며 함께 즐기니	相逢共喜終宵醉
담소가 도리어 옛정보다 낫다오	談笑却勝故舊情

춘죽의 시운에 화답하다
奉和春竹韻

소헌

속세 떠난 선학처럼 운치 맑은데	仙鶴離塵韻格淸
그대 명성 다섯 형제 중 최고라네[18]	白眉長最五常名
하룻밤에 어찌 단란한 즐거움 다하리오	一宵豈盡團欒樂
강물 달빛과 호수 안개에 이별의 정 어려있네	江月湖煙縮別情

---

18 그대 명성 다섯 형제 중 최고라네[白眉長最五常名] : 백미(白眉)는 삼국시대 촉한(蜀漢) 사람 마량(馬良)을 가리킨다. 자(字)는 계상(季常). 다섯 형제 모두 재명(才名)이 있었는데, 마을사람들이 "마씨 집 오상(五常) 중에서 백미(白眉)가 가장 뛰어나다.[馬氏五常, 白眉最良。]"라고 하였다. 마량의 눈썹 가운데 흰 털이 있었기 때문인데, 후에 형제 중에서 가장 뛰어난 사람을 지칭할 때 백미(白眉)라고 하였다. (『삼국지(三國志)』「마량전(馬良傳)」) 신유한의 『해유록(海遊錄)』 중(中) 9월 15일 기록에 의하면, "춘포(春圃)의 아들 춘죽(春竹)·춘륜(春倫)·도선(道仙)·춘을(春乙)·춘달(春達) 등 6부자가 함께 와서 시를 지었다. 그들의 집은 대원(大垣)에 있는데 모두 글을 읽고 의술(醫術)을 업으로 하였다."라고 하였다.

돌아가는 신학사를 전송하다
送申學士之還

춘죽

천년 만에 또다시 육사형[19]을 보는 듯	千載又看陸士衡
글 솜씨 호탕하고 붓놀림 거침 없네	詞源浩蕩筆縱橫
밤새도록 맘껏 마실 일 어찌 사양하리	何辭痛飮達明曉
이별 후 주연 자리 가질 길 없을 텐데	別後無由尋酒盟

춘죽께서 보내주신 시에 화답하다
奉和春竹惠贈

청천

윤기 나는 물가 난초와 족두리풀[20]처럼	濯濯汀蘭與杜衡
그대 집안의 시문 구름 비껴 비치네	君家詞筆映雲橫
외로운 배 떠나려니 고개 자주 돌려	孤槎欲發頻回首
장구[21] 노래 부르며 옛 맹세 원망하네	一曲場駒怨舊盟

---

19 육사형(陸士衡) : 사형(士衡)은 진(晉)나라 육기(陸機)의 자(字). 육기는 수사(修辭)에 중점을 두고 미사여구와 대구(對句)의 기교를 살려 육조시대의 화려한 시풍의 선구자가 되었다. 저서로 『문부(文賦)』와 『육사형집(陸士衡集)』이 있다.

20 물가 난초와 족두리풀[汀蘭與杜衡] : 정란(汀蘭)은 물가에서 자라는 난초를, 두형(杜衡)은 아욱과 비슷한 향초나 족두리풀을 가리킨다. 두형은 입이 말발굽과 비슷하다 하여 마제향(馬蹄香)이라고도 한다. 굴원(屈原)의 〈이소경(離騷經)〉에, "두형과 향기로운 지초 섞어 심었다.[雜杜衡與芳芷]"라는 시구가 있다.

21 장구(場駒) : 창구는 『시경(詩經)』「소아(小雅)」〈백구(白駒)〉에 "하얀 망아지가, 우리 채마밭 싹을 먹었노라.[皎皎白駒, 食我場苗。]"라는 구절에서 인용한 것으로, 임금이 어진 은사(隱士)를 만나 못 가게 간절히 만류하는 뜻을 담고 있다.

차가운 하늘에 북두성 옥형[22]이 도는데   北斗寒天轉玉衡

일어나 가지 끝에 걸린 외로운 달 바라보네   起看孤月樹頭橫

내일 아침 바다 위에 구름 천 리나 낄 테니   明朝海上雲千里

인어 구슬[23] 남겨 맹약 맺음을 대신하리라   留得鮫珠替結盟

돌아가는 장서기를 전송하다
送張書記之還

춘죽

채색 깃발 만 리 길, 말 바삐 달려와   文旆萬里馬駸駸

물 흐르는[24] 강가에서 손잡고 노닐었지   携手徘徊流水潯

이별연에서 석 잔 술 억지로 기울이는데   別宴强傾三盞酒

고상한 노래 한 곡조 실로 마음 아프구려   高歌一曲正傷心

---

22 옥형(玉衡) : 북두성의 중심을 잡아주는 다섯 번째 별. 또는 선기옥형(璇璣玉衡)으로
혼천의(渾天儀)를 말한다. 선기옥형은 하늘의 적도나 황도, 자오선 따위를 나타내는 눈
금이 달린 여러 개의 둥근 테를 구형으로 짜 맞춘 것으로, 적도나 황도를 나타내는 둥근
테를 돌려서 천체를 관측하였다. 기원전 2세기경 중국에서 처음 만들어졌고, 우리나라에
서는 1433(세종 15)년에 장영실 등이 감독하여 처음 만든 뒤로 천문 역법의 표준 시계와
같은 구실을 하게 되었다.

23 인어 구슬[鮫珠] : 교인(鮫人, 人魚)의 눈물방울 하나하나가 모두 진주로 변했다는
전설에서 나온 말이다. (『문선(文選)』, 좌사(左思) 〈오도부(吳都賦)〉) 여기서는 아름
다운 시를 말한다.

24 물 흐르는[流水] : 춘추시대 백아(伯牙)가 타고 그의 벗 종자기(鍾子期)가 들었다는
거문고 곡조인 유수곡(流水曲) 곧 고산유수곡(高山流水曲)을 떠올리게 하는 표현이다.

춘죽께서 주신 시운에 화답하다
奉和春竹惠贈韻

국계

긴 여정에 세월 쉬이 지나가	長程日月逝駸駸
세모에 동해 물가로 더디 돌아왔네	歲暮遲回東海潯
객관에서 다시 만나 반갑게 뵈었는데	逆旅重逢纔拭目
내일 아침 헤어지면 더욱 상심하겠지	明朝一別更傷心

돌아가는 성서기를 전송하다
送成書記之還

춘죽

매서운 한풍 비단치마 속까지 파고드는데	凜冽寒風透繡裳
사랑스럽게도 그대의 기개 본래 대단했다오	憐君志氣本昂藏
하늘가에선 이로부터 그대 모습 멀어져	天涯從是音容隔
구름산과 함께 한스러움 만 리나 길어지네	恨與雲山萬里長

춘죽께서 보여준 시운에 화답하다
奉和春竹惠示韻

소헌

날 차가워 서리와 이슬 옷자락 파고드는데	天寒霜露判衣裳
광활한 바다의 외로운 배 어디에 매어두나	海闊孤舟何處藏
객지에서의 반면식[25] 도리어 꿈만 같구려	客中半面還如夢

하루 밤새 이별 근심으로 백발만 자랐다오　　　　一夜離愁白髮長

신과, 강·장·성 세 분 공을 다시 전송하다
重送申姜張成三公

춘죽

긴 강가에서 이별하는데　　　　分手長江畔
새벽 서리에 나그네 옷 젖네　　　　晨霜侵客衣
훗날 밤에 그리워지면　　　　他時相憶夜
꿈속 혼 날아가겠지　　　　應有夢魂飛

새벽에 일어나 출발 즈음에 춘죽께 화답하다
曉起將行奉和春竹

청천

새벽빛 서린 역참 정자 숲에서　　　　曉色郵亭樹
슬피 노래하며 그대의 옷자락 잡네　　　　悲歌摻子衣
내일 아침이면 구름 낀 바다 너머로　　　　明朝雲海隔
높이 나는 기러기 부질없이 바라보리라　　　　空望雁高飛

---

25 반면식(半面識) : 후한(後漢) 때 응봉(應奉)이 수레 만드는 장인의 얼굴을 반쪽만 얼
핏 보았는데도 수십 년이 지난 뒤에 길에서 만나보고는 바로 알아보며 반갑게 불렀다는
'반면지식(半面之識)'의 고사에서 유래하였다. (『후한서(後漢書)』「응봉열전(應奉列
傳)」)

춘죽의 시운에 화답하다
奉和春竹惠韻

경목자(耕牧子)[26]

길 떠나는 말 출발 더딘데	征馬遲遲發
이별에 임해 다시 옷자락 잡네	臨分更把衣
남은 회포 참으로 쓸쓸하여	餘懷定搖落
나는 외기러기 근심스레 바라보네	愁見斷鴻飛

춘죽의 시운에 붓을 달려 차운하다
走次春竹惠韻

소헌

여구곡[27] 노래 소리 끊기려는데	驪駒唱欲斷
새벽 달빛 나그네 옷자락에 비치네	曉月照征衣
산과 바다 어찌 끝 간 데 있으랴	山海豈終極
제비와 기러기[28]마냥 어긋나게 날아가네	燕鴻相肯飛

---

26 경목자(耕牧子) : 강백(姜栢, 1690~1777). 조선 후기의 문신 겸 시인. 자는 자청(子
青), 호는 우곡(愚谷)·경목(耕牧). 경목자(耕牧子)라고도 한다. 찰방 역임. 과시(科詩)
에 능했으며 시풍(詩風)이 호탕하였다. 1719년 통신사행 때 서기로 일본에 다녀왔다.

27 여구곡(驪駒曲) : 고대(古代)에 송별할 때 부른 여구(驪駒)라는 시편(詩篇). 그 가사는
"검은 망아지가 문에 있으니, 마부가 다 함께 있도다. 검은 망아지가 길에 있으니, 마부가
멍에를 다스리도다.[驪駒在門, 僕夫具存。驪駒在路, 僕夫整駕。]"라고 하였다.

28 제비와 기러기 : 제비는 봄에 왔다가 가을에 남쪽으로 날아가고, 기러기는 가을에 왔다
가 봄에 북쪽으로 날아간다.

이별에 임해 춘죽의 시운에 붓을 달려 차운하다
臨別走次春竹惠韻

국계

하늘가의 이별 함께 아쉬워하며　　　　　共惜天涯別
갈림길에서 다시 옷자락 잡네　　　　　　臨岐更摻衣
그리워 소식 전하고 싶으면　　　　　　　相思如有札
변방 기러기 편에 부치리라　　　　　　　須寄塞鴻飛

　이별을 아쉬워하는 마음은 그대나 나나 다 같으니 슬프고 암담함을 무슨 말로 다하겠습니까? 전별시를 가지고 돌아가 훗날 그대의 모습으로 삼을 수 있을 테니, 참으로 소중합니다.

장서기께 급히 지어 드리다
走呈張書記

춘죽

천년 만에 모인 부평초 같은 만남　　　　萍逢千載會
이야기꽃은 속세 벗어나 진기하네　　　　佳話出塵奇
내일 하량[29]에서 작별하게 되면　　　　明日河梁別

---

29 하량(河梁) : 하량은 북방 오랑캐 땅에 있는 하수의 다리. 한(漢)나라 이릉(李陵)이 소무(蘇武)에게 준 송별시에, "서로 손잡고 하량에 오르는데, 나그네는 저문 날 어디로 가는가. …… 가는 사람을 오래 만류키 어려워, 오래도록 서로 생각하자고 말하네.[携手上河梁, 遊子暮何之. …… 行人難久留, 各言長相思.]"라고 한 데서 온 말로, 전하여 송별하는 장소를 뜻한다.

이별의 회포 다할 날 없겠지　　　　　離懷無盡時

춘죽께서 주신 이별시에 붓을 달려 차운하다
走次春竹贈別韻

국계

내게 주옥같은 시 주셨는데　　　　　贈我瓊琚字
편수도 많고 시어 더욱 기이하네　　　篇多語盆奇
바라보며 차마 이별할 수 없어　　　　相看不忍別
달 기울 때까지 말 세워두네　　　　　立馬月斜時

신·장·성 세 분 공께 드리다
呈申張成三公

춘죽

멀고 먼 천 리 길　　　　　　　　　迢迢千里路
오늘밤 잠시 말안장 멈추었네　　　　今夜暫停鞍
만나자마자 이별이라　　　　　　　　相遇還分手
다시 만나기 어려워 탄식하네　　　　坐嗟再會難

밤에 춘죽과 이별의 회포를 풀며 그 시에 차운하다
夜與春竹敍別因次其韻

청천

고당에서 술잔 마주하는데	高堂對樽酒
차가운 달빛 말안장에 감도네	寒月繞征鞍
산과 바다 너머 천 년의 이별	嶺海千秋別
애달아 하룻밤 지내기도 어렵네	心腸一夜難

춘죽께서 주신 이별시에 붓을 달려 차운하다
走次春竹贈別韻

소헌

회포는 길고 밤은 짧아 괴로운데	意長夜苦短
새벽 달빛 속에 말안장 꾸리네	曉月動征鞍
어느 날에나 다시 만날지	再面知何日
머나먼 곳이라 이별하기 어렵네	天涯此別難

춘죽의 시에 붓을 달려 차운하다
走次春竹惠韻

국계

만 리 길 오래도록 나그네 신세	萬里長爲客
머나먼 여정 말 타는데 지쳤다오	脩程困跨鞍
덧없는 인생 원래 고생스럽지만	浮生元役役

고금에 얻기 어려운 좋은 모임이었네　　　　　　良會古今難

의원필어(醫員筆語)

一.

춘죽 물음, "어떤 병이 있는데, 남녀를 불문하고 가슴아래[心下]가 막
히고 답답하여 일어나 있으면 호흡이 빨라지다가 앉아 있으면 좀 괜
찮아집니다. 맥은 부맥[30]이어서 중진[31]으로 진맥하면 현맥[32]이거나 결
맥[33] 또는 세맥[34]이고 침진[35]으로 진맥하면 맥이 없는 것 같습니다. 이
러한 증세를 얻은 사람은 뒤에 반드시 종창[36]이 생기기 때문에 그 기
미를 살펴 인삼·부자[37]·건강[38]·육계[39]로 온보[40]를 하면 나을 수 있

---

30 부맥(浮脈) : 살에 손끝을 대기만 하여도 뛰는 것을 알 수 있는 맥.
31 중진(中診) : 맥(脈)을 볼 때, 손가락으로 누르는 세기를 달리하는 방법으로 중등(中
　　等) 정도로 누르고 맥을 보는 것.
32 현맥(弦脈) : 맥상(脈象)의 일종. 맥이 곧고 길며, 팽팽한 거문고 줄을 뜯는 것처럼
　　느껴진다.
33 결맥(結脈) : 맥상(脈象)의 일종. 맥이 느리고 불규칙하다. 한(寒)이 몰리고 기(氣)가
　　정체되어 나타나거나 산기(疝氣)·징가(癥瘕)·적취(積聚) 혹은 심혈관(心血管) 계통의
　　질병 등에서 주로 나타난다.
34 세맥(細脈) : 맥상(脈象)의 일종. 맥이 실오라기처럼 가늘어서 세게 짚어야 비로소
　　느껴진다. 혈(血)이 허(虛)하거나 음진(陰津)의 부족 혹은 기(氣)가 쇠약해진 병증에서
　　볼 수 있다.
35 침진(沈診) : 맥(脈)을 볼 때, 손가락으로 누르는 세기를 달리하는 방법. 세게 누르고
　　맥을 보는 것.
36 종창(腫脹) : '종'은 온몸이 붓는 것이고, '창'은 복부가 더부룩하게 불러오는 것.
37 부자(附子) : 구근(球根). 오두(烏頭). 극약(劇藥)이지만, 손발이 찬 데나 신경통 등

는 사람이 많습니다. 그러나 온보를 해도 도리어 고통과 답답함이 더
해지고 그 맥이 빨라지는 경우가 있는데, 맥을 세게 짚어보아도 기력
이 없는 사람은 치료할 수 없습니다. 종창이 날로 심해지고 소변이 막
혀 죽게 됩니다. 이런 증세에 대한 치료법을 가르쳐주셨으면 합니다."

비목재[41] 답함, "대체로 병에는 치료할 수 있는 것과 치료할 수 없는
것이 있습니다. 처음 발병했을 때 간혹 인삼·부자로 처방해서 낫게
되는 경우가 있습니다만, 만약 온보의 조제로 처방했는데도 도리어
괴로운 증세가 더해지고 맥박 또한 빨라지면서 기력이 없게 되면 부
어서 죽게 됩니다. 달리 목숨을 구할 방도가 없습니다."

춘죽 물음, "곽란복통[42]인데도 토하거나 설사하지 못하고 헛구역질을
하며 대변이 막혀 나오지 않고 사지가 냉합니다. 복맥[43]인 경우 지실
대황탕[44]과 비급원[45] 등을 쓰거나 독삼탕[46]과 부자리중탕[47] 종류를 썼

에 쓰인다.

38 건강(乾薑) : 생강과에 속하는 생강의 뿌리줄기를 말린 것.

39 육계(肉桂) : 계피(桂皮). 녹나무과에 속하는 육계나무 곧 계수나무의 껍질을 말린 것.

40 온보(溫補) : 보법(補法)의 하나. 성질이 더운 보약으로 허한증을 치료하는 방법.

41 비목재(卑牧齋) : 권도(權道, ?~?). 조선 후기의 의원. 자는 대원(大原), 호는 비목(卑
牧). 1719년 통신사행 때 양의(良醫)로 일본에 다녀왔다.

42 곽란복통(霍亂腹痛) : 곽란은 위로 토하고 아래로 설사하는 병.

43 복맥(伏脈) : 맥상(脈象)의 일종. 맥이 은근하게 숨어 있어서 뼈에 닿도록 눌러야만
느낄 수 있다. 궐증(厥證)이나 심한 통증 또는 사기(邪氣)가 내부에 막힌 병증에서 볼
수 있다.

44 지실대황탕(枳實大黃湯) : 약재는 대황·후박·선탱자·빈랑·감초·목향 등을 쓴다.
음식에 체해 뱃속에 열감이 있으면서 배가 불어나고, 몹시 아프고 뒤가 굳으며, 갈증이
나는 데 쓴다.

45 비급원(備急圓) : 약재는 저실자(楮實子)·천련자(川楝子)·파두(巴豆) 등을 쓰고 추

는데도 효과가 없습니다. 이러한 증세로 죽는 사람이 참으로 많습니
다. 처방을 하나 전해주시기 바랍니다."

비목 답함, "이런 병 가운데 담⁴⁸이 중초⁴⁹에서 막혀 그러한 경우가 있
는데, 다만 지축이진탕⁵⁰을 쓰면 효과를 얻을 수 있습니다. 다른 처방
은 모르겠습니다. 이 약을 썼는데도 효험이 없는 사람은 제중⁵¹에 뜸
100장과 승산⁵²에 뜸 21장을 뜨면 백에 하나도 잃음이 없을 것입니
다. 이것을 우선구⁵³라고 합니다."

춘죽 물음, "남녀를 불문하고 그 증세가 먹고 마심은 평상시와 같은

위와 통증을 없앤다.

46 독삼탕(獨蔘湯) : 머리가 무겁고 띵하면서 의식이 분명하지 않고 숨이 차며, 기운이
없고 맥이 몹시 약한 데 쓴다.

47 부자리중탕(附子理中湯) : 약재는 부자·당삼(黨蔘)·건강(乾薑)·백출·자감초(炙甘
草) 등이다. 비위허한(脾胃虛寒)으로 자주 설사를 하며, 배가 불어나고 아프며, 입맛이
없고 때로 토하며, 손발이 차고 추위를 타며, 맥이 약한 데 쓴다.

48 담(痰) : 호흡기관에서 분비되는 병리적 산물을 말하며, 어떤 병이 발생된 기관이나
조직 내부에 고인 점액물질을 포괄한다.

49 중초(中焦) : 삼초(三焦)의 하나로 심장과 배꼽의 중간.

50 지축이진탕(枳縮二陳湯) : 약재는 선탱자·궁궁이·축사씨·흰솔풍령·패모·귤껍
질·차조기씨·하늘타리씨·후박·향부자·목향·침향·감초이고, 중초에 담이 몰려 관
격이 생겨 명치 밑이 답답하고 메스꺼우며, 때로 게우면서 대소변이 잘 나가지 않는 데
쓴다.

51 제중(臍中) : 임맥(任脈)의 신궐혈(神闕穴). 임맥은 기경팔맥(奇經八脈)의 하나. 하
복부에서 시작해 척추 뼈 내부를 따라 위로 오른다. 배꼽의 중심.

52 승산(承山) : 족태양방광경(足太陽膀胱經)의 혈. 비장근의 내측복과 외측복이 합해
뒤축 뼈 힘줄로 이행한 부위이며, 발목을 쭉 펼 때 우묵하게 들어가는 곳.

53 우선구(遇仙灸) : 우선은 경외기혈인 요안혈(腰眼穴)인데, 허리 양쪽에 약간 오목하
게 들어가는 곳. 우선구는 노채(勞瘵)를 치료하는 데 좋은 방법인데, 한 번에 작은 뜸
봉으로 7장씩 떠 노채충을 토하거나 설사하면 곧 편안해진다.

데, 안색이 푸르고 시간이 오래되면 몸이 점점 마릅니다. 오전에는 오한이 나고 오후에는 열이 나다가 도한[54]과 해소[55] 뒤에 대변이 당설[56]이 되고 발등이 부어오르면서 죽게 됩니다. 음허화동[57]이라 여겨 당귀[58]와 지황[59]을 쓰면 흉격[60]에서 막혀 머물러 있고, 지모[61]와 황벽[62]을 쓰면 나중에 반드시 대변이 당설이 되고, 또 인삼으로 양기를 보하면 해소와 토담이 심해집니다. 결핵으로 멸문이 되는 경우도 이따금 보았습니다. 이러한 증상은 그 기운에 감염되어 전염되는 것입니까? 실지 노충[63]이라는 것이 있어서 전염되는 것입니까? 그 치료법은 무엇입니까?"

비목재 답함, "이 병을 처음 얻은 사람은 모두 신기(腎氣)를 과도하게 써서 생긴 것이니 마땅히 하거육미원[64] 같은 종류를 오래 복용하면 치

---

54 도한(盜汗) : 밤에 잠이 든 뒤 저절로 땀이 흐르며, 잠이 깨면 땀이 멎는 증상. 대개 폐기(肺氣)가 허약하고 위양(衛陽)이 튼튼하지 못하면 나타난다.

55 해소(咳嗽) : 해는 기침을 하나 가래가 없는 상태이며, 소는 가래로 인해 기침이 나는 상태를 말한다.

56 당설(溏泄) : 묽고 냄새만 나는 대변.

57 음허화동(陰虛火動) : 음이 허한 것으로, 음양의 균형이 파탄되어 화가 동하는 것.

58 당귀(當歸) : 미나리과에 속하는 여러해살이풀인 당귀의 뿌리를 말린 것. 보혈(補血)·활혈(活血)에 쓰이는 약재. 승검초 뿌리.

59 지황(地黃) : 현삼과의 여러해살이풀인 지황의 뿌리. 열을 내리고 혈열(血熱)을 없애며, 진액을 묽게 하고 어혈(瘀血)을 흩어지게 한다.

60 흉격(胸膈) : 심장과 췌장(膵臟) 사이의 가슴 부분.

61 지모(知母) : 지모과의 다년초. 근경(根莖)은 해열·소담(消痰) 등에 약재로 쓰인다.

62 황벽(黃蘗) : 운향과의 낙엽교목. 줄기는 황색 염료를 만들 수 있고, 껍질은 약재로 쓰인다. 황경피나무. 황백(黃柏).

63 노충(勞蟲) : 노채충(勞瘵蟲). 노채병을 일으키는 벌레라는 뜻. 결핵균.

료됩니다. 몇 사람에게 전염된 뒤라면 필시 노충이 되었을 것이니 연심산[65]과 홍초산[66]을 써서 나쁜 물질을 설사로 배출시켜 버린 뒤 기혈을 크게 보하는 약을 계속 쓰면 됩니다. 그러나 수가 많아 대여섯 사람에 이른 뒤에는 그들을 멀리 격리하는 것만 못합니다."

춘죽 다시 물음, "홍초산은 어떻게 처방합니까?"

비목재 답함, "천초[67] 껍질을 볶아 기름을 없애고, 빈속에 매번 100알을 복용하되 침으로 삼키며, 100일을 채우면 노충이 사라질 것입니다."

一.

춘죽 물음, "나이 50인 남자가 일찍이 치질을 앓고 있었는데, 항문이 나왔다 들어갔다 하며 해가 지났는데도 낫지 않았습니다. 원기를 보(補)하고, 나쁜 기운을 내보내며, 따뜻하게 하고, 차게 하는 약제 모두 효과가 없습니다. 가르침을 주셨으면 합니다."

소심헌[68] 답함, "산수유 1냥(兩)을 술에 재웠다 쪄서 1첩(貼)으로 만들

64 하거육미원(河車六味元) : 육미환(六味丸)에 자하거(紫河車)를 써서 기름으로 볶아 만든 약. 본래 허(虛)한 성질을 다스리고, 노(勞)를 예방하는 데 쓰인다.

65 연심산(蓮心散) : 약재는 당귀·단너삼·감초·자라등딱지·생치나물뿌리 …… 등이 있다. 기혈부족으로 힘이 없고 점차 몸이 여위면서 가래가 끓고 기침을 하며, 때로 피를 토하거나 식은땀이 나며, 오후마다 미열이 나는 노채(勞瘵)에 쓴다.

66 홍초산(紅椒散) : 약재는 영사(靈砂)·인삼·목향(木香)·향부자(香附子)·대홍초(大紅椒). 허로(虛勞)로 인해 숨이 차고 기침이 나며, 어지러운 병증을 치료할 때 쓴다.

67 천초(川椒) : 조피열매. 운향(蕓香)과의 낙엽 관목인 조피나무와 왕조피나무의 열매를 말린 것. 약으로는 주로 열매껍질을 쓴다. 비위를 덥혀주고 한습을 없애며, 아픔을 멈추고 벌레를 죽인다. 양기를 도와주고 허리와 무릎을 덥혀 주기도 한다.

68 소심헌(小心軒) : 김광사(金光泗, ?~?). 조선 후기의 의관(醫官). 자는 백여(白汝), 호는 소심헌(小心軒). 1719년 통신사행 때 공식 수행 의관으로 일본에 다녀왔다. 미농국

되, 30첩을 복용하면 효과가 있습니다.”

춘죽 물음, “소아가 감안(疳眼)[69]에 걸리게 되면 열과 갈증이 나고, 배가 붓고 설사를 하며, 맥박이 빠르면서 기력이 없어, 날이 가도 낫지 않고 죽는 경우가 많습니다. 신통한 처방을 전해주셨으면 합니다.”

소심헌(小心軒) 말함, “감안은 작목(雀目)[70]을 가리킵니까?”

(춘죽) 답함, “제가 작목을 치료해서 효과를 얻은 경우가 많았는데, 오직 열이 올라 눈에 통증이 있고나서 눈이 먼 경우에는 치료하기 어려웠습니다. 어찌해야 합니까?”

소심헌 답함, “소아의 감안에는 보통 돼지 간을 쓰고 있는데, 야명사[71]를 넣어 푹 삶아 익힌 뒤 야명사를 제거하고 많이 마실수록 효험이 매우 좋습니다. 작목에는 엄지손가락 안쪽 횡문(橫紋) 끝의 붉은 살갗과 흰 살갗 사이에 한 장씩 7일 동안 뜸을 뜨면 낫습니다. 복창과 설사에는 점와(粘蛙)[72]를 많이 먹고 뜸을 뜨면 좋습니다.”

(美濃國) 대원(大垣)에서 북미춘륜(北尾春倫, 기타오 슌린)과 나눈 의담(醫談)이 『상한훈지』에 수록되어 있다. 적백농리(赤白膿痢)와 이급후중(裏急後重) 처방에 대한 북미춘륜의 물음에 치료 방법을 알려주고, 북미춘륜에게 자신의 병증에 대해서도 맥을 짚어보게 하여 처방을 받기도 하였다. 소심원 김광사의 「제춘포명문변설후(題春圃命門辨說後)」가 북미춘포(北尾春圃)가 지은 한방의학서 『정기신론(精氣神論)』 권미에 부록으로 수록되어 있다.

69 감안(疳眼) : 소아감안(小兒疳眼). 주로 유아에게 많은 각막 질병. 감병(疳病)으로 인해 눈이 헐고 짓무르는 병.

70 작목(雀目) : 야맹(夜盲). 시력이 좋지 않아서 밤에는 사물을 잘 보지 못하는 눈.

71 야명사(夜明砂) : 박쥐의 분비물. 시력 회복과 야맹증에 특효가 있다고 한다.

72 점와(粘蛙) : 개구리를 짓찧어 끈적끈적하게 만든 것.

춘포필어(春圃筆語)

대원후회(大垣後會)

一.

국계 아룀, "근자에 자제분 도선(道仙)[73]으로부터 족하께서 청복(淸福)이 많다고 들었습니다. 자리에서 한 번 뵙고 싶었는데 그러지 못했습니다. 지금 다행히 고매하신 모습을 뵐 수 있고 아울러 곁에서 시중들고 있는 다섯 자제분들을 만나게 되어 참으로 영광입니다. 국계(菊溪) 장응두(張應斗)입니다."

춘포 답함, "지난번에 미천한 제 자식 도선이 공을 처음 뵈었는데, 게다가 또 훌륭한 글까지 주시다니, 저로서는 감사함이 그지없습니다. 오늘밤 드디어 직접 뵐 수 있을 뿐만 아니라 아울러 다섯 자식들로 하여금 연회의 말석에서나마 모실 수 있도록 허락해주셨으니 돌이켜 보건대 이 같은 영광이 또 어디 있겠습니까? 제가 지금 일이 좀 있어서 바로 비목재(卑牧齋)에게 가 묻고자 하니 오래 모실 수가 없습니다. 조만간 다시 돌아와 모시도록 하겠습니다."

---

73 도선(道仙) : 북미도선(北尾道仙, 기타오 도센). 강호시대 중기의 의원 겸 한시인(漢詩人). 성은 북미(北尾), 이름은 직(直), 자는 행방(行方). 미농(美濃) 출신. 북미춘포(北尾春圃, 기타오 슌포)의 아들.

양의 비목 권공께 아룀
啓良醫卑牧權公

춘포

"뱃길이 천 리나 막혀 있고 사행길이 몇 만 리나 되는데도 그동안 별고 없이 공의 행차가 이곳에 이르렀으니 매우 다행입니다. 저는 농주(濃州, 美濃國) 대원(大垣)의 변변찮은 의원입니다. 동쪽으로 행차하시던 날 저녁, 우삼방주(雨森芳洲)[74]에게 부탁하여 뵙기를 청하였으나 공께서 노정의 고단함으로 인해 허락하지 않으셔서 지금까지 한으로 여겼습니다. 말씀드리고 싶은 것은 제가 다년간 의술을 행하면서 얻은 바가 좀 있어서 마침내 일가(一家)의 학설을 이루어 근래『정기신론(精氣神論)』[75] 3권을 지었습니다. 무릇 의술의 도를 논한다는 것은

---

[74] 우삼방주(雨森芳洲, 아메노모리 호슈, 1668~1755) : 강호시대 전-중기의 유학자. 이름은 준량(俊良)·성청(誠清), 자는 백양(伯陽), 호는 방주(芳洲)·상경당(尙絅堂)·귤창(橘窓), 통칭은 동오랑(東五郎). 조선에서는 우삼동(雨森東)이라는 이름으로 알려져 있다. 근강국(近江國), 오미노쿠니, 현재의 시가켄) 출신, 일설에는 부친이 개업하고 있던 경도(京都) 출신이라고도 한다. 청납(清納, 기요노리)의 아들. 처음에는 부친의 영향으로 의학에 뜻을 두었지만 얼마 후 이등인재(伊藤仁齋, 이토 진사이) 등을 배출한 당시 경도(京都) 학풍의 영향을 받아 유학으로 전향했다. 18세 무렵 강호에서 목하순암(木下順庵, 기노시타 준안)의 문하에 들어갔고, 신정백석(新井白石)·실구소(室鳩巢) 등과 함께 병칭되었다. 1689년 22세 때 스승의 추천으로 대마부중번(對馬府中藩)에서 일했다. 조선방좌역(朝鮮方佐役, 조센호사야쿠)으로 대조선 외교를 담당하였다. 중국어와 조선어에 능통하여 통신사가 일본에 왔을 때 진문역(眞文役)이 되어 강호(江戶)까지 수행하였고, 참판사(參判使)나 재판역(裁判役) 등 외교사절로서 조선에 가는 조일외교(朝日外交)의 실무에 종사하였다.

[75] 『정기신론(精氣神論)』 : 북미춘포(北尾春圃, 기타오 슌포)가 지은 한방의학서. 3권 1책. 필사본. 정지부(精之部)·기지부(氣之部)·신지부(神之部)로 구성되어 있고, 각각 소제목 아래 의론이 펼쳐져 있다. 첫머리는『동의보감(東醫寶鑑)』내경편의 정기신론처럼 하늘에는 일(日)·월(月)·성(星)의 삼보(三寶)가 있고 사람에겐 정(精)·기(氣)·신

한 마디 말의 득실이 실로 생명의 존망에 관계되기 때문에 정밀하게 연구하고 세밀하게 궁구하지 않을 수 없습니다. 그런데 제가 평범하고 미천해서 사리에 어긋나 온당치 못함이 있을까 두렵습니다. 때문에 공에게 올려 비평을 구하니 살펴주시기 바랍니다. 저에게는 다섯 아들이 있는데 각자 의술을 업으로 계승하고 있습니다. 지금 공께서 제가 논한 것을 한 차례 보시고 옳은지 그 여부에 대해 말씀해주신다면 저만 영광스럽게 여기는 것이 아니라 저의 다섯 아이들도 또한 그 말씀을 영원히 받들 것입니다. 아아, 어미 소가 송아지를 핥아주는 깊은 사랑을 스스로 금할 수가 없습니다. 외람되이 공을 번거롭게 하였습니다. 너그러이 살펴주셨으면 합니다."

一.

비목 답함, "춘륜[76]공께서 근자에 편지 한 통을 보여주셨는데 일이 많아 아직까지 답을 드리지 못했습니다. 부끄러움을 무슨 말로 하겠습

(神)의 세 가지 보물이 있다고 천명하면서 이것을 의학의 기본 3요소로 보았다. 권두에 신유한(申維翰)의 서문이 있고, 권미에 부록으로 소심헌(小心軒) 김광사(金光泗)의 「제춘포명문변설후(題春圃命門辨說後)」가 있으며, 이어 저자와 그의 아들 북미도선(北尾道仙)의 발문이 붙어 있다. 신유한의 『해유록(海遊錄)』 중 「문견잡록(聞見雜錄)」에 "북미춘포(北尾春圃)는 호를 당장암(當壯庵)이라 하였는데, 저술한 『정기신론(精氣神論)』 여러 권에 공부하는 방도가 있는 것 같아 내가 서문을 지어 주었다.[北尾春圃, 號當壯庵, 所著『精氣神論』數卷書, 似有工程, 余爲之序。]"라고 하였다.

76 춘륜(春倫) : 북미춘륜(北尾春倫, 기타오 슌린, 1701~?). 강호시대 중기의 의원(醫員)·한시인(漢詩人). 성은 북미(北尾), 이름은 권(權), 자는 중정(中正). 미농(美濃) 출신. 북미춘포(北尾春圃, 기타오 슌포)의 차남. 1719년 당시 근강국(近江國) 언근(彦根)에 살았다. 경도(京都, 교토)에 가서 이등주경(伊藤周敬, 이토 슈케이)에게 의학을 배워 양체정이조(兩替町二條, 료가에초니조) 하정(下ル町, 사가루마치)에서 개업하였다.

니까? 보잘것없는 견해나마 곧바로 다 밝히고 싶었지만, 길고 짧은 노정에서의 울렁거리는 증세로 숙병이 다시 악화되어 만 가지 가운데 하나도 답을 받들기 어려운 형편입니다. 차례로 보여주신 4권은 마땅히 대판성에 도착한 뒤 틈을 봐가며 자세히 살펴보고 논하여 올리겠습니다."

춘포 아룀, "보여주신 뜻이 비록 간곡하시긴 하지만 아직도 안심이 되지 않습니다. 오늘밤 한 차례 보시면 원하는 바에 위안이 되겠습니다만 어떠하신지요?"

비목 답함, "갑자기 답을 할 수가 없기 때문입니다. 대판성에 도착한 뒤 반드시 논해서 올리겠습니다."

비목 아룀, "보아하니, 댁의 아드님 도선(道仙)의 한묵(翰墨)이 대단하여 참으로 둘도 없는 재자(才子)입니다. 훗날 반드시 큰 그릇이 될 것입니다. 축하드립니다."

춘포 답함, "제 아이들에게 무슨 말할 만한 게 있겠습니까? 과도한 칭송을 받고 보니 얼굴이 붉어질 뿐입니다. 감사합니다."

동(同 : 춘포) 아룀, "공께서는 상백헌(嘗百軒) 기두문(奇斗文)[77]을 아십니까? 신묘년(1711)에 이곳 관소에서 만났는데 지금 별고 없으십니까?"

비목 답함, "그 사람은 신묘년에 과연 의관(醫官)으로 이곳에 왔었습니다. 지금 잘 지내고 있습니다."

---

77 기두문(奇斗文) : 1711년의 통신사행 때 의관(醫官)으로 일본에 다녀왔다. 그때 당시 대원(大垣) 전창사(全昌寺)에서 일본 의원 북미춘포(北尾春圃)와 의학에 관한 문답을 나누었다.

춘포 아룀, "상백헌이 옛날에 저에게, 아들이 있는데 나이가 겨우 두 살이라고 했습니다. 헤아려보니 지금 이미 열 살쯤 되었을 것입니다. 응당 배움에 나아가 학업을 익히며 나날이 나아지고 있을 것입니다. 족하께서 축하의 뜻을 전해주셨으면 합니다. 어떠신지요?"

비목 답함, "기두문 의관께서도 또한 이미 알고 계실 테니, 조선으로 돌아가는 날 족하의 뜻을 전하겠습니다."

소심헌 의백께 아뢰다
啓小心軒醫伯

춘포

"역로(驛路)에 험난함을 넘고 뱃길에 위험을 무릅쓰며 별 탈 없이 동무(東武, 에도)에서 예를 마치셨으니 다행스러움과 위로됨을 무엇으로 비유하겠습니까? 근래 저에게 '명문(命門) 변설(辨說)'에 대한 조목이 있어 지금 족하께 올리니 기쁜 마음으로 한 차례 보시고 한 말씀 해주신다면 어찌 한때의 영광에 머물겠습니까? 실로 종신토록 지극한 보배가 될 것입니다. 또 말씀드리면, 둘째 춘륜(春倫)이 강주(江州)[78] 좌화(佐和)[79]에서 족하께서 동쪽으로 가시던 날 우삼방주(雨森芳洲)에

---

78 강주(江州, 고슈) : 현재의 자하현(滋賀縣) 지역. 근강국(近江國, 오미노쿠니)을 말한다. 율령제(律令制) 하에서는 동산도(東山道, 도산도)에 속하였다. 근강국은 수도인 경도(京都)에서 볼 때 가까이에 있는 담수호라는 의미의 비파호의 옛 이름 근담해(近淡海)에서 유래하였다.

79 좌화(佐和) : 언근(彦根, 히코네)을 말한다. 근강국(近江國)에 속하고, 현재의 자하현

게 부탁해서 『심하허실론(心下虛實論)』[80]을 올려 바로잡아주실 것을 청하자, 족하께서 그것을 동도(東都, 에도)로 가지고 가 서문 몇 마디를 써 주신다기에 춘륜이 그것을 알고 춤을 출 정도로 좋아하였습니다. 저 또한 감사함을 이루 말로 다 할 수 없었습니다. 감사합니다."

소심헌 답함, "저는 본래 질병이 많은데다 이곳에 온 뒤에도 수토(水 土)에 적응하지 못해 염증이 다시 생기고 현기증으로 매우 고통스러워 천 리 길 내내 울렁거리고 정신이 혼미하여 기운을 차릴 수 없었습니 다. 또 식견이 천박하고 글을 짓지 못하여 하시는 말씀에 부응하지 못 하니 송구스럽고 한탄스럽습니다. 이미 피할 수 없으니 대판(大坂)에 가 머문 뒤에 마땅히 지어 올리겠습니다."

춘포 다시 답함, "공의 뜻을 잘 알겠습니다. 그러하시다면 낭속(浪速 : 오사카)에 머무시는 동안 반드시 살펴주셨으면 합니다."

두 공께 아뢰다
啓二公

춘포

一. 두 공께서 피곤하신데도 마다하지 않으시고, 가르치고 살펴주

(滋賀縣, 시가켄) 언근시(彦根市, 히코네시)이다.

80 『심하허실론(心下虛實論)』 : 강호시대 중기의 의원 겸 한시인(漢詩人) 북미춘륜(北 尾春倫, 기타오 슌린, 1701~?)이 편찬한 의서(醫書).

심이 매우 정성스러워 뛸 듯한 기쁨을 어찌 다할 수 있겠습니까? 밤은
깊고 시간이 다 되어 머무를 수 없으니 지금 하직해야만 하겠습니다.
아아, 만나고 헤어지는 것이 순식간이라 슬프고 암담하여 무슨 말을
해야 할지 모르겠습니다. 어찌하겠습니까?

비목재·소심헌께 부치다
寄卑牧齋小心軒書

동(同 : 춘포)

하교(河橋)에서 한 차례 헤어지고 나서 며칠 동안 심란하였는데 먼
길에 편안하셨는지요? 돌아오는 수레가 이미 난파[81]에 닿았을 것으로
생각됩니다. 지난번에 우삼방주(雨森芳洲)가 잘 소개해주어 빈관에서
공들을 뵙고, 순후한 은덕에 감읍하여 외람되이 훌륭한 가르침을 받
들었으니 실로 일생의 큰 행운이며 지금에 이르도록 기쁘기 그지없습
니다. 외람되지만 드렸던 『정기신론(精氣神論)』의 '명문(命門) 변설(辨
說)'에 대해 한 말씀 해주셨는지요? 깨진 시루를 구정(九鼎)보다 소중
히 할 수 있는 것은 실로 여러 공들의 한 마디에 달려 있습니다. 때문
에 외람되이 스스로를 헤아리지 못하고 다시 공들을 번거롭게 하고
있습니다. 만약 이미 지으셨다면 그것을 우삼방주에게 부탁하여 전달
해 주시기를 간절히 바랍니다. 아아! 새로 알게 된 즐거움이 아직 다

---

81 난파(難波) : 대판(大阪, 오사카). 대판을 난파 이외에도 낭화(浪華)·낭화(浪花)·낭
속(浪速)이라고도 한다.

하지 않았는데, 이별의 슬픔이 아련히 밀려와 서쪽과 동쪽에서 서로
바라볼 것이니, 한스러움 어찌하겠습니까? 다행히 기러기 편에 한 차
례 회신을 주신다면 이별한 뒤의 마음에 조금은 위안이 될 것입니다.
살을 에는 추위에 천만 번 보중하십시오. 이만 줄입니다.

춘륜창화(春倫唱和)

언근전회(彦根前會)

향보(享保) 4년 기해년(1719) 9월 14일 조선 사신들이 강주(江州, 近
江國) 언근(彦根)에서 묵었다. 내가 일이 있어 객관에 갈 수 없어서 서
신과 시편을 대마도 유신(儒臣) 우삼방주(雨森芳洲)에게 부탁하여 학사
신청천, 서기 강경목자·성소헌·장국계, 양의(良醫) 권비목에게 부쳤
다. 다음날 농주(濃州, 美濃國) 대원(大垣)에 이르러서야 각각 화답시가
있었다.

○ 제술관 저작 청천 신공께 아뢰다
奉呈製述官著作青泉申公案下啓

춘륜

생각건대, 신령스러운 배를 바다에 띄우고 신선이 탄 수레로 구름
을 헤치는 것이 마치 일시에 옥마(玉馬)를 뵙는 것 같고, 백성들이 발
돋음 하여 흡사 천길 높이의 금산(金山)을 바라보는 듯하였으며, 수많

은 사람들이 앞을 다투어 탄탄대로에서 구경하니 세상에서 보기 드문 지극한 광영이었습니다. 삼가 생각건대, 제술관 저작 청천 신공께서는 형산(荊山)에서 나는 박옥[82]의 진기함과 주나라 이(彝)[83]의 고범(古範)이어서 옛 가르침을 말씀으로 일깨워주셨고 세운 계획을 행동으로 실천하셨습니다. 얼굴빛은 부드러우면서도 온화하여 산사에 봄바람을 머금은 듯하였고, 기상은 맑으면서도 정숙하여 가슴에 가을서리가 가로 서린 듯하였습니다. 일찍부터 성인의 강에 배를 띄우고 예악의 무대에서 유영(游泳)하시더니 드디어 잔도(棧道)로 봉관(蓬觀)[84]에 들어와 전적(典籍)의 숲에서 두루 거닐며 노니셨습니다. 문장은 절로 기저(機杼)[85]에서 나와 힘이 백균(百鈞)[86]을 당길 만하고, 시부(詩賦)는 무릇 연하(烟霞)를 빼앗아 그 재주가 천고를 뛰어넘으셨습니다. 만 리 산천을 두루 밟고 다니실 테니 바람을 타고 파도를 가르는 장대한 뜻이 있을 것이요, 반년이나 승경을 유람하실 테니 계곡에서 솟구쳐 하늘로 오르는 빼어난 기상을 기르시겠지요. 은해(銀海)[87]가 펴진 강산은 빛을

---

82 형산(荊山)에서 나는 박옥 : 초인(楚人) 변화(卞和)가 형산(荊山)에서 캤다는 보옥(寶玉).

83 주나라 이(彝) : 주나라 제기에 새겨진 명문(名文).

84 봉관(蓬觀) : 한(漢)나라 때 궁중의 저술을 관장하고 서적을 보관하던 곳의 이름으로, 낙양(洛陽)의 남궁(南宮)에 있는데, 일명 봉관(蓬觀)이라고도 하였다. (『후한서(後漢書)』「효안제기(孝安帝紀)」)

85 기저(機杼) : 베틀의 북인데, 비유하여 문사(文辭)의 결구(結構)를 이르는 말. 『위서(魏書)』「조형전(祖瑩傳)」에 "文章須自出機杼, 成一家風骨, 何能共人同生活也?"라고 하였다.

86 백균(百鈞) : 균은 30근으로 백균은 3,000근을 뜻한다. 곧 손으로 들지 못할 정도의 무거운 물건이나 또는 몹시 무겁다는 의미를 뜻한다.

내 광휘를 드날리고, 깃발이 향하는 들판은 명성을 알고 덕을 우러러
볼 것입니다. 이와 같은 신하가 있다면 멀고 가까운 곳에서 일제히 흠
모하여 복명하게 되니 이렇다 할 복록이 없더라도 권세를 쉽게 주울
수 있을 것입니다. 저는 가난한 집[88]의 용렬한 사람이요 여염집의 쓸
데없는 물건이며, 노둔한 말이라 걸음걸이가 둔하고 작은 언덕이라
송백이 자랄 수 없어, 앞의 일은 본받을 만한 것임을 알면서도 매양
재주가 낮아 잘하기 어려워 그저 탄식할 뿐입니다. 준치[89]를 여러 차
례 잘못 알았으니 부적의 서록[90]과 다름이 없고, 생긴 대로 어리숙하
게 살고 있으니 어찌 여상의 협낭[91]에 거두어질 수 있겠습니까? 다행
히 황하의 물이 맑아진 번창한 시절에 만나 친히 이웃나라의 성대한
의례를 보았고, 풍도를 듣고 덕행에 흠모되어 호연히 흥이 나 심적으

---

87 은해(銀海) : 옛날 제왕의 능묘(陵墓) 속에 설치한 인공 호수로, 곧 능침(陵寢)을 뜻한
   다. 『한서(漢書)』「유향전(劉向傳)」에 "진시황(秦始皇)을 여산(驪山)에 장사지낼 때 수
   은으로 강해(江海)를 만들고 황금오리를 띄워 놓았다."고 하였다.
88 가난한 집[蓬蓽] : 쑥이나 가시덤불로 지붕을 이었다는 뜻으로, 가난한 사람의 집을
   이르는 말.
89 준치(蹲鴟) : 토란의 이칭으로, 토란의 크기가 쭈그리고 앉은 올빼미만 하다 하여 이렇
   게 부르고 있다.
90 부적(傅迪)의 서록(書簏) : 부적(傅迪)은 책 읽기를 좋아했지만 그 의미를 파악하지
   못한 사람이고, 이러한 사람을 서록(書簏)이라고 하였다. 서록은 원래 책을 보관하는 대
   나무로 만든 상자이다.
91 여상(呂相)의 협낭(夾囊) : 여상낭중(呂相囊中). 여상은 북송인(北宋人) 여몽정(呂
   蒙正, 944~1016)을 가리킨다. 자는 성공(聖功). 단공(端拱) 때 재상을 역임하였다. 청
   렴결백하였으며 인재 등용을 중시하였다. 여몽정이 끼고 다니는 전대 속에는 책자(冊子)
   가 있어서 매양 사방의 사람들이 와서 알현하면 어떤 사람이 재객(才客)인지를 물어 뒷
   날 조정에 상소를 올려 등용케 하였다. 끼고 다니는 주머니 속에서 어진 인재를 취했다는
   의미이다.

로나 정신적으로 깊이 경모하게 되었습니다. 문득 충심을 술회하였으
니 청안(靑眼)으로 반갑게 보아주시면 다행이겠습니다. 엎드려 생각건
대, 크고 넓은 은혜로 특별히 살펴주시고 생각해주셨으면 합니다. 이
만 줄이면서 삼가 아룁니다.

저의 성은 북미(北尾)이고, 이름은 권(權)이며, 자는 중정(中正)이고,
호는 춘륜(春倫)인데, 유주(柳洲)라고도 부릅니다. 농주(濃州, 美濃國) 대
원(大垣) 사람입니다. 지금은 강주(江州, 近江國) 언근(彦根)에서 살고 있습
니다.

청천 신공께 드리다
呈青泉申公

춘륜

큰 강가에 금구성 우뚝 솟아 있는데 좌화성(佐和城)[92]을

---

92 좌화성(佐和城) : 신유한의 『해유록(海遊錄)』 중(中) 9월 14일 기록에 의하면, "안토령
(安土嶺)을 지나서 저물녘에 좌화성(佐和城)에 도착하였다. 사관(使館)은 종안사(宗安
寺)였다. 절 뒤에 언근산(彦根山)이 있어서 좌화를 일명 언근성이라 하였고, 또 택산(澤
山)이라 부르기도 한다. 성은 못이 둘러 있고 풍요로워 가옥과 인민, 점포의 물건, 놀이와
구경의 사치함이 매우 성하였다. 산에 의지하여 성을 쌓았는데 치첩(雉堞)이 높아서 숲
밖에까지 솟아나 있다. 물을 끌어들여 참호를 만들었는데 깊고 넓어 넘어갈 수가 없다.
참호 위쪽에 있는 거리의 집들이 기이하고 곱기가 그림 속의 경치와 같다.[過安土嶺,
暮抵佐和城, 使館宗安寺。寺後有彦根山, 故佐和一名彦根城, 又號澤山。城池饒而豐,
室廬人民貨肆遊觀之侈甚盛。依山築城, 雉堞峨峨出林表, 引水爲濠, 深廣難越。壕上
町屋, 奇麗若畫中景。]"라고 하였다.

금구(金龜)라고도 한다.

하룻밤 고상한 사람 자류마[94] 멈추었네

가을비 갠 북두 사이에 용천검 기운[95] 흐르고

바람 고요한 외로운 관사엔 객정이 넘치는구나

동궁에서 으뜸으로 뽑힌 한공[96]의 짝이요

품평으로 옥적에 오른 계보[97]의 무리로세

사신에게 영예 있고 대륙의 장식 풍부하니

울적함으로 등루부[98] 지을 필요 없겠구려

金龜城聳[93]大江頭

一夜高人駐紫騮

秋霽斗間龍氣動

風怗孤館客情優

肜宮首選韓公侶

玉籍品題桂父儔

使節有榮陸裝富

不須鬱鬱賦登樓

---

93 신유한의 『해유록(海遊錄)』중(中) 9월 14일 기록에는 '용(聳)'자가 '옹(擁)'자로 되어 있다.

94 자류마(紫騮馬) : 털빛이 밤빛인 준마.

95 북두 사이에 용천검 기운[斗間龍氣] : 진(晉)나라 무제(武帝) 때 두우(斗牛) 사이에 자기(紫氣)가 뻗치는 것을 보고, 뇌환(雷煥)이 용천(龍泉)과 태아(太阿)라는 두 명검(名劍)을 얻었던 고사가 있다. (『진서(晉書)』권36)

96 동궁(肜宮)에서 으뜸으로 뽑힌 한공(韓公) : 한공은 한문공(韓文公) 한유(韓愈). 당송팔대가 중 으뜸으로 뽑혔다.

97 품평으로 옥적에 오른 계보(桂父) : 옥적은 선인(仙人)의 명부. 계보(桂父)는 『열선전(列仙傳)』에 등장하는 선인 가운데 한 사람.

98 등루부(登樓賦) : 후한 말 위(魏)나라 왕찬(王粲)이 동탁(董卓)의 난리를 피하여 형주(荊州)의 유표(劉表)에게 몸을 의탁하고 있을 적에, 유표에게 대우를 잘 받지 못하자 고향 생각이 절실하여 강릉(江陵)의 성루(城樓)에 올라가 고향 하늘을 바라보며 〈등루부(登樓賦)〉를 지은 고사가 전한다. (『삼국지(三國志)』「왕찬전(王粲傳)」)

또 드리다
又

일찍 벼슬길에 올라	夙得靑雲路
넓은 하늘 자유자재로 날았다지	天衢自在飛
황금으로 만든 연꽃⁹⁹ 향기 나고	金蓮香氣襲
궁중 비단옷 임금 은혜 빛났다네	宮錦主恩輝
뉘라서 웅변 대적할 수 있으랴	雄辨誰能敵
뛰어난 재주 세상에 드물다네	英才世所希
성대한 명성 일본에 알려졌고	盛名流日域
덕성 지닌 용모 얼마나 헌걸찬가	德貌亦何頎

춘륜께서 주신 시에 화답하다
奉和春倫惠贈

청천

젊어서부터 아름다운 명성 자자하여	籍甚佳名自黑頭
천금 같은 대관에서 화류마¹⁰⁰ 내어주었지	千金臺館出驊騮
갑 속에는 뇌우 같은 탄식 장엄하고¹⁰¹	匣中雷雨悲吟壯

---

99 황금으로 만든 연꽃[金蓮] : 금련촉(金蓮燭). 당(唐)나라 영호도(令狐綯)가 대궐에서
야대(夜對)하다가 밤이 깊어 돌아갈 때, 천자가 황금으로 장식한 연꽃 모양[金蓮]의 등촉
(燈燭)과 승여(乘輿)를 주어 보내자, 학사원(學士院)의 관리들이 멀리서 바라보고는 천
자의 행차인 줄로 알았다는 고사가 있다. (『신당서(新唐書)』「영호도열전(令狐綯列傳)」)
100 화류마(驊騮馬) : 중국 기주(冀州) 북방에서 생산되는 대추 빛깔의 준마(駿馬).
101 갑 속에는 뇌우 같은 탄식 장엄하고[匣中雷雨悲吟壯] : 전욱(顓頊)이 예영(曳影)이

붓 끝에는 강산의 흥취 여유롭네	筆下江山漫興優
해 저무니 물가 갈매기는 물결 자취 따르고	歲晚汀鷗隨浪跡
달 밝으니 거문고와 학 좋은 짝으로 마주하네	月明琴鶴對良儔
함께 전해지리라, 호기 많은 호해에서	共傳湖海多豪氣
백 척이나 높은 누대에 누운 진원룡102과	高臥元龍百尺樓
객창에 낙엽 지는 소리 들리는데	客窓聞墜葉
적막한 기러기 높이 나는구나	寥落雁高飛
절로 남명의 날개103에 의지한 채	自倚南冥翼
멀리 북두의 광휘를 바라보네	遙瞻北斗輝
뗏목 탔어도 사람 보이지 않고	乘槎人不見
경쇠 쳐도 세상에 바라기 어렵구나104	擊磬世難希

라는 명검을 써서 사방을 정벌하였는데, 그 검을 사용하지 않고 상자 속에 보관하고 있을 때에는 용과 범이 신음하는 듯한 소리[如龍虎之吟]가 새어 나왔다고 한다. (『습유기(拾遺記)』「전욱(顓頊)」)

102 호해에서 …… 진원룡과[共傳湖海多豪氣, 高臥元龍百尺樓] : 허사(許汜)가 유비(劉備)와 이야기를 나누던 중에 "진원룡(陳元龍, 陳登)은 호해지사(湖海之士)로 아직도 호기가 없어지지 않았더라. 나를 손님으로 대하려는 뜻도 없이 오랫동안 아무 말도 하지 않더니, 자기는 큰 침상 위에 드러눕고 나는 그 아래 침상에 눕게 하더라."라고 불평을 하자, 유비가 "구전문사(求田問舍)나 하는 당신에게는 그 정도라도 대접을 잘해 준 것이다."라고 진등을 옹호하면서 "만약 나였으면, 나 자신은 백척루(百尺樓) 위에 눕고 그대는 땅바닥에 눕도록 했을 것이다. 어찌 위아래 침상의 차이만 두었겠는가."라고 대답한 고사가 있다. (『삼국지(三國志)』「진등전(陳登傳)」)

103 남명의 날개[南冥翼] : 남쪽 바다로 날아가는 붕새. 『장자』「소요유(逍遙遊)」에 "붕새가 남쪽 바다로 날아갈 때는 물을 3천 리나 박차고 회오리바람을 타고 9만 리나 날아오른 뒤에야 6월의 대풍을 타고 남쪽으로 날아간다.[鵬之徙於南冥也, 水擊三千里, 搏扶搖而上者九萬里, 去以六月息者也.]"라고 하였다.

104 뗏목 탔어도 …… 바라기 어렵구나[乘槎人不見, 擊磬世難希] : 앞의 시구는 진시황

유독 화답하며 노래하기 좋아하니　　　　　　　　　獨喜歌相和
선랑은 아름답고 또 헌걸차구려　　　　　　　　　　仙郎美且頎

　제가 넓은 바다를 건너 동쪽으로 향하면서 산천·성곽·구름과 달·초목 등과 더불어 아침저녁으로 음풍농월한 시들마다 신선의 기운이 깃들어 있어 스스로 이번 사행에서 요지(瑤池)의 승사(勝事)[105]를 얻었다고 생각하였는데, 또 그대의 시묵(詩墨)을 받들게 되어 주수(珠樹) 낭간(琅玕)[106]이 바다에서 나는 물상임을 더욱더 믿게 되었습니다. 이 한 폭(幅)을 가지고 돌아가 세상 사람들에게 자랑하면서 저의 세상 밖의 기이한 유람을 드러낼 수 있게 되었습니다. 참으로 감사하고 소중합니다. 저는 본래 시가[聲]에 재주가 없는데 족하를 위해 억지로 거문고 줄을 당겼으니 한 차례 봐주시기를 청합니다. 길 가는 동안 연일 몹시 번잡하여 거칠게 썼습니다. 말로 어찌 다 아뢸 수 있겠습니까?

때에 방사(方士) 서불(徐市)이 불사약(不死藥)을 구하기 위하여 동남동녀(童男童女) 5백 명을 데리고 동해의 삼신산(三神山)으로 들어갔다는 고사를 취하였고, 뒤의 시구는 『논어』「미자편(微子篇)」에, "소사인 양과 경쇠를 치던 양은 바다에 들어갔다.[少師陽擊磬襄入於海。]"라고 한 데서 나온 은사(隱士)를 바라는 뜻을 담았다.

105　요지(瑤池)의 승사(勝事) : 요지는 서왕모(西王母)가 사는 곳. 서왕모는 옛날 선인(仙人)인데 주(周)나라 목왕(穆王)이 서쪽으로 요지에 이르러 서왕모에게 축수를 올리고 서로 노래로 화답하였던 고사가 있다.

106　주수(珠樹) 낭간(琅玕) : 주수는 구슬 달린 나무로 삼주수(三珠樹)를 말한다. 삼주수는 전설 속의 진귀한 나무로 염화(厭火) 북쪽 적수(赤水) 가에 자라는데 측백나무 잎과 비슷하고 잎은 모두 구슬이 된다고 한다. (『산해경(山海經)』「해외남경(海外南經)」) 낭간은 『포박자(抱朴子)』「거혹(袪惑)」에 "곤륜산에 주옥(珠玉)이 열리는 나무가 있는데, 사당(沙棠)과 낭간(琅玕)과 벽괴(碧瑰)의 나무가 그것이다."라고 하였다. 여기서는 둘 다 상대방의 시를 높여서 표현한 말이다.

이 사이에 정사의 서기 강경목자 등에게 준 여러 편의 시가 있으나 화답한 시편이 없기 때문에 기록하지 않는다.

서기 소헌 성공께 드리다
奉呈書記嘯軒成公啓

춘륜

생각건대, 두 나라가 대려의 맹세[107]를 맺은 것은 융창한 시기의 성대한 일로 하루에 난새와 봉황이 머물고 있는 언덕을 보게 되었으니 이 시대의 훌륭한 광경입니다. 예로부터 의관(衣冠)에는 어진 이웃나라의 제도가 많고 하늘에 의지한 태산북두에는 온 나라 사람들의 위대한 명망이 걸려 있어, 높은 풍모를 경모하여 한 자 비단 편지[108]를 써서 성심을 말씀드립니다. 서기 소헌 성공께서는 육경(六經)에 심취하고 도(道)는 삼대(三代)에 근원을 두셨습니다. 덕용(德容)이 온윤(溫潤)하시어 신선세계의 척도처럼 의젓하고, 의기는 강직하시어 주현의 줄처럼 늠연하여, 진실로 인간세상 가운데 빼어난 분이시니, 어찌 나

---

107 대려(帶礪)의 맹세 : 한나라 고조가 천하를 통일한 뒤에 공신(功臣)들을 봉하고 결의하기를 "황하(黃河)가 허리띠처럼 가늘어지고, 태산(泰山)이 숫돌만큼 닳도록[河山帶礪] 나라를 길이 편안하게 하여 자손에게 전하자."라고 하여 변(變)하지 않은 굳은 맹세를 뜻한다.

108 한 자 비단 편지 : 진(晉)나라 육기(陸機)의 〈음마장성굴행(飮馬長城窟行)〉이라는 악부시(樂府詩)에 "멀리서 온 손님, 잉어 두 마리 전해 주네. 아이 불러 요리하라 부탁했더니, 그 속에서 나온 한 자 비단 글이 있네.[客從遠方來, 遺我雙鯉魚。呼兒烹鯉魚, 中有尺素書。]"라는 구절이 있다.

라의 보배가 아니겠습니까? 샘솟듯 끝없이 흘러나오는 말은 반악(潘岳)의 강과 같은 재주를 좁게 만들어 버리고 육기(陸機)의 바다와 같은 재주마저 작게 만들어 버렸으며[109], 빛나는 재주는 가의(賈誼)의 벽루(壁壘)를 깎아버리고 조식(曹植)의 담장을 낮게 만들어 버렸습니다.[110] 대궐의 붉은 섬돌에서 책문(策問)으로 관리에 선발되어 어탑(御榻)[111] 곁에서 의기가 당당하였고, 담묵(淡墨)으로 제명(題名)하여[112] 과장(科場) 안에 향기가 진동하였습니다. 낯선 지역으로 사역(使役)을 수행하러가는 것은 진실로 사사로운 것이 아닙니다. 만 리 멀리 배를 띄우는데 신이 어찌 보호하지 않겠습니까? 긴 언덕길에서 말을 달리는 것은 왕존(王尊)과 같은 충심[113]이 있어서요, 백운을 바라보며 집 생각하는 것은 적인걸(狄仁傑)의 효심[114]이나 다름이 없습니다. 말을 달려[115] 아

---

109 반악(潘岳)의 강과 같은 …… 작게 만들어 버렸으며 : 남조(南朝) 양(梁)의 종영(鍾嶸)이 그의 『시품(詩品)』 상권에서 "육기의 재주는 바다와 같고, 반악의 재주는 강과 같다.[陸才如海, 潘才如江。]"라고 평한 데에서 비롯되었다.

110 빛나는 재주는 …… 낮게 만들어 버렸습니다 : 가루(賈壘)와 조장(曹牆)은 각각 사부(辭賦)의 대가인 한(漢)나라 가의(賈誼)와 삼국시대 위(魏)나라 문장가 조식(曹植)을 가리킨다. 두보의 〈장유(壯游)〉 시에 "기운은 굴원과 가의의 보루를 무너뜨리고, 시야는 조식과 유정의 담장을 낮추었네[氣劘屈賈壘, 目短曹劉牆。]"라는 시구에서 비롯되었다.

111 어탑(御榻) : 임금이 앉는 상탑(牀榻).

112 담묵(淡墨)으로 제명(題名)하여 : 과거에 급제함을 뜻한다. 담묵은 진하지 않은 먹물을 말하는데, 당(唐)나라 때 진사방(進士榜)의 첫머리에 있는 '예부공원(禮部貢院)'이라는 네 글자를 반드시 담묵으로 썼던 데서 온 말이다.

113 왕존(王尊)과 같은 충심 : 사천성(四川省) 공래산(邛郲山)의 구절판(九折阪)을 넘을 때, 한(漢)나라 왕존(王尊)이 마부를 꾸짖으면서 말하기를 "왕양(王陽)은 효자라서 자기 몸을 아꼈지만, 나는 충신이니 말을 빨리 몰아라."라는 고사가 있다. (『한서(漢書)』「왕존전(王尊傳)」)

114 백운(白雲)을 바라보며 집 생각하는 것은 적인걸(狄仁傑)의 효심 : 당나라 때 적인

름다운 명성 크게 떨치셨으니, 고향에 돌아가거든[116] 영예로운 복록이
가만히 있어도 오를 것입니다. 헤아려보건대, 해내의 보잘것없는 집안
사람들 가운데 하품(下品)이어서 심령에 운치가 없고 골상은 매우 평
범한데 변변치 않은 음식[117]을 달게 먹으면서 하염없이 기름을 태워[118]
스스로 근면하고자 합니다. 지렁이와 개미처럼 기복(起伏)할 뿐인데
어찌 하늘을 논할 수 있으며, 작은 메추라기를 향해 창 날리는 것을
익혔을 뿐인데 어찌 큰 바다를 알겠습니까? 변변치 못한 재주로 어찌
나아가겠습니까? 저를 좋게 소개하느라 사인(舍人)의 선용(先容)[119]을
번거롭게 할 수 없습니다. 외람되이 보잘것없는 시를 드리지만, 공부
(工部, 杜甫)의 훌륭한 글을 얻는 것이 소원입니다. 엎으려 바라건대,

걸(狄仁傑)이 병주법조참군(幷州法曹參軍)으로 나가 있을 적에 부모님이 하양(河陽)에
계셨다. 그가 태항산(太行山)에 올라가 하양을 돌아보다가 흰 구름이 외로이 나는 것을
보고는 좌우(左右)에게 "우리 부모님이 저 밑에 계신다."라고 하고, 한참 동안 슬피 바
라보다가 구름이 사라진 뒤에야 갔다는 고사가 있다. (『신당서(新唐書)』「적인걸전(狄仁
傑傳)」)

115 말을 달려[載馳載驍] : 조정의 명을 받들고 나와 임무를 수행하는 것을 말한다. 『시
경』「소아(小雅)」〈황황자화(皇皇者華)〉에 "말을 달려, 이에 두루 묻고 살피도다.[載馳
載驅, 周爰咨諏。]"라는 시구에서 나왔다.

116 고향에 돌아가거든[言還言歸] : 『시경』「소아(小雅)」〈황조(黃鳥)〉제1장에 "돌아가리
돌아가리, 내 나라 내 가족으로[言旋言歸, 復我邦族。]"라고 한 데서 유래하였다.

117 변변치 않은 음식[韰鹽] : 한유(韓愈)의 「송궁문(送窮文)」에 "태학에서 공부하는 4년
동안 아침에는 부추를 먹고 저녁에는 소금국을 먹었다.[太學四年, 朝韰暮鹽。]"라고 한
데서 나왔다.

118 기름을 태워[焚膏油] : 한유(韓愈)의 〈진학해(進學解)〉에, 독서와 저술을 하느라고
"등잔불을 밝혀 낮을 이으면서 항상 똑바로 앉아 세월을 보내곤 하였다.[焚膏油以繼晷,
恒兀兀以窮年。]"라는 글이 있다.

119 선용(先容) : 원래는 남을 좋게 소개하여 등용시키는 것을 뜻하는데, 여기서는 우삼씨
를 통해 춘륜의 시를 소헌에게 전달한 일을 말한다.

넓은 자비로 특별히 사랑해주시고 살펴주셨으면 합니다. 삼가 아뢰며
이만 줄입니다.

소헌 성공께 드리다
呈嘯軒成公

동(同 : 춘륜)

멀리 한강변에서 오신 신선 손님	仙客遙來自漢濱
풍운에 옷소매 떨치고 붉은 수레 탔네	雲裾風袂駕朱輪
등림의 기이한 나무120는 조정의 재목이요	鄧林奇木廟廊具
창해의 아름다운 구슬은 천하의 보배로세	滄海美珠天下珍
어찌하면 백아의 줄로 유수곡 탈 수 있을까121	焉得牙絃弄流水
다만 영 땅의 노래122 양춘곡 듣기만 하네	徒聞郢曲唱陽春
언제나 용문에 올라123 맑은 위의 부여잡고	膺門何日攀淸範

---

120 등림의 기이한 나무[鄧林奇木] : 등림(鄧林)은 좋은 나무만 자라는 신선 세계에 있는
숲. 『산해경(山海經)』 「해외북경(海外北經)」에 "과보가 해를 쫓아가다가 8일 만에 목이
말라 하위(河渭)에서 물을 먹고 부족하여 북쪽 대택(大澤)으로 물을 마시러 가다가 이르
지 못하고 죽었는데, 그가 짚고 간 지팡이가 화해서 등림(鄧林)이 되었다."라고 하였다.

121 백아의 줄로 유수곡 탈 수 있을까[牙絃弄流水] : 백아(伯牙)가 거문고로 연주한 〈고
산유수곡(高山流水曲)〉을 가리킨다. 백아가 일찍이 고산(高山)에 뜻을 두고 거문고를
타면 종자기(鍾子期)가 "훌륭하다, 높고 험준한 것이 마치 태산(泰山) 같구나."라고 하였
고, 유수(流水)에 뜻을 두고 거문고를 타면 "훌륭하다, 광대한 것이 마치 강하(江河) 같구
나."라고 하여 백아의 생각을 종자기가 다 알고 있었다고 한다.

122 영 땅의 노래[郢曲] : 초(楚)나라 서울인 영(郢) 땅에서 부른 곡조로, 〈양춘곡(陽春
曲)〉·〈백설가(白雪歌)〉 등 수준이 높은 곡을 말한다.

123 용문에 올라[膺門] : 응문(膺門)은 용문(龍門)과 같은 뜻. 이응(李膺)은 후한(後漢)

| 오묘한 말과 고상한 담론으로 인품에 취할까 | 妙話高論醉德醇 |

비서성의 만 권 서책 다 읽었으니	秘書萬卷讀來豊
누가 다시 시모임에서 공을 압도하리오	誰復詞場得壓公
채색붓 높이 휘둘러 시로 세상 놀라게 하니	彩筆高揮語驚世
기이한 꿈 문통만 꾸었다[124]고 어찌 말하랴	何論奇夢屬文通

춘륜의 시에 화답하다
和呈春倫詞案

소헌

비파호 물가에 집을 지었는데	卜築琵琶湖水濱
고요하여 편안히 걸으니 주륜과 진배없네[125]	靜來安步當朱輪
영중의 높은 노랫가락 누가 능히 화답할까	郢中高調誰能和
주후[126] 같은 신묘한 처방 절로 진귀하네	肘後神方也自珍

환제(桓帝) 때 고사(高士)였는데, 선비들이 그의 문에 이르러 용접(容接)을 받으면 마치 용문(龍門)에 오른 것처럼 여겼다고 한다. (『후한서(後漢書)』「이응전(李膺傳)」)

124 채색붓 높이 휘둘러 …… 기이한 꿈 문통만 꾸었다[彩筆高揮語驚世, 奇夢屬文通] : 문통은 남북조시대의 문인 강엄(江淹)의 자이다. 강엄은 젊었을 때 꿈에 신인(神人)이 오색필(五色筆)을 주었는데, 그 후로 그의 문학적 재주가 발전되어서 명성을 떨치게 되었다고 한다.

125 편안히 걸으니 주륜과 진배없네[安步當朱輪] : 전국시대 제나라 은사(隱士) 안촉(顔斶)이 "늦게 먹음으로써 고기 맛과 진배없게 하고, 편안히 걸음으로써 수레에 앉은 것과 진배없게 한다.[晚食以當肉, 安步以當車.]"라고 한 고사에서 나왔다. (『전국책(戰國策)』「제책(齊策)」) 주륜(朱輪)은 바퀴에 붉은 칠을 한 수레로 한나라 때 존귀한 사람들이 탔다.

126 주후(肘後) : 주후(肘後)는 진(晉)나라 갈홍(葛洪)이 겨드랑이에 끼고 다닐 수 있을

일심으로 만물 균등하게 구제함을 알았고	已識一心均濟物
오래도록 만병을 다시 회춘케 하였구려	長敎萬病更回春
신선 거처 많은 곳에 있지 않음을 아는데	仙居知在無多地
어찌하면 순박한 기운 직접 느낄 수 있을까	那得親薰氣味醇
몇 이랑 호숫가의 밭 풍년 들어 즐거우니	數頃湖田樂歲豊
백 년 동안의 청복 뉘라서 그대와 같으랴	百年淸福孰如公
붓끝엔 절로 사람 놀랠 만한 시어 있으니	毫端自有驚人語
헌원씨의 기백[127]만 꿈에 통하는 것 아닐세	不獨軒歧夢裏通

어제 좌화(佐和)에서 투숙하였는데, 방주(芳洲)께서 춘륜(春倫) 북미(北尾) 공의 시장(詩章)을 몸소 가지고 와 전하면서 "춘륜은 곧 춘포공(春圃公)의 자제입니다. 춘포에게는 다섯 아들이 있는데 모두 재덕이 뛰어나며 춘륜이 제일 났습니다."라고 하였습니다. 제가 비록 춘포공 집안의 이력을 아직 살피지 못했지만 선행을 거듭하여 좋은 일이 자손에게까지 대대로 미치고 있음을 진실로 알았습니다. 지금 대원(大垣)에 도착하였는데 방주(芳洲)께서 또 몸소 여러 편의 시를 가지고 와 보여주면서 "도선(道仙)은 춘륜의 몇 번째 아우이고, 춘달(春達)은 도선의 몇 번째 아우입니다."라고 하였습니다. 그 시를 읽어보니 모두 원활(圓活)하고 청기(淸綺)하여 옛사람의 풍격(風格)이 있었습니다. 대개 춘포의 덕이 그 아들을 성공시켰고, 춘륜의 어짊이 부친의 아름다

정도로 간편하게 만든 의서(醫書) 『주후비급방(肘後備急方)』을 말한다.

127 헌원씨의 기백[軒歧] : 의약(醫藥)의 시조(始祖)로 알려진 황제(黃帝) 헌원씨(軒轅氏)와 그의 신하 기백(岐伯)을 말한다.

움을 이었음을 알았습니다. 감탄한 나머지 삼가 화운시를 지어 외람
되이 청안(淸眼)을 더럽힙니다. 저의 성은 성(成)이고 이름은 몽량(夢
良)이며 자는 여필(汝弼)입니다. 소헌이 대원에 이르렀기 때문에 이에 이 화운시
가 있다.

서기 국계 장공께 아뢰다
奉呈書記菊溪張公啓

춘륜

용문(龍門)으로 가는 길이 막혀 있어도 남몰래 덕망을 앙모하는 정성
을 쌓아왔고, 빛나는 은하가 하늘에 있어도 다만 인(仁)에 의지하고 싶
은 소원만을 품었습니다. 늠연한 두터운 우의에 마치 사사로운 마음처
럼 애달픕니다. 삼가 생각건대, 서기 국계 장공께서는 상서로운 세상의
위대한 재사(才士)이고, 나라를 밝게 만드는 슬기로운 대문장가[128]이십
니다. 시서를 숭상하고 예악에 통달하여 성인의 마음을 깊이 살폈으며,
자사(子史)를 암송하고 문장을 잘 지어 심히 작가의 본체를 얻으셨습니
다. 손으로 곤륜산과 태산·화산을 가를 정도로 필력이 매우 굳세며,
기세는 동정호와 팽려호의 물을 삼킬 정도이니 도량이 얼마나 관대합
니까. 온화하고 선량한[129] 의용과 굳세고 빼어난 지절은 본보기로 삼아

---

128 나라를 밝게 만드는 슬기로운 대문장가[爽邦哲匠] : 상방철장(爽邦哲匠)은 『주서(周
書)』「대고(大誥)」의 '어진 이들로 말미암아 나라가 밝아진다[爽邦由哲]'에서 유래하였다.
129 온화하고 선량한[溫良] : 진항(陳亢)이 자공(子貢)에게 묻기를, "부자(夫子)는 어느
나라에 가시더라도 반드시 정사에 참예하시니, 스스로 구한 것인가, 아니면 맡긴 것인

바라볼 만하고 목숨을 맡겨 의탁할 만합니다. 온 나라 사람들이 존중하며 따르니 이서균[130]이 어찌 어깨를 나란히 할 수 있으며, 영예로움이 조정에 전해 내려오고 있으니 윤옹귀[131] 또한 그 오른쪽 자리를 사양할 것입니다. 이에 사신 배를 따라 일본 땅에 오셔서, 고적지의 향기로운 자취에 대한 그윽한 감상으로 문학적 역량을 발휘하셨고, 아름다운 시어로 명산대천의 장관을 꾸미셨습니다. 영예(英銳) 표일(飄逸)한 기상은 청련(青蓮) 이백과 음조(音調)를 함께 하셨고, 웅혼(雄渾) 굉려(宏麗)한 사취(辭趣)는 두보와 뛰어남을 다투셨습니다. 하늘과 땅이 넓어서 진실로 만물의 기이한 것을 보셨고, 가슴속에 간직한 온갖 재화의 아름다움을 벌려 놓으셨습니다. 돌아보건대, 기주(冀州) 북쪽에 준마의 무리들이 마침내 텅 비었으니[132] 북두 이남을 바라보면 그대 한 사람이 있을 뿐입니다. 말학(末學)이라서 천박하고, 어린 나이라서 어리숙하기만 하여 기량은 문장을 꾸미는 일에 그치고, 공묘함은 호랑이 그리기[133]에도

가?"라고 하니, 자공이 말하기를, "부자께서는 온후하고 선량하고 공손하고 검소하고 사양함으로써 얻으신 것이다.[夫子溫良恭儉讓以得之。]"라고 한 데서 온 말이다. (『논어(論語)』「학이(學而)」)

130 이서균(李栖筠, 719~776) : 당(唐)나라 조군인(趙郡人)으로 자는 정일(貞一)이다. 어려서 부모를 잃었으나, 국량이 원대하고 의젓하며 과묵하였다. 글을 좋아하여 통달한 바가 많았고, 문장을 잘하였다. 교유함에 있어서도 망령되지 않아 흠모하며 좇는 선비들이 많았다.

131 윤옹귀(尹翁歸, ?~B.C.62) : 서한(西漢) 하동인(河東人)으로 자는 자형(子兄)이다. 하동의 옥리(獄吏)였는데, 청렴한 관리로 유명하다.

132 기주(冀州) 북쪽에 준마의 무리들이 마침내 텅 비었으니 : 기북(冀北)은 준마가 많이 생산되는 지역인데, 한유의 「송온처사부하양군서(送溫處士赴河陽軍序)」에 "백락이 기북의 들판을 한번 지나가자 준마의 무리들이 마침내 텅 비게 되었다.[伯樂一過冀北之野, 而馬群遂空。]"라는 고사가 있다.

부끄럽습니다. 다만 사모하는 정은 깊은데 제대로 드러내 보이질 못하였습니다. 서신이 멀리까지 통하니 촌심(寸心)을 갖추어 보냅니다. 생각건대 두루 살펴주시기 바랍니다. 삼가 아룁니다.

국계 장공께 드리다
呈菊溪張公

동(同 : 춘륜)

기자로 인해 나라의 전형 우수하여	國由箕聖典刑優
세상 빛낸 문장가 유주[134]를 발탁했네	照世才華推柳州
압록강 가에서 빼어난 경치 찾고	鴨綠江邊尋勝槩
비파호 위에서 기이한 유람 하네	琵琶湖上辨奇遊
필력 왕성하여 난초와 사향 향기 젖어들고	筆翰郁郁襲蘭麝
의기 훨훨 날아 북두성과 견우성 능가하네	意氣翩翩凌斗牛
고개 돌려도 붉은 언덕 구름안개 아득하니	回首丹崖雲霧隔
촌심을 어찌하면 그대 향해 보낼 수 있을까	寸心焉得向君投

---

133 호랑이 그리기[畫虎] : 후한(後漢) 때의 명장(名將) 마원(馬援)이 일찍이 자기 조카들에게 경계한 글에서, 두보(杜保)는 호협(豪俠)한 사람이므로 그를 본받다가는 천하의 경박자(輕薄子)가 될 것이니, 이른바 '범을 그리다가 이루지 못하면 도리어 개처럼 되어버린다.[畫虎不成, 反類狗。]'는 격이 되고 말 것이라고 한 데서 온 말로, 전하여 고원(高遠)한 일을 이루려고 기대하다가는 끝내 이루기 어려움을 비유한 것이다. (『후한서(後漢書)』「마원전(馬援傳)」)

134 유주(柳州) : 유주자사를 지낸 당나라 시인 유종원(柳宗元). 시로 이름을 떨쳤다.

탁월한 재주는 나라의 보배인데 　　　　　　　遑躒雄才是國琛
이역에 이름 떨쳐 남금[135]처럼 소중하네 　　名流異域重南金
흉금 뉘라서 빙호처럼 깨끗할까 　　　　　胸懷孰似冰壺淨
속세 먼지 한 점도 들지 않았네 　　　　　不受世塵一點侵

춘륜께서 부쳐주신 시에 차운하다
奉次春倫惠寄韻

국계

교린의 전례 매우 도탑고 넉넉하여 　　　　交鄰典禮大優優
사행이 동쪽 부상 육십 주에 이르렀네 　行到桑東六十州
기이함은 사마천이 가본 남방보다 뛰어나고 　奇邁子長湘楚過
장엄함은 두보가 유람했던 절강보다 낫네 　壯逾工部浙江遊
선교 지나면서 학 타는 것[136]을 보았고 　路由仙嶠看乘鶴
은하에 배 띄우니 음우지[137]가 보이네 　槎泛銀河見飮牛
고맙소, 춘륜께서 유난히 마음 두어 　多謝春倫偏有意

---

135 남금(南金) : 중국 남방 형주(荊州)·양주(楊州)에 나는 황금으로 값이 일반 금의 두 배가 된다. 옛날 회이(淮夷)가 노(魯) 희공(僖公)에게 남금을 조공(朝貢)으로 바친 일이 있다.

136 학 타는 것[乘鶴] : 주령왕(周靈王)의 태자 진(晉)이 피리를 잘 불어 구령(緱嶺)에서 신선이 되어 학을 타고 하늘로 올라갔다고 한다. (『열선전(列仙傳)』)

137 음우지(飮牛池) : 박지원의 『열하일기(熱河日記)』「막북행정록(漠北行程錄)」에, "옛날에는 금소[金牛]가 그[牛欄山] 골짜기에서 나오고 선인(仙人)이 이를 타고 노닐었다 하며, 돌이 마치 구유처럼 생긴 것이 있어서 이름을 음우지(飮牛池)라 하고, 이 뫼를 영적산(靈蹟山)이라 부른다."라는 내용이 나온다.

잠든 여룡의 명월주[138]를 내게 주시니　　　　　睡驪明月向余投

위주와 형벽[139]이 진귀하지 않음은　　　　　　魏珠荊璧未爲珎
그대에게 값나가는 훌륭한 시편 있어서라오　　子有瑤篇直百金
속세 밖 선가의 지취(志趣)를 얻으니　　　　　領得仙家塵外趣
붓끝 진해지며 채색 구름 스며드네　　　　　　筆端濃郁彩雲侵

저의 성은 장(張)이고, 이름은 웅두(應斗)이며, 자는 필문(弼文)이고, 자호는 국계거사(菊溪居士)이며 또 단구자(丹丘子)라고 부르기도 합니다. 금년 50세[140]로 종사관 서기입니다.

춘륜께 드리다
呈春倫詞案

　　　　　　　　　　　　　　　　　　　　　　국계

대대로 문사(文詞) 끝없이 무궁하여　　　　　世世詞源浩不窮

---

138 여룡(驪龍)의 명월주(明月珠) : 검은 용의 턱 밑에 있는 여의주를 말한다. 『장자(莊子)』「열어구(列禦寇)」에 "천금 같은 구슬은 반드시 깊은 못 속에 숨은 검은 용의 턱 밑에 있다.[夫千金之珠, 必在九重之淵而驪龍頷下。]"라고 한 데서 온 말로 여기서는 진귀하고 훌륭한 시문을 뜻한다.

139 위주(魏珠)와 형벽(荊璧) : 위주(魏珠)는 보주(寶珠), 형벽(荊璧)은 형산에서 나는 좋은 옥. 모두 아름다운 자질을 비유하는 말이다.

140 50세[知非] : 춘추시대 위(衛)나라 대부(大夫)인 거백옥(蘧伯玉)이 나이 50세 때에 49년 동안의 잘못을 깨달았다[年五十而知四十九年非。]는 고사에서, 50세를 지비(知非)라고도 한다. (『회남자(淮南子)』「원도훈(原道訓)」)

한 집안에 오룡[141]이 모두 모였네　　　　　　　五龍俱聚一家中

훌륭한 가문 오늘 경사 자손에까지 미쳐[142]　　善家今日徵餘慶

비단 책갑 의서[143]에 나란히 공을 드러냈네　　縹帙靑囊並著功

국계께서 보여주신 시에 차운하다
次菊溪眎韻

춘륜

만 리 장쾌한 유람, 흥취 무궁하여　　　　　　壯遊萬里興無窮

사마천의 재주와 명성 온 세상에 가득하네　　司馬才名一世中

부끄럽구나, 오래도록 세상에 파묻혀 사는 자[144]　愧我長爲陸沈者

글 읽고 검을 배웠어도 공을 이루지 못했으니　讀書學劍未成功

---

141 오룡(五龍) : 춘죽(春竹)·춘륜(春倫)·도선(道仙)·춘을(春乙)·춘달(春達) 등 다섯
　　형제.

142 훌륭한 가문 오늘 경사 자손에까지 미쳐[善家今日徵餘慶] : 적선여경(積善餘慶). 『주
　　역(周易)』「곤괘(坤卦)·문언(文言)」에 "덕행을 쌓은 집안은 자손에까지 경사가 미친다.
　　[積善之家, 必有餘慶。]"는 말에서 나왔다.

143 의서[靑囊] : 청낭(靑囊)은 청낭비결(靑囊祕訣). 화타(華陀)의 의서(醫書).

144 세상에 파묻혀 사는 자[陸沈] : 육침은 원래 은사(隱士)를 뜻하는 말인데 뒤에 매몰
　　(埋沒)되어 불우한 처지에 떨어진 사람을 가리키는 말로 쓰였다.

양의 비목 권공께 아뢰다
啓良醫卑牧權公

동(同 : 춘륜)

먼 길에 별고 없이 공께서 이곳에 머무시게 되어 지극히 다행입니다.
저는 대대로 의술을 업으로 하고 있는데, 타고난 재주가 불민하여 정밀
하게 궁구하지는 못했습니다. 직접 시술한 경험을 틈틈이 정리해두었
다가 근래 외람되이 진단법의 일단(一端)을 베껴 소책자를 하나 만들었
습니다. 다행히 이곳을 지나가시는 대국의 국수(國手)[145]를 뵙게 되어
외람되이 시정(是正)을 구하니, 만약 취할 만한 것이 있다면 책 첫머리
에 서문으로 삼을 수 있도록 한 말씀 해주십시오. 제가 지금 서신을
취해 장차 우리 집안에 영예를 전할 수 있도록, 공께서 만약 제 마음을
살펴 몽당비[146]의 값이 배가 되도록 해 주신다면, 크나큰 은혜를 입은
만큼 그 감사함을 가슴속 깊이 새겨 두겠습니다. 바라건대, 조금이라도
살펴주십시오. 나라에서 금한 법이 지극히 엄하여 지체 높으신 분을
뵐 수 없고, 청벽(青壁)과 단애(丹崖)[147]라서 우러러 뵐 수도 없습니다.

---

145 국수(國手) : 임금의 병을 고친다는 뜻의 의국수(醫國手)의 준말. 이름난 의원(醫員)
   이나 명의(名醫)를 말한다.
146 몽당비[敝帚] : 닳아 해진 빗자루를 지칭하는데, 여기서는 보잘것없는 자신의 책자를
   가리킨다.
147 청벽(青壁)과 단애(丹崖) : 진(晉)나라 때 은사(隱士) 송섬(宋纖)이 일찍이 주군(州
   郡)의 부름에 전혀 응하지 않고 주천(酒泉)의 남산(南山)에 은거하면서 수천 명의 제자들
   에게 학문을 가르쳤는데, 한번은 주천태수(酒泉太守) 마급(馬岌)이 그를 만나보려고 찾
   아갔으나, 그가 굳이 거절하고 만나주지 않으므로, 마급이 그를 사람 가운데 용[人中之
   龍]이라고 감탄하면서 시(詩)를 지어 석벽(石壁)에 새겼다. 그 시에 "붉은 낭떠러지는
   백 길이요, 푸른 절벽은 만 길이나 되네. 기이한 수목들이 울창하여, 등림처럼 무성하구
   나. 옥 같은 사람이 여기에 있으니, 오직 나라의 보배로다. 집은 가까우나 사람이 머니,

비목이 이때 환우가 좀 있었기 때문에 회답이 없었다.

대원후회(大垣後會)

○ 10월 26일 창수(唱酬)

아뢰다

啓

청천

지난번에 보잘것없는 시를 주옥처럼 아름다운 시로 화답해주셔서 진실로 신선의 인연처럼 느꼈습니다. 만 리나 먼 사행 길에 다행히 일을 마치고 지금 역정(驛亭)을 지나다가 드디어 공의 맑은 풍모를 받들고 한없이 기뻤습니다. 애틋한 것은 제가 세상에 나서 살아온 지 30여 년 동안 공의 집안의 당체(棠棣)[148]와 같은 찬란한 문장을 보지 못해 시사(詩詞)에 대한 찬미와 경하의 뜻을 백에 하나도 드러내지 못하였다는 것입니다.

춘륜 답[復], "직접 뵐 수 있고[149], 게다가 반갑게 맞이해 주시니 실로 영광입니다. 돌아보건대, 저희와 같은 자들이 어찌 고명한 분들과 어

실로 내 마음을 애타게 하네.[丹崖百丈, 靑壁萬尋。奇木蓊鬱, 蔚若鄧林。其人如玉, 維國之琛。室邇人遐, 實勞我心。]"라고 하였다. (『진서(晋書)』권94)

148 당체(棠棣) : 『시경』「소아」의 편명. 형제가 화목하게 술을 마시며 즐기는 것을 노래한 시이다.

149 직접 뵐 수 있고[盍簪] : 뜻 맞는 이들이 서로 달려와 회동하는 것을 말한다.

깨를 나란히 할 수 있겠습니까? 홀연 칭송과 기림을 받으니 부끄러운
마음 가눌 수 없습니다."

청천께 드리다
呈青泉

춘륜

기자 나라 어찌 금성을 우러를 뿐이랴	箕邦豈止仰金城
한 시대 문사들 모두 빼어난 영재로세	一代詞臣皆俊英
구슬 굴레 씌운 말 뚜벅뚜벅 몰고 와	特特御來珠勒馬
노랑[150]의 의표와 법도 온 좌중 압도하네	盧郎儀矩四筵傾

화답하다
和

청천

10월 사신 행차 강주 언근성[151]에 이르니	征軺十月近江城

---

150 노랑(盧郎) : 재주가 뛰어난 사람을 뜻하며, 팔미노랑(八米盧郎)·팔미노랑(八美盧
郎)·팔채노랑(八采盧郎)이라고도 한다. 북제의 문선제가 서거하자 당시 조정의 문사들
이 각각 〈만가〉 10수를 지었는데 그 가운데 잘 지은 것을 뽑아 사용했다. 위수·양휴지·
조효정 등은 한두 수밖에 짓지 못하였는데 오직 사도만 8수를 지었기 때문에 그때 사람들
이 '팔미노랑'이라고 일컬었다고 한다.

151 강주(江州) 언근성(彦根城) : 근강국(近江國, 오미노쿠니)에 있는 언근성(彦根城).
현재의 자하현(滋賀縣) 지역.

성 위 우거진 숲 옥영[152]이 찬란하구나　　城上千林粲玉英

가장 좋기로는 그대의 집 당체[153] 아래서　最愛君家棠棣下

백설가[154] 연주하며 객수를 푸는 거라네　朱絃白雪客心傾

석양 노을 뜬 구름 적성을 가리는데[155]　落日浮雲掩赤城

행인은 호숫가에서 난초꽃을 줍는구나　行人湖上拾蘭英

그대 머물러 금준미주로 취하게나　　勸君留醉金尊酒

삼성 비끼고 북두 또한 기울도록　　坐到參橫斗亦傾

소헌께 드리다
呈嘯軒

춘륜

재자의 흉금은 운몽택(雲夢澤)처럼 넓어[156]　才子胸中夢澤洪

---

152 옥영(玉英) : 돌의 정기(精氣)로 피어나는 꽃. 신선이 먹는다고 한다.

153 당체(棠棣) : 당체는 산앵두나무를 가리키며, 동시에 형제가 화목하게 술을 마시며 즐기는 것을 노래한 『시경(詩經)』「당체편(棠棣篇)」을 염두에 둔 표현이다.

154 백설가[白雪] : 백설은 〈양춘곡(陽春曲)〉과 함께 따라 부르기 힘든 고아(高雅)한 곡조를 말한다.

155 석양 노을 뜬 구름 적성을 가리는데[落日浮雲掩赤城] : 적성(赤城)은 중국 절강성(浙江省) 천태산(天台山) 남쪽에 있는 산 이름이다. 적성은 토석의 색깔이 붉고 모양이 성첩과 같이 생겼다고 한다. 손작(孫綽)의 〈유천태산부(遊天台山賦)〉에, "적성의 노을을 들어서 표지를 세운다.[赤城霞起而建標。]"라고 하였다.

156 흉금은 운몽택(雲夢澤)처럼 넓어[胸中夢澤洪] : 운몽택은 초(楚)나라의 대택(大澤)의 이름. 한(漢)나라 사마상여(司馬相如)의 〈상림부(上林賦)〉에, 초(楚)나라에 사방이 900리나 되는 운몽택(雲夢澤)이 있는데, 이러한 운몽택과 같은 것을 8, 9개를 삼켜도

사신 수레 이르는 곳마다 영웅이라 일컫네	華軒到處競稱雄
검각명 한 편 지어 명성 떨쳤던	一題劍閣名方震
당시 장재의 풍도[157]보다 어찌 덜하랴	何減當時張載風

화답하다
和

소헌

왼손으로 부구 잡고 오른손으로 홍애 치니[158]	左挹浮丘右拍洪
한 자리 고상한 모임 다들 시사의 웅자라네	一堂高會盡詞雄
좋은 밤이라 머물며 술 마시기 적당한데	良霄宜作留連飮
내일이면 강다리 위 낙엽 바람에 흩어지겠지	明日江橋葉散風

가슴속에 조금의 장애도 느끼지 않는다라고 한 데서 유래하였다.

157 검각명(劍閣銘) …… 당시 장재의 풍도[一題劍閣名方震, 何減當時張載風] : 검각명은 서진(西晉) 태강(太康) 초에 장재(張載)가 촉군태수(蜀郡太守)로 부임하는 부친 장수(張收)를 따라 험준한 검각(劍閣)을 통해 촉으로 들어가서 지은 글인데, 익주자사(益州刺史) 장민(張敏)이 이를 보고 기이하게 여겨 위에 아뢰니 세조(世祖)가 사신을 보내 돌에 새기게 했다고 한다.(『문선(文選)』 권56)

158 왼손으로 부구 잡고 오른손으로 홍애 치니[左挹浮丘右拍洪] : 부구와 홍애는 모두 고대(古代) 선인(仙人)의 이름. 왕자(王子) 진(晉)과 함께 학을 타고 생황을 불며 숭산(嵩山)에서 노닐었다고 한다. 진(晉)나라 곽박(郭璞)의 〈유선(游仙)〉 시 "왼손으로 부구의 옷소매를 끌어당기고, 오른손으로 홍애의 어깨를 어루만지네.[左挹浮丘袖, 右拍洪崖肩。]"라고 한 시구와 같은 표현이다.

국계께 드리다
呈菊溪

춘륜

운치와 풍모 짝할 이 드물어	氣韻風姿儔侶稀
글 비추는 달빛 눈동자 밝기도 하구나	照書月眼發明暉
협수 뒤집는[159] 붓놀림에 문장 파도 솟구치고	筆翻峽水文瀾湧
입안에 옥구슬 구르니 담설[160]이 나는 듯하네	口轉珣瑢談屑飛

화답하다
和

국계

오봉[161]이 나란히 나는 것 세상에 드문 일	五鳳齊翔世所稀
화락하게 홰홰 울며 아침 햇살 희롱하네	和鳴噦噦弄朝暉
자고와 백로 좇아 연이어 날아가	好隨鷓鷺聯翩去
청운에 날개 떨치며 만 리나 나네	奮翼靑雲萬里飛

---

159 협수 뒤집는[筆翻峽水] : 두보(杜甫)의 〈취가행(醉歌行)〉에 "글 솜씨는 삼협의 물을 거꾸로 쏟아낸 듯, 붓글씨는 천 명의 적군을 홀로 쓸어낼 듯[詞源倒流三峽水, 筆陣獨掃千人軍。]"이라는 구절이 있다.

160 담설(談屑) : 아름다운 말이 계속되는 것을 이르는 말. 아름다운 말이 마치 톱질할 때 톱밥이 끊임없이 이어지는 것과 같다 하여 붙여진 이름.

161 오봉(五鳳) : 당(唐) 태종(太宗) 때 문장으로 이름을 떨쳤던 송백(宋白)·가황중(賈黃中)·이지(李至)·여몽정(呂蒙正)·소이간(蘇易簡) 등 다섯 명의 한림학사를 두고 당시에 "다섯 봉황 함께 날아 한림에 들어섰네.[五鳳同飛入翰林。]"라는 시구가 유행하였다고 한다. (『군서습타(群書拾唾)』) 여기서는 춘륜의 5형제를 지칭하는 말이다.

소헌께 드리다 화운시는 뒤에 보인다.

呈嘯軒 和見于後

춘륜

만 리 사행 길 멀리서 기이함 찾아	萬里行程遠探奇
시낭에 아름다운 시구 끊임없이 채우네	囊藏錦繡鎭相隨
장경이 시 지으며 양원에서 놀던 날이요[162]	長卿新賦遊梁日
순상이 영광이라며 이응 수레 몰던 때라네[163]	荀爽光榮御李時
하늘 위 별들 모여[164] 한밤중[165] 밝기도 한데	天上聚星瑩丙夜
사람 속 상서로운 봉새라 옥 자태 우러르네	人中瑞鳳仰瑰姿
시편으로 애오라지 교분 두텁게 할 만하니	詩篇聊足託交契
고상한 시연에서 좋은 술[166]로 함께 취하네	共醉雅筵金屈巵

----

162 장경이 시 지으며 양원에서 놀던 날이요[長卿新賦遊梁日] : 장경은 사마상여(司馬相如). 남조(南朝) 송(宋) 사혜련(謝惠連)의 〈설부(雪賦)〉에 따르면, 서한(西漢)의 양효왕(梁孝王) 유무(劉武)가 양원(梁園)이란 호사스런 자신의 원림(園林)에서 세모(歲暮)에 사마상여・매승(枚乘)・추양(鄒陽) 등과 함께 주연(酒筵)을 베풀고 놀다가 눈이 오자 흥에 겨워 먼저 시를 짓고는 간찰(簡札)을 주면서 사마상여에게 시를 짓게 하였다는 고사가 있다.(『문선(文選)』 권7 「설부(雪賦)」)

163 순상이 영광이라며 이응 수레 몰던 때라네[荀爽光榮御李時] : 동한(東漢)의 이응(李膺)은 명망이 높아서 선비들이 그와 사귀는 것을 영광으로 여겼으므로 동경(東京)의 고사(高士)인 순상(荀爽)이 이응의 수레를 같이 타고 가면서 말고삐를 잡고 자랑하기를, "내가 오늘에야 이군의 어자(御者) 노릇을 하였다."라고 한 고사가 있다.

164 별들 모여[聚星] : 취성(聚星)은 덕망과 재주를 갖춘 선비들의 회합을 뜻하는 말이다.

165 한밤중[丙夜] : 하룻밤을 갑(甲)・을(乙)・병(丙)・정(丁)・무(戊) 등의 오야(五夜)로 나누었는데, 병야(丙夜)는 밤 11시에서 1시 사이이다.

166 좋은 술[金屈巵] : 금굴치는 술잔 이름. 당(唐)나라 맹교(孟郊)의 〈권주(勸酒)〉 시에, "그대에게 금굴치를 권하노니, 붉은 얼굴 취기 오른다고 하지 말라.[勸君金屈巵, 勿謂朱顔酡。]"라고 하였다.

一.

국당 아룀, "저의 성은 정(鄭)이고 이름은 후교(后僑)이며 별호는 국당 (菊塘)입니다.[167] 지금 부사의 막비[168]로 이곳에 왔는데 우연히 만나게 되어 기쁘고 영광스럽기만 합니다."

춘륜 답, "한 차례 만나 뵙게 되니 어찌 하늘이 맺어준 인연이 아니겠습니까? 얼른 좌정하시어 속마음을 나누는 것이 어떠신지요?"

국당께 드리다
呈菊塘

춘륜

대청 가득 손님들 모두 다 훌륭한 분들로	滿堂佳客悉名賢
구슬 같은 달빛과 별빛 비단 자리 비추네	璧月珠星映綺筵
한 바탕 웃고 노래하다보니 흥이 남아	一笑一歌餘興在
푸른 등불 마주하며 잠 못 이루네	靑燈相對不須眠

---

167 국당(菊塘) : 정후교(鄭後僑)의 별호. 본관은 하동(河東). 자는 혜경(惠卿), 호는 국당(菊塘). 찰방(察訪)·첨지중추부사(僉知中樞府事)·동지중추부사(同知中樞府事) 등을 지냈다. 1719년 정사 홍치중(洪致中)·부사 황선(黃璿)·종사관 이명언(李明彦) 등 통신사 일행이 덕천길종(德川吉宗)의 습직(襲職)을 축하하기 위해 일본에 건너갔을 때, 부사 황선의 자제군관(子弟軍官)으로 수행하였다. 이때 부사가 탄 제이기선(第二騎船) 안에서 서기(書記) 성몽량(成夢良)과 함께 연구(聯句)로 오언배율 20운(韻)을 지어 시명(詩名)을 떨쳤다.

168 막비(幕裨) : 비장(裨將). 감사(監司)·유수(留守)·병사(兵使)·수사(水使)·견외사신(遣外使臣)을 따라다니던 관원.

화답하다
和

국당

형제들 시명이 있고 두씨 가문¹⁶⁹처럼 훌륭한데	伯仲詩名竇氏賢

형제들 시명이 있고 두씨 가문[169]처럼 훌륭한데 　伯仲詩名竇氏賢

하늘가에서 이처럼 아름다운 자리 함께 하였네 　天涯幸與此佳筵

술잔 쥐고 시문 이야기 진실로 좋은 일이니 　把酒談文眞勝事

삼성이 비껴 뜨고 달이 져도 잠들지 마시게 　參橫月落且休眠

국당께 다시 드리다
重呈菊塘

춘륜

고향길 원습[170] 너머에 있고 　　　鄕路隔原隰

찬바람 털방석 뚫고 들이치지만 　　　寒風透坐氍

사양하지 말고 밤새도록 마시세 　　　勿辭終夜飲

후관[171]엔 술이 샘처럼 솟는다오 　　　侯館酒如泉

---

169 두씨(竇氏) 가문 : 한(漢)나라 문제(文帝) 때 두황후(竇皇后)의 집안사람 두영(竇嬰)
을 위시한 세 사람이 후(侯)에 봉해짐으로써 두씨 가문이 명문거족이 되었다. 여기서는
춘륜 집안을 비유한 말이다.

170 원습(原隰) : 언덕과 습지. 왕명을 받든 사신의 행로를 가리키는 시어(詩語). 『시경』「
소아(小雅)」〈황황자화(皇皇者華)〉에 "휘황한 꽃이여, 언덕과 습지에 피었도다.[皇皇者
華, 于彼原隰。]"라는 말에서 유래하였다.

171 후관(侯館) : 원래 관망용 소루(小樓)를 말하는데, 보통 왕래하는 관원이나 외국 사신
을 접대하는 역관(驛館)을 가리킨다.

화답하다

和

국당

변씨의 옥[172]처럼 명성 빛나고	聲華卞氏璧
의술을 집안 대대로 이었다네[173]	術業舊靑氈
좋은 재주는 쓸모가 있는 법[174]	良才必有用
어찌 초야에서 늙어 가리오	豈得老林泉

의원필어(醫員筆語)

一.

춘륜 아룀, "들어오시는 분은 성함이 어떻게 되십니까?"

비목 답함, "저의 성은 권(權)이고, 이름은 도(道)이며, 자는 대년(大年), 호는 비목(卑牧)입니다."

춘륜 아룀, "먼 길 오시는데 수레와 말이 편안하게 이곳에 이르렀으니

---

172 변씨(卞氏)의 옥 : 춘추시대 초(楚)나라 변화(卞和)라는 사람이 형산(荊山)에서 캤다는, 직경이 한 자나 되고 티 한 점 없는 옥을 말한다.

173 집안 대대로 이었다네[舊靑氈] : 청전구물(靑氈舊物)로, 으뜸가는 선조(先祖)의 유물(遺物)을 뜻한다. 진(晉)나라 왕헌지(王獻之)의 집에 좀도둑이 들었을 때, 다른 물건을 훔칠 때에는 모르는 체하고 누워 있다가, 탑상(榻牀)에 올라 손을 대려 하자, "그 청전(靑氈)은 우리 집안의 구물(舊物)이니 그냥 놔둘 수 없겠는가."라고 말하여, 도둑을 깜짝 놀라게 했다는 고사에서 나온 말이다. (『진서(晉書)』「왕헌지전(王獻之傳)」)

174 쓸모가 있는 법[必有用] : 이백의 〈장진주(將進酒)〉에 "하늘이 나의 재주를 내심에는 반드시 쓸모가 있어서요, 황금은 다 흩어졌다 다시 돌아온다네.[天生我才必有用, 黃金散盡能還來。]"라는 시구가 있다.

얼마나 위로가 되었는지요. 족하께서 지난번 좌화(佐和)에서 묵으시던
날 밤, 우삼방주(雨森芳洲)께 부탁하여 서신과 함께 『심하허실론(心下
虛實論)』 한 권을 드리면서 한 마디 말씀을 구한 적이 있습니다. 그러
나 족하께서 노정의 고단함으로 부탁한 것을 들어주지 않으셔서 몹시
도 서운하여 다음날 사행을 좇아 이곳에 왔습니다. 이곳은 곧 저의 고
향입니다. 저의 부친 당장암(當壯菴)[175]도 또한 고상한 풍모에 감복하
시어 직접 뵙고 싶어 하셨습니다. 그리하여 방주께 의뢰하여 함께 빈
관에서 뵐 것을 청했습니다만, 방주께서 말하기를 권공께서 이미 잠자
리에 드셔서 지금은 뵐 수 없다고 하여 구구하게나마 사사로운 뜻을
방주에게 부탁하고 돌아왔습니다. 족하를 뵙는 일이 어긋났을 뿐만 아
니라 또한 청했던 바도 실현하지 못해 몹시 유감스러웠습니다. 지금
비로소 원했던 바대로 족하를 뵙게 되어 크게 위로가 되었습니다. 이
에 저의 누추한 뜻을 드러내어 다시 귀찮게 하고 있습니다. 제가 지난
번에 드렸던 『심하허실론』은 진실로 채택할 만한 것이 없으니, 어찌
대가(大家)들이 웃지 않을 수 있겠습니까? 생각건대, 족하께서 한 번
보시는 것조차도 더러운 진흙 속에서 그것을 맡는 꼴이 되겠습니다.

---

175 당장암(當壯菴) : 강호시대 전-중기의 미농국(美濃國) 대원(大垣)의 의관(醫官) 겸
한시인(漢詩人)인 북미춘포(北尾春圃, 기타오 슌포, 1658~1741)의 호. 성은 북미(北尾),
이름은 육인(育仁), 자는 춘포(春圃), 호는 송은(松隱)·당장암(當壯菴). 대대로 의술을
가업으로 한 북미가(北尾家, 기타오케)의 후손으로 양로정(養老町, 요로초) 실원(室原,
무로하라)에서 태어나 아버지 현보(玄甫, 겐포)에게 가업을 이어받아 대원(大垣, 오가키)
의 전창사(全昌寺, 젠쇼지) 근처로 옮겨 의술을 크게 펼쳤다. 1711년 전창사(全昌寺)에서
통신사의 수행 의원 기두문(奇斗文)과 문답하였던 내용을 『상한의담(桑韓醫談)』으로 간
행하였다.

비록 그렇긴 하지만, 의술의 도(道)는 진실로 생사존망의 고비에 관련되기 때문에 중대합니다. 그리하여 심려를 다해 그 도를 궁구하지 않을 수 없습니다. 오직 족하의 한마디 말씀으로 시비를 바로잡아주셔서 제가 사람을 잘못되게 하는 죄를 길이 면할 수 있도록 해주신다면 세상을 구제하는 은혜를 어찌 헤아릴 수 있겠습니까? 바라건대, 보잘것없는 정성을 불쌍히 살펴주시어 붓을 한 번 휘둘러 주시기를 간절히 바랍니다."

비목 답함, "보여주신『심하허실론』은 저의 잡다하고 쓸데없는 일로 인해 아직도 펼쳐보지 못했습니다. 지금 또한 몹시 긴박한 일이 있어 답을 드리기 어려운 형편입니다. 조금 기다리시면 대판성에 도착한 뒤 자세히 보고 논하여 올리겠습니다. 어떠십니까?"

춘륜 아룀, "자세히 알려주셔서 감사합니다. 여러 사람 중에서도 족하께서 수고로움을 특히 더 많이 겪으셨는데, 제가 우환을 더해드렸습니다. 오직 한 차례 뵙도록 해 주신 것만으로도 은혜를 흠뻑 입었는데, 어찌 다시 억지로 청하여 족하의 심려를 번거롭게 하겠습니까? 낭화(浪華, 오사카)에 오랫동안 머무르시면 응당 날이 있을 것이니 한 차례 보시고 한 마디 써주셨으면 합니다. 지금 올린 의문에 대해서는 바로 가르침을 주셨으면 합니다."

一.

춘륜 물음, "어떤 사람이 나이 사십인데 잇몸이 드러나 이가 흔들리며 빠지고 있는데 겉으로는 아픈 곳이 없고 맥박도 또한 늘 일정합니다. 3년 동안 조리했지만 여러 가지 치료가 효험이 없습니다. 그 사람이

저에게 부탁하여 공의 처방 하나를 얻기를 원하니 가르침을 주셨으면
합니다."

비목 답함, "숫쥐의 등뼈를 가루로 만들어 따뜻한 술에 섞어 3,40번
계속 쓰면 다시는 재발하지 않을 것입니다."

一.

춘륜 물음, "어린아이가 감리(疳痢)[176]로 온몸이 피로하고 쇠약해져서
죽는 경우가 매우 많습니다. 그 치료법은 어떻게 됩니까?"

비목 답함, "이 병은 발병하게 되면 온갖 처방과 약으로도 낫지 않습
니다. 점와(粘蛙)[177]를 많이 먹이십시오. 제가 일찍이 시험해보았는데
쉽다고 얕볼 수는 없습니다."

一.

춘륜 물음, "우리나라 풍속에 초산(初産)이든 다산(多産)이든 불문하
고, 반드시 4개월째에 베나 비단 띠로 배를 묶어놓는데, 대략『해낭편
방(奚囊便方)』[178]의 처방과 같습니다. 모르겠습니다만, 족하의 나라에
도 이러한 사례가 있습니까?"

비목 답함, "이 방법은 우리나라 여염집에서 간혹 사용하는 사람도 있

---

176 감리(疳痢) : 감사(疳瀉)로 인하여 생긴 이질(痢疾). '감사'는 감병(疳病)의 하나로,
젖을 잘 조절해 주지 못하여 생기는데, 얼굴이 누렇게 뜨고 야위며 푸른 설사를 하고,
심하면 감리가 된다. '감병'은 어린아이의 영양 조절을 잘못하여 난 병의 총칭.
177 점와(粘蛙) : 개구리를 짓찧어 끈적끈적하게 만든 것.
178 『해낭편방(奚囊便方)』 : 명나라 진조계(陳朝堦)의 『해낭편방(奚囊便方)』이 있다.

습니다만, 태기에 방해가 되고 때로 그것으로 인해 태아를 다치게 하
는 경우가 있기 때문에 사대부 집안에서는 절대 사용하지 않습니다."

一.

춘륜 물음, "두창[179]이 막 나은 뒤에 예전 사람들은 목욕하는 것을 경
계했습니다. 그러나 우리나라 풍속에 딱지가 앉은 뒤에 쌀뜨물과 술
각각 소량을 따뜻한 물에 섞어 목욕하면서 대개 '헌데 딱지가 쉽게 떨
어지고, 흉터도 쉽게 없어진다.'고 말합니다. 예나 지금이나 흡연(翕
然)히 하나의 정해진 법이 되었으니, 의원들도 막을 수 없고, 두창을
앓고 있는 사람에게도 아직까지 해가 없었습니다. 귀국에도 이처럼
굳어진 풍습이 있지 않은지, 모르겠습니다만, 어떻습니까?"

비목 답함, "의술가(醫術家)는 두창 뒤에 목욕하는 것을 크게 경계합
니다만, 우리나라 여염집에서도 간혹 목욕을 해도 탈이 없는 사람이
있습니다. 대개 아이 때부터 천부적으로 튼튼하게 태어났기 때문입
니다."

一.

춘륜 물음, "우리나라에는 여러 고을에 온천이 있습니다. 온천이라는
것은 신열(辛熱)과 약한 독성이 있어서 여러 질병 가운데 피부나 골절
에 생긴 병은 치료할 수 있으나 내상[180]과 같은 질환은 치료할 수 없

---

179 두창(痘瘡) : 급성 발진성 전염병의 일종. 천연두(天然痘) · 대역(大疫)이라고도 한
다. 흔히 살갗에 물집이 생기고 곪아 헐게 된다.

음이 분명합니다. 그런데, 근래 온천이 성행하고 있지만 질병에 내외(內外) 구분이 있기 때문인지 그 효험을 증험하지 못하고 있습니다. 모르겠습니다만, 귀국에도 또한 온천 치료법이 성행하고 있습니까?"

비목(卑牧) 대답, "우리나라에도 온천에서 목욕하는 치료법이 성행하고 있습니다만, 피부병에만 사용합니다."

一.

춘륜 물음, "청근(靑筋)[181]의 증세에 대해서 공씨[182]가 상세히 논하였는데, 제 고을에도 이와 비슷한 증상을 앓고 있는 사람들이 많이 있습니다. 침(針)으로 어혈(瘀血)[183]을 뽑아내거나 혹은 기를 순조롭게 하고 어혈을 없애는 약을 복용해서 효험을 본 사람도 있습니다만, 그러나 때로 발작을 하여 끝내 온전한 효과를 본 적이 없습니다. 공씨의 처방으로도 아직까지 그 효험을 보지 못하고 있습니다. 귀국에도 이러한 증세가 있는지요? 그 치료법에 대해 듣고 싶습니다."

비목 답함, "이 증세는 곽란(霍亂)[184] 가운데 가장 위급한 병이니, 즉시

---

180 내상(內傷) : 음식을 주의하지 않거나 과로・과음 및 심한 충격 등으로 몸 안의 장부(臟腑)가 손상 받거나 그 밖의 원인으로 장부의 기혈이 상하는 일.

181 청근(靑筋) : 피부에 퍼런 줄이 서듯 혈관이 불거져 올라 튀어나오는 증세.

182 공씨(龔氏) : 공정현(龔廷賢, 1522~1619), 명(明)나라 의학자. 자는 자재(子才), 호는 운림(雲林), 강서성(江西省) 금계(金谿) 사람. 태의원(太醫院)에서 임직했던 공신(龔信)의 아들이며, 태의원 이목(吏目)을 역임하였다. 저서로『만병회춘(萬病回春)』・『제세전서(濟世全書)』・『수세보원(壽世保元)』・『종행선방(種杏仙方)』・『운림신구(雲林神殼)』・『본초포제약성부정형(本草炮制藥性賦定衡)』・『노부금방(魯府禁方)』등이 있고, 부친이 편찬했던『고금의감(古今醫鑑)』을 완성하였다.

183 어혈(瘀血) : 체내의 혈액이 일정한 장소에 엉겨 정체된 병증.

치료하지 않고 오래 두면 반드시 죽게 됩니다. 대침[185]으로 척택[186] 위 대청락(大靑絡)을 자극하여 대변처럼 생긴 핏덩어리를 제거해버리면 효험을 얻을 수 있습니다."

춘죽 물음, "족하께서는 청근(靑筋)을 곽란의 위급한 증상이라고 하셨습니다만, 공씨가 논한 것은 그런 것 같지 않습니다. 모르겠습니다만, 어떻습니까?"

비목 답함, "이에 대해 처방해 놓은 서책에 별도로 조목별 실례가 있습니다만, 사실은 교장사(絞腸砂)[187]와 증상이 같습니다."

一.

춘륜 아룀, "많은 가르침을 주셨는데 어찌 감사해야 할지요? 학 술잔에 맑고 깨끗한 술을 족하께 올리니 사양하지 마시고 한껏 취하셨으면 합니다."

비목 답함, "이미 찾아주셨는데 또 술과 음식까지 주시다니 감사하기 그지없습니다. 돌아보건대, 별로 가르쳐드린 것도 없어[小禮] 답례가 되지 못하니 매우 부끄럽습니다."

춘륜 아룀, "오늘 밤 만남은 뜻밖이었습니다. 밤이 깊고 갈 길이 급해

---

184 곽란(霍亂) : 체하여 갑자기 토하고 설사하는 급성 위장병.

185 대침(大針) : 옛날에 쓰던 아홉 가지 침 가운데 하나. 길이는 4치이고, 침 끝이 못과 같으며, 약간 둥글다.

186 척택(尺澤) : 척맥(尺脈). 척택혈(尺澤穴). 팔굽 가운데 가로로 간 금 위에 있는 맥.

187 교장사(絞腸砂) : 배가 심하게 아프고, 가슴이 답답하고 불안하며, 토할 것 같으면서 토하지 못하고, 설사할 것 같으면서도 배설하지 못하는 상태를 말한다.

지금 물러나고자 합니다. 그러나 저 또한 내일 사행을 좇아 좌화(佐和)로 돌아가게 되면 조만간 다시 뵐 테니 오히려 기쁘게 생각합니다."

비목 답함, "만약 그렇다면 참으로 다행입니다만, 대판성(大坂城)에는 어느 날에나 오실지 아직 알 수 없겠지요?" 이때 소심헌과 필담을 나누고 있어서 답을 하지 못했다.

비목 아룀, "언제쯤 대판성에 오십니까? 그때 만약 왕림해 주신다면 오늘밤에 다하지 못한 마음속 회포를 펴고 아울러 한 바탕 술 마시며 시 짓는 즐거움을 누릴 수 있을 것입니다. 어떻습니까?"

춘륜 답함, "두 차례나 말씀하시다니, 저와 같이 비루한 사람이 이처럼 두터운 은총을 입게 되어 얼마나 영광이겠습니까? 낭화관(浪華館)으로 찾아뵙는 일은 좌화에 돌아간 뒤에 차분히 생각해보겠습니다."

一.

춘륜 아룀, "지금 통사(通事)[188]가 족하의 간곡한 뜻을 전하면서 또한 제가 예전에 비목공에게 드렸던 『심하허실론』을 동도에서 다행히 보시고 지어주신 몇 마디 글을 삼가 받았다는 말도 했습니다. 참으로 감사합니다. 실로 평생의 보배가 될 것입니다. 지난번에 도선(道仙)이 한 번 뵈었고 그로 인해 족하께서 불세출(不世出)의 재주를 품고 계신다는 말을 들었는데, 이에 족하를 직접 뵙게 되었으니 얼마나 다행입니까? 성함은 어떻게 되십니까?"

---

188 통사(通事) : 통역관(通譯官). 조선과 일본의 통교에서 통역을 담당한 관리.

一.

소심헌 답함, "저의 성은 김(金)이고 이름은 광사(光泗)이며, 자는 백여(白汝)이고 호는 소심헌(小心軒)입니다."

一.

춘륜 물음, "어떤 부인이 나이가 삼십 남짓 되었는데, 적백농리(赤白膿痢)[189]를 앓은 지 지금 3년이 되었습니다. 밤낮으로 수차례 화장실에 다녀 이급후중(裏急後重)[190]이 되었습니다. 지난해 가을에 그 아들도 병이 나 강보 속에서 기르다보니 몹시 고생스러워 병세가 한층 심해졌습니다. 초겨울에는 침상에 엎드리면 일어날 수 없고, 음식은 많이 먹기도 하고 적게 먹기도 하는데, 뱃속에 덩어리 같은 게 있습니다. 그 모양이 길고 커서 상완(上脘)[191]부터 곧바로 배꼽 아래까지 이르러서야 그칩니다. 그곳을 누르면 아프지는 않지만 몹시 딱딱합니다. 나머지 잇달아 포개어져 있는 작은 덩어리는 셀 수도 없습니다. 음식은 심하[192]에 이르면 곧바로 내려가지 않고 조금 지나서 좌우로 나뉘어 내려갑니다. 간혹 가슴속에 옭아매는 것이 있는 듯하고 수족이 오그라듭니다. 소변은 찔끔거리다가 줄어들고 온몸이 부으며 맥은 좌우

---

189 적백농리(赤白膿痢) : 장내(腸內)에 기(氣)가 정체되고, 장락(腸絡)이 손상되어 흰색 고름과 붉은색 피가 섞인 변을 보되, 복통이 심하고 설사를 자주 하는 증세.

190 이급후중(裏急後重) : 아랫배가 몹시 아파 금방 대변이 나올 것 같으면서도 나오지 않아 뒤가 묵직한 증세.

191 상완(上脘) : 식도에서 위로 들어가는 부분. 또는 배꼽에서 다섯 치 위에 있는 혈로 임맥(任脈)에 속한다.

192 심하(心下) : 심와부(心窩部)인 명치.

모두 약합니다. 온갖 약이 효험이 없습니다만 지금까지 명을 이어오고 있습니다. 비록 나무껍질이나 풀뿌리와 같은 것으로 치료할 수 있는 것은 아니지만 혹 상지(上池)[193]의 영험한 처방이 있어 살릴 수 있지 않을까요? 처방전에 대해 듣기를 원합니다." 소심헌이 "이 병에 토하는 증세가 있습니까?"라고 묻자, "없습니다."라고 답하였다.

소심헌 답함, "팔물탕(八物湯)[194]에 황련(黃連)[195]과 아교주(阿膠珠)[196] 각각 1돈쭝을 더하고, 끓인 물로 사신환(四神丸)[197]을 삼키십시오."

一.

소심헌 아룀, "저는 비장과 신장이 본래 허약한데, 지금 차가운 곳에서 지낸지 오래되다 보니 온갖 종류의 병이 생겼습니다. 완담(頑痰)[198]으로 가슴이 막혀 답답하고 괴롭습니다." 소심헌이 나에게 맥(脈)을 짚어보도록 했다.

춘륜 답함, "족하의 맥을 짚어보니, 왼손은 유맥(濡脈)[199]이고, 오른손

193 상지(上池) : 상지수(上池水). 아직 땅에 떨어지지 않은 이슬. 장상군(長桑君)이 편작(扁鵲)에게 주어 마시게 하였다는 좋은 물.
194 팔물탕(八物湯) : 인삼・감초・천궁・당귀 등 8가지 약재를 넣어 끓인 보약. 사물탕에 사군자탕을 배합한 보약.
195 황련(黃連) : 깽깽이풀의 뿌리줄기. 열을 내리고 습(濕)을 없애며 독을 풀어준다. 설사나 이질 혹은 눈병에 쓴다.
196 아교주(阿膠珠) : 아교를 잘게 썰어 불에 볶아 둥글둥글하게 만든 것.
197 사신환(四神丸) : 약재는 개암풀열매・육두구・오미자・오수유. 신(腎)이 허해 새벽마다 설사하면서 입맛이 없고 소화가 안 되며, 복통과 요통이 있을 때 쓴다.
198 완담(頑痰) : 기(氣)가 정체되어 담이 굳어 있는 상태로 목구멍과 입안이 마르며 기침이 나고 숨이 차는 증세가 나타난다.

관상(關上)[200]의 맥은 원활합니다. 이것은 사행으로 고생스러운 나머지 허약함을 틈타 냉기와 습기가 침입하여 평소에 쌓여 있던 담(痰)이 병증으로 나타난 것입니다. 따뜻하게 하여 담을 삭이는 약을 복용하시면 어떻겠습니까?" 소심헌이 고개를 끄덕였다.

소심헌 아룀, "언뜻 듣기로 공께서 대판성에 가 며칠 머물 것이라고 하던데, 그때 다시 뵐 수 있겠습니까?"

춘륜 답함, "비목공께서 낭화에 오라고 하셨습니다만, 그러나 제가 늘 병을 진단하고 약을 지어줘야 하는 집들이 좀 있습니다. 이곳에서 왕래하는 것도 또한 여의치 않은데 하물며 멀리 낭화에 가서이겠습니까? 때문에 범식(范式)의 약속[201]을 할 수는 없겠습니다. 비록 그렇다 하더라도 공의 입에 친히 오르내릴 수 있는 일은 백년 만에도 다시 만나기 어려운 광영이니 어찌 길 떠나는 노고와 세속적인 번거로운 일들로 찾아뵙는 일을 태만히 하겠습니까? 다른 날을 잡아보도록 하겠습니다. 만약에 그렇게 된다면 술잔을 주고받는 사이에 다시 이야

---

199 유맥(濡脈) : 기혈이 손상되고 양기가 쇠약해져서 맥형이 적고 부드러워 진맥하기 위해 손을 대면 바로 미약한 박동을 감지할 수 있으나 좀 더 눌러보면 박동을 느낄 수 없는 맥.

200 관상(關上) : 관맥(關脈)을 보는 부위. 양쪽 팔 촌구(寸口)의 관(關) 부위.

201 범식(范式)의 약속 : 진정으로 자신을 알아주어 죽음도 함께 할 수 있는 참다운 벗과의 약속을 말한다. 후한(後漢) 범식(范式)이 장소(張劭)와 헤어질 때, 2년 뒤 9월 15일에 시골집에 찾아가겠다고 약속을 하였으므로, 그날 장소가 닭을 잡고 기장밥을 지어 놓고는 기다리자 과연 범식이 찾아왔으며, 또 장소가 임종할 무렵에, "죽음까지도 함께 할 수 있는 벗을 보지 못하는 것이 한스럽다.[恨不見死友。]"고 탄식하면서 숨을 거두었는데, 영구가 꼼짝하지 않다가 범식이 찾아와서 위로하자 비로소 움직였다는 고사가 있다. (『후한서』권81 「독행열전(獨行列傳)·범식(范式)」)

기를 나눌 수 있을 것입니다."

一.

소심헌 아룀, "백공(白公)이십니다." 소심헌이 가리키며 알려주고 있을 때, 백공이
곁에 앉아 있었다.

춘륜 답함, "백공은 알지 못합니다. 어떤 분이십니까?"

소심헌 아룀, "우리 일행 중에 시도 잘 짓고 글씨도 잘 쓰며 의술에도
능한 사람입니다. 호는 서초(西樵)[202]입니다."

춘륜 답함, "제가 뵈올 수 있도록 공께서 먼저 주선해주시면 어떻겠습
니까?" 소심헌이 이 뜻을 전하자, 조금 지나서 서초가 일어나 자리로 왔다.

一.

춘륜 아룀, "지금 용문(龍門) 아래에서 뵙게 되어 영광과 감격스러움
비할 데가 없습니다."

서초 답함, "공께서 이처럼 오셨는데 마침 병이 있어 고론을 들을 수
없으니 매우 한스럽습니다."

---

202 서초(西樵) : 백흥전(白興銓)의 호. 조선 후기의 의관(醫官). 자는 군평(君平). 1719
년 통신사행 때 공식 수행 의관으로 일본에 다녀왔다. 양의(良醫) 권도(權道)와 함께 각
기(脚氣)와 상한론(傷寒論) 관련 의학서에 대한 일본 의원과의 문답이 『상한창수집』에
수록되어 있고, 11월 1일 통신사 일행이 경도 본능사(本能寺)에 숙박했을 때에는 가등겸
재(加藤謙齋)와 인삼에 관해 필담을 나누기도 하였다. 『승정원일기』에 의거하면, 1722
년 부사과(副司果)를 제수 받고 대전(大殿)의 진료에 참여하는 등 사행을 다녀온 직후
경종대(1720~1724)에 최고 전성기를 구가하였고, 그 후 1728년 노령으로 관직을 그만둘
때까지 어의(御醫)로서 활동하였다.

춘륜 아룀, "오늘 밤 성대한 모임에서 함께 할 수 있음은 진실로 희세(希世)의 행운입니다. 그런데 어찌하다가 족하를 이제야 뵙게 되었는지요? 한스러움 말할 수 없습니다. 자리를 파할 무렵이라 정성과 곡진함을 다할 길이 없으니 내일 밤 좌화(佐和)에서 다시 만납시다."

一.

국당 아룀, "공께서 신통한 헌기[203]의 의술을 행하신다고 들었습니다. 여쭤볼 일이 있어서 이것을 삼가 아래에 기록해 두었으니 꼭 살펴보시고 처방을 알려주셨으면 합니다."

"열두 살인 여자아이가 있는데, 구흉[204]을 앓은 지 이미 2,3년이나 되었습니다. 지금 척추 가운데 다섯 번째와 여섯 번째가 돌기하여 간혹 고름이 나올 때도 있습니다. 약을 많이 복용하였는데도 아직도 효과를 보지 못하고 있습니다. 여러 의원들이 증세에 대해 논의한 것이 있지만, 병자에게 적절하고 합당한 약을 얻을 수 없습니다. 지금의 병세로 보아 또한 몇 첩의 약으로는 효험을 얻기가 어렵습니다. 혹 공께서는 의술로 치료할 수 있는 방도가 있으신지요? 귀국에도 또한 이러한 질병에 대해 어떤 약인가를 써서 효험을 본 처방이 있습니까? 함께 알려주셨으면 합니다."

춘륜 답함, "이러한 증세에 대해 옛사람들이 이미 치료법을 논하였지

---

203 헌기(軒岐) : 헌원씨(軒轅氏)와 기백(岐伯). 모두 전설적인 의술의 개조(開祖). 뛰어난 의술을 가리킨다.
204 구흉(龜胸) : 가슴뼈가 앞으로 도드라져 나온 병증. 비장이나 신장이 허하거나 골질이 연약하여 생긴다.

만 효험을 거둔 사람이 적습니다. 우리 고을에도 가끔 이런 병에 걸린 사람이 있는데, 오래도록 낫기 어려운 고질병이 되어 아직까지 좋은 처방이나 기묘한 의술을 얻지 못했습니다. 매우 한스럽습니다."

『상한훈지(桑韓塤篪)』 권3 마침

桑韓塤篪 卷三

桑韓塤篪卷三

濃州
大垣前會

享保四年己亥十月二十六夜，朝鮮學士、書記、醫官等，抵濃州大垣客館，某等兄弟，從家君往會之。筆語唱和若干，聊茲編次，以貽好事云。

奉呈青泉申公嘯軒成公菊溪張公各案　　　　　　　　　春竹
使星遙指大瀛東，蓬島煙霞吟興濃。永夜樽前聊連榻，薰人和氣靄春融。

奉和春竹見寄　　　　　　　　　　　　　　　　　　　青泉
仙琴彈月十洲東，曲裏琪花滿眼濃。分我一枝香在袖，到頭長見彩霞融。
征軺昨過大垣東，驛舍金樽美酒濃。獨有君家《棠棣曲》，相隨千里客心融。

道上和春竹韻　　　　　　　　　　　　　　　　　嘯軒
迢迢路入震湖東，萬戶人煙認美濃。遙想高門德星聚，百年和樂正
融融。【右三首到東都和之，西歸之日示予云。】

奉和春竹韻　　　　　　　　　　　　　　　　　　菊溪
桑洋之北葦原東，竹靄杉煙淡復濃。且遇詩豪聞朗詠，使人塵慮頓
消融。

後會唱和

走呈申成二公　　　　　　　　　　　　　　　　　春竹
見君標格自崎嶸，豪氣由來跨大鯨。絕域可憐鴻雁少，一樽須慰故
園情。

奉和春竹韻　　　　　　　　　　　　　　　　　　青泉
富山冰雪逈崢嶸，滄海秋波製巨鯨。爭似君家雙玉筆，醉憑揮洒古
今情。

奉和春竹韻　　　　　　　　　　　　　　　　　　嘯軒
滿天星斗夜崢嶸，惟恐譙樓動曉鯨。王事驅馳何日了，客中送別亦
關情。
曾仰高名，今奉手仂，慰幸如何如何？

走呈張書記 春竹

珠玉揮毫藻思摛，文章司命捨君誰。不妨談笑罄心曲，一夜群星照坐奇。

奉和春竹贈韻 菊溪

篇篇綺語爛然摛，敏妙如君更是誰。赤城山上丹霞氣，持比來詩亦未奇。

走呈成書記 春竹

灑落仙標眉宇淸，文才一世擅英名，相逢共喜終宵醉，談笑却勝故舊情。

奉和春竹韻 嘯軒

仙鶴離塵韻格淸，白眉長最五常名。一宵豈盡團欒樂，江月湖煙縮別情。

送申學士之還 春竹

千載又看陸士衡，詞源浩蕩筆縱橫。何辭痛飲達明曉，別後無由尋酒盟。

奉和春竹惠贈 靑泉

濯濯汀蘭與杜衡，君家詞筆映雲橫。孤槎欲發頻回首，一曲場駒怨舊盟。

北斗寒天轉玉衡，起看孤月樹頭橫。明朝海上雲千里，留得鮫珠替結盟。

送張書記之還　　　　　　　　　　　　　　　　　　　春竹
文旆萬里馬駸駸，携手徘徊流水潯。別宴強傾三盞酒，高歌一曲正傷心。

奉和春竹惠贈韻　　　　　　　　　　　　　　　　　　　菊溪
長程日月逝駸駸，歲暮遲回東海潯。逆旅重逢纔拭目，明朝一別更傷心。

送成書記之還　　　　　　　　　　　　　　　　　　　　春竹
澟冽寒風透繡裳，憐君志氣本昂藏。天涯從是音容隔，恨與雲山萬里長。

奉和春竹惠示韻　　　　　　　　　　　　　　　　　　　嘯軒
天寒霜露判衣裳，海闊孤舟何處藏。客中半面還如夢，一夜離愁白髮長。

重送申姜張成三公　　　　　　　　　　　　　　　　　　春竹
分手長江畔，晨霜侵客衣。他時相憶夜，應有夢魂飛。

曉起將行奉和春竹　　　　　　　　　　　　　　　　　　青泉
曉色郵亭樹，悲歌摻子衣。明朝雲海隔，空望雁高飛。

奉和春竹惠韻　　　　　　　　　　　　　　　　　　　耕牧子
征馬遲遲發，臨分更把衣。餘懷定搖落，愁見斷鴻飛。

走次春竹惠韻 嘯軒

《驪駒》唱欲斷，曉月照征衣。山海豈終極，燕鴻相背飛。

臨別走次春竹惠韻 菊溪

共惜天涯別，臨岐更摻衣。相思如有札，須寄塞鴻飛。

惜別之懷，君我一般，悵黯何言? 贐行之作携歸，可作後日面目，可珍可珍。

走呈張書記 春竹

萍逢千載會，佳話出塵奇。明日河梁別，離懷無盡時。

走次春竹贈別韻 菊溪

贈我瓊琚字，篇多語益奇。相看不忍別，立馬月斜時。

呈申張成三公 春竹

迢迢千里路，今夜暫停鞍。相遇還分手，坐嗟再會難。

夜與春竹敍別因次其韻 青泉

高堂對樽酒，寒月繞征鞍。嶺海千秋別，心腸一夜難。

走次春竹贈別韻 嘯軒

意長夜苦短，曉月動征鞍。再面知何日，天涯此別難。

走次春竹惠韻 菊溪

萬里長爲客，脩程困跨鞍。浮生元役役，良會古今難。

醫員筆語

一。

【春竹問。】"有一種病, 不問男婦, 心下痞塞, 起則呼吸速迫, 坐則安靜。其脈浮, 中診則弦或結或細, 沈診如無。得此症者, 後必腫脹, 故察其幾, 而以參、附、姜、桂溫補之, 則得愈者多。然得溫補, 却加苦悶, 其脈數, 按而無力者不治。腫脹日甚, 小便閉澁而死矣。其治法冀垂示敎。"

【卑牧齋答。】"凡病有治不治。此病初起時, 或有與參、附安之者, 若得溫補之劑, 反加苦悶之症, 脈又數而無力, 則法當腫脹而死。他無救生之方耳。"

【春竹問。】"霍亂腹痛, 不能吐瀉, 惡心嘔吐, 大便閉結, 四肢厥冷。其脈或伏, 投枳實大黃湯、備急圓之屬, 或用獨參湯、附子理中湯之類, 而不效也。得此症而死者固多。希傳一方。"

【卑牧答。】"此病有或痰隔中焦而然, 只用枳[205]縮二陳湯, 有得效, 其他別方未知耳。用此劑而無效者, 灸臍中百壯、承山三七壯, 則百無一失, 此謂之遇仙灸。"

【春竹問。】"不問男婦, 其症飮食如常, 面色蒼蒼。日月久遠, 形肉消瘦。午前惡寒, 午後發熱, 盜汗、咳嗽後大便溏泄, 足跗浮腫而死。爲陰虛火動, 而投當歸、地黃, 則停滯于胸膈; 以知母、黃蘗, 乃後必大便泄溏; 又以人參補陽, 則加咳嗽、吐痰也。傳屍滅門者, 往往見之。此症有感於其氣而傳之邪? 將實有所謂勞蟲者而傳之邪? 其治法如何?"

---

205 원문에는 '只'로 되어 있으나 '枳'로 바로잡는다.

【卑牧齋答。】“此病始得者, 皆由於費腎過度, 宜以河車六味元之屬, 久服治之。至於傳染數人後, 則必成勞蟲, 當用蓮心散, 紅椒散, 瀉下惡物, 後繼用大補氣血之劑, 而多至於五六人後, 莫如遠避之耳。”

【春竹再問。】“紅椒散方如何?”

【卑牧齋答。】“川椒殼炒去油, 空心每服百粒津下, 滿百日, 蟲消下。”

一。

【春竹問。】“男年五十, 嘗患痔痛, 肛門或脫或收, 經年不愈。補瀉溫凉之劑, 俱不奏效, 伏乞示教。”

【小心軒答。】“山茱萸一兩酒蒸爲一貼, 服三十貼而效。”

【春竹問。】“小兒疳眼, 發熱口渴, 腹悵泄瀉, 脈數無力, 經日不治, 死者儘多。冀傳神方。”

【小心軒云: “疳眼指雀目邪?”】

【答云: “予治雀目而得効者多, 惟上熱眼痛而後盲者難治, 如何?”】

【小心軒答。】“小兒疳眼, 通用猪肝, 入夜明砂烹熟, 去明砂, 多多喫之, 最妙。雀目灸手大指內橫紋頭赤白際, 一壯七日而愈。腹脹泄瀉, 多喫粘蛙, 灸最好。”

春圃筆語

大垣後會

一。

【菊溪啓。】“頃因令胤道仙, 備聞足下淸福之盛。願一接茵, 而不可得。今幸獲拜雅儀, 兼得五鳳侍側, 良幸良幸。乃菊溪 張應斗也。"

【春圃復。】"向者賤息道仙始接芝眉, 且承瓊琚之賜, 於僕感謝何極? 今夜辱逯披雲, 兼許令五子侍于雅筵之末, 顧又何幸如之? 僕今欲以某事就問卑牧齋, 故不得久侍, 少焉當復來陪。"

啓良醫卑牧權公 春圃

"帆路千阻, 客程知幾萬里, 動履無恙, 尊駕抵此, 幸甚幸甚。僕濃州大垣之庸醫也。東行之夕, 憑雨森芳洲乞謁, 然公因旅憊, 而不之許, 迄今爲恨。稟者僕行醫多年, 儘有所得, 遂成一家之言, 頃著『精氣神論』, 以爲三卷矣。夫論醫道者, 一言得失, 實繫於生命之存亡, 固不可不以研精窮微。而如僕凡陋, 恐有乖戾焉, 故呈之案下, 以求雌黃, 希垂監念。僕有五男兒, 各承其業。今公一閱僕所論, 爲正可否, 則不獨僕之爲幸, 亦五男兒者, 永承其賜也。吁, 老牛舐犢之愛, 不能自禁。叨煩高明, 幸垂恕察。"

一。

【卑牧復。】"春圃公頃示一書, 自緣多事, 尙未仰答, 慙愧何言? 卽欲暴盡鄙見, 而長短攧頓之餘, 宿痾復作惡, 勢難奉答萬一。前後所示四卷, 當到坂城後, 乘隙細觀論呈耳。"

【春圃啓。】"示意雖懇, 猶未爲安。今霄一覽, 使慰所望, 如何?"

【卑牧答。】"不可卒爾答之故耳。必到大坂城後論呈耳。"

【卑牧啓。】"卽見庭玉道仙筆翰翩翩, 信無雙才子, 他日必成大器。可賀。"

【春圃復。】"豚兒輩何有足道者? 承是過譽, 不勝椒然。荷荷。"

【同啓。】"公知嘗百軒奇斗文乎? 辛卯之歲, 會于此館, 今無恙否?"

【卑牧復。】 "此人辛卯以醫官果來此, 卽今好在耳。"

【春圃啓。】 "嘗百軒昔語予云, 有令胤, 年纔二歲。料今旣及十歲。想應就學習業, 日進一日。願足下傳此賀意, 如何?"

【卑牧復。】 "奇醫亦嘗知之, 東歸之日, 當以左右之意傳之也。"

啓小心軒醫伯　　　　　　　　　　　　　　　　　　春圃

"驛路越險, 舟航乘危, 貴體無恙, 東武竣禮, 幸慰何喩? 頃[206]者僕有 '命門辨說'一條, 今呈諸左右, 靑眼一照, 辱賜一語, 則豈止一時之榮? 實終身之至寶也。且啓, 仲子春倫, 在江州佐和, 足下東行之日, 憑芳洲呈《心下虛實論》, 以求是正, 足下携諸東都, 冠以數言, 春倫得之, 將手舞足蹈之, 不知於僕亦不勝感佩。謝謝。"

【小心軒復。】 "僕素多疾病, 入貴邦後, 不伏水土, 重患痰症, 頭眩大苦, 千里撼頓, 精神昏憒, 不能作氣。且見識淺薄, 不成文字, 未副勤敎, 悚恨悚恨。無已則去留大坂後, 當製呈耳。"

【春圃再復。】 "視意奉審。然則浪速淹留之間, 必賜淸覽是祈。"

啓二公　　　　　　　　　　　　　　　　　　　　　春圃

一。

二公不辭困倦, 敎督懇懇, 何勝欣躍? 夜深更迫, 不得以留, 今將辭焉。嗚呼! 逢別倏忽, 黯然不知所言, 如何如何?

寄卑牧齋小心軒書　　　　　　　　　　　　　　　　同

河橋一別, 猶成數日之惡, 長途安穩? 歸旆想旣抵難波。向者憑芳

---

206 원문에는 '煩'으로 되어 있으나 '頃'으로 바로잡는다.

洲之好介, 接光範于賓館, 親醉醇德, 辱承高誨, 實是生之大幸, 迄今
欣抃。 瀆者所呈《精氣神論》'命門辨說', 不知旣垂一語否。 能使破甌,
重於九鼎, 實在諸公之一言, 以故叨不自量, 再煩高聽, 若旣構成, 托
之芳洲, 以傳達焉, 千萬惟祈焉。鳴呼! 新知之樂, 猶未能盡, 離思悠
悠, 西東相望, 爲恨如何? 幸托便鴻, 一賜回音, 少慰別後之懷。盛寒
徹膚, 千萬保嗇。不宣。

春倫唱和

彦根前會

　享保四年己亥九月十四日, 朝鮮聘使止宿于江州彦根, 予有故, 不
能詣館, 憑對州儒臣雨森芳洲, 寄書並詩於學士申靑泉書記姜耕牧
子、成嘯軒、張菊溪良醫權卑牧。翌到濃州大垣, 各有和章云。

○奉呈製述官著作靑泉申公案下啓

春倫

　伏以靈槎泛海, 仙駕凌雲, 若見玉馬於一時, 群姓企踵, 似望金山於
千丈, 萬夫爭先, 亨衢相照, 希代至榮。恭惟製述官著作靑泉申公案
下, 莉璞奇珍, 周彝古範, 言稽往訓, 行履成謨。色溫而和, 含春風於
法宇; 氣淸而肅, 橫秋霜於雅襟。夙航聖瀆, 游泳于禮樂之場; 逐棧蓬
觀, 盤旋于典籍之藪。文章自出機杼, 力挽百鈞; 詩賦將奪烟霞, 材擅
千古。萬里跋涉, 有乘風破浪之壯心; 半年勝遊, 養鸑鷟昂霄之逸氣。
銀海所覃江山, 生色揚輝; 旆旌所指田野, 知名仰德。有臣如此, 遐邇

齊欽反命, 無何福祿, 俯拾權。蓬蓽庸流, 閭閻棄物, 駑駘步窘, 培塿
形卑, 粗知前事可師, 每歎下材難能。蹲鷗屢誤, 無異乎傅迪之書簏;
樸駿自居, 豈收乎呂相之夾囊? 幸遇河淸之昌際, 親看隣邦之盛儀, 聞
風嚮德, 浩然有興, 馳意騁神, 深矣致敬。輒述丹衷, 幸垂靑眼。伏惟
鴻慈特垂監念。不宣謹啓。

　僕姓北尾, 名權, 字中正, 號春倫, 又號柳洲。濃州大垣之人。今寓
居于江州彥根。

呈靑泉申公　　　　　　　　　　　　　　　　　　　　春倫

　金龜城聳大江頭,【佐和城一名金龜。】一夜高人駐紫騮。秋霽斗間龍氣
動, 風怗孤館客情優。彤宮首選韓公侶, 玉籍品題桂父儔。使節有榮
陸裝富, 不須鬱鬱賦《登樓》。

又

　夙得靑雲路, 天衢自在飛。金蓮香氣襲, 宮錦主恩輝。雄辨誰能敵,
英才世所希。盛名流日域, 德貌亦何頎。

奉和春倫惠贈　　　　　　　　　　　　　　　　　　　靑泉

　籍甚佳名自黑頭, 千金臺館出驊騮。匣中雷雨悲吟壯, 筆下江山漫
興優。歲晚汀鷗隨浪跡, 月明琴鶴對良儔。共傳湖海多豪氣, 高臥元
龍百尺樓。

　客窓聞墜葉, 寥落雁高飛。自倚南冥翼, 遙瞻北斗輝。乘槎人不見,
擊磬世難希。獨喜歌相和, 仙郞美且頎。

　僕自涉瀛而東, 所與山川、城郭、雲月、草卉, 朝夕吟弄者, 個個有
神仙氣, 自謂今行得一瑤池勝事, 乃又承足下詩墨, 而益信珠樹琅玕爲
海上物。此一幅可以歸詫世間人, 以表我天外奇遊。感珍千百。如僕

素不能工於聲，而强爲足下誤拂絃，以慱一顧。連日僕僕道途間，黽俛潦草，言何能盡白？【此間有贈正使記室姜耕牧子等諸詩，而並無和篇，故不錄焉。】

奉呈書記嘯軒成公啓　　春倫

伏以兩邦脩帶礪之盟，昌期盛事，一日見鸞鳳之峙，當世奇觀。從古衣冠，多仁隣之制度，倚天山斗，懸闔國之偉望，企高風而起敬，裁尺素以通誠。恭惟書記嘯軒成公案下，心醉六經，道由三代。德容溫潤，儼然似玉界尺；義氣剛直，凜乎如朱絃繩，眞是人間之秀，豈非王國之珍？無盡詞源，窄潘江，小機海；輝芒才刃，剷賈壘，短曹牆。射策丹階，軒昂于御榻之側；題名淡墨，馥郁于場屋之中。殊方祗役行固非私，萬里浮船，神焉不護？驅駕長坂，有侔王尊之忠；望家白雲，不異仁傑之孝。載馳載駸，大播英聲；言還言歸，竚躋榮祿。權海內單門人中下品，襟靈不韻，骨相最凡，甘虀鹽，而聊足焚膏油以自勤。比起伏于蠙蟻，焉論雲霄；習飛槍于尺鷃，豈知溟渤？鼯技何進？不敢煩舍人之先容，巴曲叨呈，所願得工部之奇藻。伏惟洪慈特賜憐察。不宣謹啓。

呈嘯軒成公　　同

仙客遙來自漢濱，雲裾風袂駕朱輪。鄧林奇木廟廊具，滄海美珠天下珍。焉得牙絃弄《流水》，徒聞郢曲唱《陽春》。膺門何日攀淸範，妙話高論醉德醇。

秘書萬卷讀來豊，誰復詞場得壓公。彩筆高揮語驚世，何論奇夢屬文通。

和呈春倫詞案　　嘯軒

卜築琵琶湖水濱，靜來安步當朱輪。郢中高調誰能和，《肘後》神方也自珍。已識一心均濟物, 長敎萬病更回春。仙居知在無多地, 那得親薰氣味醇。

數頃湖田樂歲豊, 百年淸福孰如公。毫端自有驚人語, 不獨軒、歧夢裏通。

昨投佐和, 芳洲袖傳春倫 北尾公詩章, 因曰: "春倫, 卽春圃公之胤也。春圃有五子, 皆賢, 春倫乃其一也。" 余雖未得望履春圃公之門, 而固知積善之有慶也。今到大垣, 而芳洲又袖數封詩來示, 且曰: "道仙, 春倫之第幾弟也; 春達, 道仙之第幾弟也。" 讀其詩, 皆圓活淸綺, 有古人風格。蓋知春圃之德, 有以成其子, 而春倫之賢, 足以趾其美也。感嘆之餘, 謹和韻, 仰塵淸眼。僕姓成, 名夢良, 字汝弼。【嘯軒到于大垣, 乃有此和韻。】

奉呈書記菊溪張公啓　　　　　　　　　　　春倫

伏以龍門阻路, 竊積仰德之誠; 華漢在天, 徒懷依仁之願。凜然高誼, 惻若私衷。恭惟書記菊溪 張公案下, 瑞世偉才, 爽邦哲匠。崇詩書, 達禮樂, 深窺聖人之心; 諳子史, 巧文章, 甚得作者之體。手擘崑崙、泰、華之山, 筆力特勁; 氣呑洞庭、彭蠡之水, 度量何寬! 溫良儀容, 勁挺志節, 足爲準而望, 可寄命而託。閫境之歸重, 李栖筠豈克比肩; 廟廊之流譽, 尹翁歸亦讓其右。茲從使槎來臨日域, 古蹟芳躅之幽賞, 發揮其雅量; 名山大川之壯觀, 藻飾以綺語。英銳飄逸之氣, 同調靑蓮; 雄渾宏麗之辭, 爭工老杜。堪輿是廣, 誠見萬物之奇; 府庫所藏, 於羅百貨之美。顧冀之北, 群馬遂空, 望斗以南, 一人而已。權讚焉末學, 蕞爾弱齡, 技止雕蟲, 功愧畫虎。第深忻慕之情, 無旣敷陳之悰。尺素遙通, 寸心俱往。伏惟鈞察。謹啓。

呈菊溪張公 　　　　　　　　　　　　　　　同

國由箕聖典刑優，照世才華推柳州。鴨綠江邊尋勝檗，琵琶湖上辨奇遊。筆翰郁郁襲蘭麝，意氣翩翩凌斗牛。回首丹崖雲霧隔，寸心焉得向君投。

逴躒雄才是國琛，名流異域重南金。胸懷孰似冰壺淨，不受世塵一點侵。

奉次春倫惠寄韻 　　　　　　　　　　　　菊溪

交鄰典禮大優優，行到桑東六十州。奇邁子長湘楚過，壯逾工部浙江遊。路由仙嶠看乘鶴，槎泛銀河見飲牛。多謝春倫偏有意，睡驪明月向余投。

魏珠荆璧未爲琛，子有瑤篇直百金。領得仙家塵外趣，筆端濃郁彩雲侵。

僕姓張，名應斗，字弼文，自號菊溪居士，又號丹丘子。年今知非之歲，爲從事官記室。

呈春倫詞案 　　　　　　　　　　　　　　菊溪

世世詞源浩[207]不窮，五龍俱聚一家中。善家今日徵餘慶，縹帙靑囊並著功。

次菊溪視韻 　　　　　　　　　　　　　　春倫

壯遊萬里興無窮，司馬才名一世中。愧我長爲陸沈者，讀書學劍未成功。

---

207 원문에는 '浩'로 되어 있으나 '浩'의 오기로 보인다.

啓良醫卑牧權公　　　　　　　　　　　　　　　同

長途無恙, 高軒止此, 至幸。僕世業醫, 性質不敏, 未究精微。而其
所歷試, 間亦收驗, 近叨寫診法之一端, 爲一小冊。幸遇大邦國手經
過, 叨求是正, 若有所取, 則幸垂一語, 冠諸卷端。僕將取信當世, 貽
榮吾家, 公若察蓬心, 使敝帚倍價, 則恩比洪造, 感銘肺腑。伏冀少垂
監察。國禁至嚴, 不能逢鳳覩, 靑壁丹崖, 不勝瞻仰之至。【卑牧時有微恙,
故無答語。】

大垣後會

○十月二十六日唱酬

啓　　　　　　　　　　　　　　　　　　　　　靑泉

"頃者瓜報瓊琚, 實感仙緣。萬里遠役, 幸旣竣事, 今過郵亭, 遂奉淸
儀, 欣躍無量, 因所艷者, 僕之行世三十餘年, 未見如公家棠棣之煌
煌, 詩詞贊賀, 百不發一。"

【春倫復。】"玆得盍簪, 靑眼頻加, 實辱幸焉。顧如僕等不有, 奚足爲高
名者齒及? 忽承稱譽, 不勝感愧。"

呈靑泉　　　　　　　　　　　　　　　　　　　春倫

箕邦豈止仰金城, 一代詞臣皆俊英。特特御來珠勒馬, 盧郞儀矩四
筵傾。

和　　　　　　　　　　　　　　　　　　　　　靑泉

征軺十月近江城, 城上千林粲玉英。最愛君家棠棣下, 朱絃《白雪》

客心傾。

　落日浮雲掩赤城，行人湖上拾蘭英。勸君留醉金尊酒，坐到參橫斗
亦傾。

　呈嘯軒　　　　　　　　　　　　　　　　　　　　　　　春倫
　才子胸中夢澤洪，華軒到處競稱雄。一題劍閣名方震，何減當時張
載風。

　和　　　　　　　　　　　　　　　　　　　　　　　　　嘯軒
　左挹浮丘右拍洪，一堂高會盡詞雄。良霄宜作留連飲，明日江橋葉
散風。

　呈菊溪　　　　　　　　　　　　　　　　　　　　　　　春倫
　氣韻風姿儔侶稀，照書月眼發明暉。筆翻峽水文瀾湧，口轉珊瑚談
屑飛。

　和　　　　　　　　　　　　　　　　　　　　　　　　　菊溪
　五鳳齊翔世所稀，和鳴噦噦弄朝暉。好隨鸞鷺聯翩去，奮翼青雲萬
里飛。

　呈嘯軒【和見于後。】　　　　　　　　　　　　　　　　春倫
　萬里行程遠探奇，囊藏錦繡鎮相隨。長卿新賦遊梁日，荀爽光榮御
李時。天上聚星瑩丙夜，人中瑞鳳仰瑰姿。詩篇聊足託交契，共醉雅
筵金屈卮。

一。

【菊塘啓。】"僕姓鄭, 名後僑, 別號菊塘。今以副使幕裨來此, 偶然邂逅, 喜幸可言。"

【春倫復。】"一面相逢, 豈非天緣? 當促坐以語心曲耳, 如何?"

呈菊塘 春倫

滿堂佳客悉名賢, 璧月珠星映綺筵。一笑一歌餘興在, 靑燈相對不須眠。

和 菊塘

伯仲詩名竇氏賢, 天涯幸與此佳筵。把酒談文眞勝事, 參橫月落且休眠。

重呈菊塘 春倫

鄕路隔原隰, 寒風透坐氈。勿辭終夜飮, 侯館酒如泉。

和 菊塘

聲華卜²⁰⁸氏璧, 術業舊靑氈。良才必有用, 豈得老林泉。

---

208 원문에는 '下'로 되어 있으나 '卜'으로 바로잡는다.

醫員筆語

一。

【春倫啓。】“入人名如何?”

【卑牧復。】“僕姓權，名道，字大年，號卑牧。”

【春倫啓。】“道途安穩，輿馬抵此，何慰如之。足下嚮宿于佐和之夜，憑雨森芳洲呈書並《心下虛實論》一卷，以需一言。然足下以旅德，不許所乞，爲恨特深，翌隨行來此。此地乃僕之舊鄉也。家君當壯菴，亦豫服高誼，懷披雲之願，故賴芳洲，共求謁於賓館，芳洲曰：‘權公既就枕席，今不可見也。’以故區區之私臆，託芳洲而還。不惟違鳳覯也，又幷所乞不果，遺憾益深。今始拜高標，甚慰所望，仍陳愚陋，重煩覽觀。僕嚮所呈《心下虛實論》，固無足採者，豈不貽笑於大方? 想高明一見，委諸汚泥之中耳。雖然，醫之爲道，固繫於死生存亡之機也，大矣。故不可不竭心盡慮，以究其說。唯足下一言，以正其是非，使僕長免誤人之罪，則濟世之惠，何可量哉? 伏冀憐察鄙誠，一下健毫，千萬惟祈。”

【卑牧復。】“所示《心下虛實論》，自緣多冗，尙未披翫。即今亦緣忽迫，勢難仰答。稍俟到坂城後，細觀論呈，如何?”

【春倫啓。】“示諭詳之。跋涉賢勞，加以恩擾。惟許一謁，亦將波量之所涵也，豈復强乞以煩高慮耶? 浪華淹留，想應有日，幸一照之，以賜一語，若今所奉之鄙問，即見敎是祈。”

一。

【春倫問。】“一人年四十，齒齦宣露，動搖脫落，外無所患，脈亦得常。調攝三年，諸治無驗。彼託僕而願得公之一方，幸見敎焉。”

【卑牧答。】"雄鼠脊骨作末, 和溫酒, 連用三四十个, 永不復患矣。"

一。

【春倫問。】"小兒疳痢, 一身疲憊而死者儘多。其治法如何?"

【卑牧答。】"此病始發, 千方萬藥無蹤。多食粘蛙。余嘗試驗, 無以容易而賤之也。"

一。

【春倫問。】"本邦之俗, 不問初胎、慣胎, 必於四箇月, 以布帛之帶, 束縛其腹, 略如《奚囊便方》之法。未知, 貴邦亦有是事乎?"

【卑牧答。】"此法我國閭里間, 或有用之者, 而此法有妨胎氣, 時有因此傷胎者, 故士夫家絶不用之耳。"

一。

【春倫問。】"痘瘡新愈之後, 前人戒澡洗。然我國俗收靨畢後, 以米泔水、酒各少許令和湯浴之, 蓋云, '痂易落瘢易減也。' 古今翕然爲一定法, 醫不能禁之, 痘家亦未有害。顧貴邦無有是等染習, 未知如何。"

【卑牧答。】"醫家大戒痘瘡後澡洗, 而我國閭里間, 或有澡浴無患者, 蓋因嬰兒之禀賦實也。"

一。

【春倫問。】"本邦諸州有溫湯。夫溫湯者, 辛熱微毒, 諸疾可治在皮膚骨節者, 而不可除內傷之患也, 明矣。然近世溫泉盛行, 其驗不驗, 由于病有內外之別耳。未知貴邦亦溫泉之法盛行乎。"

【卑牧答。】"我國浴洗溫井之法盛行, 只用於皮膚之病耳。"

一。

【春倫問。】"靑筋之一證, 龔氏詳論之, 我國類此證者其多, 以針出瘀血, 或服順氣行瘀之劑, 而有得效者, 然發作有時, 竟無全功, 龔氏之方, 未見其效。貴邦亦有是證邪? 願得聞其治。"

【卑牧答。】"此證霍亂之最危急者, 不卽治療, 久乃必死, 當以大針刺尺澤上大靑絡, 棄血如糞, 則得效。"

【春倫答。】"足下以靑筋, 爲霍亂危急之證, 然如龔氏所論, 則似不然也。未知如何。"

【卑牧答。】"此方書別立條例, 而其實與絞腸砂同證。"

一。

【春倫啓。】"洪誨多端, 感何如之? 薄潔鶴觴, 以進案前, 幸勿辭一醉。"

【卑牧復。】"旣沐枉顧, 又餉酒食, 感佩難量。顧此小禮, 無以仰答, 愧慚愧慚。"

【春倫啓。】"今霄良會, 幸出意外。夜深行迫, 今將辭去。然僕亦明日追行, 歸于佐和, 則再會在近, 猶爲可喜也。"

【卑牧復。】"若然則誠幸誠幸, 未知大坂城何日訪來邪否?"【此時, 與小心軒筆語, 故不及答。】

【卑牧啓。】"那間到來坂城耶? 其時若惠枉, 則可攄今夜未盡底懷, 兼做一場詩酒之樂, 如何?"

【春倫復。】"視意及再, 顧如僕卑陋, 何幸得此厚眷哉? 浪華館奉訪之事, 歸于佐和之後, 當從容以計之耳。"

一。

【春倫啓。】"卽今通事氏, 傳足下丁寧之意, 且云僕向所呈于卑牧公《心下虛實論》在東都幸經清覽, 所題之數言, 謹得領之。感謝萬萬。實以爲終身之寶矣。嚮道仙荷一面之識, 因聞足下抱不世出之材也, 玆得荊識, 幸何如之? 未知貴姓名, 如何?"

一。

【小心軒復。】"僕姓金, 名光泗, 字白汝, 號小心軒。"

一。

【春倫問。】"一婦年三十餘, 患赤白膿痢, 三年于玆, 日夜數行, 作裏急後重。上年之秋, 其子病矣, 養于襁褓之中, 勞劬特甚, 以故病患加一層。初冬, 伏枕不能起, 飲食或增減。其腹有塊, 其狀長大, 自上脘直至臍下而止。按之不痛最堅硬, 其他小塊累累者, 不可勝數。飲食到于心下而不直下, 少焉分下于左右, 或胸中如有所縛, 而手足攣縮。小水澁少, 一身浮腫, 脈左右俱弱。百藥不驗, 綿延至今。雖非如樹皮草根之可能療, 或有上池之靈方, 而能活之哉否? 願得聞之。"【小心軒問云, 此病有吐證乎? 答曰, 無之。】

【小心軒答。】"八物湯加黃連、阿膠珠各一錢, 煎水吞下四神丸。"

一。

【小心軒啓。】"僕脾腎素虛, 今處冷地日久, 百病種生。頑痰塞胸, 悶悶。"【小心軒使予診脈。】

【春倫復。】"診足下脈, 左手濡, 右手關上脈滑。是行旅辛勞之餘, 冷濕襲虛, 平素所蓄之痰爲患也。服溫和化痰之劑, 則如何?"【小心軒領之。】

【小心軒啓。】"乍聞尊公到坂城留數日云, 其時可得重拜耶?"

【春倫復。】"卑牧公云, 致來於浪華, 然僕常診病施藥之家若干, 如往來於茲，亦不能如意。況遠到於浪華哉！故不復效范式之約也。雖然親炙于君等，乃百年難再之幸，豈以脩途之勞、俗冗之牽，而怠于奉訪耶？他日將計之。若然，則得重論于樽酒之間耳。"

一。

【小心軒啓。】"是白公也。"【小心軒指教之時，白公臥在側。】

【春倫復。】"白公未知。如何人？"

【小心軒啓。】"吾行中善詩、善書、善醫者。號西樵。"

【春倫復。】"僕將執謁，公爲先容，則如何？"【小心軒傳此意，少焉西樵起而就席。】

一。

【春倫啓。】"今得一識於龍門之下，榮感無任。"

【西樵復。】"尊公如此來集，適有病，不得與聞高論，可恨可恨。"

【春倫啓。】"今霄得與盛會，眞希世之幸也。然何見足下之晚耶？恨不可言。坐將欲散，無由罄款曲。明夜在佐和而再會。"

一。

【菊塘啓。】"聞尊公爲軒、歧之術，僕有煩問之事，謹此左錄，幸留意省察，惠示爲望。"：

有一女兒年十二歲者，患龜胸，已至二三年。卽今顀骨第五六突起，或有時出膿，服藥已多，尙無見效。諸醫有所論證，而病家不得的定當藥，今病勢且難以數貼藥取效矣。或尊公有可以醫治之方？貴國亦有此等疾病，用某藥取效之道乎？並示之爲望。

【春倫復。】"此證，昔人旣論治法，而收驗者少。我國往往有此病，長爲廢疾, 未得良方奇術, 恨恨。"

桑韓塤篪卷三【終。】

상한훈지 권사

桑韓塤篪 卷四

상한훈지 권사

상한훈지(桑韓塤篪) 권4

언근후회(彦根後會)

○ 27일 언근에서의 창수[二十七日彦根唱酬]

조선으로 돌아가는 청천[1]을 전송하다
送青泉歸朝鮮

춘륜[2]

손 흔들며 창주[3]를 떠나는데 　　　　　　　　　　揮手滄洲去

---

1 청천(靑泉) : 신유한(申維翰, 1681~1752)의 호. 조선 후기의 문신 겸 문장가. 자는 주백(周伯), 호는 청천(靑泉). 1719년 통신사행 때 제술관으로 일본에 다녀왔다. 그때 일본 문사들 사이에 시문으로 명성이 자자하여, 그의 시를 받기 위해 수많은 문사들이 모여들었고, 대단한 칭송을 받았다. 사행 기록 『해유록(海遊錄)』이 있다.

2 춘륜(春倫) : 북미춘륜(北尾春倫, 기타오 슌린, 1701~?). 강호시대 중기의 의원(醫員)·한시인(漢詩人). 성은 북미(北尾), 이름은 권(權), 자는 중정(中正). 미농(美濃) 출신. 북미춘포(北尾春圃, 기타오 슌포)의 차남. 1719년 당시 근강국(近江國) 언근(彦根)에 살았다. 경도(京都, 교토)에 가서 이등주경(伊藤周敬, 이토 슈케이)에게 의학을 배워 양체정이조(兩替町二條, 료가에초니조) 하정(下ル町, 사가루마치)에서 개업하였다.

편안히 푸른 파도에 떠있네	不勞泛碧波
훗날 외로운 침상에서 꿈꾸거든	他時孤榻夢
학 타고 한 차례 들르시구려	乘鶴一相過

또 전송하다
又

춘륜

참으로 일생의 이별이로다	眞是一生別
동서로 만 리나 떨어져 있으니	東西萬里乖
향기로운 미주 백 병이나 있어도	百壺芳醑在
근심스런 마음 풀지 못하네	未足解憂懷

아뢰다
啓

동(同 : 춘륜)

一. "오늘 아침에 일찍 대원(大垣)을 출발할 때 춘을(春乙)⁴에게 부탁

---

3 창주(滄洲) : 창주는 물가의 수려한 경치를 뜻하는 말. 남조(南朝) 제(齊)나라 시인 사조(謝朓)가 선성태수(宣城太守)로 나가서 창주의 정취를 마음껏 누렸던 고사가 유명하다. 여기서는 일본을 뜻한다.

4 춘을(春乙) : 북미춘을(北尾春乙, 기타오 슌이쓰). 강호시대 중기의 의원(醫員)·한시인(漢詩人). 성은 북미(北尾), 이름은 정(貞), 자는 허중(虛中). 미농(美濃) 출신. 북미춘포(北尾春圃, 기타오 슌포)의 아들.

하여 시 2수를 보냈는데 공에게 전달되었는지 모르겠습니다."

청천 답함, "오늘 새벽 떠나려던 참에 그대의 오언절구 2수를 얻었습니다. 이미 화운시 4수를 지었으나 아직 붓으로 쓰지 못했습니다."

춘륜이 다시 답함, "지금 이 자리에서 바로 써 주시면 어떠신지요?"

화답하다
和

청천

석양 무렵 비파 호수	落日琶湖水
가을바람에 흰 물결 이네	秋風生白波
호수 빛 그대의 마음 같아	湖光似君意
전송하려고 멀리서 들렀네	相送遠相過

또 화답하다
又

부사산에 천 년 동안 쌓인 눈	富岳千年雪
비파호에 이는 가을 물결	琶湖十月波
훗날 밤 꿈속에 그립거든	相思他夜夢
이처럼 와서 들를 수 있겠지	應得此來過

또 화답하다
又

저녁 무렵 외로운 학 배회하는데	獨鶴暮徘徊
이란곡[5] 소리 마침 어긋나네	離鸞聲正乖
구름과 물 너머로 날아가면	飛飛隔雲水
뉘와 마음속 회포 쏟아낼꼬	誰與瀉中懷

또 화답하다
又

거문고로 이별곡 연주하니	瑤琴奏別曲
산과 물 따라 홀연 헤어지네	山水忽分乖
안개 노을 풍경 속으로 떠나가려니	去去烟霞色
그대의 수심 내 가슴속에도 있다오	君愁我亦懷

---

5 이란곡(離鸞曲) : 짝 잃은 난새를 상징하여 만든 금곡(琴曲)의 이름.

조선으로 돌아가는 경목자[6]를 전송하다
送耕牧子歸朝鮮

춘륜

하룻밤 담소로 친해졌으니	一夜親言笑
고상한 풍도 언제나 잊을까	高風何日忘
돌아가는 길 천리만리라 해도	歸程千萬里
이별의 수심만큼 길지는 않으리	不及別愁長

또 전송하다
又

부럽게도 그대 말안장에 광휘 있어	羨君鞍馬有光輝
먼 길 관산에서 새와 함께 날아가네	長路關山共鳥飛
서로 작별하며 바라보니 마음 심란한데	相別相望心緒亂
아득한 강가엔 조각구름만 희미하네	淼茫江上片雲微

---

6 경목자(耕牧子) : 강백(姜栢, 1690~1777). 조선 후기의 문신 겸 시인. 자는 자청(子
靑), 호는 우곡(愚谷)·경목(耕牧). 경목자(耕牧子)라고도 한다. 과시(科詩)에 능했으며
시풍(詩風)이 호탕하였다. 1719년 통신사행 때 서기로 일본에 다녀왔다.

아뢰다
啓

동(同 : 춘륜)

一. "드린 송별시는 이미 다 보셨는지요?"

경목자 답함, "저녁 무렵이 되어서야 보긴 했는데 아직 짓지 못했습니다."

춘륜이 다시 답함, "화운시를 지어 주셨으면 합니다."

화답하다
和

경목자

옥설처럼 아름다운 모습	玉雪好眉宇
이 사람 잊기 어려워라	斯人難可忘
샛별을 서로 바라본다면	晨星縱相望
산과 바다처럼 이 마음 영원하리	山海此心長

또 화답하다
又

경목자

남국의 명주 오래도록 빛을 머금어	明珠南國久韜輝
이곳에서 한묵의 기세 나는 듯하네	筆翰逢場勢似飛
훗날 우삼방주가 한 걸음 물러나7	他日芳洲一頭避

정미한 경지의 시학 우두커니 바라보겠지　　　佇看詩學入精微

조선으로 돌아가는 소헌[8]을 전송하다
送嘯軒歸朝鮮

춘륜

은하수 쓸쓸히 앞산으로 사라지더니　　　星河牢落沒山前

바람 속 사신 깃발 새벽안개 떨치네　　　征旆帶風拂曉烟

술 거르며 잠시 길가 숲속에 머무는데　　　釃酒暫留行樹裏

한 조각 호수 달빛 이별 자리 환하네　　　湖光一片斂離筵

햇살 비단도포 비추자 옥총마 달리니　　　日照錦袍躍玉驄

인생의 영광은 웅장한 문장에 달렸구나　　　人生榮幸屬詞雄

이로부터 멀리 서쪽 바다로 떠가면　　　從斯遠泛西瀛去

노로가[9] 한 곡조 아득한 운무 속에 있으리　　　一曲勞歌杳靄中

---

7 훗날 우삼방주가 한 걸음 물러나[他日芳洲一頭避] : 송나라 구양수가 소식의 글을 읽어 보고는 "노부가 마땅히 그를 위해 길을 피하면서 한 걸음 뒤로 양보해야만 하겠다.[老夫當避此人出一頭地。]"고 매성유(梅聖兪)에게 편지를 보낸 고사가 있다.(『송사(宋史)』「소식열전(蘇軾列傳)」) 방주(芳洲)는 우삼동(雨森東)의 호이며, 성이 귤(橘)이고 우삼은 씨(氏)이며 자는 백양(伯陽)이다.

8 소헌(嘯軒) : 성몽량(成夢良, 1718~1795). 조선 후기의 문신 겸 시인. 자는 여필(汝弼)), 호는 소헌(嘯軒) 혹은 장소헌(長嘯軒). 1719년 통신사행 때 서기로 일본에 다녀왔고, 이때 일본 학자들로부터 받은 시와 편지 등을 모아 엮은 『한원청상(翰苑清賞)』이 있다.

9 노로가(勞勞歌) : 이별 노래. 중국 강소성(江蘇省) 강녕현(江寧縣) 남쪽에 노로정(勞勞亭)이 있는데, 옛날 이곳은 송별하던 장소로 떠나는 사람을 위해 노래를 부르며 전별하

화답하다
和

소헌

나의 수레는 뒤에서, 그대 말은 앞에서	吾車在後子驂前
함께 좌화산[10]에 이르니 벌써 저녁연기 나네	同到和山已暮烟
촛불 켜고 바라보니 희비가 교차하는데	秉燭相看悲且喜
백 년 동안 이런 밤연회 다시 열기 어려우리	百年難再此宵筵

그대의 뛰어난 걸음[11] 청총마 걷는 것 같더니	逸步君如蹴蹀驄
꽃다운 나이에 사부는 사형[12]의 웅장함이로세	妙年詞賦士衡雄
물고기 천 리 노니는 것[13] 배운다면	工夫須學魚千里
나라에 가득한 꽃다운 명성 얻을 수 있으리	會見香名滿國中

였다고 한다. (『사문유취(事文類聚)』)

10 좌화산(佐和山, 사와야마) : 자하현(滋賀縣) 북동부, 언근시(彦根市) 북부에 있는 산.

11 뛰어난 걸음[逸步] : 남조(南朝) 송(宋) 유협(劉勰)의 『문심조룡(文心雕龍)』에 "굴원과 송옥의 뛰어난 걸음은, 아무도 뒤따를 자가 없다.[屈宋逸步, 莫之能追。]"라고 하였다.

12 사형(士衡) : 진(晉)나라 때 오군 사람 육기(陸機). 사형은 그의 자(字). 문장이 당시 으뜸으로 일컬어졌다.

13 물고기 천 리 노니는 것[魚千里] : 물고기가 천 리를 헤엄치며 노니는 것. 『관윤자(關尹子)』에 "동이로 못을 만들고 돌로 섬을 만들면 물고기가 그 속을 헤엄치면서 몇 천 리나 되는지 모르고 끝없이 노닌다."라고 한 데서 온 말이다.

조선으로 돌아가는 국계¹⁴를 전송하다
送菊溪歸朝鮮

춘륜

금동이 술 마시러 언제 또 만날까	金樽何日又相逢
흐린 물 맑은 풍도 각자 자취 다르네	濁水淸塵各異蹤
이별 뒤 하늘가에서 고개 돌리는데	別後天涯回首處
그리운 넋 날아든 운수¹⁵ 몇 겹인가	魂飛雲樹幾重重
신선 풍도 거듭 잡아 시맹을 맺고	重攀仙範結騷盟
담소 나누며 애틋한 정 함께 하네	談笑共傾款款情
손잡고 사원 누대 너머로 전송하니	携手送行寺樓外
쇠잔한 버들도 이별 수심 서려있네	衰楊欲縋別愁縈

아뢰다
啓

一. "화운시는 완성하셨습니까?"

국계 답함, "이미 차운해서 도선(道仙)¹⁶ 편에 부쳤습니다."

---

14 국계(菊溪) : 장응두(張應斗, 1670~1729). 조선 후기의 문신. 자는 필문(弼文), 호는 국계(菊溪). 1719년 통신사행 때 서기(書記)로 일본에 다녀왔다.

15 운수(雲樹) : 벗을 그리워하는 마음을 뜻하는 말로, 두보(杜甫)의 〈춘일억이백(春日憶李白)〉에 "위수 북쪽 봄날의 나무 한 그루, 장강 동쪽 해질녘 구름이로다.[渭北春天樹, 江東日暮雲。]"라고 한 데서 유래하였다.

16 도선(道仙) : 북미도선(北尾道仙, 기타오 도센). 강호시대 중기의 의원(醫員)·한시

화답하다
和

국계

이번에 이별하면 다시 만날 길 없는데   此別無由得再逢
수레 길들이고 말 먹여 구름자취 돌아가네   膏車秣馬返雲蹤
부상에 달 솟아 그리워지는 밤이면   扶桑月出相思夜
꿈속에 신선 산 몇 겹이나 되려나   夢入仙山第幾重

강 바다의 백구와 맺은 맹약 오래 저버려   白鷗江海久寒盟
낙엽 진 나무, 나는 기러기 모두 슬프구나   落木飛鴻總惱情
유독 연연하여 이별하기 어려운 곳 있으니   獨有依依難別處
농주[17] 성 밖 물 구비 돌아가는 곳이라오   濃州城外水回縈

인(漢詩人). 성은 북미(北尾), 이름은 직(直, 다다시), 자는 행방(行方). 미농(美濃) 출신. 북미춘포(北尾春圃, 기타오 슌포)의 아들.

17 농주(濃州) : 미농국(美濃國, 미노노쿠니)을 말한다. 현재의 기부현(岐阜縣, 기후켄) 남부 지역.

국당[18]을 전송하다
送菊塘

춘륜

문자로 주고받은 금석과 같은 사귐	金石論交文字間
산보다도 더 값진 은정 베푸셨다오	恩情荷得重於山
그대 전송하자니 유난히 이별 가슴 쓰라려	送君特覺離懷惡
쓸쓸한 바람 속 성긴 비 취한 얼굴에 뿌리네	疎雨凄風洒醉顏

화답하다
和

국당

시와 술 함께 하며 단란했던 이틀 밤	團欒兩夜酒詩間
내일 아침이면 바다산 너머로 이별하겠지	一別明朝隔海山
외로운 달 동해로부터 떠오를 때마다	孤月每從東海出
고인의 얼굴 마주하는 것처럼 그리워하리	相思如對故人顏

---

18 국당(菊塘) : 정후교(鄭後僑)의 별호. 본관은 하동(河東). 자는 혜경(惠卿), 호는 국당 (菊塘). 찰방(察訪)·첨지중추부사(僉知中樞府事)·동지중추부사(同知中樞府事) 등을 지냈다. 1719년 정사 홍치중(洪致中)·부사 황선(黃璿)·종사관 이명언(李明彦) 등 통신 사 일행이 덕천길종(德川吉宗, 도쿠가와 요시무네)의 습직(襲職)을 축하하기 위해 일본 에 건너갔을 때, 부사 황선의 자제군관(子弟軍官)으로 수행하였다. 이때 부사가 탄 제이 기선(第二騎船) 안에서 서기(書記) 성몽량(成夢良)과 함께 연구(聯句)로 오언배율 20운 (韻)을 지어 시명(詩名)을 떨쳤다.

대판에서의 두 번째 모임

大坂二會

○11월 6일권(權)[19]낭화[20]에 도착한 조선 손님을 전송하며 다시
창수하여 신·강·성·장 네 분 공께 드리다
十一月六日權送韓客到於浪華再爲唱酬呈申姜成張四公

춘륜

  금번에 사신 수레가 이곳에 닿았는데, 제군들께서는 세상에서 뛰어
난 박식하고 전아한 재사로서 멀리 사행을 수행하셨습니다. 무릇 수레
가 이르는 곳마다 북두성을 우러러보듯 존숭하며 명함을 꺼내들고 면
회를 요청하는 자가 매우 많았습니다만 그 가운데 직접 뵐 수 있는
사람은 많지 않았습니다. 그런데 글재주 없는 제가 세 차례나 모시게
되었으니 일찍이 은덕이 두텁고 기쁨이 다하지 않은 적이 없었습니다.
예사로이 쉽게 얻을 수 있는 일이 아닌데 유독 저만 이런 기회를 얻게
되다니 생각건대 또한 무엇 때문일까요? 지극히 감사하다는 말씀 이루
다 표현할 수 없습니다. 어제 좌화(佐和)[21]에서 이미 작별을 하였는데
오늘 또다시 수행할 수 있게 되었으니 하늘이 맺어준 인연이 얕지 않
음을 알 수 있습니다. 삼가 율시 두 수를 지어 제 마음을 드러냅니다.

---

19 권(權) : 춘륜의 이름.

20 낭화(浪華) : 대판(大阪, 오사카). 대판을 낭화(浪華) 이외에도 낭화(浪花)·낭속(浪
   速)·난파(難波)라고도 한다.

21 좌화(佐和) : 언근(彦根, 히코네)을 말한다. 근강국(近江國)에 속하고, 현재의 자하현
   (滋賀縣, 시가켄) 언근시(彦根市, 히코네시)이다.

어찌 생각했으랴! 낭화에서 좋은 모임 가져 豈圖浪速得良會
천 가닥 슬픈 회포 말끔히 씻어질 줄을 千緒愁懷總灑然
땅에 누대 세워 아름다운 풍광 드러내니 地起樓臺見佳麗
객은 바람 부는 날 기약하며 잠시 머무네 客期風日暫留連
밝은 창가에선 강산의 승경 함께 이야기하고 明窓共話江山勝
시모임 자리에선 글 짓는 신선들과 친해졌네 吟榻重親翰墨仙
다른 나라에 친필 전함을 아끼지 마시게 眞蹟勿慳傳異域
수레에 구만 장의 왕희지 전지 가득하니[22] 車盈九萬羲之牋

약수[23]가 봉래와 격해 있다고 누가 말했나 誰言弱水隔蓬萊
한 조각 신선 배 사명 받들고 왔다네 一片仙槎銜命來
중망은 상서로운 기린 봉황에게 두루 돌아가고 衆望均歸麟鳳瑞
위대한 명성은 재목 동량에 높이 걸려 있네 鴻名高揭棟梁材
은구[24]와 같은 붓 끝에 묘한 기운 생기고 銀鉤筆下生奇氣
백옥 같은 가슴속엔 한 점 티끌도 없다오 白玉胸中絶點埃
강변의 관소로 그대 방문하니 흥취 끝없어 江館訪君興無極

---

22 수레에 구만 장의 왕희지 전지 가득하니[車盈九萬羲之牋] : 왕우군(王右軍)이 회계령(會稽令)이 되었을 때 사안(謝安)이 전지(牋紙)를 구하자 창고 속에 있던 9만장의 전지를 다 주었다는 고사가 전한다.
23 약수(弱水) : 신선이 살았다는 중국 서쪽의 전설적인 강으로 서해(西海)를 뜻하기도 한다. 삼신산의 하나인 봉래산(蓬萊山)과는 거리가 3만 리나 떨어져 있어 지극히 먼 거리를 표현할 때 봉래약수(蓬萊弱水)라고 하며, 서로의 거리가 매우 멀어서 만날 수 없는 경우를 약수지격(弱水之隔)이라고 한다.
24 은구(銀鉤) : 자획(字劃)이 매끄럽고 꼿꼿함을 형용하는 말로, 서법(書法)이 뛰어남을 뜻한다. 두보(杜甫)의 〈진습유고택(陳拾遺故宅)〉에 "지금 흰 벽이 매끄러운데, 붓을 휘갈기니 은구를 이어 놓은 듯하네.[到今素壁滑, 灑翰銀鉤連。]"라고 하였다.

시 짓는 술자리에서 모실 수 있도록 해주셨네　　　瓊筵詩酒許趨陪

아뢰다
啓

동(同: 춘륜)

一. 저는 지난번에 공의 시 여러 수를 얻어 상자 속의 보배로 여기고 있기 때문에 바라는 바 이미 만족하여 지금 다시 시를 지어달라고 번거롭게 하지 않겠습니다. 다만 외람되게도 시 여러 편을 드리라고 저에게 부탁하는 친구가 있어 지금 그것을 갖추어드리니 살펴주셨으면 합니다. 부탁이 너무도 간절해서 제가 감히 화운시를 요청하지 않을 수 없습니다. 공께서 부디 거절하지 않으셨으면 합니다.

답하다
復

청천

송구스럽게도 이별시를 주셨고 또 가슴속 회포를 드러내주셨습니다. 이번 사행은 천추의 이별이 될 것입니다. 슬픔과 탄식을 어찌 하겠으며 화운시를 어찌 감히 잊겠습니까? 다만 저에게 부득이한 일이 있어서 다른 일로 지체하기가 어렵습니다. 훗날 시를 짓거든 여러 편의 화답시와 함께 우삼씨 편에 부치겠습니다. 공께서도 이 말을 미리 우삼씨에게 부탁하심이 어떠신지요? 춘죽(春竹)[25]과 도선(道仙) 두 분

선생께서도 이별해야 한다는 생각에 괴로워하고 계실 것입니다. 다행히 제 말이 전해져 생각하는 처지가 같음을 느끼셨으면 합니다.

아뢰다
啓

춘륜

一. 공의 가르침에 큰 은혜를 입었습니다. 저 또한 이 말로 방주(芳洲 : 우삼씨)에게 부탁하겠습니다. 글 끝에 보여주신 뜻 훗날 고향에 돌아가거든 반드시 전하겠습니다.

아뢰다
啓

청천

一. 좌화(佐和) 산에서 유숙하던 날 밤, 그대와 도선(道仙)이 함께 자리에 있다가 헤어진 뒤, 쇠로 된 소패도(小佩刀) 한 자루가 제 눈에 들어왔습니다. 그대 형제가 깜빡 잊고 두고 간 물건이 아닌가 싶어 행장에 넣어두었습니다. 전해주고 싶어도 전해줄 방도가 없습니다. 혹 생

---

25 춘죽(春竹) : 북미춘죽(北尾春竹, 기타오 슌치쿠). 강호시대 중기의 의원(醫員)·한시인(漢詩人). 성은 북미(北尾), 이름은 충(忠), 자는 신의(信義). 북미춘포(北尾春圃)의 아들로 의술을 업으로 하면서 문학을 하였다.

각나십니까? 만약 그대가 차고 다닌 것이라면 제가 마땅히 돌려드리겠습니다.

답하다
復

춘륜

一. 알려주신 소패도(小佩刀)는 곧 도선(道仙)이 잃어버린 것입니다. 제가 전하도록 하겠습니다. 공께서는 바쁘신 중에도 마음써주심이 이와 같으니 군자의 지키는 바를 여기에서도 또한 볼 수 있습니다. 경복(敬服)합니다.

경목자께 아뢰다
啓耕牧子

동(同: 춘륜)

"이별한 지 얼마 되지 않았는데 우러러 받들고 싶은 마음에 하루가 일 년 같다가 우연히 연회석상[26]에서 풍모를 뵈니 이러한 생각에 조금은 위로가 되었습니다. 오늘은 마땅히 해가 저물도록 정다운 담소를 나눌 수 있겠지요? 또한 네 분 공께 올린 시를 소헌 편에 부쳐드렸으니, 이미

---

26 연회석상[樽俎] : 준조는 제사(祭祀) 때에 술을 담는 '준(樽)'과 고기를 담는 '조(俎)'를 아울러 이르는 말로 예절을 갖춘 공식적인 잔치를 말한다.

반가운 눈빛[27]으로 살펴보셨을 것이라 생각됩니다만 어떠신지요?

경목자 답함, "맑은 풍모를 다시 뵈니 기쁨과 다행스러움을 무슨 말로 하겠습니까? 다만 제가 본래 병이 많았는데 어제 또 오한과 복통으로 몹시 고통스러웠습니다. 개인적인 답답함을 어쩌겠습니까? 율시 두 수에 대해 화운시를 지어 소헌 편에 보내야 했었는데 이처럼 병들어 고달프기만 하니 그저 민망할 뿐입니다."

춘륜 아룀, "돌아갈 길이 만 리나 되고 추위의 기세는 날로 심해지고 있습니다. 병고에 몸조리 잘하십시오. 제가 전후로 보내드린 시 몇 수는 수정해서 다시 올리겠으니 훗날 앞서 보내드린 시와 함께 화운시를 지어주셨으면 합니다. 어떠신지요?"

경목 답함, "병이 좀 덜하면 화운시를 지어드리도록 하겠습니다."

아뢰다
啓
소헌

一. 좌화(佐和)에서 수행하면서 이미 극진한 은혜를 입어 작별한 뒤에도 한결같은 마음으로 일찍이 공의 모습[28]을 떠올리지 않은 적이 없

---

27 반가운 눈빛[阮眼] : 진(晉)나라 완적(阮籍)은 예속(禮俗)에 얽매인 선비를 싫어하여, 일찍이 모친상을 당했을 때 혜희(嵇喜)가 와서 정중히 조문을 하자 백안(白眼)으로 그를 대하더니, 혜희의 아우인 혜강(嵇康)이 술과 거문고를 가지고 오자 크게 기뻐하여 청안(靑眼)으로 그를 대했다는 고사에서 온 말이다.

28 공의 모습[瓊樹] : 옥과 같이 아름다운 나무라는 뜻으로, 고상하고 결백한 인품을 비유한 말. 『진서(晉書)』「왕융전(王戎傳)」에 "왕연의 모습이 고매하여 마치 요림(瑤林)의 경

었습니다. 지금 또한 멀리서 방문해주시니 위만이 변수(汴水)에 배를 띄운 것[29]으로도 그 수고로움을 비유할 수 없을 것입니다. 놀란 기쁨과 감사한 마음이 어떠하겠습니까? 춘죽(春竹)과 도선(道仙) 등 여러 공들께서도 모두 잘 지내시지요?

답하다

復

춘륜

一. 강토(江土)[30]에서 한 차례 헤어지고 나서 근심과 고통을 무엇으로 비유하겠습니까? 또다시 만나 뵙고 싶었는데 성대한 모임을 늘 갖기 어려워 한탄스러웠습니다. 생각건대, 이러한 일념을 스스로 금할 수 없어 뒤를 좇아 멀리 방문하였을 뿐, 어찌 험난한 길을 헤치고 온 수고로움이라고 말할 수 있겠습니까? 지금 외람되이 가르침을 입었는데 매우 정성스럽게 마음을 써주셨습니다. 저희 형제들에게도 안부를 물어주셨으니, 우의와 애정이 깊지 않으면 어찌 능히 이러실 수 있겠습니까? 모든 분들 다 식사 잘하시고 부디 염려하지 마십시오. 감사함

수와 같다.[王衍神姿高徹, 如瑤林瓊樹。]"라고 하였다.

29 위만이 변수(汴水)에 배를 띄운 것[魏萬泛汴] : 당나라 때 위만(魏萬)이 개봉에 닿으면 이백(李白)은 산동으로 떠났고, 위만이 산동에 도착하면 이백은 강남으로 가는 등 거의 2년의 시간을 허비하고 나서야 비로소 두 사람은 양주에서 만나 변수(汴水)에 배를 띄우고 진회(秦淮)를 유람한 뒤 금릉(金陵)에서 헤어졌다는 고사를 인용한 것이다.

30 강토(江土) : 강호(江戶)와 발음이 같은 '에도' 곧 강호(江戶)를 가리키는 것으로 추정된다.

을 마음 속 깊이 새기겠습니다.

아뢰다
啓

소헌

一. 보내주신 시를 읊으니 입안에서 향기가 납니다. 그런데 손님접
대로 정신이 없어 즉시 화답을 하지 못했습니다. 배 안에서 화운시를
지어 방주(芳洲)에게 주어 전달하도록 하겠습니다. 전날 받은 시에 대
해서는 이미 화운시를 지었으니 즉시 써서 드리겠습니다.

답하다
復

춘륜

一. 전날 드린 시에 대한 화운시를 주신다니 다행입니다. 어찌 다시
바라는 바가 있겠습니까?

춘륜이 준 시에 화답하다 본운(本韻)은 앞에 보인다[31]
追和春倫贈韻 本韻見于前

소헌

형제들 모두 훌륭하고 기이한 문장 좋아하여	兄弟聯翩總好奇
힘들어도 수고로이 백 리 멀리 따라 오셨네	辛勤百里遠來隨
등잔 앞은 기쁨 넘쳐 미간이 펴지는 곳이요	燈前喜溢揚眉處
달빛 지니 객수 일어 비녀장[32] 열 때라네	月下愁生啓轄時
내 자신 돌아보니 백발로 이미 추한 신세인데	顧我霜毛已朽質
그대 사랑스럽게도 귀한 몸 여전히 봄 자태라오	憐君玉樹尚春姿
부평초 신세라 언제 다시 만날 수 있을까	水萍再會知何日
다시 자리 앞으로 나가 술 한 잔 올리네	更進筵前酒一卮

화답하다 본운(本韻)은 앞에 보인다
和 本韻見于前

국계

석양 무렵 사원 누대엔 이별연 창연한데	寺樓斜日敞離筵
소매 잡고 서로 보며 몹시 슬퍼하네	執袂相看各悵然
두터운 의리 있어 천 리 전송 마다 않고	高義不辭千里送
객창에 나란히 앉아 송별연 열어주었네	客窓重許一床連

---

31 본운(本韻)이 『상한훈지(桑韓塤篪)』권3 '대원후회(大垣後會)' 10월 26일 창수(唱酬)
에 보인다.
32 비녀장 : 수레의 굴레머리에서 내리질러 바퀴가 벗어나가지 않게 하는 쇠.

그대와 헤어져 떠나가면 시 벗 없을 텐데   別君去去無詩伴

달 마주하며 때로 지선[33]을 생각하겠구나   對月時時憶地仙

다만 상자에 간직한 새로운 시편 있으니   只有新篇藏篋笥

그리우면 어디선가 고운 종이 펼치겠지   傷心幾處展花牋

명승구 부상은 곧 방장산과 봉래산이니   桑域名區卽丈萊

신선 표격 이 속에서 유래하였음을 알겠네   仙標知自此中來

다섯 형제 모두 풍류 넘치는 숲[34]이라   五君俱是風流藪

한 시대에 좋은 재목[35] 다투어 나왔네   一代爭推杞梓材

신통한 묘한 의술 원래 근본이 있어   術妙通神元有本

환해진 빈 방[36] 전혀 먼지 없구려   室虛生白更無埃

난새와 학 타고 하늘로 올라가서   將乘鸞鶴朝天去

북두의 진군[37] 가까이 모시게 하네   北斗眞君許近陪

---

33 지선(地仙) : 명산(名山)에서 한가롭게 노니는 사람을 일컫는 말. 진(晉)나라 갈홍(葛洪)
의 『포박자(抱朴子)』 내편(內篇) 논선(論仙)에 "상사(上士)는 육신을 지닌 채 하늘 속으로
올라가니 천선(天仙)이라 하고, 중사(中士)는 명산에서 유유자적하게 노니니 지선(地仙)
이라 하며, 하사(下士)는 죽은 뒤에 육신을 벗어나니 해선(解仙)이라 한다."라고 하였다.
34 숲[藪] : 연수(淵藪) 중의 숲. 연수는 못에 물고기가 모여 들고, 숲에 새들이 모여드는
것처럼 갖가지 물건들이 많이 모여 있는 곳을 말한다.
35 좋은 재목[杞梓] : 기재는 구기자나무나 가래나무와 같은 좋은 재목들로서 훌륭한 인재
를 뜻한다.
36 환해진 빈 방[室虛生白] : 『장자(莊子)』 「인간세(人間世)」에 "저 방의 빈틈을 보건대
거기로부터 빛이 들어와 빈 방이 환해지니 길상(吉祥)이 모인다.[瞻彼闋者, 虛室生白,
吉祥止止.]"라고 한 데서 온 말이다.
37 진군(眞君) : 천신(天神) 가운데 가장 존귀한 신으로 태을진군(太乙眞君) 혹은 태일진
군(太一眞君)이라고도 한다.

아뢰다
啓

춘륜

一. 근래 지나는 곳 중 필묵으로 수응하신 곳이 많았을 테지만 오늘
과 같은 경우도 있었습니까?

답하다
復

국계

一. 때로 혹 있었습니다만 오늘처럼 많은 날은 없었습니다.

아뢰다
啓

국계

一. "이곳에서 그대와 마주 앉아 잔치의 온전한 흥취를 누릴 수 있
게 되어 지극히 영광스럽습니다만 도선(道仙)이 자리에 없어 풍류가
유달리 쓸쓸하게 느껴집니다. 그대 돌아가시거든, 이처럼 떠나감에 임
하여 느끼는 창망(悵惘)한 회포를 전하여 주십시오."

춘륜 답함, "도선이 이러한 아름다운 우애를 입게 되니 얼마나 영광이
겠습니까? 저 또한 입은 은혜에 감사드립니다. 훗날 낭화에서의 성대
하게 모인 일을 물어보면 먼저 공의 뜻을 전하겠습니다."

아뢰다
啓

一. "자리를 파하고자 합니다. 내일 다시 만납시다."
국계 답함, "그렇게 합시다."

국당께 아뢰다
啓菊塘

(춘륜)

一. 지난번에 부평초처럼 떠돌던 중 금란지교[38]를 맺고 글 짓는 모임 곁에서 말씀[39]을 받들게 되어 지금까지 감복해 마지않았는데, 뜻하지 않게 오늘 다시 이처럼 성대한 모임을 함께 하여 전에 했던 맹약을 다지게 되었으니 지극한 기쁨을 무슨 말로 해야 할지 모르겠습니다.

답하다
復

국당

一. "한 차례 헤어진 뒤에 다시 만나는 것을 기약하기 어려웠는데

---

38 금란지교(金蘭之交) : 굳기로는 쇠를 자를 만하고 향기롭기로는 난초와 같을 정도로 벗과 서로 의기가 투합한 사귐을 말한다. 『주역』「계사전(繫辭傳)」에 "두 사람이 마음을 함께하면 그 예리함이 쇠를 자를 만하고 마음을 함께 한 말은 그 향기가 난초와 같다.[二人同心, 其利斷金; 同心之言, 其臭如蘭。]"라고 하였다.
39 말씀[謦咳] : 주로 윗사람을 공경(恭敬)하여 그가 한 말을 이르는 말이다.

오늘 만나다니 실로 뜻밖이라 기쁨과 위로됨을 말로 표현할 수 없습니다. 도선(道仙)도 함께 오셨습니까?"

춘륜 다시 답함, "제가 지금 언근(彦根)에 살고 있고 대원(大垣)과 60리나 떨어져 있어 급하게 행장을 꾸리다보니 그만 알릴 틈이 없었습니다. 때문에 도선과 함께 오지 못했습니다. 매우 유감입니다."

국당이 물음, "오늘 이곳에 머무십니까?"

춘륜 답함, "그렇습니다."

국당 물음, "얼마 동안 계시다가 돌아가십니까?"

춘륜 답함, "사신 수레가 며칠이나 체류할지 모르겠습니다만, 그 중 하루는 여러 분들과 함께 시연회를 주선할 것입니다. 낭화를 출발할 즈음 나룻가에서 이별의 회포를 풀고 난 뒤에는 늘 그러하듯이 이별의 한을 띤 채 돌아가게 되겠지요."

다시 답하다
再復

국당

一. "사행이 아직도 2,3일 정도 머물 것이니 출발하기 전에 필시 계속 만나 뵐 수 있을 것이라 여겨져 매우 기쁩니다. 지금 제가 일이 있어 오래 앉아 있을 수 없으니 내일 중으로 다시 만날 수 있겠습니까?"

춘륜 답함, "저 또한 내일 찾아뵙겠습니다."

양의 비목재[40]께 드리다
呈良醫卑牧齋

춘륜

살구나무[41] 숲가에서 몇 년 지내더니	杏樹林頭經幾年
빼어난 시문으로 훌륭한 명성 이방에 전해졌네	珪璋令聞異邦傳
그대와 함께 술 마시며 속마음 다 쏟아내니	與君留飮罄心曲
인간세상의 멋진 놀이 바로 이곳 모임이로세	人世勝遊是此筵

화답하다
和

비목

푸른 노을 기이한 기운[42] 마침 꽃다운 나이에	靑霞奇氣正芳年
붓으로 쓴 새로운 시편 많은 사람에게 전해졌네	筆下新詩萬口傳
한 바탕 부평초와 같은 모임 슬프지만	惆悵一場萍水會
내일이면 이별연 감당해야만 하네	可堪明日是離筵

---

40 비목재(卑牧齋) : 권도(權道, ?~?). 조선 후기의 의원. 자는 대원(大原), 호는 비목(卑
牧). 1719년 통신사행 때 양의(良醫)로 일본에 다녀왔다.

41 살구나무[杏樹] : 공자가 일찍이 궐리(闕里)의 살구나무 아래에서 제자들에게 예악(禮
樂)을 가르쳤다.

42 푸른 노을 기이한 기운[靑霞奇氣] : 강엄(江淹)의 〈한부(恨賦)〉에 "鬱靑霞之奇意"라
는 말이 보이는데, 여기서 청하(靑霞)는 푸른 노을로 높은 뜻을 말한다.

○ 8월 창수[八月唱酬]

청천께 아뢰다
啓靑泉

춘륜

一. 가군께서 심부름꾼을 급히 보내 어떻게 지내시는지 삼가 안부를 물으셨습니다. 이 글과 저희 형제들이 올리는 글을 지금 강·성·장 세 분 공께 전달하여 이별하기 전에 보실 수 있도록 대신 이 뜻을 전해주실 것을 청합니다. 감사합니다. 또한 외람되지만 일행께서 대원(大垣)에 계실 때 빠뜨리고 간 연기(烟器)를 오늘 아침 보내드리니, 바라건대 족하께서 원래 주인을 반드시 찾아 돌려주셨으면 합니다. 어떠신지요?

답하다
復

청천

一. "저의 이 연초기(烟艸器)를 가지고 고국으로 돌아갈 수 있게 되어 실로 다행입니다. 제가 도선(道仙)이 남기고 간 칼을 돌려주었으니 두 나라 사람의 간담(肝膽)을 교부한 것이라 할 수 있겠습니다. 비록 자그마한 물건이긴 하지만 또한 후일담이 될 수 있을 것입니다."

청천 아룀, "근자에 여러 시편을 보여주면서 화운시를 청하셨는데 요즘 들어 전날보다 일이 배나 많아 아직도 미처 틈을 내지 못하고 있습니다. 날이 밝으면 또한 배를 타야하니 형세를 장차 어찌할 수가 없습니다. 만약 우삼씨(雨森氏)에게 부탁할 수 있어서 훗날 화운시가 이루어져 조용히 부쳐드릴 수 있게 된다면 그것은 모두에게 다행일 것입니다. 어떠하신지요?"

춘륜 답함, "시를 드린 것을 알고 계신다니, 그렇다면 시 여러 편에 대한 화운시는 후일을 기다리도록 하겠습니다. 화운시가 이루어지거든 방주(芳洲) 편에 부치시면 반드시 분실의 우려는 없을 것입니다. 여러 시편 가운데 해산(海山)이 드린 것이[43] 있는데, 해산은 곧 저의 종형입니다. 그의 거처가 여기서 2리 정도에 있어 제가 요즘 투숙하고 있습니다. 부탁함이 매우 간절하여 제가 어찌할 수가 없었습니다. 오늘 조금만 시간을 내시어 화운해주시기를 바랍니다." 화운시가 있다.

경목자께 아뢰다
啓耕牧子

동(同: 춘륜)

一. 환우는 괜찮아지셨는지요? 이별할 날이 심히 급박하니 슬픔과 한스러움 어찌 다할 수 있겠습니까?

---

43 해산(海山) : 관해산(菅海山, 간 가이잔). 강호시대 중기의 한시인(漢詩人). 성은 관(菅), 이름은 징(徵), 자는 중경(董卿). 낭화(浪華, 大阪) 출신. 북미춘륜(北尾春倫)의 종형. 1719년 정사 홍치중(洪致中)·부사 황선(黃璿)·종사관 이명언(李明彦) 등 통신사 일행이 덕천길종(德川吉宗)의 습직(襲職)을 축하하기 위해 일본에 건너왔을 때, 농주(濃州, 美濃國)에서 춘륜을 통해 제술관 신유한(申維翰), 서기 강백(姜栢)·성몽량(成夢良)·장응두(張應斗) 등 조선 문사에게 시를 주고 화운시를 받았다.

답하다
復

경목자

一. 비를 무릅쓰고 이별하러 오시다니 사람으로 하여금 깊이 감동
케 합니다. 어제 주신 시는 공사(公事)로 인해 점검할 겨를이 없어 흡
사 어지러운 원고 속으로 뒤섞여 들어간 것 같습니다. 써서 다시 보
여주시면 좋겠습니다만, 어떠신지요? 저의 병세는 전과 같습니다. 개
인적으로 민망하기만 합니다.

아뢰다
啓

춘륜

一. 말씀을 받듦에 어찌 감히 소홀히 하겠습니까? 이에 기록하여 드
리겠습니다. 네 사람의 시를 함께 드렸다.

화답하다 본운(本韻)은 앞에 보인다
和 本韻見于前

경목자

난파[44] 나루까지 따라와 전송하는 그대 고마워   感君追送難波渡

---

44 난파(難波) : 대판(大阪, 오사카). 대판을 난파 이외에도 낭화(浪花)·낭화(浪華)·낭

술잔 잡고 시 읊조리니 한 차례 슬퍼지네 / 把酒吟詩一悵然
헤어지기 아쉬운데 어찌 연연한 정 감당하리 / 惜別那堪情眷戀
시모임에서 만나 그저 계속 머물고 싶구나 / 逢場謾覺意留連
오늘 아침엔 시름겨운 빗속에 마주 앉았지만 / 今朝對坐愁邊雨
훗날 언젠가는 꿈속의 신선 그리워하리라 / 他日相思夢裏仙
눈 위에 남긴 기러기 발자국[45] 찾을 곳 없고 / 鴻踏雪泥無處覓
상자 속엔 오직 오래된 화전지만 있겠지 / 篋中唯有舊花箋

우연히 금절[46] 따라 봉래산에 들어가 / 偶隨金節入蓬萊
선인과 만나 한 차례 웃음 지었네 / 邂逅仙人一笑來
구슬패옥 천하의 보배임을 이미 알았고 / 珠貝已知天下寶
편남나무는 저절로 일본의 재목이었지 / 梗楠自是日東材
교룡처럼 문필은 기이한 기운 솟고 / 蛟龍筆翰騰奇氣
설월 같은 흉금은 한 점 티끌도 없네 / 雪月胸襟絶點埃
언젠가 응당 청운의 뜻 얻을 것이니 / 他日靑雲應得意
고관을 따라 법연[47]에서 모시리라 / 好隨冠佩法筵陪

속(浪速)이라고도 한다.
45 눈 위에 남긴 기러기 발자국[鴻踏雪泥] : 눈 위에 남긴 기러기의 발자국은 얼마 안 가서 바로 사라지므로, 전하여 인생의 덧없음을 비유하는 말이다. 소식(蘇軾)의 〈화자유민지회구(和子由澠池懷舊)〉 시에 "인생이 가는 곳마다 그 무엇과 같은가, 눈 위에 기러기 발자국 남기는 것과 같으리. 진창 위에 우연히 발자국만 남겼을 뿐, 기러기가 날아간 곳을 어찌 알리오.[人生到處知何似, 應似飛鴻踏雪泥。泥上偶然留指爪, 鴻飛那復計東西。]"라고 한 데서 온 말이다.
46 금절(金節) : 왕명을 받들어 사행하도록 하는 금빛 부절(符節).
47 법연(法筵) : 예식(禮式)을 갖추고 임금이 신하(臣下)를 만나보는 자리.

아뢰다

啓

소헌

"신선 수레가 연이어 와 다시 받들어 모실 수 있게 되었으니 얼마나 다행입니까. 지난번에 받은 부채는 미인께서 주신 것[48]으로 참으로 감사합니다. 언제 돌아가십니까? 이번 사행은 날이 밝으면 출발해야만 하니 이별할 생각에 은근히 슬퍼집니다."

춘륜 답함, "변변치 않은 촌심(寸心)일 뿐인데 어찌 족히 나란히 기억할 만하겠습니까? 매우 부끄럽습니다. 저 또한 내일이면 돌아갈 예정이어서 그대처럼 망연한 생각이 들 뿐입니다."

동(同 : 춘륜) 아룀, "육선(陸仙)이라는 자가 저에게 전하라면서 말하기를, '금번에는 만나 뵐 길이 없어 삼가 율시 한 수를 지어 올립니다. 애오라지 충심을 드러내었으니 어리석음을 가련히 여기시고 화운시를 지어 주심에 인색하지 않으셨으면 다행이겠습니다.'라고 하였는데, 그 시가 바로 이것입니다."

소헌 답함, "그 사람은 공께서 아시는 분입니까? 그 사람의 이력에 대해서 간략하게 써서 보여주십시오."

춘륜 답함, "그 사람은 낭화에서 의술로 명성을 떨치고 있습니다. 저의 매우 절친한 벗입니다." 소헌의 화운시가 있다.

---

48 미인께서 주신 것[美人之貽] : 『시경』「패풍(邶風)」〈정녀(靜女)〉에 "들판에서 띠싹을 내게 선사하니, 참으로 예쁘고 색다른 것이로다. 띠싹이 아름다워서가 아니라, 미인이 주었기 때문이라오.[自牧歸荑, 洵美且異。匪女之爲美, 美人之貽。]"라고 한 데서 온 말이다.

소헌과 다시 이별하다
重別嘯軒

춘륜

임금 사절이 동해의 동쪽으로 멀리 오니	玉節遙來東海東
유룡[49]의 붉은 기운 먼 하늘에 뻗쳐 있네	猶龍紫氣亘長空
신선은 원래 진세에 섞이지 않고	神仙元不混塵世
또 바람수레 몰아 낭풍[50]을 향한다지	又輾飆輪向閬風

화답하다
和

소헌

길손 비파호수 동쪽으로부터 와	客自琵琶湖水東
지난날 이별 회포로 쓸쓸하기만 한데	向來離抱見來空
내일 강가에서의 이별을 어찌 하랴	如何明日江頭別
또다시 하늘가에 잎 지는 바람 일겠구나	又是天邊落木風

---

49 유룡(猶龍) : 변화를 예측할 수 없는 용과 같이 도(道)의 경지가 심오하다는 뜻. 공자가
노자를 만나보고 나서 '용과 같다[猶龍]'고 감탄했다고 한다.

50 낭풍(閬風) : 신선이 산다는 곤륜산(崑崙山) 꼭대기. 현포(玄圃)라고도 한다.

아뢰다
啓

一. "공의 여러 작품과 춘죽(春竹)·도선(道仙) 등 여러 공들의 작품에 대해 즉석에서 다 화답해야만 했는데 행장을 꾸리느라 한가할 틈이 없었습니다. 배 안에서 화운시를 다 지으면 우삼씨(雨森氏) 편에 전달하겠습니다. 공들께서 먼저 돌아가 계시면, 잊지 못해 그리워하는 마음을 전하겠습니다. 어떠하신지요?"

춘륜 답함, "다른 날 만약 여러 작품에 대한 화운시를 얻을 수만 있다면 이는 바로 이별 후의 족하의 면모이기 때문에 도리어 오늘 만석에서 주시는 것보다 나을 것입니다. 고향으로 돌아가는 날 족하의 진정 어린 뜻을 받아볼 수 있게 된다면 다들 감격할 것입니다."

국계 말함, "비를 무릅쓰고 찾아와 주시다니 지극히 감사합니다. 그런데 하룻밤만 지나면 헤어지는 날이라 매우 슬픕니다. 반나절 머무는 동안 가슴속 회포나 풀어봅시다."

춘륜 답함, "오래된 절집의 풍우(風雨)가 아름다운 흥취로 인해 사람에게 마땅하긴 하지만, 돌아갈 기한이 심히 급박하여 시사(詩思)를 유난히 괴롭힙니다. 오늘 이후로 더욱더 뵙고 말씀 나누기 어려운 형편임을 족하께서 생각하여 상대해주시니 다행입니다."

동(同: 춘륜) 아룀, "저를 위해 붓을 휘두르실 수 있으신지요? 아지[51]가

---

51 아지(鵝池) : 절강성(浙江省) 소흥(紹興)에 있는 못으로, 진(晉)나라 때 왕희지(王羲之)가 거위를 기르던 못.

없다는 것으로 거절하지는 마십시오."

국계 답함, "붓을 휘두르는 것은 어렵지 않지만 종이를 얻는 것은 어렵습니다."

춘륜 아룀, "이 종이는 혹 쓰실 만합니까? 고시를 써주셨으면 합니다."

국계 답함, "모두 초서로 씁니까?"

춘륜 다시 답함, "그렇습니다."

동(同: 춘륜) 아룀, "남은 종이 두 장이 있으니 각각 2자로 된 큰 글씨를 써주십시오."

국계 답함, "무슨 글자를 씁니까?"

춘륜 아룀, "감히 글자를 청할 수 없습니다. 공께서 써주시기만 하면 됩니다."

국계 답함, "'체화(棣華)와 담락(湛樂)'52이라고 쓰겠습니다. 그대의 집안에 오상(五常)이 화기애애하기 때문입니다."

춘륜 아룀, "지금 친필 몇 폭을 받았는데, 필묵이 넘쳐흐르고 글자마다 살아 움직이는 기세가 있어 매우 묘합니다. 사랑스럽고 아까워 열 겹으로 봉하여 종신토록 보배로 삼겠습니다. 참으로 감사합니다."

---

52 체화(棣華)와 담락(湛樂) : 형제간의 우애가 돈독해서 화락한 즐거움이 있음을 뜻한다. 체화(棣華)는 『시경』「소아」〈상체(常棣)〉의 "常棣之華, 鄂不韡韡. 凡今之人, 莫如兄弟."에서 나왔다.

다시 국계를 전송하다
重送菊溪

춘륜

쓸쓸히 내린 성긴 비로 눈물 거두기 어려운데	蕭蕭疎雨淚難收
그대는 고국으로 돌아가고 난 아직도 남아있네	君返故山我尙留
오래된 절 누각 위 이별하던 곳	古寺樓頭分袂地
천 길 장강도 이별 수심보다 얕으리	長江千尺淺離愁

지금은 행장 차리느라 급하시니 다른 날 화운시를 주십시오.

화답하다
和

국계

차가운 비 어둑어둑 좀처럼 개지 않으니	寒雨溟濛苦未收
조물주는 사람 머물도록 하고 싶은 게지	化翁應欲使人留
숲 속 대나무 잎마다 눈물 드리운 듯	叢篁葉葉如垂泣
오늘 아침 석별의 수심 보태는구나	添却今朝惜別愁

어찌 다른 날로 미루겠습니까? 즉석에서 급하게 화답시를 지어 드리니 웃으면서 거두어주심이 어떠신지요?

세 분 공께 아뢰다
啓三公

춘륜

一. "낭강(浪江)의 차가운 빗속 저녁 종소리가 사람을 다급하게 합니다. 오늘 장차 하직하고 떠나시면 이는 곧 하량(河梁)에서의 천고의 이별일 것입니다. 동쪽과 서쪽이 자취를 달리하고 음성과 모습이 영원히 떨어져 있을 테니, 커다란 붓과 많은 양의 먹물이 있을지라도 어찌 능히 이 한을 다 담아낼 수 있겠습니까?"

청천 답함, "이별의 뜻은 이미 앞서 보내드린 짧은 편지 속에 있으니 다시 말하지 않겠습니다. 족하께서 우정이 깊어[53] 저를 좇아 이곳까지 오셨는데, 결국에는 '낭강의 차가운 비[浪江寒雨]'라는 말 한 마디에서 끝나고 말았습니다. 속담에 '천 리를 서로 전송하더라도 이별로 귀착되는 것은 마찬가지'라고 하였는데, 곧 오늘 족하의 심경일 것입니다. 귀댁의 어르신께서 간곡하게 명하신 것과 제반 언약은 마땅히 뒤의 인편으로 답신을 올려드릴 테니, 이 뜻을 알려드리면 어떻겠습니까?"

소헌 답함, "두 차례나 사행을 따라오셔서 옛정이 지극히 깊어졌는데, 제비와 기러기처럼 갈 길이 어긋나 오래 머무를 수 없으니, 은연중에 젖어드는 슬픔이 오직 낭화의 천 길 물만 그러한 것은 아닐 것입니다. 형님과 아우 등 모든 형제분들 앞으로 현장(懸章)을 전하게 되어 매우 영광스럽습니다. 훗날 언젠가 그리울 때면 새벽녘의 밝은 달만은 떠

---

53 우정이 깊어[戀戀綈袍] : 솜옷에 연연한다는 뜻으로 우정이 깊음을 이르는 말. 전국시대 위(魏)나라 수가(須賈)가 옛 친구인 범수(范雎)에게 따뜻한 솜옷[綈袍]을 주었던 고사에서 유래하였다. (『사기(史記)』「범수채택열전(范雎蔡澤列傳)」)

있겠지요."

국계 답함, "겨울철이라 해가 몹시 짧아 행장을 꾸리는 것이 급하여 조용히 말씀을 나누지도 못하고 그만 이별을 고하게 되었습니다. 훗날 다시 만나는 일이 묘연하여 기약할 수 없으니 이 한스러움을 어찌 하겠습니까? 오직 다섯 형제분들께서 일을 하심에 시간을 보배처럼 아끼시어 저의 이 구구한 축원에 부합되었으면 합니다."

의원필어(醫員筆語)

아뢰다
啓

춘륜

一. "좌화(佐和)에 머물며 묵으시던 날 밤, 뜻하지 않게 맑은 하늘과 밝은 달빛을 볼 수 없어 유감스러움을 지금에 이르도록 풀지 못하고 있었습니다. 다행히 이처럼 좋은 인연을 얻어 한 바탕 기쁨을 누릴 수 있게 되었으니 유쾌함을 무엇으로 비유하겠습니까? 이별 후에 공께서도 또한 저를 생각하셨는지 모르겠습니다."

비목 답함, "근래 대원(大垣)에서 다행스럽게도 그대를 만나 높은 가르침을 받았습니다. 첫맛이 마치 사탕수수를 씹는 것처럼 마음속 깊이 감응되어 새록새록 잊기 어려웠습니다. 저녁에 머물며 다시 만나겠다는 약속이 있었기 때문에 강주(江州, 近江國)에 도착한 뒤에는 다하지 못했던 속마음을 토해낼 수 있을 줄 알았습니다. 그런데 그날 저녁 마침 사또 앞에서 병(病)을 논하는 일이 있어서 밤이 깊은 후에 객관으로 돌아와서야 족하께서 서기(書記)의 처소에 이르렀다가 이미 작별을 고하고 돌아가셨다는 말을 듣게 되었습니다. 그때의 슬픔과 원망스러움을 어찌 말로 다할 수 있겠습니까? 뜻하지 않게 족하를 이곳에서 다시 만날 수 있게 된 것은 실로 하늘이 그 편의를 봐주신 것입니다. 기쁘면서도 다행스러운 마음을 어쩌면 이리도 움켜쥘 수 있었는지요."

춘륜 아룀, "지난번에 드렸던『심하허실론(心下虛實論)』과 가군께서 드렸던『정기신론(精氣神論)』에 대해 낭화에 머무시는 동안 한 차례 보시고 말씀 한 마디 해주신다고 하셨는데, 말에서 내리신지 아직 얼마 되지 않아 혹 완성하지 못하신 것이 아닌가 생각됩니다. 근자에 무슨 계획이라도 있으신지요?"

비목 답함, "제가 계속해서 말 위에 있다보니 숙병(宿病)이 더해져 간신히 이곳에 이를 수 있었습니다. 어제부터 조금 차도가 있긴 합니다만, 부탁하신 두 책에 대해서는 아직도 짓지 못했습니다. 이는 마치 부탁하신 말씀을 그냥 지나치는 것으로 생각하실 수도 있는데, 사실은 그렇지 않습니다. 부끄럽고 한탄스러움을 무슨 말로 하겠습니까? 오늘 밤에는 마땅히 쓸데없는 일들을 물리치고 지어 드리도록 하겠습니다."

춘륜 아룀, "요 며칠 편찮으시다가 지금에야 조금 차도가 있다는 말을 들었습니다. 자주 탕약을 가까이하시고 억지로라도 드시면서 몸조리 잘 하십시오. 부탁한 일은 너무 괘념하지 마십시오."

비목 물음, "댁의 부친께서는 안녕하십니까?"

춘륜 답함, "별 탈 없습니다. 이 서신은 곧 부친께서 방주(芳洲)에게 부탁하여 족하께 전달하라고 한 것으로 오늘 아침에야 겨우 이곳에 이르렀는데, 방주가 저보고 직접 족하께 드리라고 하여 가지고 왔습니다. 저는 지금 좌화에 거주하고 있고 부친께서는 대원에 계셔서 거리가 하루나 걸리고, 또한 제가 여기에 오면서 매우 급하게 출발하다보니 일찍이 알리지 못했습니다. 때문에 부친께서는 모르시고 특별히 심부름꾼을 시켜 보내온 것입니다."

비목 아룀, "저번에 주신 시장(詩章)이 행낭 속에 섞여 들어가 끝내 찾을 수가 없습니다. 앉아서 다시 써주시면 어떠하실런지요?"

춘륜 답함, "그 시는 어떤 글자로 운을 삼았지요? 제가 이미 잊어버렸습니다. 매우 한스럽습니다."

비목 아룀, "지난번 지나가는 도중 대원에 이르렀을 때 방주 편에 주신 시일 것입니다."

춘륜 답함, "오늘 만남은 진실로 쉽게 얻을 수 없는 행운으로 마땅히 저의 의문에 대해 가르침을 받들고자 합니다. 저의 거친 시로 어찌 감히 족하의 귀를 더럽힐 수 있겠습니까?"

비목 아룀, "어찌하여 이리도 지나치게 겸손하십니까? 끝내 써주지 않으시겠다면 제가 불민하여 소중히 간직하지 못한 과오일 것입니다. 몹시 부끄러워 얼굴이 붉어집니다."

춘륜 답함, "보여주신 뜻이 은근하지만 전에 지었던 시는 이미 잊어버렸습니다. 부끄럽기도 하고 또 한탄스럽기도 하지만 어찌할 수 없습니다. 지금 별도로 절구 한 수를 지어 고명께 올리겠으니 너그럽게 여기셨으면 합니다." 시는 앞에 보인다.

춘륜 아룀, "다섯 가지 의문사항을 기록해 올려 가르침을 받고자 합니다. 허락해주시면 매우 다행이겠습니다."

비목 답함, "지금 병을 치료하고 있는 중이라서 수시로 진찰하러 들어가야 합니다. 이런 일로 오래도록 응대하기 어려운 형편이니 족하께서 용서하시고 헤아려주십시오."

춘류 아룀, "족하께서 비록 급하고 복잡한 일을 처리해야만 한다 해도 저의 이런 의문에 답하시는 일과 같은 것은 아마도 수고로울 것이 없을 것입니다. 다시 가르침을 받들고자 합니다."

비목 답함, "남겨두고 가시면 오늘 밤에 반드시 논하여 드리겠습니다."

춘류 아룀, "문목 다섯 조목 가운데 두 조목은 곧 저의 벗 태우(兌玗)가 부탁해서 묻게 된 것입니다. 설령 제가 물은 것에 대해서는 답을 하지 않으실지라도 이 두 조목에 대해서는 가르침을 주시기를 간절히 바랍니다."

비목 대답, "족하께서 묻는 것이 아니라면 저는 응하지 않겠습니다."

춘류 아룀, "공께서 지난번 좌화에서 묵으셨던 그날 저녁에 태우가 저와 함께 공을 뵈려고 하였습니다. 그런데 일이 있어 그렇게 하지 못해 지금까지 한으로 여기고 있던 터에 제가 우연히 방문할 일이 있자 부탁하여 받들게 된 것입니다. 족하께서 저를 사랑하심이 이와 같이 두터우신데 저의 벗을 사랑해주심도 또한 응당 저와 같을 것입니다. 지금 일이 있어 해주실 의향이 없으시다면 저녁에라도 해주십시오. 간절히 바랍니다."

비목 답함, "그렇다면 말씀을 따르지 않을 수 없겠습니다."

아뢰다 후회
啓 後會

춘륜

一 "오늘은 편안하신지요? 어제 방주(芳洲)에게 들으니 약속하신 몇 건(件)을 이미 마치셨다고 하던데 지금 얻을 수 있겠습니까?"

비목 답함, "객관으로 돌아가신 뒤 조용히 보시면 어떻겠습니까?" 비목이 두 서책에 대한 서문을 보여주었다.

춘륜 아룀, "훌륭한 서문을 받았는데 아울러 책머리에 멋진 해서까지 써 주셔서 더욱 빛이 납니다. 참으로 감사합니다. 부친께서 보실 수 있도록 속히 가지고 돌아가 전해야겠습니다." 『정기신론(精氣神論)』과 『심하허실론(心下虛實論)』은 세상에 간행되었다.

춘륜 또 아룀, "전날 약속하신 몇 건에 대해서는 공께서 어찌 하시려는지요?"

비목 답함, "즉시 답을 하지 못했으니 부끄럽고 한탄스러울 노릇입니다. 이 밤이 지나면 이별하는 날이니 슬픔에 빠져 멍해지기로는 피차 어찌 다르겠습니까? 오늘 잠시 머물면서 이야기나 나누는 것이 어떻겠습니까?"

춘륜 아룀, "이별이 가까워지니 섭섭하기만 합니다. 지금 학사(學士)를 찾아뵈려고 합니다." 운운(云云).

위쪽에 조목 하나를 쓰고 있는데 말이 다 이루어지 않은 상태에서 비목이 아래와 같이 말하였다.

비목 답함, "이미 그대의 뜻을 알고 있으니 번거롭게 쓰실 필요 없습니다."

춘륜 아룀, "태우가 드린 문목에 대해 지금 가르침을 주심이 어떻겠습니까?"

비목 답함, "행장을 꾸리는 일로 급해서 화답하기 어렵습니다."

소심헌[54]께 아뢰다
啓小心軒

춘륜

一. "신선의 풍모이신 그대를 뵙지 못해 사모하는 마음이 날로 쌓여 가던 차에 지금 뵙게 되었으니 그 기쁨을 무슨 말로 표현하겠습니까?"

소심헌 답함, "이별의 회포가 피차 어찌 다르겠습니까? 다만 산 넘고 물을 건너야 하는 오백 리 길을 수고로움을 생각지 않고 고된 중에도 부지런히 찾아와주시다니, 각별한 후의에 깊이 감사드립니다."

춘륜 아룀, "저에게 의술을 업으로 삼고 있는 친구가 있는데, 저한테 부탁하기를 여쭙고 가르침을 바란다고 하였습니다."

소심헌 답함, "저의 식견이 천박하여 답을 드릴 수 없어 부끄러움에 얼굴이 몹시 붉어집니다. 그래도 괜찮으시다면 그저 한 말씀 드릴 수 있습니다만, 치료법이 그대의 견해와 달라 감히 입을 열지 못하겠습니다. 양의(良醫)에게 물어보심이 어떻겠습니까?"

---

54 소심헌(小心軒) : 김광사(金光泗, ?~?). 조선 후기의 의관(醫官). 자는 백여(白汝), 호는 소심헌(小心軒). 1719년 통신사행 때 공식 수행 의관으로 일본에 다녀왔다. 소심헌 김광사의 「제춘포명문변설후(題春圃命門辨說後)」가 북미춘포(北尾春圃, 기타오 슌포)가 지은 한방의학서 『정기신론(精氣神論)』 권미에 부록으로 수록되어 있다.

춘륜 아룀, "오직 족하의 한 말씀을 듣고 전할 뿐입니다. 어찌 또 양의를 기다리겠습니까?"

이때 소심헌이 어떤 사람의 물음에 답을 하였다.

아뢰다

啓

소심헌

一. "강호(江戶)에 있을 때 태의(太醫)에게 답한 저의 서신을 보시면 저에게 재주와 견식이 없음을 아실 것입니다. 한 번 보시겠습니까?"

이때 여러 조목의 문목을 받들었으나 소심헌은 답을 하지 않고 이 말만 하였다.

춘륜 답함, "보고 싶습니다." 소심헌이 태의에게 답한 서신을 보여 주었다.

소심헌 아룀, "이것은 태의가 물명(物名)을 물은 것에 대해 답을 한 글입니다."

춘륜 답함, "족하의 글을 보고 막혀 있던 답답한 가슴이 확 트였습니다. 논하신 바에 독자적인 견해가 있습니다만, 바쁜 중이라 자세히 볼 수 없어 한스럽게 생각합니다."

소심헌 아룀, "춘부장께서 맡기신 「명문변(命門辯)」은 길을 가면서도 가까이 두고 탐독하다보니 손에서 내려놓는데 종이에 이미 보푸라기가 일어난 줄도 몰랐습니다. 본래 저리는 증세가 있었는데 근래 수토병(水土病)이 더해져서 손이 떨려 붓을 잡을 수가 없습니다. 이에 덧붙여 기록하여 드릴 수 없으니 한스러움이 어떠하겠습니까? 밤에 마땅히 대필해서라도 꼭 드리도록 하겠습니다."

춘륜 답함, "『정기신론(精氣神論)』에 관한 글도 또한 볼 수 있겠습니까?"

소심헌 아룀, "그것은 그때 우리 일행인 양의(良醫)에게 부탁하였는데, 잘 모르겠습니다만, 이미 드리지 않았는지요? 제가 받은 것은 이것뿐입니다."

춘륜 답함, "대원(大垣)에 머무르시던 날 저녁, 족하께서 학사(學士)와 자리를 함께 하셨는데 그때 저에게 그 서책을 전달하라고 하셨습니다. 나중에 저의 부친께서 연석에서 손님들을 모시게 되면서 한 말씀 해주시기를 간청하셨지요. 그런데 족하께서 환우가 있어 허락하지 않으셨고, 다른 날을 기약하며 자리를 파하였습니다. 생각건대 객중에 일이 많아 잊으신 것 같습니다. 지금은 드릴 수 있는 책이 한 권도 없으니 양의에게 물어 읽어보시면 좋겠습니다. 어떠십니까?"

춘륜 아룀, "저의 부친의 명문(命門)에 대한 변(辨)은 다행스럽게도 여러 말씀을 해주셔서 매우 감사하고 크나큰 은혜를 입었습니다. 가지고 돌아가 부친께 전달하겠습니다. 이렇게 과분한 것을 주시다니요. 또 제가 여쭤볼 것을 삼가 기록하여 드리겠으니 지도하여 가르쳐주셨으면 합니다."

一. 스무 살 남짓 되는 사람이 있는데, 7년 전에 목 위에 딱딱한 것[核]이 하나 생기더니 그 이듬해에 또 잇몸에 연달아 생겼습니다. 1년 남짓 썩어 문드러지고 진물이 줄줄 흘러나왔습니다. 간혹 양쪽 겨드랑이에 종기가 나기도 했습니다. 정신기운은 맑지 않았지만 먹고 마시는 것은 평상시와 같았습니다. 4년이 지난 뒤에 헐었던 곳이 겨우 나았고 나중에 생긴 것도 또한 헐지는 않았습니다. 올봄에 배를 타고 멀리 유람을 다녀온 뒤로는 심하(心下)[55]에 통증이 있고 열이 나 먹지 못하고 인사(人事)도 알아보지 못하였습니다. 며칠이 지나서야 조금 안정을 찾았습니다만 지금 또 턱 아래에 종기가 크게 나 마치 가시 돋친 소라껍데기 같은 상태입니다. 오후에는 오한과 발열로 자한(自汗)[56]과 도한(盜汗)[57]이 번갈아가며 생겼고, 기침할 때 뱉은 침은 끈적끈적했습니다. 말을 하는 사이에 가래가 인후(咽喉)를 둘러싸서 먹고 마시는 것이 반으로 줄었습니다. 배는 딱딱하게 부어 있는데 왼쪽 젖가슴 아래[58]가 떨립니다. 왼손 맥을 짚어보면 뛰기는 하나 약하고, 오른손은 중진[59]으로 맥을 짚으면 팽팽하고[60] 침진[61]으로 맥을 짚으면 약합니다. 백방으로 치료해 보았으나 효과가 없어 저한테 공의 처방을 청하도록 한 것입니다. 처방해주신다면 매우 감사하겠습니다.

---

55 심하(心下) : 심와부(心窩部)인 명치. 또는 상완(上腕).
56 자한(自汗) : 병적(病的)으로 땀을 많이 흘리는 증세.
57 도한(盜汗) : 잠자는 사이에 저절로 나는 식은 땀. 과로한 때나 악몽을 꾼 때에 일어나는 생리적인 것과 폐결핵·기관지염·심장병·자율신경 실조증(失調症) 등에 의한 병적인 것이 있다.
58 왼쪽 젖가슴 아래[虛里] : 위지대락(胃之大絡). 위(胃)에서 직접 갈라져 나온 하나의 대낙맥(大絡脈).
59 중진(中診) : 맥(脈)을 볼 때, 손가락으로 누르는 세기에 따른 방법. 중등도(中等度)로 누르고 맥을 보는 것.
60 팽팽하고[弦脈] : 아래위로 뛰는 파동(波動)이 적고, 활줄에 닿은 것처럼 팽팽한 맥.
61 침진(沈診) : 맥(脈)을 볼 때, 손가락으로 누르는 세기에 따른 방법. 세게 누르고 맥을 보는 것.

답하다
復

소심헌

一. 영위반혼탕(榮衛返魂湯)[62]에 독활(獨活)[63]과 시호(柴胡)[64]를 각각 1돈쭝을 더해서 죽력달담환(竹瀝達痰丸)[65] 3제(劑)를 섬주(蟾酒)와 함께 삼킵니다.

섬주(蟾酒) 만드는 법: 찹쌀 1말을 쪄서 익히고, 누룩가루 1되 5홉과 살아있는 커다란 두꺼비 10마리를 넣어 팔팔 끓인 물 1말 5되로 술을 빚어서 21일 동안 진하게 익힙니다. 맑은 것을 취해 양에 따라 마시면 됩니다. 그 찌꺼기는 환부에 발라주되 하루에 한 차례 바꾸어주고 3제(劑)까지 연달아 씁니다.

一. 춘륜 아룀, "공께서 서초(西樵)[66]이십니까?"

---

62 영위반혼탕(榮衛返魂湯) : 기혈(氣血)이 몸으로 잘 돌지 못하고, 막히고 몰려 옹저와 독종이 생긴 데 쓴다. 일명 추풍통기산(追風通氣散)·통순산(通順散)·하수오산(何首烏散)이라고도 한다. (『동의보감』「옹저하(癰疽下)」)

63 독활(獨活) : 멧두릅[따두릅]이나 그 뿌리를 말린 약재.

64 시호(柴胡) : 미나리과의 여러해살이풀로 시호나 참시호의 뿌리를 말린 약재.

65 죽력달담환(竹瀝達痰丸) : 담(痰)을 대변으로 잘 나가게 하면서도 원기(元氣)를 상하지 않게 하는 약. 죽력운담환(竹瀝運痰丸)이라고도 한다.

66 서초(西樵) : 의원 백흥전(白興銓)의 호. 조선 후기의 의관(醫官). 자는 군평(君平). 1719년 통신사행 때 공식 수행 의관으로 일본에 다녀왔다. 양의(良醫) 권도(權道)와 함께 각기(脚氣)와 상한론(傷寒論) 관련 의학서에 대한 일본 의원과의 문답이 『상한창수집』에 수록되어 있고, 11월 1일 통신사 일행이 경도 본능사(本能寺)에 숙박했을 때에는 가등겸재(加藤謙齋)와 인삼에 관해 필담을 나누기도 하였다. 『승정원일기』에 의거하면, 1722년 부사과(副司果)를 제수 받고 대전(大殿)의 진료에 참여하는 등 사행을 다녀온 직후 경종대(1720~1724)에 최고 전성기를 구가하였고, 그 후 1728년 노령으로 관직을 그만둘

一. 서초 답함, "그렇습니다."

춘륜 아룀, "공께서 지난번 대원(大垣)에서 황공하게도 잠시 안면을 틀수 있도록 해주셨습니다. 그런데 밤이 깊어 그만 손님들이 흩어지는 바람에 공의 덕망을 흠뻑 입지 못하고 오직 한 마디 말만 나눈 채 헤어지고 말았습니다. 생각건대, 공께서는 기억하지 못하실 것입니다. 지금 직접 뵐 수 있어 기쁨을 표현할 길이 없습니다. 아직 모르고 있습니다만, 자(字)가 어떻게 되십니까?"

서초 답함, "저의 성은 백(白)이고, 이름은 흥전(興銓)이며, 자는 군평(君平), 호는 서초(西樵)입니다. 일전에 공께서 사시는 도읍에 들러 문사들 모임 자리에 함께 앉아 훌륭하신 존대인(尊大人)을 뵈었고 또 창성한 형제분들의 번성함과 훌륭함을 듣고 마음속으로 몹시 흠모하고 부러워하였습니다. 그러나 행역(行役)이 고달프고 피곤하여 심회를 자세히 말할 수 없었습니다. 심히 아쉬웠는데, 뜻하지 않게 먼 길을 달려오는 수고로움을 꺼려하지 않으시고 뒤를 좇아 여기까지 오셔서 만나보겠다고 청하시니 제가 어떻게 공의 이러한 노고를 감당할 수 있겠습니까? 몹시 기쁘고 다행스러우며 게다가 부끄러워 진땀이 날 지경입니다. 오늘 함께 조용히 이야기나 나누면서 다하지 못한 회포를 풀 수 있다면 얼마나 좋겠습니까? 중씨(仲氏) 도선(道仙) 공께서도 편안하시지요?"

춘륜 아룀, "친절하고 정성스럽게 깨우쳐주시니 감사함을 이루 말로 다할 수 없습니다. 도선은 별 탈 없으니 너무 괘념치 마십시오. 드릴 말씀은, 제 고향 사람이 병으로 누운 지 여러 해가 되었는데 치료를

때까지 어의(御醫)로서 활동하였다.

해도 효험이 없습니다. 지금 별도로 병에 대한 기록을 드리겠으니 저를 위해 치료법을 가르쳐주시면 어떠하신지요?"

서초 답함, "병에 대한 기록을 보여주시면 우리 양의(良醫) 비목(卑牧) 공에게 여쭈어 보도록 하겠습니다. 어떻습니까?"

춘륜 아룀, "비목공께서는 어디에 계십니까?"

서초 답함, "비목공께서 묵으시는 곳이 바로 이 방입니다. 오래지 않아 이곳으로 돌아오실 것이니, 잠시 기다리시는 게 어떻겠습니까?"

춘륜 아룀, "이 세 조목에 대해 혹 가르쳐주실 수 있겠습니까?" 이 사이에 여러 건의 문답이 있었는데 모두 다른 사람이 나에게 부탁해서 물은 것이기 때문에 기록하지 않는다.

해산창화(海山唱和)

청천 신공·경목자 강공께 드리다
奉呈靑泉申公耕牧子姜公

해산

계림의 문사들 화려한 잔치에 앉으니	雞林詞客列華筵
문채와 풍류 넘치는 한묵의 신선들이네	文采風流翰墨仙
오늘 상봉은 참으로 드문 일이라	今日相逢眞有數
현란한 구름안개 붓놀림 아끼지 마오	勿慳筆下絢雲烟

해산이 준 시에 화답하다
奉和海山惠韻

청천

그대 집안의 고매한 인품[67] 맑은 자리 비추고	君家瓊樹照淸筵
봉래산에 높이 누워 신선 대추를 먹네[68]	高臥蓬萊食棗仙
천고에 바다와 산은 거문고 속의 언어라서	千古海山琴裏語
날 위해 연주하니 푸른 하늘에 안개 자욱하네	爲儂彈出碧空烟

술잔 넘치는데 지는 해 이별 자리 비추어	靑尊落日照離筵
여러 신선산 너머 구산[69]을 슬피 바라보네	悵望緱山隔衆仙
절로 우습구나! 속세 인연 끝나지 않았는데	自笑塵緣消未了
돌아가는 배 급히 푸른 강 안개 헤쳐가네	歸帆催拂綠江烟

해산이 부쳐준 시에 붓을 달려 차운하다
走次海山寄贈韻

경목자

낭화 강 위 이별 자리	難波江上是離筵

---

67 고매한 인품[瓊樹] : 경수(瓊樹)는 구슬나무로 사람의 인격이 고결함을 비유한 말. 『진
서(晉書)』「왕융전(王戎傳)」에 "왕연의 모습이 고매하여 마치 요림 경수와 같다[王衍神
姿高徹如瑤林瓊樹。]"라고 하였다.

68 신선 대추를 먹네[食棗仙] : 한(漢) 무제(武帝) 때 방사(方士) 소군(少君)이 임금에게
말하기를 "신이 일찍이 해상(海上)에 노닐면서 신선 안기생(安期生)을 만나 보았는데,
그는 크기가 오이만 한 대추를 먹고 있었습니다."라고 했던 데서 온 말이다.

69 구산(緱山) : 선인(仙人) 왕자교(王子喬)가 백학(白鶴)을 타고 내려와 앉았다는 산 이름.

푸른 머리 신선 봉래산을 슬피 바라보네 恨望蓬山綠髮仙
부평초처럼 만나 참으로 덧없기만 한데 萍水相逢眞艸艸
가련타 내일이면 각자 바람안개 일겠구나 可憐明日各風烟

소헌 성공께 드리다
奉呈嘯軒成公

해산

이역에서 맞이함은 천 년의 기이함이라 異域逢迎千載奇
연회석에서 새 벗 마주하여 정성 기울이네 芳筵倒意對新知
곁에 앉아 흡족한 만남의 즐거움 기뻐하며 可欣連榻交歡洽
주머니 속 아름다운 시 써주길 간청하네 乞寫囊中錦繡詩

해산께 화답하여 드리다
和呈海山靜案

소헌

부평초처럼 만난 일 이미 기이한데 萍水相逢事已奇
곁에 앉으니 예전부터 아는 사이 같구려 連狀怳若舊相知
내일 아침이면 이별 길 구름 산에 막힐 테니 明朝別路雲山隔
그대 모습 오직 상자 속 시에만 남아있겠지 顔面惟在篋裏詩

국계 장공께 드리다
奉呈菊溪張公

해산

선객이 계림으로부터 훨훨 날아오니	翩翩仙客自鷄林
앉기를 재촉해 교분 맺으며 촌음을 아끼네	促坐結眉惜寸陰
내일이면 사신 배 돌아갈 터라	明日星槎將欲返
그저 전송시 한 편 쓸 뿐이라네	一篇聊寫送行吟

해산이 준 이별시에 붓을 달려 차운하다
走次海山贈別韻

국계

그대 명성 문사들 가운데 으뜸이어서	嘉子聲名冠士林
오늘 아침 아름다운 모임 산음[70] 같네	今朝佳會似山陰
양쪽 땅으로 헤어져 떠나감이 가련하여	爲憐兩地分携去
백운가[71] 정성스레 나를 향해 읊는구나	白雲懃懃向我吟

---

[70] 산음(山陰) : 중국 절강성 회계현에 있다. 동진(東晉) 목제(穆帝) 영화(永和) 9년(353) 3월 3일에, 왕희지(王羲之)와 사안(謝安) 등 42인의 명사(名士)가 이곳 산음(山陰) 난정(蘭亭)에서 수계(修禊)를 하고 시를 짓고 놀았다고 한다.

[71] 백운가(白雲歌) : 도잠(陶潛)의 〈화곽주부(和郭主簿)〉 시에, "아득히 흰 구름 바라보니, 회고의 정 어찌 그리 깊은가[遙遙望白雲, 懷古一何深。]"라고 한 데서 온 말로, 전하여 그리움을 뜻한다.

고국으로 돌아가는 소헌공을 전송하다
送嘯軒公之還國

해산

비단 돛단배 만 리 맑은 파도 가르니	錦帆萬里領淸波
양관곡[72] 노래 한 곡조 어이 견딜까	可耐陽關一曲歌
이별 후 그리워 고개 돌리면	別後相思回首處
아득한 서해엔 달빛 더욱 밝겠지	淼淼西海月明多

해산이 보여준 시에 화답하다
奉和海山惠示韻

소헌

적선[73]이 저문 강 물결 속에 배를 매는데	謫仙舟繫暮江波
언덕 위에서 홀연 도가[74]가 들리네	岸上忽然聞蹈歌
부평초처럼 급하게 만났다가 또 헤어지니	萍水悤悤逢又別
강물과 이별 눈물 비교하면 누가 많을까	江流別恨較誰多

『상한훈지(桑韓塤篪)』 권4 마침

---

72 양관곡(陽關曲) : 이별곡(離別曲)인 양관삼첩(陽關三疊)의 약칭으로 왕유(王維)의 〈송원이사안서(送元二使安西)〉 시를 말한다. 시에 "渭城朝雨浥輕塵, 客舍靑靑柳色新。勸君更進一杯酒, 西出陽關無故人。"이라고 하였는데, 마지막 시구에 양관(陽關)이 있어 이처럼 일컬은 것이다.

73 적선(謫仙) : 이백(李白)을 칭송하며 높여 이르는 말로 아주 뛰어난 시인을 비유적으로 이르는 말.

74 도가(蹈歌) : 일본의 옛 궁중 행사의 하나로 정월 15일과 16일에 춤과 노래에 능한 자들이 새해의 축사(祝詞)를 춤추면서 노래하는 것을 말한다.

桑韓塤篪 卷四

桑韓塤篪卷四

彥根後會

○二十七日彥根唱酬

送青泉歸朝鮮 　　　　　　　　　　　　　　　春倫
揮手滄洲去，不勞泛碧波。他時孤榻夢，乘鶴一相過。

又
眞是一生別，東西萬里乖。百壺芳醑在，未足解憂懷。

啟 　　　　　　　　　　　　　　　　　　　　　同
一。
"今早發大垣時，託春乙，以送詩二首，未知達于左右否。"
【青泉復。】"今曉臨行，得高韻五絕二首。已和成四首，而未及寫。"
【春倫再復。】"卽今書賜如何?"

和 青泉

落日琶湖水, 秋風生白波。湖光似君意, 相送遠相過。

又

富岳千年雪, 琶湖十月波。相思他夜夢, 應得此來過。

又

獨鶴暮徘徊,《離鸞》聲正乖。飛飛隔雲水, 誰與瀉中懷。

又

瑤琴奏別曲, 山水忽分乖。去去烟霞色, 君愁我亦懷。

送耕牧子歸朝鮮 春倫

一夜親言笑, 高風何日忘。歸程千萬里, 不及別愁長。

又

羨君鞍馬有光輝, 長路關山共鳥飛。相別相望心緒亂, 淼茫江上片雲微。

啓 同
一。
"所呈送別詩, 已經清覽否?"
【耕牧子復。】"夕間始見, 尚未搆出。"
【春倫再復。】"願惠高和。"

和　　　　　　　　　　　　　　　　　　　耕牧子

玉雪好眉宇，斯人難可忘。晨星縱相望，山海此心長。

又

明珠南國久韜輝，筆翰逢場勢似飛。他日芳洲一頭避，佇看詩學入
精微。

送嘯軒歸朝鮮　　　　　　　　　　　　　　春倫

星河牢落沒山前，征斾帶風拂曉烟。釃酒暫留行樹裏，湖光一片敞
離筵。

日照錦袍躍玉驄，人生榮幸屬詞雄。從斯遠泛西瀛去，一曲《勞歌》
杳靄中。

和　　　　　　　　　　　　　　　　　　　嘯軒

吾車在後子驂前，同到和山已暮烟。秉燭相看悲且喜，百年難再此
宵筵。

逸步君如躞蹀驄，妙年詞賦士衡雄。工夫須學魚千里，會見香名滿
國中。

送菊溪歸朝鮮　　　　　　　　　　　　　　春倫

金樽何日又相逢，濁水清塵各異蹤。別後天涯回首處，魂飛雲樹幾
重重。

重攀仙範結騷盟，談笑共傾款款情。携手送行寺樓外，衰楊欲縮別
愁縈。

啓

一。

“高和已成否?”

【菊溪復。】“已次韻，付之道仙。”

和　　　　　　　　　　　　　　　　　　　菊溪

此別無由得再逢，膏車秣馬返雲蹤。扶桑月出相思夜，夢入仙山第幾重。

白鷗江海久寒盟，落木飛鴻總惱情。獨有依依難別處，濃州城外水回縈。

送菊塘　　　　　　　　　　　　　　　　　春倫

金石論交文字間，恩情荷得重於山。送君特覺離懷惡，疎雨凄風洒醉顏。

和　　　　　　　　　　　　　　　　　　　菊塘

團欒兩夜酒詩間，一別明朝隔海山。孤月每從東海出，相思如對故人顏。

大坂二會

○十一月六日【權】送韓客到於浪華再爲唱酬呈申、姜、成、張四公

　　　　　　　　　　　　　　　　　　　　春倫

今番使軺之臨疆也，諸君以博雅高世之才，祗役遠隨，凡高駕之所

到, 仰斗投刺者, 不啻千數, 而其得進謁者, 亦未爲多也。然以僕之不文, 侍几席者, 凡三矣, 未嘗不飽德罄歡而罷也。是尋常之所以不易得, 而僕獨得之, 顧亦何故也? 感謝之極, 無以言喩。昨在佐和, 旣已敍別, 今也復得相隨, 天緣之不淺可知焉。謹賦二律, 聊寫愚衷云。

豈圖浪速得良會, 千緒愁懷總灑然。地起樓臺見佳麗, 客期風日暫留連。明窓共話江山勝, 吟榻重親翰墨仙。眞蹟勿慳傳異域, 車盈九萬羲之賤。

誰言弱水隔蓬萊, 一片仙槎銜命來。衆望均歸麟鳳瑞, 鴻名高揭棟梁材。銀鉤筆下生奇氣, 白玉胸中絶點埃。江館訪君興無極, 瓊筵詩酒許趨陪。

啓　　　　　　　　　　　　　　　　　　　　　　　　同

一。僕向得貴詩數首, 以爲篋中之珍, 所望旣足, 今不復煩瑤報。瀆者有友人託僕而奉呈詩數篇, 今備諸淸覽。咐囑殊切, 僕不敢不乞高和, 足下幸勿拒焉。

復　　　　　　　　　　　　　　　　　　　　　　　　青泉

辱賜別詩, 且敍肝膽。此行爲千秋別矣, 悵歎如之何, 和章豈敢忽忘? 而鄙方有不得已之役計, 難留他事。從後搆拙, 並與諸般和篇, 而付之雨森。 君亦可以此言預囑雨森, 如何如何? 春竹、道仙兩大生, 別意迫苦, 幸傳鄙語, 以爲感發一想之地。

啓　　　　　　　　　　　　　　　　　　　　　　　　春倫

一。高教荷荷。僕亦以此言, 囑于芳洲耳。末端之示意, 他日歸鄕, 必當傳之。

啓　　　　　　　　　　　　　　　青泉

一。佐和山留宿之夜，君與道仙俱在坐，而旣散之後，有一鐵柄小佩刀，落在吾眼中，以爲君兄弟之所失落者，故留在行裝。欲傳而無路。或可想得耶？若是君所佩，則吾當奉還之。

復　　　　　　　　　　　　　　　春倫

一。所諭小佩刀，是乃道仙所失落者也。僕得以傳之。公忽忙之中，用心至此，君子之所秉，於是亦可見焉。敬服敬服。

啓耕牧子　　　　　　　　　　　　　同

"奉別未幾，企仰之懷，以日爲歲，偶見光範於樽俎之間，此意少慰。今日當得終晷之話否？且有兼呈四公詩，附之嘯軒，想已照阮眼，如何？"

【耕牧子復。】"再接淸範，喜幸何言？第僕本多病，昨日又惡寒腹痛，方叫苦，私悶如何？二律當與嘯軒奉和，而病憊如此，悶悶。"

【春倫啓。】"歸程萬里，寒威日劇，貴恙勤加調攝。僕前後所贈之詩數首，繕寫再上，他日與前詩並賜高和，如何？"

【耕牧復。】"俟病間，當奉和。"

啓　　　　　　　　　　　　　　　嘯軒

一。佐和相隨，已極感荷，別來一念，未嘗不懸懸於瓊樹。今又遠訪，魏萬泛汴，不足以喩其勤也。驚喜感幸，如何如何？春竹、道仙僉公，皆好樣否？

復　　　　　　　　　　　　　　　　　　　　春倫

一。江土一別，憂苦何喩？連勞夢寐，嘆盛會之難常也。惟此一念，不能自禁，躑後遠訪，跋涉之勞，豈足言乎？今辱見敎，雅意懇懇。愚兄弟倂荷注存，非誼愛之深，豈能至此邪？皆勉加湌，幸勿爲念。銘刻謝謝。

啓　　　　　　　　　　　　　　　　　　　　嘯軒

一。所惠高韻吟來，牙頰生香。方有客擾，未能卽和。當於舟中追和，呈芳洲使達耳。前日詩已和，卽當書呈耳。

復　　　　　　　　　　　　　　　　　　　　春倫

一。前日詩賜高和則惟幸。豈有復所望邪？

追和春倫贈韻【本韻見于前。】　　　　　　　　　　　嘯軒

兄弟聯翩總好奇，辛勤百里遠來隨。燈前喜溢揚眉處，月下愁生啓轄時。顧我霜毛已朽質，憐君玉樹尙春姿。水萍再會知何日，更進筵前酒一巵。

和【本韻見于前。】　　　　　　　　　　　　　　　菊溪

寺樓斜日敞離筵，執袂相看各悵然。高義不辭千里送，客窓重許一床連。別君去去無詩伴，對月時時憶地仙。只有新篇藏篋笥，傷心幾處展花牋。

桑域名區卽丈、萊，仙標知自此中來。五君俱是風流藪，一代爭推杞梓材。術妙通神元有本，室虛生白更無埃。將乘鸞鶴朝天去，北斗眞君許近陪。

啓　　　　　　　　　　　　　　　　　　春倫
一。頃所經歷之地, 筆墨應酬之多, 有如今日者乎?

復　　　　　　　　　　　　　　　　　　菊溪
一。時或有之, 而未有如今日之多也。

啓　　　　　　　　　　　　　　　　　　菊溪
一。"此中與君相對, 以做一饗之穩, 雖極幸多, 而坐上無道仙, 殊覺風流之寥落。君歸爲傳此臨去悵惘之懷焉。"
【春倫復。】"道仙承是雅愛, 何其幸哉! 於僕亦爲之感荷。他日問浪華盛會之事, 則先以貴意傳耳。"

啓
一。"坐將欲散。明日再會。"
【菊溪復。】"是企是企。"

啓菊塘　　　　　　　　　　　　　　　　春倫
一。向者, 託金蘭於萍水中, 承謦咳於文場側, 迄今不勝感佩。不意今日復與此盛會, 以尋前盟也, 欣躍之至, 不知所言如何。

復　　　　　　　　　　　　　　　　　　菊塘
一。"一別之後, 更難期會, 今日之逢, 實出料外, 喜慰不可言。道仙亦偕來否?"
【春倫再復。】"僕今寓于彥根, 去大垣六十里, 所行裝勢急, 而不暇相告, 故道仙不同來耳。遺憾遺憾。"

【菊塘啓。】"今日留此乎?"

【春倫復。】"然。"

【菊塘[75]啓。】"歸去在何間?"

【春倫復。】"使軺稽留, 未知幾日, 其間日與諸君, 周旋吟塲, 及其發浪華也, 敍別津上之後, 帶得一般離恨而歸耳。"

再復　　　　　　　　　　　　　　　　　　菊塘

一。"使行尙留兩三日, 未發前, 想必源源逢見可喜。吾今有事, 不得久坐, 明間可以更會矣?"

【春倫啓。】"僕亦當明日來訪。"

呈良醫卑牧齋

杏樹林頭經幾年, 珪璋令聞異邦傳。與君留飮罄心曲, 人世勝遊是此筵。

和　　　　　　　　　　　　　　　　　　卑牧

靑霞奇氣正芳年, 筆下新詩萬口傳。惆悵一場萍水會, 可堪明日是離筵。

○八日唱酬

啓靑泉　　　　　　　　　　　　　　　　　春倫

一。家君兹馳耑价, 謹候起居, 其書兼愚兄弟所奉寄者, 今兹傳達,

---

75 원문에는 '菊溪'로 되어 있으나 '菊塘'의 오기로 보인다.

姜、成、張三公坐下, 未及別示, 乞代申此意, 爲感。且瀆者, 一行在大垣, 所遺落烟器, 今早送傳之, 伏希足下窮尋還諸本主, 如何?

復 青泉

一。"此吾烟艸器, 得以提還故土, 實幸實幸。吾以道仙所遺之刀奉還, 可謂兩邦人肝膽交孚矣。雖是細物, 亦可作後日之言。"

【青泉啓。】"頃示諸篇求和, 而此間多事, 倍於前日, 尙未遑也, 明又乘船, 勢將無奈何矣。若托雨森氏使之, 後日和成, 而從容付去, 則彼是俱幸。如何如何?"

【春倫復。】"見喩奉詩, 然則諸篇和章, 俟他日以圖焉。和成則附之芳洲, 必無浮沈之患矣。其諸篇之中, 有海山呈之者, 海山乃我從兄也。其居去之二里, 僕頃所投宿也。附託太切, 我無如之何。今日少間, 則和之望之。"【有和。】

啓耕牧子 同

一。所患得平和否? 別日甚迫, 悵恨何極?

復 耕牧子

一。冒雨來別, 令人深感。昨所贈詩, 以公事未暇點檢, 似入亂藁中, 幸書更示之。如何? 賤疾如前, 私悶。

啓 春倫

一。承敎豈敢忽[76]焉? 爰錄呈上耳。【則兼呈四氏詩也。】

---

76 원문에는 '忽'으로 되어 있으나 '忽'의 오기로 보인다.

和【本韻見于前。】　　　　　　　　　　　　　　　　　　　耕牧子

感君追送難波渡，把酒吟詩一悵然。惜別那堪情眷戀，逢場謾覺意
留連。今朝對坐愁邊雨，他日相思夢裏仙。鴻踏雪泥無處覓，篋中唯
有舊花箋。

偶隨金節入蓬萊，邂逅仙人一笑來。珠貝已知天下寶，梗楠自是日
東材。蛟龍筆翰騰奇氣，雪月胸襟絶點埃。他日青雲應得意，好隨冠
佩法筵陪。

啓　　　　　　　　　　　　　　　　　　　　　　　　　　嘯軒

"仙駕蟬連，再獲奉袂，何幸！向者，扇子之惠，美人之貽，珍謝萬
萬。何日當返耶？此行明當發，別懷黯黯。"

【春倫復。】"菲儀聊當芹意，何足齒錄乎？媿恧媿恧。僕亦明將歸去，
惘惘之思如君耳。"

【同啓。】"有陸仙者，使僕傳曰：'今般無階晋謁，謹呈一律，聊伸葵衷，
幸憐其愚，勿吝高和。'其詩卽是也。"

【嘯軒復。】"此人公所知耶？此人行事，略書示之。"

【春倫啓。】"彼以醫鳴于浪華，僕固友善。"【嘯軒有和。】

重別嘯軒　　　　　　　　　　　　　　　　　　　　　　春倫

玉節遙來東海東，猶龍紫氣亘長空。神仙元不混塵世，又輾飆輪向
閬風。

和　　　　　　　　　　　　　　　　　　　　　　　　　嘯軒

客自琵琶湖水東，向來離抱見來空。如何明日江頭別，又是天邊落
木風。

啓　　　　　　　　　　　　　　　　　　　同

一。"公諸作及春竹、道仙僉公作, 當卽席盡和, 而治行無閑緒。當
於舟中盡和, 付雨森氏傳達耳。僉公前歸, 傳懸懸不忘之懷, 如何如
何?"

【春倫復。】"他日若得諸作之和, 乃是別後面目, 却踰今日滿握之賜
耳。歸鄕之日, 致足下丁寧之意, 則各爲感。"

【菊溪啓。】"冒雨枉顧, 極爲感荷。然別日只隔一霄, 旋切悵然, 須留半
日, 以攄襟懷也。"

【春倫復。】"古寺風雨, 雖佳興宜人, 歸期甚迫, 詩思偏苦, 今日之後,
更難得面晤, 足下幸留意相對。"

【同啓。】"爲我能揮灑否? 以無鶩勿拒之。"

【菊溪復。】"揮筆不難, 而得紙是難。"

【春倫啓。】"此紙或可用否? 乞書古詩。"

【菊溪復。】"皆艸書耶?"

【春倫再復。】"然。"

【同啓。】"有餘紙二葉, 各書二大字。"

【菊溪復。】"書何字耶?"

【春倫啓。】"不敢請字也。只在公筆下耳。"

【菊溪復。】"必書'棣華、湛樂'者, 君家五常怡怡故也。"

【春倫啓。】"今領眞蹟數幅, 況筆墨淋漓, 字字有活動之氣, 妙哉! 當十
襲愛惜, 以爲終身之寶。深謝。"

重送菊溪　　　　　　　　　　　　　　　　　　春倫

蕭蕭疎雨淚難收, 君返故山我尙留。古寺樓頭分袂地, 長江千尺淺
離愁。

今也行裝悤迫，他日幸賜和章。

和　　　　　　　　　　　　　　　　　　　　　　菊溪
寒雨溟濛苦未收，化翁應欲使人留。叢篁葉葉如垂泣，添却今朝惜別愁。

何待他日憑？便卽席草草和呈，笑領如何？

啓三公　　　　　　　　　　　　　　　　　　　　　春倫
一。"浪江寒雨暮鐘迫人。今將辭去，是則河梁千古之別。東西異跡，音容永隔，假令塚筆墨池，寧能揭此恨盡哉？"

【青泉復。】"別意已在前小紙，不須更提。以足下戀戀綈袍，追僕至此，竟於'浪江寒雨'一言而罷。諺曰：'千里相送，同歸於別'，卽今日足下心也。尊府君所懇命者，及諸般言誓，當以後便奉復，以此告達，如何？"

【嘯軒復。】"兩度相隨，故情極感，而燕鴻參差，不得久留，黯黯之情，不翅浪華千尺水。伯季僉前，爲傳懸章，幸甚。異日相思，只有五更明月而已。"

【菊溪復。】"冬日苦短，治裝斯急，不能穩討，忽爾告別。他日重逢，杳無其期，此恨如何？惟冀五君做況，以時珍嗇，以副此區區之祝。"

醫員筆語

啓　　　　　　　　　　　　　　　　　　　　　　春倫
一。"佐和止宿之夜，不意違光霽也，遺恨迄今猶未能解。幸得此良緣，以奉一場之歡，愉快何喩？未知別後貴念亦及僕否？"

【卑牧復。】"頃在大垣, 幸識淸儀, 穩承高誨。初味有似噉蔗, 中心服膺, 耿耿難諼。而有夕次更逢之約, 故準擬到江州後, 劃吐未盡底懷矣。其夕適以論病事在使道前, 夜深後歸下處, 則聞足下到書記所, 已敍別還去云。其時悵快何可勝言? 不意足下重逢此地, 是誠天借其便, 欣幸之心, 何等能摛?"

【春倫啓。】"向所呈《心下虛實論》與家君所呈《精氣神論》, 並浪華稽留之間, 一見之, 以垂一語云, 然自稅高駕, 猶未幾, 想或未成焉。計之在近, 則如何?"

【卑牧復。】"僕連在馬上, 宿痾添重, 僅僅得到此地。自昨日少得差可, 故所託貴兩冊, 尙未搆得。此似涉托辭, 實則不然。愧歎何言? 今夜則當撥却冗故, 以爲搆呈計耳。"

【春倫啓。】"忽聞頃有貴恙, 今稍得差。累近藥爐, 强食自愛。如所託事, 則勿勞貴念。"

【卑牧啓。】"尊府大爺安寧耶?"

【春倫復。】"無恙。此書乃家君所托芳洲傳達左右者, 今早僅得到此, 芳洲使僕直呈於足下, 故持來矣。僕今卜居佐和, 家君在大垣, 相去一日路程, 僕來此也事出急遽, 不嘗相告, 故家君亦不之知, 特馳小价送來耳。"

【卑牧啓。】"頃者所惠詩章, 混入行篋中, 終未搜得。方坐更爲書示, 如何?"

【春倫復。】"其詩以何等字爲韻耶? 我已忘去。恨恨。"

【卑牧啓。】"去路到大垣時, 因芳洲惠贈詩耳。"

【春倫復。】"今日相逢, 眞是不易得之幸, 當揭鄙問, 以承淸誨。如野詩, 豈敢瀆高聽耶?"

【卑牧啓。】"何如是過謙耶? 終不書示, 則是我不敏不能珍藏之過也。

慚椒慚椒。"

【春倫復。】"視意慇懃, 而前詩已忘了。愧歎並至, 無如之何。今別裁一絶, 以奉呈高明, 幸恕焉。"【詩見于前。】

【春倫啓。】"鄙問五條錄奉以承教, 見許則幸甚。"

【卑牧復。】"時方以從事道病患, 數數入診。勢難以此等事, 久爲酬酢, 足下其恕量焉。"

【春倫啓。】"足下雖處忽擾, 而如答此鄙問, 則恐未足爲勞。 更祈見教。"

【卑牧復。】"留之, 則今夜必當論呈耳。"

【春倫啓。】"所奉問目五條就中二條, 乃我友人兌玗託之, 所以奉問者也。 縱不答僕之所問, 亦如此二條, 卽垂示教是仰。"

【卑牧復。】"非足下所問, 則僕不爲酬酢耳。"

【春倫啓。】"公向宿佐和, 其夕兌玗, 欲與僕接高論, 而有故不果, 迄今爲恨, 僕偶有奉訪之事, 故託之以奉左右耳。足下愛僕之厚如此, 愛我故人, 亦應如僕。今有事不能留意, 則晚間計之。是望是望。"

【卑牧復。】"然則敢不遵教。"

啓【後會。】　　　　　　　　　　　　　　　　　　　　春倫

一。"今日安否如何? 昨聞諸芳洲, 所約數件已成云, 今可得之否?"

【卑牧復。】"尊歸下處後, 從容披看, 如何?"【卑牧出視二書之序。】

【春倫啓。】"幸領佳序, 兼得妙楷書于卷端, 而光輝忽發, 感珍萬萬。如所示于家君, 亦速持歸而傳之耳。"【《精氣神論》、《心下虛實論》, 梓行于世。】

【春倫又啓。】"前日所約數件, 公將如何?"

【卑牧復。】"未卽修答, 是可愧歎。別日隔霄, 悵惘彼此何殊? 今日方少留敍話, 如何?"

【春倫啓。】“分袂在邇, 徒使人怏怏。今將訪學士。”【云云。】

右一條書之, 而未成語, 卑牧之言如左。

【卑牧復。】“已諳尊意耳, 不須煩書。”

【春倫啓。】“兌玗所呈問目, 卽今見教如何?”

【卑牧復。】“迫於治任, 難以和答耳。”

啓小心軒　　　　　　　　　　　　　　　　　　　春倫

一。“自一違仙範, 懸戀之懷, 與日俱積, 今得相逢, 喜何可言?”

【小心軒復。】“別懷彼此何殊? 但不計跋涉半千里之勞, 辛勤追訪, 銘荷厚誼之出尋常。”

【春倫啓。】“僕友人某業醫, 託僕揭問見教是望。”

【小心軒復。】“見識淺薄, 不能答, 愧恧莫甚無已, 則抑有一說, 而治法與高明之見有異, 不敢開口。幸問于良醫, 如何?”

【春倫啓。】“惟得聞足下之一說而傳之耳。豈又待良醫耶?”

此時小心軒答某人之問。

啓　　　　　　　　　　　　　　　　　　　　　小心軒

一。

“尊見我在江戶時, 答太醫之書, 則知我無才見。君欲一照否?”【此時揭問數條, 小心軒不答, 而有此言。】

【春倫復。】“希得見之。”【小心軒視答太醫書。】

【小心軒啓。】“此答太醫問物名之書。”

【春倫復。】“得見貴文, 以豁心茅。其所論有獨立之見, 惟忽忙之間, 不得細觀, 以爲恨耳。”

【小心軒啓。】“椿府所委《命門辯》, 且行且翫愛, 不覺釋手紙已生毛。

而本患痹證, 近添水土之疾, 手戰不能把筆。兹不得附[77]記以呈, 恨何
如之? 夜間當得代手書, 呈惆惘耳。"

【春倫復。】"《精氣神論》亦賜觀覽否?"

【小心軒啓。】"此一件, 其時托之我行良醫耳, 未知其已就與否。僕所
受者此而已。"

【春倫復。】"大垣駐駕之夕, 足下在學士之席, 其時使僕傳其書。後家
君侍几席, 而乞一語。然足下以病不許所望, 共約他日而罷。想客中
多事, 旣已忘了。今無一本可呈者, 就問良醫, 見之爲幸, 如何?"

【春倫啓。】"家君命門之辨, 幸垂數言, 感荷感荷。携歸以達家君。何
贈過之? 且有請問之事, 謹以錄奉, 指敎是幸。"

一。

一人年二十餘, 七年前項上生一核, 明年又連生于頰車。年餘潰爛,
膿水淋漓, 或兩脇生癧, 神思不清, 飮食如常。經四年而後, 潰者僅愈,
後生者亦不潰。今春登舟, 遠遊歸後, 心下爲痛發熱, 不食不知人事。
數日而稍安, 今也頜下腫大, 其狀如莿螺殼。午後寒熱、自汗、盜汗
交發, 咳唾稠粘。語言之間, 痰絡咽喉, 飮食減半。其腹硬脹, 虛里動
矣。脉左手, 進而弱; 右手, 中診弦、沈診弱。諸治不効, 因使僕乞公
之一方。見視則多荷。

復　　　　　　　　　　　　　　　　　　　　小心軒
一。榮衛返魂湯, 加獨活、柴胡各一錢, 呑下竹瀝達痰丸三劑, 兼用
蟾酒。

77　원문에는 '跗'로 되어 있으나 '附'의 오기로 보인다.

蟾酒法：粘米一斗烝熟, 入麯末一升五合、大蟾生者十箇, 白沸湯一斗五升釀酒, 三七日濃熟, 取淸隨量飮之。以其滓敷患處, 一日一易, 連用三劑。

一。

【春倫啓。】"公則西樵乎?"

一。

【西樵復。】"是也。"

【春倫啓。】"公向在大垣, 辱許半面之識。然夜深客散, 以不能飽德, 惟交一語而罷矣。想公亦不記之。今得面罄, 喜不可喩。未知貴字如何?"

【西樵復。】"僕姓白, 名興銓, 字君平, 號西樵。日者行過貴都也, 與坐于文會之席, 幸覿尊大人德宇, 且聞尊兄弟之盛多, 心甚欽艷。然行役困憊, 不能細論心懷, 迫切依悵, 不意玆者尊不憚鞍馬之勞, 躧後來臨, 至以相見爲請, 僕何以得此於高明也? 欣幸之極, 還深愧汗。今日得與從容論話, 吐出未盡之懷, 何幸何幸? 仲氏道仙公亦安否?"

【春倫啓。】"敎誨慇懃, 感謝非筆舌之可能盡。道仙無恙, 貴念勿勞。稟者我鄕之人, 臥病多年, 治不收驗, 今別呈病錄, 以乞治法, 爲我論之, 如何?"

【西樵復。】"示病錄, 尊問於吾黨之良醫卑牧公, 如何如何?"

【春倫啓。】"卑牧公在何處?"

【西樵復。】"卑牧公之下處, 卽此房也。匪久當還此, 尊少待之, 如何如何?"

【春倫啓。】"此三條或可得見敎否?"【此間有問答數件, 而皆他人所託予而問者, 故不錄焉。】

海山唱和

奉呈青泉申公耕牧子姜公　　　　　　　　　　　　　　　　海山
雞林詞客列華筵，文采風流翰墨仙。今日相逢眞有數，勿慳筆下絢
雲烟。

奉和海山惠韻　　　　　　　　　　　　　　　　　　　　　青泉
君家瓊樹照清筵，高臥蓬萊食棗仙。千古海山琴裏語，爲儂彈出碧
空烟。
青尊落日照離筵，悵望緱山隔衆仙。自笑塵緣消未了，歸帆催拂綠
江烟。

走次海山寄贈韻　　　　　　　　　　　　　　　　　　　耕牧子
難波江上是離筵，悵望蓬山綠髮仙。萍水相逢眞艸艸，可憐明日各
風烟。

奉呈嘯軒成公　　　　　　　　　　　　　　　　　　　　　海山
異域逢迎千載奇，芳筵倒意對新知。可欣連榻交歡洽，乞寫囊中錦
繡詩。

和呈海山靜案　　　　　　　　　　　　　　　　　　　　　嘯軒
萍水相逢事已奇，連狀怳若舊相知。明朝別路雲山隔，顔面惟在篋
裏詩。

奉呈菊溪張公　　　　　　　　　　　　　　　　海山

翩翩仙客自鷄林，促坐結眉惜寸陰。明日星槎將欲返，一篇聊寫送
行吟。

走次海山贈別韻　　　　　　　　　　　　　　　　菊溪

嘉子聲名冠士林，今朝佳會似山陰。爲憐兩地分携去，《白雲》慇懃
向我吟。

送嘯軒公之還國　　　　　　　　　　　　　　　　海山

錦帆萬里領淸波，可耐《陽關》一曲歌。別後相思回首處，淼淼西海
月明多。

奉和海山惠示韻　　　　　　　　　　　　　　　　嘯軒

謫仙舟繫暮江波，岸上忽然聞蹈歌。萍水恩恩逢又別，江流別恨較
誰多。

桑韓塤篪卷四【終。】

【영인자료】

桑韓塤篪
一・二・三・四

桑韓塤篪 卷一 / 584
桑韓塤篪 卷二 / 536
桑韓塤篪 卷三 / 474
桑韓塤篪 卷四 / 424

嘉子聲名冠士林今朝佳會似山陰爲憐兩地分襟

去日雲愁黯向我吟

送嘯軒公之還國　　海山

錦帆萬里領清波可耐暘關一曲歌別後相思同鴈

處水淼淼西海月明多

奉和海山惠示韻　　嘯軒

謫仙舟繫暮江波岸上忽然聞唱歌萍水匆匆逢又

別江流別恨較誰多

桑韓塤篪卷四　終

奉呈嘯軒成公　海山

異域逢迎千載奇芳筵創意對新知可欣連榻交歡

浴乞寫囊中錦繡詩

和呈海山靜家　嘯軒

萍水相逢事已寄連袂悅若舊相知明朝別路雲山

隔顏面惟在篋裏詩

奉呈菊溪張公　海山

翩翩仙客自鷄林促坐結眉憺寸陰明日星槎將欲

返一篇聊寫送行吟

走次海山贈別韻　菊溪

雞林詞客列華筵文采風流翰墨仙今日相逢眞有

戲勿怪筆下絢雲烟

奉和海山惠韻　　　　青泉

君家瓊樹照清筵高臥蓬萊食衆仙千古海山琴裏

語爲儂彈出碧空烟

青尊落日照離筵恨望瀛山隔衆仙自笑塵緣消未

了歸帆催拂綠江烟

走次海山寄贈韻　　　耕牧子

難波江上是離筵恨望蓬山緣髮仙萍水相逢眞

艸可憐明日各風烟

40

舌之可能盡道仙無恙貴念勿勞稟者我邦之人臥病多年治不收驗今別呈病錄以乞治法爲我論之如何復

西樵 示病錄尊問於吾黨之良醫畀牧公如何如何啓

春倫 畀牧公在何處復

西樵 畀牧公之下處即此房也距久當還此尊少待之如何々々

春倫 此三條或可得見教否啓 此間有問答數件而皆他人所託于上而問者故不錄焉

海山唱和

奉呈青泉申公耕牧子姜公 海山

一復　是也
春倫啓

淺客散以不能飽德惟交一語而罷矣想公亦不

記之今得面謦欬不可喻未知貴字如何　西樵僕

姓白名銓字君半號西樵日者行過貴都也與

坐于文會之席幸親尊犬人德宇且聞尊兄弟之

盛多心甚欽艶然行役困憊不能細論心懷迫迫

依悵不意茲者尊不憚鞍馬之勞顧後來廊至以

相見爲請僕何以得此於高明也欣幸之極還淺

愧汗今日得與從容論話吐出未盡之懷何幸何

幸仲氏道仙公亦安否
春倫啓　教誨慇懃感謝非筆

絡咽喉飲食減半其腹硬脹虚裏動矣脉左手進

而弱右手中診弦沈診弱諸治不効因使僕乞公

之一方見際則多荷

復　　　　　　　　　　小心軒

一榮衛返魂湯加獨活柴胡各一錢吞下竹瀝薑痰

九三劑兼用蟾酒

蟾酒法　粘米一斗蒸熟入麯末一升五合太蟾

生者十箇白沸湯一斗五升釀酒三七日濃熟東

清隨量飲之以其滓敷患處二日一易連用三劑

一啓倫公則西樵乎

總了今無一本可呈者就問良醫見之爲幸如何

春倫　家君命門之辦幸乖數言感荷感荷携歸以

啓　達家君何賜過之且有請問之事謹以錄奉指教

是幸

一人年二子餘七年前項上生一核明年又連生

于頻車半餘潰爛膿水淋滴或兩脇生癧神思不

清飲食如常經四年而後潰者僅愈後生者亦不

潰今春登州遠遊歸後心下爲痛發熱不食不知

人事數日而稍安今也頷下腫大其狀如荊螺殼

午後寒熱自汗益汗交發咳嗽稠粘語言之間痰

36

名之書復春倫 得見實文以嚼心茅其所論有獨立

之見惟忽怱之間不得細觀以爲恨耳小心軒樺

府所委命門辯且行且翫愛不覺釋手紙已生毛

而本患源證近添水土之疾手戰不能把筆茲不

得附記以呈恨何如之夜間當得代手書呈惻愠

耳復春倫精氣神論亦賜觀覽否啓小心軒此一件其

特托之承行良覽耳未知其已就與否僕所受者

此而已復春倫大垣駛駕之夕足下在學士之席下

特使僕傳其書後家君侍几席而乞二謡然足下

以病不許所呈共約他日而罷憾客中多事既已

之勞辛勤追訪銘荷厚誼之世寧常啓　春倫　僕友人

其業醫託僕揚問見教是望　小心軒見識淺薄不

能答愧赧莫甚無已則柳有一說而治法與高明

之見有異不敢開口幸問于良醫如何　春倫　惟得

聞足下之一說而傳之耳豈又待良醫邪

此時小心軒答其人之問

啓

小心軒

一尊見我在江戶時答大醫之書則知我無才見君

欲二照答此時揚問數條小心軒不答而有此言

春倫希得見之　答大醫書啓

小心軒斯小心軒　此答大醫問物

歸而傳之耳　精氣神論心下虛〔春倫　前日所約數

件公將如何　實論梓行于世〔又啓

　　　　　　　鼻牧　未卽修答是可愧歎別日隔霄

悵惘彼此何殊今月方以醫叙話如何啓

在邇徒使人怏怏今將訪學士云云　春倫分袂

右一條書之而未成爲鼻牧之言如左

　　　　　鼻牧

復　已諳尊意耳不須願書啓春倫兒玗所呈問目

卽今見教如何復　鼻牧　追於治任難以和答耳

　　　啓小心軒

一自一遠仙範懸戀之懷與日俱積今得相逢喜何

可言復　　　別懷彼此何殊但不計跋涉半千里

窃從和其夕兒牙欲與僕接高論而有故不果迄

今為恨僕偶有奉訪之事故託之以奉左右足

下愛僕之厚如此愛我故人亦應如僕今有事不

能盡意則晚間訪之是望是望復　然則敎不遵

敎

啟後會

春倫

一今日安否如何昨聞諸芳洲所約數件巳成云今

可得之否復　尊歸下處後從容披看如何

出脈二書之序啟春倫幸領隹序兼得致楷書于卷

端而光輝忽發感珍萬萬如所示于家君亦速持

32

珍藏之過也慚赧慚赧　春倫

恐汗愧歎並至無如之何今別裁一絕以奉呈高（復）

明幸怒焉詩見于前啓（春倫）鄙問五條錄奉以承教

見許則幸甚（復）時方以從事道病患數數入診（鼻牧）

勢難以此等事久爲酬酢足下其怒量焉　春倫足

下雖處忽擾而如答此鄙問則恐未足爲勞吏所（啓）

見教（鼻牧）醫之則今夜必當論呈耳　啓　春倫所奉問（復）

曰五條就中二條乃我友人兄玗託之所以奉問

者也縱不答僕之所問亦如此二條卽乖示教是

仰俟（鼻牧）非足下所問則僕不爲酬酢耳　春倫公向

大爺安箋耶 復 春倫 無恙此書乃家君所托芳洲傳

達左右者今早僅得到此芳洲使僕直呈於足下

故桂求矣僕今卜居佐和家君在大垣相去一日

路程僕來此也事出急遽不當相告故家君亦不

之知特馳小价送來耳 啓 鼻牧 項者所惠詩章混入

行篋中終未搜得方坐更爲書示如何 復 春倫 甚詩

以何等字爲韻耶我已忘去恨恨 啓 鼻牧 去路到大垣

時因芳洲惠贈詩耳 復 春倫 今日相逢眞是不易得

之辛當楊鄹問以承淸誨如野詩登敢瀆高聽耶

啓 鼻牧 何如是過謙耶終不書不則是我不敏不能

足下到晝記所已敘別還去恭其時悵快何可勝

言不意足下重逢此地是誠天俗其便依幸之心

何等能掬哉　　　春倫　向所呈心下虛實論與家君所呈

精氣神論並浪藜蟄蕾之開一見之以歪一語云

然自矜高驕猶未幾想或求成爲計之在近則如

何復　　　畀牧　僕連在馬上宿痾添重催僅得到此地自

昨日必得差可故所託貴兩冊尚未搆得此似波

托辭實則不然愧歎何言今夜則當燃命冗故以

爲搆呈計年　　春倫　勿閣頂有貴恙今稍得差界近

藥爐強食自愛如所託事則勿勞貴念　　畀牧頓首

副此區區之祝

醫員筆語

啓

春倫

一佐和止宿之夜不意遠光霽也遺恨迄今猶未蕰

解幸得此良縁以奉一塲之歡愉快何喩未知別

後貴念が及僕否復　牧頃在大垣幸識清儀様

高誨初味有似敝蕉中心服膺耿耿難諼而有夕

次更逢之約故擬到江州後割吐未盡底懷矣

其夕適以論病事在使道前夜深後歸下處則聞

別東西異跡音容永隔假令塚筆異池寧能揚此
恨益哉　青泉　別意已在前小紙不須更提以足下
戀戀綈袍追僕至此竟於浪汰寒雨一言而罷諒
日千里相送同歸於別即今日足下心也尊府君
如何復　嗣軒兩度相隨故情極感而鴻鴈參差不得
所象命者及諸般言誓當以後便奉復以此告達
久窃駸駸之情不翅浪華千尺水伯季鬣前爲傳
懸章幸甚異日相思只有五更明月而已　復
日苦短治裝斯急不能穩討忽爾告別他日重逢
杳無其期此恨如何惟冀五君欽況以特珍嗇以

重送菊溪　　　　　春倫

蕭蕭疎雨送難收君返故山我尚留古寺樓頭分秋

地長江千尺淺離愁

今也行裝忽迫他日幸賜和章

和　　　　　　　　菊溪

寒雨淒濛苦未收化翁應欲侵人蠆叢萑葉葉如堆

近添卻今朝悵別愁

何待他日憑便即席草草和呈笑領如何

啓三公　　　　　春倫

一浪江寒雨暮鐘迫人今將辭去是則河梁千古之

26

顧極爲感荷然別日只六隔一宵旋切悵然須留半

日以攄襟懷也　復　春倫

甚迫詩思偏苦今日之後更難得面晤于足下幸留期

意相對啓爲我能揮灑否以無驚勿拒之　復　菊溪　揮

筆不難而得紙是難也　春倫　此紙或可用否乞書去

詩　復　菊溪　再復啓同有餘紙二葉吝書

菊溪　省卅書耶　春倫然啓

大字　復　菊溪　書何字耶　春倫啓

下耳　復　菊溪　必書楝萼湛樂者君家五常恰恰故也

春倫　今領尊貺數幅況筆墨淋漓字字有活動之

氣款哉賞十襲愛惜以爲終身之審後謝

世文轍颿輪向闌風

和

客自琵琶湖水東向來離抱見來空如何明日江頭

嘯軒

別又是天邊落木風

啓

一公諸作及春竹道仙僉公作當卽席盡和而泠行

同

無閒緒矣府中盡和付兩孫氏傳達耳僉公前

歸傳懸懸不忘之懷如何如何
　　　　　春倫他日若得諸

作之和乃是別後面目卿喻今日滿握之賜耳歸

卿之日致足下丁寧之意則各爲感
　　　　　菊溪　見南生

24

仙駕蟬連再獲奉祇何幸者屬子之惠美人之

貽珍謝萬萬何日當返耶此行明當發別懷黯然

　　春倫
菲儀聊當芹曝何足齒錄乎媿恋媿恋僕亦
　復

明將歸去悃悃之思如君耳啓　有陸仙者使僕傳

勿齊高和其詩卽是也　復　嘯軒同

日令般無階罄萬蘆呈一律聊佈葵衷幸憐其愚

行事略書示之　　啓　春倫　彼以賢鳴于浪華僕固友善
　嘯軒

重別嘯軒　　　　　　此人公所知耶此人
　嘯軒
　有和

玉節遙來東海東猶龍紫氣亘長空神仙元不混塵

　　　　　　春倫

啓

一承教登歌忽爲爰錄呈上耳　則兼呈四氏壽也

和　本韻見于前

春倫

感君追送難波渡把酒吟詩一悵然惜別那堪情　耕牧子

窓逢瓊義覺意彌連今朝對坐愁邊雨他日相思夢

裏仙鴻踏雪泥無處覓篋中唯有舊花牋

偶隨金顏人蓬萊邂逅仙人一笑來珠貝已知天下

審懍楠自是日東材麝龍筆翰騰奇氣雲月胸襟絶

點埃他日青雲應得意好隨冠佩法筵階

啓

嘯軒

是俱幸如何ゝゝ 春倫

復

見諭奉詩然則諸篇珠章

俟他日以圖爲和成則附之芳洲必無浮沈之患

矣其諸篇之中有海山呈文者海山乃我從兄也

其居去之二里僕頃所投猶也附託太切我無如

之何今日少間則和之望之 有和

啓耕牧子 同

一所患得平和否別日甚迫悵恨何極 耕牧子

一昌兩來別令人淚感昨所贈詩以公事未暇點綴

似入亂藁中幸書更不之如何賤疾如前私悶

一家君茲為价蓮候起居其書兼患兄弟所在本寄

者今茲傳達委成張三公坐下未及別示云代申

此意為感且瀆者一行在大坻所遺洛烟器令早

送傳之伏希足下窮寻還著本主如何

復　　　　　　　青泉

一此吾佩州哭得以提還故土實幸實幸吾以道側

所遺之刀奉還可謂兩邦人肝膽交孚矣雖是細

物亦可企後日之声情恭　頋示諸篇求和而此間

多事倅於前日尚未遑也明又乘船勢将無奈何

矣若托雨森氏使之後日和成而從容付去則彼

今有事不得久坐明間可以更會矣
　　　森倫
　　　僕亦當

明日來訪

呈良醫舅牧齋

杏樹林頭經幾年理璞人間異卉傳與君留飲醫忢
曲人世勝遊是此延

　　和
　　　　　牟收

青霞奇氣正芳年筆下新詩萬口傳悵恨一場萍水
曡可堪明日是離延

　　○八日唱酬

　　　啓青泉
　　　　　　　　　春倫

19

復　　　　　　　　　　菊塘

一別之後更難期矣今日之逢實出料外喜慰不
可言道仙亦偕來否　再復 春倫　僕今寓于彦根去大垣
六十里所行裝勢急而不暇相告改道仙不同求
耳遺憾〻〻 啓 菊塘　今日當此乎　復 春倫 然 啓 菊溪 歸去
在何聞 復 春倫　使輶登㘭未知幾日其間日與諸君
周旋吟塲及其發浪華也敍別津上之後帶裙　一
般離恨而歸耳

再復　　　　菊塘

一使行尚留兩三日未發前想必源源逢見可善吾

無道仙殊覺風流之寥落君歸爲傳此臨去悵惘
之懷寫　後　春倫
　道仙承是雅愛何其幸哉於僕亦辱
之感荷他日問浪華盛會之事則先以實意傳耳

啓

一坐將欲散明日再會　復春菊後　是企是企

　　啓菊塘

一向者託金蘭於萍水中承謦欬於文場側迄今不
勝感佩不意今日復與此盛會以尋前盟也欣躍
之至不知所言如何

桑韓塤篪　卷四

地仙只有新篇藏篋笥傷心幾處展華牋

桑域名區即丈萊仙標知自此中來五君俱是風流

藪一代爭推杞梓材術埶通神元有本室虛生白頁

舞埃將來鸞鶴朝天去北斗眞君許近隣

啓　　　　　　　　　春倫

一頃所經歷之地筆墨應酬之多有如今日者乎

復　　　　　　　　　菊溪

一時或有之而未有如今日之多者也

啓　　　　　　　　菊溪

一此中與君相對以做一饗之穩雖極幸多而坐上

呈復

春倫

一前日詩賜高和則惟辛豈有復所望邪

追和春倫贈韻　本韻見于前　嘯軒

兄弟聯翩總好奇辛勤百里遠來隨登前喜溢揚眉

處月下愁生啓轄時顧我霜毛已朽質憐君玉樹尚

菊溪

春姿水萍再會知何日更進筵前酒一巵

和本韻見于前

寺樓斜日敞離筵執袂相看各悵然高義不辭千里

送客窓重許一床連別君去去無詩伴對月時時憶

樹今又遠訪魏萬恐沐不足以驗其勤也甚善慼

幸如何如何春什道仙僉公皆好樣否
復

一江土一別憂苦何論連勞夢寐懽盛會之難常也
惟此一念不能自禁蹉後遠訪跋涉之勞豈足言
乎今辱見教雅意狼懇愚兄併荷注存菲誼愛
之深豈能至此邪皆勉加餐幸勿爲念銘刻謝々
啓

春倫

肅軒

一所惠高韻吟來才頻生香方有客擾未能即和酧
於府中追和呈芳洲使達耳前日詩巳和即當繕書

14

奉別未幾企仰之懷以日爲歲悃見光範於舟㳷
之間此意少慰今日偏得終慕之話否且有兼呈
四公詩附之嘯軒想已照院眼如何　　再接情
範喜幸何言第僕本多病咋日又染寒腹痛方叶
苦私悶如何二律當眞嘯軒奉和而病憊如此悶
後所賜之詩歛首繕寫再上他日與前詩並賜僕
悶啓　春倫　歸程萬里寒威日劇貴慈勤加調攝後前
和如何　耕牧　復俟病間當奉和
啓
一　佐和州隨巳極感荷別來一念未嘗不懸懸於瓊

耕牧子儀

嘯軒

13

一佐和山蟲窩之夜君與道仙俱在坐而既散之後

有二鐵柄小佩刀落在吾眼中以爲君兄弟之所

失落者故强在行裝欲傳而無路或可想得耶若

是君所佩則吾當奉還之

啓　　　　　　　　青泉

復

一所論小佩刀是乃道仙所失落者也僕得以傳之

僉恕之中用心至此君子之所秉於是亦可見

焉敬服敬服

啓耕牧子　　　　　　同

爲

復　　青泉

屢賜別嘗且欵胕臆此行爲千秋別矣恨歎如之

何和章豈敢忽忽而鄙方有不得已之役計難罷

他事從後構批並與諸般和篇而付之雨森君亦

可以此言預囑雨森如何如何春竹道仙兩大生

別意迫苦莘傳鄙語以爲感發一想之地

啓　　春倫

一高教荷僕亦以此言囑于芳洲耳末端之示意

他日歸鄉必當傳之

豈圖迅速得良會千緒愁懷總灑然地起樓臺見佳

麗客期風日暫留連明窓共話江山勝吟榻重親翰

墨仙眞蹟勿慳傳異域車盈九萬義之餞

誰言弱水隔蓬萊一片仙槎銜命來衆望均歸麟鳳

瑞鴻名高棟梁材銀鈎筆下生奇氣白玉胸中絶

點埃江館訪君與無極瓊筵詩酒話趣際

　　啓

　　　　同

一僕向得貴詩數首以爲篋中之珍所望既足今不

復煩瑤報者有友人託僕而奉呈詩數篇今備

諸淸覽所囑殊切僕不敢不乞高和足下幸勿拒

大坂二會

○十一月六日權送韓客到於浪華再爲唱酬

呈申姜成張四公　　　　　春倫

今番使軺之臨疆也諸君以愽雅高世之才祇役
遠隨凡高駕之所到仰斗投刺者不啻千數而其
得進謁者亦未爲多也然以僕之不文侍几席者
凡二矣未嘗不飽德馨歡而罷也是尋常之所以
不易得而僕獨得之顧亦何故也感謝之極無以
言輸昨在佐和既巳敍別今也復得相隨天緣之
不淺可知爲謹賦二律聊寫愚衷云

此別無由得再逢膏車秣馬返雲蹤袂桑月出相思

夜夢入仙山第幾重

白鷗江海久寒盟落木飛鴻總惱情獨有依依難別

處濃州城外水回縈

送菊塘　春倫

金石論交文字間恩情荷得重於山送君特覺離懷

惡踈雨淒風酒醉顏

和　菊塘

團欒兩夜酒詩間一別明朝隔海山孤月每從東海

出相思如對故人顏

逸步君如蹀躞懸刱年詞賦士衡雄工夫須學魚千

里會見香名滿國中

　　　送菊溪歸朝鮮

　　　　　　　　　　　　　　　　　春倫

金樽何日又相逢濁水涓塵名異蹤別後天涯回首

處魂飛雲樹幾重重

重攀仙範結盟談笑共傾欵欵情搆手送行寺樓

外衰楊欲紲別愁縈

　　啓

一高和巳成否　菊溪巳次韻付之道仙
　　　　　　復

　和

　　　　　　　　　　　　　　　　　菊溪

明珠南國久韜輝筆翰逢塲勢似飛他日芳洲一頭

避佇看詩學入精微

　　　送嘯軒歸朝鮮　　　春倫

星河牢落汲山前征旆帶風拂曉烟醼酒軒當行樹

裏湖光一片歛離筵

日照錦袍躍玉驄人生榮幸屬詞雄從斯遠泛西瀛

去一曲勞歌杳靄中

　　和　　　　　　　　　嘯軒

吾車在後子駸前同到和山已暮烟秉燭相看悲且

喜百年難再此宵筵

一夜親言笑高風何日忩歸程千萬里不及別愁長

又

羨君鞍馬有光輝長路關山共鳥飛相別相望心緒
亂水淼淼江上片雲微

啓

同

一所呈送別詩巳經淸覽否　耕牧
　　　　　　　　　　　予復夕間始見尚未構

和
　再復
　願惠高和
出　春倫

　　　　耕牧子

又

玉雪好眉宇斯人難可忩晨星縱相望山海此心長

桑韓塤篪　卷四

首而未及寫　再復　即今書賜如何

　和　　　　　　　青泉

落日琶湖水秋風生白波湖光似君意相送遠相過

　又

富岳千年雪琶湖十月波相思他夜夢應得此求過

　又

獨鶴暮徘徊離鸞聲正乖飛飛隔雲水誰與寫中懷

　又

瑤琴奏別曲山水忽分飛去去烟霞色君愁我亦懷

　送耕牧子歸朝鮮　　春倫

4

桑韓塤篪卷四

彦根後會

○二十七日彦根唱酬

送青泉歸朝鮮　　　春倫

懽手滄洲去不勞泛碧波他時孤榻夢乘鶴一相過

又　　　　　同

眞是一生別東西萬里乖百壺芳醑在未足解憂懷

啓

一今早發大垣時託春乙以送詩二首未知達于左

右否　青泉復　今曉臨行得高韻五絶二首已和成四

領骨第五六突起或有時出膿服癰已多尚無見

效諸醫有所論證而病家不得的定當藥令病勢

且難以敷貼藥取效矣或蓋公有可以醫石之方

貴國亦有此等疾病用其藥取效之道乎亜示之

爲望復　此證昝人既論治法而收驗者必我國

往往有此病長爲歴疾未得其方奇術恨恨

桑韓塤箎卷三終

如何人〵小心 吾行中善書其善畫其醫者號西樵 春

　　　　　　　　軒啓 倫

復〵僕將執謁公爲先容則如何 小心軒僕此意必 西

　　　　　　　　　　　　　　　　樵起而祝曰 春

啓 今得二識於龍門之下榮感無任 尊公 倫

如此來集適有病不得與聞高論可恨可恨 啓

今宵得與盛會眞希世之幸也然何見冠下之晚

耶恨不可言坐將欲散僕無由嗣歡曲明夜在作〓

而再會〓

一 啓 菊塘 聞尊公爲斬岐之術僕有煩問之事謹此左

錄幸乞熟思省察惠示爲望

一 有一女兒年十二歲者患竈胸巳至二三年卽今

手闕上脉滑是行旅辛勞之餘令濕襲虛平素所

蓄之痰為患也服溫和化痰之劑則如何　領之　〔小心

軒〕乍聞尊公到坂城醫歟且云其弊可得重拜

耶　〔春倫〕界牧公云云致來於浪華僕常診病施藥

之家若干如往往來於茲亦不能如意況遠到於浪

蕐哉故不復效范式之約也雖然翔炙子君等凡

百生難再之幸豈以循途之勞俗尤之幸而忘于

奉訪耶他日對計之若然則得重論于樽罍之間

耳

一軒啟是〔公〕也　小心軒指敎之　〔復　春倫〕

〔復　春倫〕曰公未知

小心軒指敎之　伴伯公臥在側

起飲食或増減其腹有塊甚衆長大自上脘直至

臍下而止按之不痛最堅硬其従小塊累累者不

可勝數飲食到子心下而不直下必寫入下于左

右戎胸中処有所縛而手足攣縮小水澁火一身

浮腫脉左右俱弱百薬不驗綿延至今難可非知覺

皮草根之可能療或有上泄之靈方而能活之哉

否願得聞之　小心軒問云此病有　小心軒答　八物湯
吐逆予答曰無之　軒答

加黄連阿膠珠各　一錢煎水呑下　四神丸

軒啓　僕脾腎素虚今虞冷地甘久百病種生頂咳

塞胸悶悶　小心軒使　診腹診脉

一　小心軒使　一春　診足下脉左于濡右

事歸于佐秤之後當從谷以計之年

春倫

啓　即今過事氏傳定下丁寧之竟且二僕向所

呈于身牧公八下虛實論在東都幸經清閒所題

之戰害謹得領之感謝萬實以爲終身之寶矣

鄉道仙荷一面之識因開足下抱不世世之材也

茲得新識辛何如之未知貴姓名如何

　小心僕姓金名光泗字白波號卜心軒

新復

一問

春倫　一婦年三十餘患赤白膿痢三年于茲日夜

數行伜裏急後重上年之秋其子病矣養于豫祿

之中勞劬管其以故病患加二骨初久伏枕不能

卑牧　此方書別立條例而其實與絞腸疝同證

一
啓
答
春倫　洪誨多端感何如之薄澆鷗以進要於前辛

勿訝二　醉復　卑牧　既冰拄顏又餉酒食感佩難量顧

此小禮無以仰答愧慚愧慚　春倫　啓　今宵良會幸山

意外夜深行迫今將辭去然僕亦明日追行歸于

佐和則再會在近猶為可喜也復　卑牧

誠幸未知大坂城何日訪來邪否　此時與小忠甫諸故不及谷

啓　那間到大坂城耶其時若惠杜卸可搆今立夜

未盡底懷兼做一場詩酒之樂如何復　春倫　際意及

再顧如僕界胸何幸得此厚眷武浪華館奉誒之

44

然近世溫泉盛行其驗不驗由于病有內外之別

耳未知貴邦亦溫泉之法盛行乎　答　我國浴先

溫井之法盛行只用於皮膚之病耳

一問青筋之一證蕈氏評論之我國類此證者其

多以爲針出瘀血或服順氣行瘀之劑而有得效者

然發作有時竟無全功蕈氏之方未見其效貴邦

亦有是證永願得聞其治　答

急者不卽治療久乃必灸當以大針刺穴灣上大

青筋葉血如糞則得效

危急之證然如蕈氏所論則以不然也夫知如何

43

而此法有姙胎氣時有因此傷胎者故士夫家絶
不用之耳

一問　春倫　痘瘡新愈之後前人戒澡洗然我國俗收靨
畢後以米泔水酒各少許合和湯浴之盖云瘢易
落瘢易滅也古今翕然爲一定法醫不能藝之痘
家亦未有害顧貴邦無有是等澡物未知如何收
靨

答　醫家大戒痘瘡後澡洗而我國閭里間或有澡
浴無患者盖因嬰兒之禀賦實也

一問　春倫　本邦諸州有溫湯夫溫湯者辛熱微毒諸疾
可治在皮膚骨節者而不可除內傷之患也明矣

42

一問　春倫　□人牟四十齒齦宣露動搖脱落外無所患
脉亦得常調攝三年諸冷無驗彼託僕而顧得公
之一方幸見教焉　鼻牧　雄鼠脊骨炙末和溫酒建
用三四十个永不復患矣

一　春倫　小兒痒瘡一身疲憊而外者蠱多其治法如
何答　鼻牧　此病始發千方萬藥無跡多食狛蜓余嘗
試驗無以容易而賤之也

一　問　春倫　本邦之俗不問初胎慣胎必於四箇月以布
帛之帯束縛其腹略如灸嚢俾方之法未知貴邦
亦有是事乎　答　鼻牧　此法我國閭里間或有用之者

41

笑於大方想高明一見委蕤浮泥之中耳雖茲醫

之爲道固繫於死生存亡之機也大矣故不可不

竭心盡慮以究其說唯足下一言以正其是非使

僕長免誤人之罪則濟世之惠何可量哉伏冀憐

察鄙誠一下健毫千萬惟所示心下虛實

論自緣多冗尚未披覽即今亦緣忽迫勢難仰答

稍俟到坂城後細觀論呈如何啓 春倫 示論諸之跋

涉賢勞加以忽憁惟許一調亦將波量之所洒也

豈復強乞以煩高慮耶浪擧淹留想應有日幸

照之伏惟尊下語甚今所奉之鄙問即見敎是祈

二

春倫

八郎各如何　復　卑牧
僕姓權名道字大年號舁

啓春倫
道逢安穩輿馬抵此何慰如之足下嚮偶

牧啓
于佐和之夜憑雨森芳洲呈書並心下虛審論下

卷以需　一言然足下以旅德不許所乞爲恨特淺

翌隨行來此此地乃僕之舊卿也家君當壯巷亦

豫服高誼懷被雲之願故賴芳洲其永謁於賓館

芳洲曰構公既就枕席今不可見也又并所乞不果

私臆託芳洲而還不惟遠鳳觀也

遺憾益淺今始拜高標甚慰所望仍陳愚臆重願

覓觀僕鄉所呈心下虛實論固無足採者豈不聎

滿堂佳客悉名賢璧月珠星映綺筵一笑一歌餘興

在青燈相對不須眠

和

　　　　　　　菊塘

伯仲詩名寶氏賢天涯幸與此佳筵把酒歌文是勝

事參横月落且休眠

重呈菊塘

　　　　　　　春倫

卿路隔原隰寒風透坐氈勿辭終夜飲候館酉如泉

和

　　　　　　　菊塘

聲藥下氏螢術業白青豈良才必有用豈得老林泉

醫員筆語

五鳳齊林世所稀和鳴嘰嘰殘書翰暉好隨鴛鴦聯翩

去奮雲青雲萬里飛

呈嘯軒 和 見于後

萬生行穉遠從奇豪藏錦繡鎮相遺長卿新賦遊梁

日荀奭光榮御李時天上聚星螢丙夜入中瑞鳳仪

瑰琴詩篇聊足託交契其誰雅延金凪巴

春倫

一啓 僕姓鄭名后僑別號菊塘今以副使幕僚末

此偶然邂逅嘉幸可言復

當促坐以語忐曲耳如何

呈菊塘 一面相逢豈非天緣

春倫

春倫

呈蕭軒　　　　　春倫

才子胸中夢澤洪揮軒到處競雌雄一題倒閣名方
震何減當時張載風

　和　　　　　　蕭軒

左扼浮丘右狙洪一堂高會盡詞雄良宵受飲從雷連
飲明日江橋葉散風

呈菊溪　　　　　春倫

氣韻風姿儔侶稀照書月眼爰明聸筆翻峽水文瀾
湧口轉瑚瑞談屑飛

　和　　　　　　菊溪

僕等不有奚足爲高名者會及忽承褒譽不勝感
愧

呈青泉

箕邦覺正仰人金城一代詞臣皆俊英時待御家珠勒
　　　　　　　　　　　　春倫

馬盧郎儀矩四莚傾
　　　　　　和
　　　　　　　　　　　　書泉

征軺十月近江城城上千林藜玉英最愛君家崇樣
下朱滋白雪客心傾
落月浮雲俺亦城行人湖上拾薔英歡君畱醉金尊
酒坐到參橫三亦傾

35

肺腑伏冀必垂監察國禁至嚴不能遂鳳視青壁

丹崖不勝瞻仰之至

身故時有微
善故無答書

大垣後會

○十月二十六日唱酬

啓

青泉

頃者瓜報瓊瑤實感仙掖萬里遠役莘院政事今

過郵亭遂奉清儀欣躍無量因所監者僕之行世

三十餘年未見如公家崇梓之煩煌寸詞贊真百

不發一復惟倫茲得盒鬢青眼頻加實摩羊蔦顧如

34

慶縹帙棈囊並著功

　　　夭菊溪际韻

壯遊萬里與無窮司馬才名一世中愧我長為蛬沈
　　　　　　　　　　　　　　　　　春倫

者讀書學劍未成功

　　啟良醫男牧權公

長途無志告爵止此至幸僕世業醫性質不敏未
　　　　　　　　　　　　　　　同

究櫛徵而其所歷試間亦收驗近切為診法之一

端為一小冊幸遇大邦國手經過叨求其正若有

所取則幸垂一語冠諸卷端僕將取信當世貽榮

吾家公若察蓬心使敝帚倍價則恩比洪造忝鈒

33

奉次　春倫惠寄韻

菊溪

交鄰典禮大優優行到桑東六十州奇邁子長湘楚
過壯途工部浙江遊路由仙嶠看秦鶴撓乞銀河見
歇牛多謝春倫偏有意眈驪用月向余投
魏珠荆璧未爲瑳子有瑤篇直百金鏑得仙家座外
趣筆端濃郁彩雲侵

呈春倫詞案

菊溪

僕姓張名應斗字彌文自號菊溪居士又號丹丘
子年今知非之歲爲從事官記室

世世詞源浩不窮五龍俱聚一家中善家今日欲兪

32

美顔紫之北群馬逐空堂斗以南一人而已權謹

焉末學蕞爾弱齡枝止雕蟲功愧畫虎第淺忻慕

之情無既敢陳之愫尺素遠邇寸心俱往伏惟鈞

察謹啓

　呈菊溪張公

國田箕聖典刑優照世才華推柳州鴨綠江邊尋勝　　同

縣琵芭湖上雅奇遊筆翰你襲蘭麝意氣翩翩凌

斗牛回首丹崖雲霧隔寸心為得向君投

遠隣雄才是國珍名流異域重南金腑懷熱似水盡

淨不受世塵一點侵

仁之願凜然高誼惻若私衷恭惟書記菊溪張公

棠下瑞世偉才夐邪誑崇詩書達禮樂潔窺聖

人之心諳子史工文章甚得體於一體于㙍㒵真爾

泰華之山筆力特勁氣夫洞庭彭蠡之水度量何

寬温良儀谷勁梃志節足爲進士而望可寄命而託

闔境之歸重李栖筠克比肯有屬爾之流輿尹翁

歸亦讓其右茲從使槎來臨日域古賢芳躅之幽

賞發揮其雅量同調青蓮雄渾宏麗之辭事工老杜

銳飄逸之氣同調青蓮雄渾宏麗之辭事工老杜

堪與是廣或見萬物之奇府軍所藏於羅百貨之

即春圃公之胤也春圃有五子皆賢春倫乃其二
也余雖未得望履春圃公之門抑固知積善之有
慶也今到大垣而芳洲又神數封詩求示且曰道
仙春倫之頭幾爭也春蓬道仙之第幾爭也讀其
詩者圖活清綺有古人風格蓋知春圃之德有以
成其子而春倫之賢足以趾其美也感嘆之餘謹
和韻仰塵清眼僕姓成名夢良字汝弼

蕭軒到于
大垣乃有

奉呈華記菊溪張公咨
　　　　　　　　　　　春倫

云
此

伏以龍門阻路竊擬仰德之誠攀漢在天徒懷依

陽春膺門何日攀清範𣪠話高論醉德醇

秘書萬卷讀來豐誰復詞場得雋公彩筆高揮語驚

世何論奇夢屬文通

和呈春倫詞案

嘯軒

卜築琵湖水濱𣲖來安步賞朱輪郭中高謗誰能

和肘後神方也自珍巳識一心均濟物長敎萬病更

回春仙居知在無多地那得親薫氣味醇

數頃湖田樂歲豐百年清福永如公臺端自有驚人

語不獨軒歧夢裏通

昨投佐和芳洲神傳春倫比尾公舒章因曰春倫

28

行囘非私萬里浮船神為不護驅奪長坂有俘王

尊之忠望家白雲不異行傑之孝載馳馳大搖

英聲言還言歸竛竮榮祿權海內單門入中下品

禮靈不韻骨相最几甘薤鹽而聊足焚瘞泂以自

勤此起伏于蟣蝨為論雲霄昔飛槍于尺鷁登知

涙渤齧枝何進不敢煩舍入之先容巴曲刃呈所

願得工部之奇藻伏惟洪慈特賜憐察不宣謹啟

呈嘯軒成公　　　　　　　同

仙客遙來自漢濱雲褹風袂焦朱輪鄧林奇木廟廊

具滄海美珠天下珍為得牙絃弄流水徒聞郢曲唱

此間ノ右ニ贈ル正使ノ記室姜耕牧子ヘ
等ノ詩アリ而ルニ並ニ朗篇ニ陸不錄焉

奉呈書記蒲軒成公啓　　　　春倫

伏以兩邦脩帶礪之盟昌期盛事一旦見樞鳳之
時當世奇觀從古衣冠多右鄰之制度筐矢山半
懸閭國之備望企高風而起敬裁尺素以通談恭
惟書記蒲軒成公案下心醉六經道由二代德容
溫潤儼然似王界尺兼氣剛直澡于姑洙泗繩眞
是人間之秀登非王國之珍無蓋記源崔潘汪小
機海輝区才刃蒯貫躍短曹牆射菜中階軒昂于
御榻之側題名淡墨馥郁于場屋之中蔴方祗役

壯筆下江山漫興優歲悅江鷗隨波跡月明琴鶴對

良儔其傳湖海多豪氣高臥元龍百尺樓

客窻閒隆葉家落鴈高飛自倚南宜覽遙瞻北斗輝

乘槎人不見驚窖世難希獨寒歌州和仙即美世倦

僕自涉瀛而東所與山川城郭雲月草卉朝夕吟

弄者個個有神仙氣自謂今行得一瑤池勝事乃

又承足下詩墨而益信珠樹琅玕爲海上物此一

幅可以扁花世間人以表我天外奇遊感珍千百

炉僕素工不能工於聲而強爲足下誤拂絃以傳二

顧連日僕僕道途間罷憊落草富何能盡白

25

大垣之人今寓居于江州芰坡

呈青泉申公
　　　　　　　　　　　春倫

金鶴城聳人江頭　佐和城下　一夜高人駐紫驪秋

斗間龍氣動風怗孤館客情優形宮首遷歸八令玉

籍品題桂父舊使節有榮座卷宣不須慇懃賦登樓

又

鳳得青雲路天衢自在飛金遷臺氣釀宮錦玉恩輝

雄辨誰能敵英才世所希盛名流日域德鑑亦何傾

　奉和春倫惠贈
　　　　　　　　　　青泉

籍甚佗名自馬頭千金臺館出驪厓中雲雨悲凶

賤沙有乗風破浪之壯心半生喰遊養螯昂雪

之逸氣銚海所單江山生色楊撣加雄所指田野

知名仰慰有臣如此退遍齊鉄又命無何福祿佾

恰權菶菷庸流間閭葉物鸞驍立窘帍壞形鼻粗

知前事乎先師每歎下村難能尊鷗屬識無異乎傳

迺之書是麗横嶮自居登呼呂扣之炎憂辛過沏

清之目晨除親看鄰邢之底儀聞風饗慈浩然有與

馳意斲神没矣致敬輒述开東幸乗雪眼伏惟鴻

慈特乖寛念不宜蓲啓

僕姓比尾名權字虎正號春端又號柳洲濃州

成需軒張菊溪良醫權是求立到濃州太垣各

有和章六

○李呈製述官者仁青泉申公案下啓　春倫

伏以靈槎芝海御駕凌雲若見王馬於一時群姓

企匭似望金山於千丈萬夫爭先亨衢相照希代

至榮共惟製述官者仁青泉申公案下荊璞奇珍

周藝古範言藝往往訓行頌成謨色瀝而和令春風

於壮字氣青而補横秋頴於雅襟風帆聖滴悠泳

于禮樂之場遂棧蓬觀盤旋于典籍之藪文章白

出機杼力抗百鈞詩賦將奈爛富材擅千古萬里

重於九鼎實在諸公之一言以故叫不自量再煩

高聽老既構成托之芳洲以傳達寄千萬惟所寫

鳴呼新知之樂猶未能盡離恩悠悠西東相望歲

恨如何幸托便鴻二賜阿音以慰別後之懷盛裏

微膚千萬保嗇不宣

彦根前會

春倫唱和

彦根前會

享保四年巳亥九月十四日朝鮮聘使止頓于

江州彦根予有故不能詣館憑對州儔臣以所

芳洲寄書並詩於學士申青泉及書記姜

浪速洛陽之間必賜淸覽忠祐

春圃

啓二公

二公不難因俗救督懇懇何勝依戀夜復夏追不

得以審今將解爲偈呼遂別倏忽黯然不知所言

如何如何

寄卑牧齋小心軒書

同

河橋一別猶成隔日之惡民途安德歸旃想院低

難波向者憑芳洲之好水揆光範子賓館親辭薜

德辱承高誨實是生之大幸迄今欣抃頌導者所呈

精氣神論命門辨說不知旣乖二善石能使候箴

20

驛路越險舟航乘危貴體無恙東武珍攝幸慰何

瑜煩者僕有命門辨說一條今呈諸左右壽眼一

照厚賜二蓋前登止二子府之榮實終身之至寶也

且啓仲子春倫在江州佐和足下東行之日惠芳

洲呈心下虛實論以來是正足下攜諸東都冠以

數言春倫得之將于舞足蹈之不知於僕亦不勝

感佩謝謝軒復僕素多疾病入實邦後不伏亦

重患痎症頭眩大苦千里撼頻精神昏憒不能讀

氣且見識淺薄不成文字未副勤教悵恨悵恨無

已則去罷大坂後當儷奇者走筆　春圃　再　沈新惠奉審公則

19

大坂城後論皇耳 啓 奧牧 即見庭玉道仙筆翰副局

信無雙 才子他日必成大器可賀 春圃 豚兒輩何 復啓 同

有足道者承是過譽不勝慚然荷荷啓 公矣嘗百 奧牧 復

軒奇斗文乎辛卯之歲會于此館今無恙否 春圃 復 奧牧

此人辛卯以醫官果來此即今好在耳 啓 春圃 嘗百

軒答語云有令胤年纔二歲料今旣及十歲想

應就學習業日進一日願足下傳此賀意如何 牧

復奇醫亦嘗如之東歸之日當以左右之意傳之

也

啓小心軒醫伯

春圃

生命之存亡固不可不以研精窮微而如僕凡陋

恐有所屡爲故呈之第下以求雖黃希希監念僕

有五男兒各承其業今公一問僕所論爲正可否

則不獨僕之爲幸亦五男兒者永承其賜也丹老

牛羝犢之受不能自禁呵煩高明幸垂怒察

身牧春偸公頓示一書目錄多事尚未仰答慚愧

復

何言卽狄暴盡鄙見而長窟嶽頓之餘宿痾復作

惡勢難本苍萬一前後所云四卷當到坂城復乘

隙細類論呈耳　春圃　示意雖怒猶未爲安今宵一

卑牧　答

寛使慰所望如何　答　不可卒明答之故耳必到

芝眉且承瓊琚之賜於僕感謝何極今夜席遂疲
雲兼許令五子侍于雅筵之末顧又何幸如之僕
今欲以甚事就閣與牧齋故不得久侍少寫當復
來陪

啓覃醫舟牧權公

帆蹉千阻客裡知幾萬里勤履無恙尊駕抵此幸
甚幸甚僕濃州大垣之庸醫也東行之夕憑雨淼
芳洲乙謁然公因旅懐而不之訖今爲恨稟者
僕行醫多年儘有所得遂成一家之言項者精氣
神論以爲三卷矣夫論醫道者一言得失實繫於

儘多黃傳稗方

小心軒云班服指崔目邪答云云守冷眷目而
得効者多惟上熱眼痛而後旨者難治如何

小心軒答小兒痄眼通用猪肝入夜明砂烹熟士明砂

多多奧之最効崔目灸手大指內橫紋頭赤自際

一壯七日而愈腹脹泄瀉多奧粘蛙灸最好

春圃筆語

啓　　大垣後會

菊溪　項因今亂道仙備聞足下潰福之盛顧一撲

茵而不可得今幸獲拜雅儀兼得五鳳侍側良幸

良幸乃菊溪疾應平也復　　春圃　　向者賤息道仙輕渡

一

15

法如何 _{卑牧齋答} 此病始得者皆由於費腎過度左以

河車六味元之屬久服治之至於傳染數人後則

必成勞蟲當用蓮心散紅椒散瀉下惡物後繼用

大補氣血之劑而多至於五六人後莫如遠避

耳 _{春竹再問} 紅椒散方如何 _{卑牧齋答} 川椒殼炒去油窑

每服百粒津下滿百日蟲消下

一問 _{春竹} 男年五十嘗患痔痛肛門或脫或收經年不

愈補瀉溫凉之劑俱不奏効伏乞示教 _{小沁山茶軒答}

黃一兩酒蒸爲二貼服三十貼而効 _{春竹再問} 小兒痲

眼發熱口渴腹服泄瀉脈數無力經日不治必至

症而炙者固多希傳二方　此病有或痰隔中
焦而然只用只緒二陳湯有得效其他別方未知
耳用此劑而無效者炙臍中百壯承山三乞壯則
百無一失此謂之遇仙炙　不問男婦其症飲
食如常面色蒼蓄日月久遠形肉消瘦午前惡寒
午後發熱盗汗咳嗽後大便溏泄足跗浮腫面必
為陰虛火動而投當歸地黃煎停滯于胸膈以知
母黃檗為後必大便泄瀉又以人參補陽則加咳
嗽吐痰也傳屍滅門者往往見之此症有感於其
氣而傳之邪將實有所謂勞蟲者而傳之邪其治

迫坐則安靜其脉浮中診則弦或結或細沈診如

無得此症者後必腫脹故察其幾而以參附姜桂

溫補之則得愈者多然得溫補卻加苦悶其脉數

按而無力者不治腫脹日其小便閉澀而以矣其

治法冀垂示教〔卑牧〕〔答〕凡病有浮小治此病初起時

或有與參附安之者若得溫補之劑反加苦悶之

症脉又數而無力則法當腫脹而必他無救生之

方耳〔問〕〔春竹〕霍亂腹痛不能吐瀉惡心嘔吐大便閉

結四肢厥冷其脉或伏投枳實大黃湯備急圓之

屬或用獨參湯附子理中湯之類而不效也得此

・呈申張成三公

春竹

迢迢十里路今夜暫停鞍相遇還分手坐曉更會難

青泉

夜與春竹敘別因次其韻

高堂對樽酒寒月繞征鞍嶺海千秋別心腸一夜難

走次春竹贈別韻

嘯軒

意長夜短曉月動征鞍再面知何日天涯此別難

走次春竹惠韻

菊溪

萬里長為客脩程困跨鞍浮生元役役良會古今難

賢員筆語

一問　春竹　有一種病不問男婦心下痞塞起則呼吸速

走次春竹惠韻

驪駒唱欲斷曉月照征衣山海豈終極燕鴻相肯飛
　　　　　　　　　　　　　　　　　　　嘯軒

臨別走次春竹惠韻

共惜天涯別臨岐复摻衣相思如有札須寄塞鴻飛
　　　　　　　　　　　　　　　　　　　菊溪

惜別之懷君我一般悵然何言臨行之作攜歸可
作後日面目可珍可珍

走呈張書記

萍逢千載會佳話出塵奇明日河梁別離悵無盡時
　　　　　　　　　　　　　　　　　　　春竹

走次春竹贈別韻

贈我瓊琚字篇多語益奇相看不忍別立馬月斜時
　　　　　　　　　　　　　　　　　　　菊溪

隔恨與雲山萬里長

　奉和春竹惠示韻
　　　　　　　嘯軒
天寒霜露判水裳海闊孤舟何處藏客中半面還如
夢一夜離愁白髮長

　重送申姜張成三公
　　　　　　　春竹
分手長江畔晨霜侵客衣他時相憶夜應在夢鬼兆

　曉起將行奉和春竹
　　　　　　　青泉
曉色郵亭樹悲歌慘子水明朝雲海隔空望雁高飛

　奉和春竹惠韻
　　　　　　　耕牧子
征馬遲遲發臨分夏把衣餘懷定擔落愁見新鴻飛

北斗寒天轉玉衡起看孤月樹頭橫明朝海上雲千

里巹得驪珠若結盟

送張書記之還

文旆萬里馬駸駸攜手徘徊流水潯別宴強傾三盞

酒高歌一曲正傷心　　　　　春竹

　　奉和春竹惠贈韻　　　　菊溪

長程日月逝駸駸歲暮連回東海潯逆旅重逢纔一杞

且明朝一別更傷心　　　　春竹

　　送戎書記之還

凜冽寒風透㡇裳憐君志氣本島藏天涯從是音容

醉歟笑卻勝故舊情

　奉和春竹韻

仙鶴離塵格格清白鶴長最五常名一宵盡罵鸞
　　　　　　　　　　　　　　　　　　　嘯軒

樂江月湖熳箚別情

　送甲學士之還
　　　　　　　　　　　　　　　　　春竹

千載又看陸士衡詞源浩蕩筆縱橫何離彌飲達明
曉別後無由尋酒盟

　奉和春竹惠贈
　　　　　　　　　　　　　　　青泉

濯濯汀蘭與杜衡君家詞筆映雲橫孤槎欲發頻回
置一曲場駒怨舊盟

了客中送別亦關情

曾仰高名今奉手仍慰幸如何如何
　　　走呈張書記
　　　　　　　　　春竹

珠玉揮毫藻思搆文章司命揔君誰不妨談笑慰心
曲一夜羣星照坐奇
　　　奉和春竹贈韻
　　　　　　　　　菊溪

篇篇綺語爛然搆敬強如君處是誰赤城山上一丹霞
　　　走呈成書記

氣持比來詩亦未奇
灑落仙標弖宁清文才一世擅英名相逢共喜終宵
　　　　　　　　　春竹

6

詠便人塵慮頓消融

後會唱和

走呈申成二公

見君標格自崢嶸豪氣由來跨大鯨絶域可憐馮雁　　春竹

少一樽須慰故園情

奉和春竹韻

富山冰雪迥峥嶸滄海秋波製巨鯨爭似君家雙玉　青泉

筆醉憑揮酒古今情

奉和春竹韻

滿天星斗夜峥嶸恐蘸樓動曉鯨王事驅馳何日　嘯軒

奉和春竹見寄

仙琴彈月十洲東曲裏琪花滿眼濃分我一枝香在　青泉

袖到頭長見彩霞融

征軺昨過犬垣東驛舍金樽美酒濃獨有君家棠棣

曲相隨千里客心融

道上和春竹韻　　嘯軒

迢迢路入震湖東萬戶人煙認美濃遙想高門德望

聚百年和樂正融融　右三首到東都和之西歸之日示予云

奉和春竹韻　　菊溪

桑澤之北葦原東竹籟杉煌淡復濃且遇詩豪聞朗

桑韓塤篪卷三

濃州

大垣前會

享祿四年己亥十月二十六夜朝鮮學士書記醫
官等抵濃州大垣客館士等兄弟從家君往會之
筆語唱和若干聊茲編入以貽好事云

奉呈青泉申公嘯軒成公菊溪張公各篆

春竹

使星遙指大瀛東蓬島煙霞吟興濃（永夜樽前聊遅連
楊柳人和氣靄春融

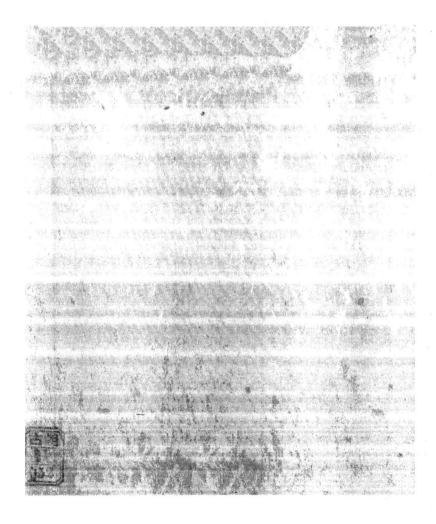

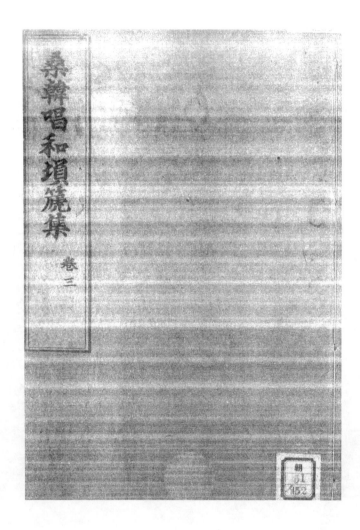

一云倿
足下辭文藻拔驚歎驚歎異邦亦有如富嶽

高山耶〔子後 耕牧〕我國本多名山東有金剛山一萬二

千峰皆如白玉芙蓉真仙境也

〔耕牧〕予問貴邦畫工所畫禽獸一紙朱可得見〔保合 令吾〕答

幸能之〔予云 耕牧〕君若能之幸甚〔諾 保合 黃子〕

〔禽 耕牧 子云〕畫趣不凡揮灑立成奇歎奇尊之平

日最得意筆幸未可一見耶〔保合〕偶有此一小器

贈君乞爲他日之面目笑納幸幸〔耕牧 予云〕情則可感

而東求之行具亦有文房四友幸冪之如何行篋

不在此恨不得以筆墨贈之

塤篪集卷二畢

62

何僕入貴國接見詞翰之士多矣何幸過厥文見
如尊玉樹美姿以筆談吐論肝膽靈壘忘倦此亦
客中之一奇事神交不必論遠近唯望尊以時自
愛以副此遇之遠念如何　　　　　　僕久過譽而赧汗
耕牧子　尊何過謙開　　　　　　　　　　　　行中吟詠多多乞示之
滴又云　　　　　　　　　　　　　　　　　　　　答
耕牧子　　　　　　　　　　　　　　　　　　　　
于倶治路所作及江戸酬唱者甚多
　　題富士

松牌記得駿河州富嶽瑞光拍焉浮花發事常霣雪
色峰高一半出雲頭空中起伏仙山脉世外陰晴沃
野秋料得此間奇絶境夜淺明月上滄洲

　　　　　　　　　　耕牧子

一問　足下姓名如何　答僕姓姜名栢字子青號

耕牧堂又號秋水來時信宿貴州與朝玄洲相親

尊亦知之耶吾國重科舉有進士及第二楊且榮

其榻則功名可期令行承朝命見爲正使記室

館進士初試連中會試二等第七今年三十雖別

無采邑名在士林矣　千載奇遇萍水相逢只

恐匆匆別　養念至此感懷何言承此過獎愧

歎愧歎人生信如萍水萍散忽忽如此誠可歎也

肝膽相照則一旦之避迤亦非不足以此寬心如

出嫁君而已

一　裏　或曰盧允武所著助語辭間有不可取者果

然否　西樵復　唯在自擇而已

一　栗　曾聞冬至之日影添一線果然耶　西樵　杜子

美之詩曰刺繡五紋添弱線以此觀之一線之說

非誕也　保合又問　此詩膾炙人口君或之耶否　答樵刻

漏觀之然

一　保合　如今促行裝耶別恨難極　答　西樵

一　問　方欲發程帳

缺可勝能惡惜別情誼良感

一　西樵臨發奉　此州之刀以利稱果然耶　余曰然

余感畫扇曰

奉酬辛出公惠示韻　　西樵

三秋歷聘日東國萬里征車此地回旅舍蹔逢佳士

語樽前蕭瑟雨聲來

筆語

二云

保合　辱賜清和榮幸何傷此處甚紉尤不能再和

愧愧愧愧 西樵云

君之詩大有清趣作之不已其進

何可量也詩如其人可愛可愛 西樵

宋玉之言曰

樂分莫樂新相知今日何幸與尊丰逢於此清儀

清談能使吾順忘行役中愁吾然於即相別苦此

之悵恨何可道也還吾國之後續尊之詩看已之

一君之詩只見兩句諸雖未可議得全豐然大抵用
意於音響清朗之地推此勉進多讀唐人詩庶
幾神化起乘而出是仰仰

行装已束矣言不可盡佇於病所相見幸耳表
忱無物益可歎

學士惠余詩箋若下、

保合

辱盛賜感謝感謝救以為他日之顔色欲分袂淚
頻下、

一保合君之所業如何、答、
一問、僕於書畫俱不成名略
解方技而已、西樵

57

一紙則多産其製與貴邦紙差異

一高麗以前多尚佛教人家葬或作佛事云而
聖朝三百年來斥去佛道故即今緇僧者省小
民逃役之類而士大夫之家絶不言乎歷況送
葬之禮禮之大者雖下民皆不用佛事

一僕之所經山川州木莫非仙景而詞涧乃海吟詠
無可稱何乃有屬人州夢之物耶

一綱齋是其人名號耶僕今始聞之憫乎未見其學
訓誥之跡也

一九月十三賞月之規有何所據我國則無有

56

一　吾邦有淺見絅齋者爲質謹嚴最有功於聖學貴
　　國亦傳其芳名耶

一　歲歲九月十三夜吾國流俗特賞月貴邦亦然耶

一　僕所賦詩亦略可謂詩耶

　　　　　　　　　　　　　　　青泉
　　復

一　我國咨撻之法官人之治下民長者之課兒童者
　　隨罪之重輕而罰之何但奴僕

一　佛寺僧院則多有之但不與凡民同居必在高山

一　溪谷佳麗之地迥乎絕俗而居

一　楊花渡在我京畿之䌫川耶

55

何後 _{青泉} 愚示誠然僕亦知詩人命意多如此所謂

前言戲之耳

粟

保合

一答違之法限於奴隷之屬而行之耶

一貴國多冠官耶

一貴國有楊花渡耶

一貴邦紙之所產多耶吾邦紙之製最多

一貴邦民間送葬頗用浮屠耶

一定眾尊之所經之風景賦詩屬文吟賞今有其吟

一曩貴之

日卯君令自碧城來す

賦又

軺軒雨色郵亭勉何事彷徨嘗賞憂可獨愛亭前瓊樹

好秋風吹送異香來

筆語

一稟　青泉　君詩清亮有響才情甚奇今令人歎賞幸為勉

進個此作下句語僕鬢霜可謂人皆吾亦尚未強

仕每向人言譁老為及君何不諫　答　保令　君之雙鬢

信并白盡下之兩句者所謂託物比興耳詩人形

容物如此且古人既有白髮三千丈之句如何如

青泉

蘭皐方在近處耶僕未曾奉面顏項因玄洲

見其所作仙人篇甚奇吾在東都之日遂次其韻

合行欲轉送矣或於今俑處得見其人幸幸

答蘭皐詩託余以述傳之　蘭皐今在近那

寄別青泉申公及西樵醫伯

在此去三里名護屋

保合

祇役風濤下里客青雲欲納漢槎回鬢霜緊日邊妻

子御問君從何處來

青泉

和贈矣矣詞伯見寄

蓬萊山下神仙窟五色祥雲影作回忽得明珠...

享侮己亥十月二十有五日東都盛禮院畢　朝鮮

之信使歸軺再造尾張鳴海之客館余織春慶應

之役在三使之驛舍而接諸韓使然求謁申學士

及三書記等及行故語學士之客亭初會申姜白

之三子因有唱酬筆談稍移時只傾益也

筆語

一問　保合君甲公耶　答　青泉　姓申名維翰字周伯號青泉

青泉問　君手幾何君之名號如何　答　保合　姓井州名勘

平字良重號保合文號夕替　問　青泉　君與朝玄洲

蘭皐相知耶二君皆尾張人　答　保合　兩生僕之舊好

君家烟霧自名城 城上三山俯大瀛 解道新篇甾贈

客瑤池千古白雲情

　　恭賦小律一篇奉呈朝鮮大書記　久敬

錦帆日去向珠方 仰見便君有德光 離別積憂無慰

處山川萬里望茫茫

　　途中走次久敬惠贈韻

　　　　　　　　　　菊溪

邂逅何嫌各異方 愛君詞翰爛生光 秋鴻社燕怊迎

送開貫西天海泱泱

奉和鶴渚公見寄

西飛獨鶴水雲孤明月驪歌倘玉壺處處賓筵好

意情無鮫淚化爲珠 青泉

又

寒城木落雁連嘶鰲頂三山入解題何處古琴傳別

調隨風吹到海天西 青泉

,

恭賦小律一篇奉呈學士申公 又敬

使節悠悠辭武城錦帆無恙涉滄瀛稚君幸賜新詩

玉願令吾人洗俗情

奉和又敬思贈 青泉

西歸

奉呈申先生吟壇下　　鶴渚

承聞聘千東都去又今日過宮尾張州遭駐葉郵
燕詩二章以煩致朝文淵奉呈伏祈正希兼賜和
篇辛辛

隣好千秋德不孤喜看龍旆訪蓬壺五雲添出篆頭
景化低韃人筆下珠

又　　　鶴渚

萬里長風驛馬嘶今宵偏要爲留題憶君明日遙歸
去徒見白雲隔水西

東行

奉呈朝鮮國學士申公詞案下　　鶴渚

錦帆遠渡滄瀛來　旆已過本州有制不許猥登於

龍門茲詫友人朝文淵耆以裁鄙詞代面話

經歷知多與美君　誇壯遊善陟移王節異域繫蘭舟

雲詑金山月地縱蓬島秋再四如有待何日大刀頭

　又　　　　　　　　　　　　　　　　鶴渚

蒼茫雲浪路三千照海使星拱月邊不識風流何處

好囊中收盡幾山川

申學士人事悤怱和篇不就

走天富山韻　　　　　蘭皐

白玉芙蓉出海嶠前巒秋霽鋪銀沙壯遊有意求仙

樂蹄盡絕巔弄雪花此詩使立洲書之呈示青泉有謝語

問　　　　　　　　　蘭皐

一已三吹欲歌陽關晬咱䢔下曰問鼓吹樂器有幾

品耶答青泉鼓吹乃軍門所用使臣行威儀吹笳擊

鼓放炮平簫金鉦而已公樂乃御輦前必用之樂

䙾菜笤琴笙笛缶鼓所以養於國書奉持之前

倡酬筆談具客館瓘鈌集故多恩不此載而已

問　　　　　　　　　　青泉

岡嶋公漢音大驚倒吾輩況足下出其門哉足下
詩文遠學漢唐語亦倣中華極可嘆賞之甚所交
遊英才名士多耶　答　蘭皋屢過譽無足敢當余職務
甚賤元無日不朝矣休則杜門猥不接雜賓讀
書之服或操絃弄竹所伴清風明月以政不知郤
下才人有與無耳

　　呈富山絶句要和　　　　青泉
扶桑東去海雲賒萬似峯頭雪似沙落日蒼茫秋色
裏青天洗出玉蓮花

상한훈지 권이 桑韓塤篪 卷二　493

吾輩非所可敢窺知也余於詩道古必尚漢魏近
體必盛唐且慕明王李等七子亦未嘗學大曆以
來倣西崑體者所爲哭元稱曰詩歌之道一盛於
漢再盛於唐又再盛於明余謂確論也近有一家
云唐宗元白宋唯蘇黃明世諸子無足取塗聽耳
食哀哉

問

一足下姑熟眠僕亦退去明旦要再來而相會耳

答　拂曉餐行吾今不可復足下如不欲眠幸勿以

蘭皋
泉

吾爲念且坐頃刻以送我去

示余歎其音調猋朗有中華之響今聞其人不

出見客無以奉拜甚恨甚恨頃到大坂有人傳示

瑞芝軒吟稿數卷曰烏山氏所作其詩蘊藉有味

其門生□人力請余爲序不辭而爲之序方今清

製序文遲緩撰出爲云云者非以令夜艸艸爲難

深知足下文可得人在人間儜所以難於奔走爲

乙

　　　侵青泉旅榻下

　　　　　　　　　　蘭皐

謹悉示諭溪感足下爲余傾心矣曰石子在東都

烏山生居浪華余亦未相見而其詩名恰如斗山

洲有信人也請君勿々至區々重々之壁爲感文後 吾已

聽芳洲三改斸無一虛跛爲言

稟蘭皐子座前

青泉

貴國讀書音青譯甚距必難曉識是以讚文士倡和

筆談文理脈絡多有不可解者蓋坐於聲律之末

開此與中國遠故其風習自別焉州再森東松浦

儀 君子其詩文昌是絶于今世之不易得也見

其人皆易昌漢音未見足下而先得仙人篇絶警皆

古調泉其曉漢莫而及見之聽言謎乃信然則是

非當代之人也幸亦使行歸曉持日作詩卅一卷

可時時披閱以佐其采延此云云矣

　　稟學士案下二

鄙什一巻名玉臺吟州古風近體若干曾見下

里巴歌耳敢以備電矚若或惡敢言於巻端則何

賜寓之惟祈惟祈　青泉後蘭僕見定下之詩實揮

　　　　　　　　皐座下

今世等閑諸序文必須精思力書以奉贄令夜納

之之際恐未如意已矣于雨森君必欲從後書送

彼意亦然未知如何傳送有優改云

　　稟

　　　　　　　　　蘭皐

拙稿序文自此至大坂之間搆出則必傳芳州芳

章不能窺古人牆戸之邃然大抵竊意以前卽有

意讀秦漢古書不欲先攻校葉於唐宋之末而情

雁毋乃阽巨俊輟業遂畫而不進可哀可哀我國局

麗之世事尚宋元至我朝而奉才亦起或曰邪焉

或曰韓柳蘇而原其體則以儒道爲宗故其文體

裁率緣宋者間有二二章句險順平澀之殊卽已

皇明諸子中李何王李尤爲大方家其文之娘來

傳也亦不無向風之思而其專攻王李之文者上

無二二卽今我國中操雅之士大都言曰宜先參

讀八大家吾文旣熟絜邃乎坦然後皇明諸子亦

浮靡至唐而極矣故韓柳以達意振之字宙一新

至歐文衰降迨元明再極矣時有出李于鱗王

元美者焉專以修辭振之一以古為則可謂大豪

傑矣故評騭西京下文人唐取韓柳明取王李為

是故也余遊其門受理書讀之甚瓛不執簡之士

莫不趨風而宗之矣貴亦文章之隆幾不讓中國

尚矣今工之操觚之家泭宋元之撢耶在明諸家

筱蘭皇木君　　　　　青泉

祖祿先生姓諱亦未聞而其論古文龍達意修辭

二段大凡人躍然稱快況足下親炙之武儵應交

問

一諺文未審字體如何　答　　　　　　蘭皐
　　耕牧字必教字而以方言諺

字義　別書諺○示余　答　　　　蘭皐
　　載客館雅集集
啓申狀元

東都有祖徠先生者風操古文辭之學非嫌公宣
父之書不渉於且非宏馬班楊之篆不發千筍非
駿遷李杜之篇不屑于思益聱功於删李獻吉矣
先生嘗謂文章之道達意修辭二派
實二者相須非修辭則意不得達故二代特二派
未嘗分別也東京偏修辭而達意二下派復載二不湖

38

僕姓成名夢良字汝弼號長嘯軒成均館進士以

副使記室來足下姓譚曰菊溪已知之

問　　　　　　　　　　蘭皋

一聞貴邦之士善鼓瑟果然不　答　耕牧　士多鼓琴不解

鼓瑟琴曲多古調不能盡言　問　蘭皋　里巷小曲唱何

等調耶　答　耕牧　有皇風樂步虛詞平羽調玉樹後庭

花

問　　　　　　　　　　蘭皋

一有道觀而羽流女冠奉祠耶　答　耕牧　無道觀有佛寺

而僧髡之

37

詩似芙蓉出水鮮奉逢佳士共華筵相思別後知何

處東皇扶桑月出邊

奉呈妻木案下 术審 尊號

清時擁節盗星軺娛遣夫聲飛九霄鼓瑟天邊雲氣

蘭皐

散煙毫海未日漂搖箕邪禮典存周代桑城家冠尚

漢朝龔底明珠遍莫容青投二片慣春宵

奉次木蘭皐惠示韻

嘯軒

萬里初迢使車軺江城春巳兩峭霄高樓酒重不思心

凸虛楊風束霜影搖頭盞灌淏真率大會交降夜菁堂

明朝河橋明日浮雲瑞歌曲盤重盡此宵

遠鄉心先至白雲飛萃攀蘿絡格如瓊樹為贈詩篇寫

紵天明日醫亭一分手後定思實樹此相依

寄別西樵日公　名典銓字
　　　　　　　君平醫員
　　　　　　　　　蘭皋

雞林仙客入扶桑行李每攜樂囊客令補長風雪

夜飄然吹律動春陵

燈下金盤橘柑鮮洞庭奇色溢寶筵明朝更作河梁

別遙望西山落月邊

奉次木蘭皐恵韻以寓別懷　　　西樵

西下蒼溟迓梓桑携來物色滿笑囊蓬萊始覺吾遊

久飽浮人間近一眆

35

奉次蘭皐詞伯韻　　　　耕牧

十月湖田眂稻收寒侵遠客木綿衣追隨使節來桑
城黙撿詩囊返故丘鬢鬢青燈明花榻蕭蕭紅葉下
山樓人生聚散同萍水到處相逢即別愁

寄別菊溪張公　　蘭皐

使君此夜賦將歸門外鳴珂待曙暉羅霜淨筏中雄劍
動夏闐簫上羽觴飛青綉舞罷鱗丹穴曰雪歌残震
紫陌明日臨歧應涕涙相看揮手思依依　　菊溪

張州賓館奉次蘭皐贈別韻

促鞭征馬向西歸分村奴星趁皐雁仙覺漸臨窗幽

寄別青泉申公

文旆茲初返壯遊賦幾篇重逢攄彩筆再別紀朱絃
蘭皐

層海瑠玗秀二山鸞鶴孕癯圍歸到日羗與照凌煙

本和蘭皐見贈
青泉

邂逅氷姿氣飛騰賦傑篇皋星動劍匣明月遠羗絃

八尺龍爲友三清鶴不羣何當攏衿紫携手破蒼煙
蘭皐

寄別耕牧姜公

富山壁立宿雲收積雪玲瓏照綺裘傳命卽今辭紫

闕圖賦夏欲問青丘地開金谷薔連翩月滿蓬雲裏

倚樓爛醉促彰撫商調七絃遍動別離愁

蓬萊山高海色深金鴉躍山九枝桑枝長百尺籠煙
霞葉間五色堆琳琅靈光淑氣何翁忽擣爲羽孫濃
爲桑仙人夕騎紅尾鳳颭颭寨売青雲裳羞絞寶裳
漢寨音皇娥帝女列中堂二拍蓬山秋木綠笑指南
手作盃觴博望使者乘槎至欣然灑掃銀床醉吞
期生食大棗稻梁小臣偷桃在繁歌緩舞神以觴婆
婆拾翠凌高岡
有段語載雜
桑集攷畧此

答

多荷厚意感謝無譽長篇之瓊琚不覺頭風頓釋
又裁蕪律述別懷

　　　　蘭皐

32

木蘭皐詩尚有二篇未和而早發念念奈何歸時
幸得相會以續前夜綢繆之話耳　　青泉申學士

十月二十五日歸軺再造異下其夜又會諸韓客
賓館明辰分袂

余臨脏則青泉
啓攬茶千而□甚　　　　　青泉

解襪之際既欲見公□天十來訪多感多感僕在東
都之日僅和仙人篇及金安洲之作杭曰岡島公
傳送而未果令始持來以傳英

仙人篇和贈木蘭皐　　　　青泉

31

羌又來此行中耳權僉正亦善華語此行同陪來

蘭皋 冠下科場中以何題占魁耶 菊後 詩題以振

禀

鏝款居魁耳嘗聞貴邦無科第使夾材在布衣之

列可嘆可嘆 蘭皋 不敢當不敢當 自是以後稍以
華萬口談卿卿

之際多
忘了起了

蘭皋 公等所著冠名如何 俊 拱牧 西樵 醫貞 自與
金 所希

一禀

是八卦高後冠我所著則東坡冠菊溪所著則臥

龍冠

唱和筆語等並在客館莚豪集故不記于茲

明晨藥房學士題歡語於壁間去如左

地謌見教〔菊溪〕　吾邦山則有金剛智異妙香仙湘
太白漢挐水則有鴨綠豆滿淇水白馬錦江洛東
而僕亦未及遍觀只窺其一二矣今來涉得三千
里大海君一富士之奇崸京都之雄麗則可謂天
下之大觀矣而此則子長之所未觀也　〔菊溪〕

　余與晁德函以唐
　音誦話故云云

公等漢語能解可喜可羨余亦略學得而十不解
八九可愧可愧〔蘭皐〕　余學唐話於崎嶼環宇主成
一宇後之者後之本崎陽人辛卯歲容五賣卜鄭
昌周東郡鄭子今尚無恙否　〔菊溪〕　鄭判事今果無

奉次蘭皋玉韻

秋老殊方感歲華青江何日更回車旅窻無以賞慈　菊溪

抱葍得玄暉詠綺霞

副使記室病在別館故無和章

一稟　辛卯之興使李學士三書記等已慈否　　後
菊溪

其時三書記皆無恙製述官不幸下世矣　稟　蘭皋余

好遂遊慕太史公蹤南遊江准上會稽探禹穴闚

九疑浮於沅湘北遊汶泗遍欲窮天下之勝而曰

世故厄圖未遂登不遺慨耶貴邦接壤於中華名

山大川何遽敷十其中有二二絶境奇窟可遊之

承聞有尊恙近來暴寒勉加保護可觴呈茱萸急

賜瓊玖不耐感佩而已　　青泉　辱訊戔恙多謝多謝

所贈玉什絕句既丞韻若長篇則未暇和容姑竢

明日必須奉酬

呈國信二書記案下

繽紛蘭菊煌煌清苹香蒲風流使者車明日君過蓬島　蘭皐

玉鬣頭儔靄漾奇霞　城南熟田洞曰、屶蓬來窩。

奉次蘭皐詞伯韻　　耕牧

十年經史乢英華別子腦中富五車連翩儵成長夜

書燈前奇氣吐青霞

27

躍大海漘動砂礫琳瑯倏忽驅□□凌紫虛朝餐石髓泉

雲漿兩神童吹鳳簫雲間飄飄兮霓裳俯觀將蓬萊

五雲簇少時驂駕上高堂珊瑚簀共耀玳筵仙人所

塑其壹觴左把芙蓉右弄芝咲嘆成丹瀨玉床雲氣

聚散何容易空望窈真心欲往願使我輩生羽翼□

跡良游覓崑岡

　　時學士有病故
　　使芳洲呈之

奉酬木蘭皐見寄　　　　　　青泉

瑤琴彈向子期驪秋月蓬山辟彩縟此曲千年知音

少甚憐白雪和歌難　　　　　　蘭皐

稟而面謝
　往病床

巳亥九月十六日韓使達張州吳都其夜鈴大雄

精舍翌早發軔

余姓朮初名希聲字實聞以字行夜字達夫號蘭

皐又稱玉壺眞人曾以賤職在名廳乃獲接之眉

欣躍何啻〔韓客姓名 今畧此〕

呈國信製述官案下
　　　　　　　　　　蘭皐

風送管絃送邇罷霓旌停處見飛鸞聖朝修聘勞賢

者實館其歌行路難
　　　　　　　　　蘭皐

賦得倭人篇贈學士座下
　　　　　　　　　　蘭皐

玉骨仙人御六龍翔翔遠欲逐扶桑夜半東南日欲

墨此卽是忠本君以朋石軍後玄洲辱盛賜文房

永珍玩以爲他日之容顏耳稟青泉語及于古詩文

不勝悵然安能與君晤此句日且通言語以叙此

意後玄洲小稟權操可謂詞壇之良工也徹夜之淸

誨感佩何已只恨向曉乍別塵慶鄙懷未盡寫

是潑可惜矣玄洲稟姜二書記前所約拙筆各一帖謹以

奉呈矣難辭來命終成途鴉以呈笑千南宮觀圖

也溪後耕牧荊實帖之惠榮逾三命喜溢百朋深感潑

感劍下玄稅公解語得眞矣歡美欲美

唱酬筆語等成載蓬萊道乘故間略之

而婦女飾髮之制非明非滿自是新羅舊習吾人者
知其然而亦難猝變是以閨中宮女及京華貴公
家卅多不用國俗而以燕女樣飾之　稟　玄洲　貴國小
童之頭髮樣何代之餘風耶　後　青泉　若冠之前皆頭
彼小童頭髮而此制未聞做何代似是國中古俗
一　稟　玄洲　貴國琴調與中國同否　後　青泉　調則差異而制
作則同　稟　玄洲　對客之際有聲如意摧麈尾等之事
否　後　青泉　如意摧麈尾則或用或不用　玄洲　貴水之座
與中國同不同如何　後　青泉　我國之坐與中國其候
聲枝情况　青泉　我國墨品佳者出於海州名曰海

23

懷橘深誠兇陸即躍魚眞感有玉祥爭郊日城 玄洲

西樵

子百字壽甲孝意長

一稟 玄洲 貴國名山有出古石碑否若得之則搨碑文

之法詳見教後 青泉 古碑文即出時先以好酒洗淨

乃以紙搨其上稍令濕乾之然後以綿子等物孫擦

其字畫深處使其溪處畫為凹陷即塗墨於高處

自然成字 玄洲 貴國士君子冠服倣中胡尚失然

若婦人飾髮則公明削也又摸鞾風耶 青泉倭 清制

則二無須行於我國者但我國之事事摸擬中華

復到尾陽則玄洲已待於頃日秉燭之地矣執袂

驚喜之餘神出一軸則篆畫曰壽字而玄洲之自

筆也字畫古雅大得古人之遺法而必畫曰壽字

者為其雙親祝壽無疆之意歟詩如玄洲筆如玄

洲可為一代詞壇之儁而又其孝悌之行發於游

藝之間者如是孶孶則凡於養志之飾立身之方

肇不用其極也然則文章乃其餘事而又文章亦無

以寓其孝思也余嘉其餘力學文雅志養以數語

以俟夫能言之君子云歲巳亥子興冬、朝鮮國進士

張菊溪前文

親見期生食大棗如瓜俛仰遑回悵依結想而去
又羨以不自文故題數行語荅於左川婆之謂
以異日歸咙吾三韓日神僊筆下有五色卿玕字
彼且爲驪領鳳皇圓而吾與之拾其華云爾已
亥孟冬下絃朝鮮國宜務郎秘書舘著作兼太常

題壽軸

寺圭通信製述官青泉申維翰書

日余隨槎夜到尾陽玄洲朝公袖詩來訪於旅舘
秉燭酬唱疊疊不厭不知東方之白固如其才氣
之坂乎流輩而摘未得其葬也及竣事歸求之自

避近挹君袂空疎愧我冠臨別多以慧眼珍寶刀矣

跋湖北帖

余於日東之國得朝玄洲詞藻而奇之業相與和

而歌颯颯乎媺哉既又發其篋而睹其目書八分

小篆艸隷一軸奇奇有玄圃烱霞氣大者如蛟螭

蟠小者如瑜玕琪或為劍或為怒猊者不一益其

所飆於天機者皆從十州三嶋王樹青忽間打化

吹來恊作人間一種清快卽西河之渢腕舞卻是

塵街兒女熊耳夫余之困於剝蝕而不能化駏驦

頓安攷損益於君惟是區區緣業幸得至東海上

19

孤館青燈欲滅時別情頻促兩心知仙客此去浮囊飄

海雲篇交攢八彩眉

走天朝玄洲惠贈　　　　菊溪

月出鷄鳴去住時黯然離思有誰知浮生聚散故元無

定莫向長亭浪皺眉

奉贈西樵貞公

仙子新被命海外遠從官已愛風光好何愁行路難　玄洲

野人迎劒佩殊容駿衣冠此夜蓬瀛月津京歌雲寒

奉次朝玄洲惠示韻以寓別懷　　　西樵

原濕驅馳地三韓一小官鯨波休道險王事敢辭難

又　　　　　　　　　　　　　　　玄洲

仙客彈寒動別情清吟還作斷腸聲應知此會眞萍

水交動燭花笑語傾

走和朝玄洲惠韻　　　　　　　　嘯軒

谷口崇蘭晞吐芳筆端詞賦欲凌雲武城嘗是絃歌援

之天下英才喜得君　　　　　　　嘯軒

又

一夜相逢萬古情高山流水七絃聲可堪明聽勿匆匆

別只恨從前蓋未傾　　　　　　　玄洲

奇別菊溪張公

洲每語及玄洲未賞不慘然何幸王事勾當各路

已後歷路病尾州先間玄洲無恙及見之慎慰倒

為家難盍言而玄洲又以一詩贈我且有管城陳

玄之贈愿意何可忘也遂和原韻歸乞玄洲以為

他日懷中千旦面目蓮序

相逢重一笑詩骨瘦如前此夜宜長語明朝更別筵

孤雲歸天聲獨雁吐長天脈脈餞筵盡處盈咫尺月圓

奉長嘯軒成公

玄洲

微霜白菊吐芳臺鸞鴬狀搖蓬島雲別後慷頭尖玉

笛天涯月贈日思君

霜餘秦樹曉雲簇巴陵大別後望明月相思幾度圓

　奉天朝玄洲

　　　　耕牧子

余隨使節入日東歷嶠嶇山海數與其國文章之

士談論古今以爲殆盡見一邦翹秀之材意外又

張州得一秀才朝玄洲是也玄洲爲人淸癯如不

勝衣而最長於墨妙一王顏桃筋骨肉幹無不體

而得之一畫不放心鬱然爲一法家乎亦前英且

爲詩灑灑可愛尤善於漢語人而有三難信通

才也余贶之一夜嫁談至曉乃罷情眷眷不忍別

以來時爲後期入江戶見玄洲所友接之如其玄

記余面耶

走犬青泉申公見寄韻

玄洲

遠夜經江海凛然松栢姿催逢頻酌酒恨別思如絲

爲說徐孺榻聊垂童子幃君傳阿鳥語溪感一篇詩

和奉朝玄洲

看君筆下起長風丞相中郎迥自同十月江山笑更

青泉

好把燈詩酒興方離神鵰擊未移南海迭鶴連雲飛

上穹猶竟並生居國吾頭未白子顏紅

玄洲

寄別耕牧姜公

邂逅箕城客頭益寺樓前杉樹進末閣錦裳映府建

那後室逼海吟逆片基椎新知聞學子丁笑話君話

巳亥菊月余過尾張之名護屋逆旅與玄洲君遇

近作孤燈酒語余時疲不能當家禮然一開眼視

其為玄圍珍也巳又陽阿僑而白雪誚未燃席而

甄罷別來秋色但見屋梁殘月耳君既為余高

嶋子之賢至東都數日果得其人其人自帝士與

之歌且咲於鹿鳴之席所軒祝意中人亦在玄洲

君余益信襄日之眼遂天園寫詩曰局歌曰雪杠

皆難盃酒華堂一笑觀認得玄洲多必意驛樓明

月夢長安並以付魚雁作隴頭梅花君能完然而

十月九五日歸轄再領尾藩矚光院宜袞又會麗容

寄別青泉申公

　　　　　　　　玄洲

征馬蕭蕭曉風燈前別恨去留同鳴琴撫鑷情遍

合把酒筆從興更融六鬮飄飄凌碧瑣海三山縹緲薄

清窄送君千里相思切過望天西夕日紅

一稟

青泉到此間本君開眉喜幸何巳償在東都之日

寄君之作將因閟寫公傳送而未果今始持來以

奉之

　　寄贈朝玄洲

　　　　　　　　青泉

憶把黃花酒依看玉樹交星辰雙劍匣山水七緢絲

12

又屢辱高屐不敢當唄莫謙辭速搵毫穎溪即聖書

數張與余菊溪喪稟 不俊則不論工拙而昔皇至矣高明

則差書問不書一字與我耶玄洲 多蒙盧舉慚愧

慚愧榮行再過此則必當書呈矣又菊溪既蒙書繪

之示可感可感稟 耕牧子不俊亦欲得一本倘或詐

之否玄洲 謹領謹領

一稟

耕牧子 公能解漢音何以學之耶玄洲 東京有颏

茂卿號但俟者余師事之有年矣雖爲經術文章

未曾賣世階梯也華音亦略記二二耳惺愧惺愧

已亥抄秋隨使節到尾張州也有以八分一帖示余

者觀其貌蘇然也扣其父江然此帖即其手墨也余

重愛敬而問之朝其姓玄洲其號也余仍謂玄州曰

八分之法句句井井不晦不徐且古作者爲難而今

子盡得其法而有之豈非可大喜耶老任所謂二字

直千金者信非虛也願子勿之愈入於神化也玄州

請書其言仍以禿筆書其帖尾而歸之可謂續貂也

東華西撲白君平題

一玄洲累爲呈數紙以要煩揣鶩手後菊溪吾筆其批

高明已目有之矣難寫黃庭誰以白鵞換之乎

洲筆益筆法眞是趙子昂而音批峻赞宗非五墨憶

玄洲墨池臨帖之功溪且苦矣或者無乃有禍矣心

而神化耶古人見劍舞及擔夫與公主爭路之狀而

能使筆端神化百出玄洲果若此一事則他日進宠

不但如子昂而已玄洲之鐵門限未知被幾人踏破

也玄洲勉之矣余平生筆拙不敢論人筆其也善某

也不善而蓋之故抗顏書其卷尾以歸之歲在己亥

朝鮮國進士姜栢子青跋

　八分帖

八分古也今之人鮮解其說況望其近於古耶余於

客贈予文章萬丈光

姜張兩公屡賜淸和用前韻奉謝　玄洲

從來風志慕棠棣三徑徒吟秋葉黃此夜對君投木

酌醉吾玄辭發淸光

一稟　玄洲

西集　紙尾鷺鳥明巳得其骨髓矣此帖爲我投之

否　後　辱過譽不敢當矣如此帖則賜一言爲感

所需拙筆則別書二本以呈之耳時耕牧子西樵

每帖書數語以與余

卅書帖

巳亥余以載筆之役入日東國泥尾張州得見朝玄

裝行色示盟繁旋之日蘭臯詩高和腋時可惠之

意乃以傳之蘭臯

呈姜張兩詩伯

大才術令人扶桑征路秋深橙橘黃賦就彩虹橫素　　　玄洲

海潛鱗躍出逐徐光

奉次玄洲惠贈

男兒病顧償蓬萊歲月長程曉菊黃邂逅詩人獲筆　耕牧子

豪清談坐守一燈光

奉次玄洲贈韻

學種成都八了桑圖書咋桃夢軒黃秋風偶作棻樏　菊溪

退亦不相接明早將發行乃使人傳數語於、余曰

朝玄洲昨夜來見我而病不得從容話今又不復

見而去可歎可歎

明晨訪青泉之席寫曰

屢蒙雅愛槃出望外感謝無盡即今欲作卅特來

奉候耳貴恙信得稍愈否時屬烈秋邊風易傷

伏惟自重青泉蒙君見訪恨未能酬話一場歡笑果

有數耶皎然玉樹令人不可忍恨時要奉以惌啊

谷之思是望蘭皇詩長篇尚未和亦當於歸路敬

傳幸爲我道此意又 玄洲 後 數荷厚愛感佩彌深矣已

詩篇誰歔欷謝宣城彩牋墨痕奇氣生從是東行一千

里凌風羽翼絶重瀛

　　稟

　　　　　　　　　　　　玄洲

一　東都有姓岡島名璞字玉成　字援之者僕嘗逢

也辛卯歳與貴邦李東郭鄭昌周等有傾蓋之識

而顔蒙推奬方今彩旆到東都則彼必請容見

聘為之容接則非當彼之衆抑僕之幸也伏冀

念青泉　到京師若蒙接之又來枉當以足下之言
　　後

為先致意接慇懃之惟矣李東郭已作九泉之人

弊昌周以上判事今方到此青泉期有徹悉此後

5

地研揃彩筆輝東瀛

青泉

後

僕姓甲名維翰字周伯號青泉官今秘書且考作茶

遠而來海陸勞頓冷濕成恙今方解衣而臥辱蒙

惠臨賜以清什感結傾倒但以不能戟對鴻之禮

深自懊汗冊和何足煩高眼從當俟憊

奉酬朝玄淵惠贈　　　　　　　　　青泉

相逢秋月滿江城一笑青山筆下生自是君身曾

化可能埒子上壺瀛

再奉酬巾學士　　　　　　　　　　玄洲

桑韓塤篪巻二

己亥秋九月十六日夜會甲維翰姜栢張應斗自
與鈴於張蕃賓館

稟

僕姓朝名文淵字潙德別號玄洲足下筆海翻瀾
學山聳秀高風頓邁豈非人人歎仰父奚今文旅
臨此要御李特來館下丑呈醜詩一絶以貢電屬

伏布亞者　　　　　　　　　　　　　　　玄洲

奉呈吉泉申公

使星遙駐武昌城飒爾雄風萬里生駊馬高樓清景
玄洲

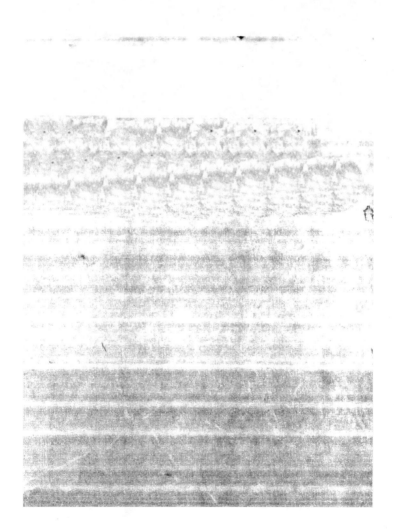

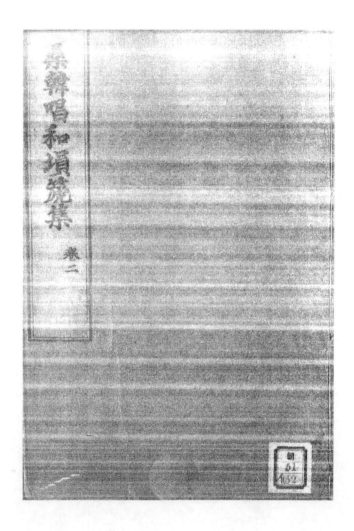

露紛衣點玉赤楓霜仁風陣陣送絃至和氣悠悠入

管揚正是小春饒勝景題詩不就意將狂

奉和山崎公恵贈

青泉

一笑乾坤報吉祥太平衣服臥柴桑西山采藥雲生

曉南浦探珠月似霜正値賓延燈下坐不妨詩罵酒

邊揚平生玉匣蛟龍邂逅憐君意氣狂

桑韓塤篪卷一終

47

題士山一絶書以呈申學士案下

全

士山不改古今容偃是日東第一峰白雲玲瓏圍八

面影浮蒼海漫靈蹤

逢和潑軒詠富士山詩　　青泉

聞君騎鹿白龐容海上題詩自雪峰玉井蓮花無恙

否千年不惜世間蹤

奉呈朝鮮國製述官青泉先生旅榻下伏丐郢

政

朋崇

昔修鄰好泰平祥合見三星耀搏桑金節埀珠香草橘

46

其二　　　　　全

尾州古寺行人宿橘柚秋光滿院濃一笑逢迎詩伴
在朗吟清夜月明中

僕姓宅名應璘字粹夫別號潑軒久聞高儀切御
李遇寫事所祖不獲承謦咳懸企之私與月俱積
矣爰栽一絶以申鄙懷幸賜清和爲感

寄贈甲學士　　　　　　潑軒

官遊駐蹕海東濱竣事西望歸思頻好是別離難再
盒彩筆幸報百花春

客館紛冗學士和章烏有焉

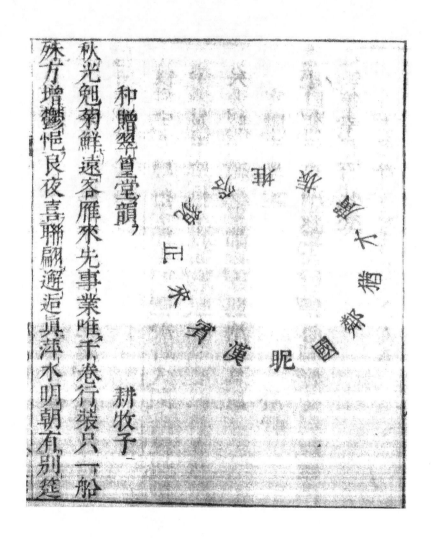

和贈翠篁堂韻、

秋光尅菊鮮遠客雁來先事業唯千卷行裝只一船

殊方增鬱悒良夜喜聯翩邂逅吳萍水明朝有別筵

　　　　　耕牧子

雲心仙源咫尺遠傾蓋不耐風塵鏡客鬢

星寄進士耕牧子旅案
　　　　　　　　　　　　翠篁堂

星使自朝鮮企望更竸先遙山長水道千里滿波船

綵旃龍蛇動錦帆鸞鳳翮來人瞻仰久倒履掃賓延

　　其二　　韓　本　　　

仙槎萬里初來客行裝悠揚意氣濃旅館爲方知轍

掌無詩護綴妨恩中

　　其三　此詩無和因還怭云云

　　　　　　　　　　　　　和

裁玉連環之文以表成長程往還自由伏丏高戶

43

尾州

秦皇學士申公吟榻拘國禁無緣御李謾菽徑
語一章以投左右竊清矚過貺斤榮幸何
翠篁堂
聲乎伏祈慈焰
一國皆井同古今堂賓客自鷄林雄旗分浪逆江
折筵筍微雲門水淨綵艦拂風浮海上紛衣映日照
波心魁望多幾渴塵積邦憾嚴踈盡管
奉和狄隱士見寄　青泉
四壯皇華詠生今海槎行盡復溪林少微星照老人
彭富士山高瀬水溥叢桂長歌明月色朵芝遙照臨日

願各自珍愛以慰相思

奉贈青泉公

仙槎再渡遠江濱春雪高吟泣鬼神

倍覺多情何日

萬一雙白璧照眉辰

正數

一

復蒙賜新篇不謂枉臨坐隩禮邊愧報何量驛舍

秋燈儼成神仙會喜幸千萬千萬

申著佐

各處天西與海東偶然相値扼高風明朝別路雲山

隔乘燭歡情一夜中

一夜傾蓋無異百年雷陳明朝雲散參商落落後，
之視今年猶今視辛卯天涯此別登不忍忻絶異
日山樓見月出狀桑想像海外顏面耳歸對洪巖
諸公當傳公懇懇之懷耳

青泉

邂逅一歡寶出前生好緣兩度倡酬又能作彼此
顏面今夜已過半雞鳴且戒途矣海嶠蒼蒼別意
俱長恨以時平俗泰遭遇明玉兩邦歡好永世無

40

久遠奇清篇逆旅中

　奉寄青泉公

旅館蕭條燈影伴夜寒　客夢杳天涯東行既似桑乾

水西進又遙汗漢槎玉節功成謝聖主錦囊奇滿㮣

官家跂才豈料得荊藏此喜登壇動窗才　　　　正數

　奉訓尾見公惠贈　　　　青泉

驛舍逢君北斗傾駮騎鶴水雲涯千午藥卅養蟲

窗八月波濤漢客槎共喜江山添爽藥相驚翰墨盡

名家懇忽奸謝場駒意別後新篇動煩才

　再和尾見公辱惠韻　　　　汝霜

艸已病洪嚴諸公或仕或退皆無恙

遙和尾見公惠韻　　成夢良

東椿華殘古寺東思歸遠客向西風五橋水艸知何

處競病詩傳落葉中

奉次尾見公惠贈韻　　姜栢

燈火青熒古寺東臥聽蕭蕭洛木風可笑詩魔推不

去隨來又入苦吟中

行到東海寺奉次尾見公寄惠之韻　　張弼文

起趁雄姿挺日東敦詩說禮古人風爲憐吾輩辛勤

慈乎吾李公特蒙眷愛倡和多般故要開知

奉贈三記室吟榻

正數

韶車遠到馬臺東玉節凌雲淳古風使乎若斯人尚

在英才卓舉動關中

奉酬尾見公惠寄

申祕書

高歌斗酒海之東天地男兒幾箇雄書劍永沈燕市

骨曝芹長凝野人忠百年湖海稱豪氣千里風謠屬

桑隆解道星槎多喜色新篇遞寄驛樓中

得足下詩爽然加驛亭秋巳復聞辛卯舊事知足

下有二韓托交之好頓神王李東郭不幸予奄化墓

東武

奉呈朝鮮國三使臺下

奉使□東窮博望星軺到處煙文章幾年修性名聲　正數

重萬里行裝道義芳豪氣詩囊珠照夜風流彩筆線

生香天涯幸假得通刺敬祝桑韓舊範長

奉寄申維翰案下　仝

槎航萬里到天東籍甚榮名益世雄盛禮具瞻賢主

德專對敦好使臣忠雲開紫氣奎光動夢裏彩毫文

藻隆一曲巴歌君莫笑太平聲調入詩中

辛卯聘使東郭李公龍湖鏡湖員谷蓬蓬道彥無

36

奉贈以酊禪師詩　　　　　　鷺汀

禪門水鉢有余風海外逢迎貌若童雲衲塵來乘寶

筏驪珠落處見郵筒周旋各路三秋過講莚鄰盟百

載同旅鴈怍夜勞相憶傐竹蕭蕭片片上空

奉贈以酊禪師　　　　　　　太湖

八月槎邊河漢明浮盃老釋笑相迎爾來鄰好俱無

間吾輩交驩亦有榮苦海迷津同寶筏病篇擲地見

金聲不遑王事仍多病莫怪瓊琚久味嘗

以酊老師之和韻見星槎餘響

35

渡巨川　　北谷

渺渺洪川曰浪嶠　無梁無栰險何臻　驛夫自有憑川

術盡使駐軍扶復淩

清見寺

風鬘北定尖穗松林當利古曰雲封巨壑霜去名空

有背後長松八葉峰

驛上偶作

水嶺飂飂秋滿空　行裝先覺嶺當二千百里兩京

遠五十三郵大道通迤邐弃疏過窟坏凝鄉州尾逶

長風有摩秋雜區區是誰出卅鄲殘夢中

墨竹鷰辭　　　　　　　　　　　　石霜龍菖

新稍拂暑浮綠竹合嵐香不改四時色簾前月長

過清見關

千古得名清見寺太平不用立門關畫令尚裝風

景三保前灣富士山

富士山

絕嶺岧嶢嶪嶵嶷九月嶼峰玉千秋西雲峩

山根盤驛路嵐翠鎖天壇奇勝煙霄外東遊得二歡

右六曽兩長老於東武殿中應

台命席上所賦今落十人間故錄

33

桑韓塤篪卷一

山水贊詞

峻嶤巉巖崢嶸嶒古木真山川渾秀美添得度橋人

月心性湛

鞆津海岻山即事

海國風煙自一奇補陀岻畔幾時移觀光非是人間

境比凝思豈絕覺知

浪華駕樓船

蘭舟蔡色麗解纜浪華陰雲使棹歌過秋追韻淺

流清玉川水山列洛陽岑幽賞柁樓景茶芬爽鬱襟

桑韓塤篪集凡例

一　倭唱韓酬於諸州珠玉猶多而最難搜索株偶
　　入鄙家者彙編不敢爲後先耳

一　縉紳先生塤篪者亦多而靈蛇遺珠晝雲無路
　　佗日如蒙下賜猶嗣于此編於遺集後錄有意
　　耳

一　諸名賢雄編鉅什東西千里傳寫落于人間其
　　文字僞誤亦多然不漫改一畫蓋其可否得失
　　則非淺見庸輩所容口吻識者擇焉

　　　　　　　　　　　　奎文館主人謹識

防州上關

圭齋　候文學　姓宇都宮名三的字一角防州吉川

葵陽　士　姓飯田名玄機字道珊防州岩國醫

毅齋　姓朝枝名世美字源次郎文詩藏在于京師及浪華部姓名鐀出于此

卷之九

附東涯寄弟梅宇詩

寛齋　姓飯田名隆慶字玄啟京城醫士

剛齋　姓柿稱玄貞實名義方長州荻城醫士

卷之十

題日韓客筆語

用拙齋　姓瀨尾名維賢京華人

矯宇　姓工藤名敬勝字忠伯豐前州松平侯醫士詩載在于京師部

補遺　姓名題于其卷耑

30

卷之七

浪華

屏山　姓水足名安直字仲敬半助肥後州
　　　候文學

出泉　姓水足名安方平之進時年十有三
　　　屏山子

菊洞　姓藤原名維祺字佐仲冷時年十有
　　　五備中州松山記室前田一進子

龍洲　姓伊藤名元熙字光風別號友齋越
　　　前州文學

卷之八

備後州

嘯軒答梅宇筆語幷詩

東郊　姓門閘名直方字宗佐肥後州人

齊省　姓服部名休汝字中孚半右衛門□書

求其　州龜山青山侯洛邸留守

姓本山名昌詮字三左衛門丹州龜山

恕菴　姓和田名儕宇新兵衛丹州龜山侯家臣

由己　城書記　龜山侯家臣　姓中村名貞匜字幸太左衛門丹州龜山

不克子　龜山侯家臣　姓衣笠名尹賓字五左衛門丹州龜山侯家臣

笈齋　龜山侯家臣　姓西村名勝信字七郎右衛門丹州

浪華

自周齋　姓曰比名某字正甫浪華醫士

芳菴　州山井名正昌曰比氏長子今居作

晚翠　和州醫士　姓松井名貞匜字安節又兼業止齋

觀瀾　姓西村名方字圓流一號件花主人

28

同州大津

三書記小野田氏盆石贊三首　小野田氏名盛
英勢州龜山住

江州彦根

卷之六

三使相望湖亭詩三首

立仙　姓伊藤大垣醫士

玄圃　姓大竹名重字子鼎又號梅湖濃州
大垣人

海山　姓菅名徵字董卿浪華人

春乙　姓北尾名貞字虛中

春達　姓北尾名敬字羲方

道仙　姓北尾名直字行方

保合　姓井出名勘平字良重又號夕菴

卷之三

濃州

當壯菴士　姓北尾名育仁字春圃濃州大垣醫

春竹　姓北尾名忠字信義

春倫　姓北尾名權字中正今寓于江州彥

卷之四

濃州

春倫　根市間

卷之五

濃州

正藪　氏尾見宇有予営家門人

尾州

翠篁堂 荻隠士

溌軒　姓宅名應璨字群夫一字彌五左衛門

朋崇　姓山崎

卷之二

尾州

玄洲　姓朝比奈名文淵字涵德一字甚左衛門

闌皐　姓木下名希聲字實聞一字達夫州

鶴渚　姓福島名昌言字子道源五右衛門

　　　　和玉壺眞人宇左衛門

久敬　姓野中名茂高字文八

桑韓塤篪集目次

卷之一

列朝韓使來聘考　天龍寺月心長老柴賜沙門

可竹

石霜　東福寺印宗院菖長老

正使相北谷互川詩

前賢過清見寺詩

前賢驛路詩

副使相鷺汀奉贈以酊禪師詩

從事相太湖奉寄以酊禪師詩

東武

24

三使奴子　　六人

小童　　十六人

一行奴子四十六人

使令　　十八人　　吸唱　　六人

力尺　　六人　　吹手　　八人

轟奉持　　二人　　炮手　　八人

旗手　　八名　　形名旗奉持　　二人

一依中官例交給事

下官二百六十八人內騎下船沙士二十四人

已上合四百七十五人一依壬戌年例者

○騎舡將　三員

金鬯一

徐碩貴

金漢伺

以上自三使至次上官合五拾員中官一百六十

人

內

都道訓　三人　　　　卜舡將　三人

禮單直　一人　　　　應直　三人

盤纏　一人　　　　小通事　十人

22

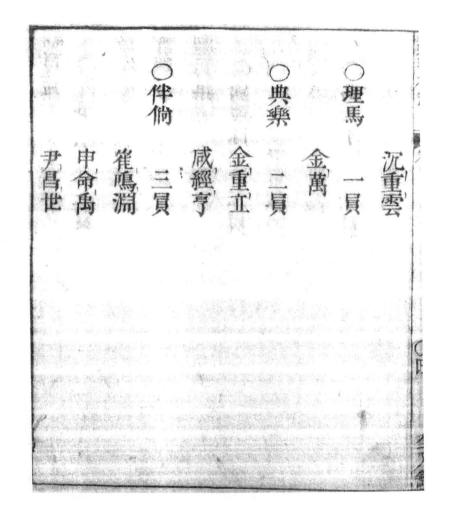

○理馬　金萬　一員

沉重雲

○典樂　金重立　二員

○伴倘　咸經亨　三員

崔鳴淵

申命禹

尹昌世

副司猛　金漢主

○從事官軍官三員

監察　趙俵

卽廳　　討　金渝

副司果　金錫

○別破陳　　二員

尹希哲

金世萬

○馬上才　二員

姜相周

都揔都事　員試

萬戶

副司猛　楊鳳鳴

○副使軍官　七員

折衝將軍　韓世元

都揔經歷　洪德望

宜傳官　抑善基

宜傳官　元新桮

虞候　朴昌徵

副司勇　鄭俊僑

○寫字官　二員

上護軍　鄭世榮

上護軍　李日芳号月巖

○畫員　　一員

副司果　咸世輝號翠軒

○正使軍官　七員

折衝將軍　李思晟

同　　　　崔必蕃

同　　　　曷成績

同　　　　仝得洞

奉事　　　蕃繪輿

○押物判事

副司猛　　朴春瑞

奉事　　　金震烁

僉正　　　權奠式

○良医　　一員

副司果　　權道宇大原号東牧今年四十二

○医員　　二員

別提　　　白興銓宇君平号西樵

副司果　　金光泗号小心軒

着作　申維翰字號青泉乙酉以詩進士二等
癸巳以賦科及第
○書記
進士　姜栢號耕牧子又号秋水
進士　成夢良號嘯軒癸丑生今年四十七歲
翠虛之猶子　按翠虛名琬字伯圭壬戌學士
進士　張應斗字弼文號菊溪又號丹溪今年
五十
○次上判事
僉正　金世鎰字百朋號竹窻

員役

○上々官

同知　朴丹昌

僉知　翰俊瑗

僉知　金圖南

○上判事　三員

僉知　韓重億

判官　李樟

判官　鄭昌周　按四過北京二遊日東　今六十九歳

○制述官

韓使官職姓名

通信三使臣

○正使

通政大夫吏曹參議知製教洪致中號北谷

○副使

通訓大夫行弘文館典翰知製教兼經筵侍讀官春

秋館編修官黃璨號蟾汀

○從事

通訓大夫行弘文館校理知製教兼經筵侍讀官春

秋館記注官李明彦號太湖

列朝韓使來聘考 畢

享保四年己亥、秋九月

今大君時正使洪致中 字ニ各 副使黃璿 字緯江
從事李明彥 字子章 號太瓠 製述官申維翰 字周伯 號青泉 書記
姜栢 字了青 號耕牧 成夢良 字汝弼 號嘯軒 張應斗 號菊溪 醫師
權道 字大原 號耕牧 寫字鄭世榮 號苗塘 李日芳 號月畫
工咸世輝 號翠軒 等來聘

13

常憲大君時正使尹趾完。字叔麟號東山副使朴慶後號竹
菴從事李彦綱號鶩號鵬湖製述官成琬字伯孝號翠虛書記洪
其號松齋其號盤谷寫字李三錫號月堂安愼徵
字世泰號松齋其等來聘

今上皇帝正德元年辛卯秋九月。

文昭大君時正使趙泰億字大年號平泉副使任守幹用字
譽號靖菴從事李邦彦字美伯號南岡製述官李礥號東郭南聖重
記洪舜衍號鏡湖嚴漢重號龍湖
醫師奇斗文號書百軒寫字李壽長字仁叟號花菴李爾芳
遠號貞谷等來聘

寛永二十年癸未夏六月正使尹順之 號樂天 字宗澤 副使

趙絅 號龍洲 字日章 從事申濡 字君澤 號竹堂 製述官朴安期等

字眞卿 號螺山 來奉賀

其國王所題額。二

十九日歸東武

來聘 按十一月日發京外十二月

六日至東武文拜日光山

製述官朴安期等

七月七日到東

武二十二日歸日光山獻祭器。在

後西帝明曆元年乙未秋九月

嚴有大君降誕。按夏六月入京秋

嚴有大君時正使趙珩副使俞瑒 號秋潭 從事南龍

翼 號壺谷 製述官李明彬 字文蕤 號石湖等來聘

法皇天和二年壬戌秋八月

11

東照宮時僧松雲大師維政來請伻金孝舜佥武

戓等同來

慶長十二年丁未呂祐吉慶遷了好寬等來謝聘俘

後水尾帝元和三年丁巳秋八月二十三日

台德大君時吳允謙朴梓李景稷等求於伏見城

拜謁

寬永元年甲子姜弘重來

明正帝寬永十三年丙子冬十二月

大猷大君時正使任絖號麓白副使金世濂號東從

事黃㦿田字子敬製述官權侙號菊軒醫師吳信男等

10

後花園帝永享十一年己未秋七月　義教公爲將軍

特朝鮮僉知中樞院事高得宗虎勇侍衛司大護

軍尹仁甫等來聘　見善鄰國寶記

寬正元年庚辰秋義政公爲將軍時朝鮮使者來

後陽成帝天正十八年庚寅豐臣秀吉公爲關白時

上使僉知黃允吉副使司成金誠一書狀官典籍

許筬等來聘

慶長元年丙申秋七月全羅道觀察使黃愼將官朴

弘長等來聘　按秀吉公不面而還之

慶長十一年丙午

列朝韓使來聘考

三韓來聘世著于國史使价姓名皆可考知

也因記貞冶以來來聘歲月使員大略以備

考云

後光嚴帝貞冶五年丙午秋義詮公爲將軍時高麗

使來著于出雲而赴洛不入于洛中徒居天龍寺

後圓融帝永和三年丁巳義滿公爲將軍時高麗使

者鄭夢周號圃隱諡文忠等來聘至藥紫博多見探題令

川了俊而還不至于京師 事見東國通鑑等書

8

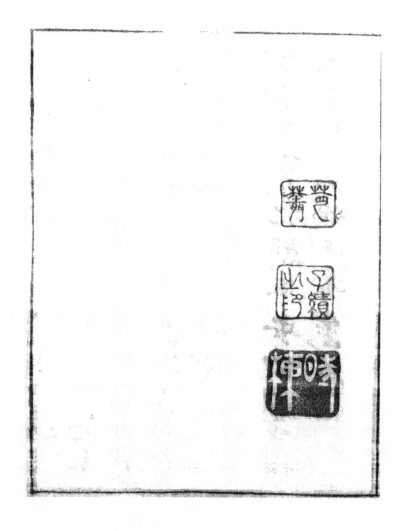

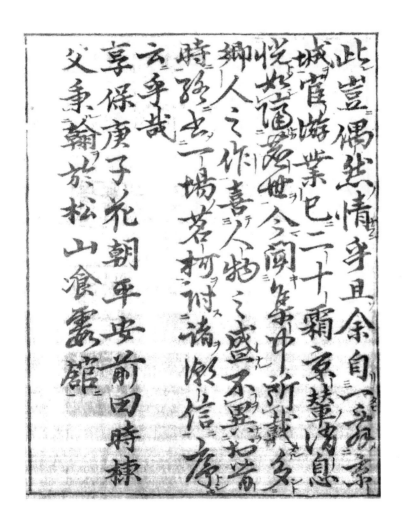

此豈偶悉情乎且余自一見而承
城官游業已二十霸京輦消息
悦慕匍匐世今聞集中所載名
鄉人之作喜人物之盛不異起當
時孫出一塲茗柯附論澎信序
云乎哉
享保庚子花朝平安前田時棟
父秉翰於松山飡霞館

古ニ云樂ハ無ク樂ハ新ニ相知ヨリ出ツ悲シキハ
生テ別離ニ勝ルハ莫シ之ヲ思ヘ月分ヲ誰カ海闌ニ
山川戈セ畫ニ覃カ松通之帝両雄元ニ
冥ニ血物死ン命ニ當ルコト浄ク念フ不固
冥子ハ許サス畢雄之市ニ臨テ用松子
齋之告曰桑韓塤頽刻成ヲ窓
首簡子ニ盧題之余按掌曰同臭
味者世ニ有り共人余ト用松子ニ盧字
西之識斑荊之歓ヲ遠需郎支

序

享保己亥之秋朝鮮信使臣航海

順艘申製述姜成張三書記沿

弓指是圖國揉舶之士爭先投

剌以片語隻字者喜如獲連

城之璧別後羈愁必萬吻之鮾

乳媼有一庠生問曰斯邦之人

於韓客何亟扣遇之以相妨乎

若斯太甚也余答曰子之聞乎

4

皇和享保己亥

附列朝韓使來聘考

桑韓塤篪集

京萃書坊奎文館發行

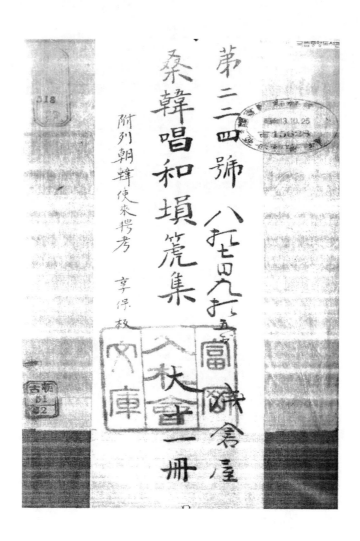

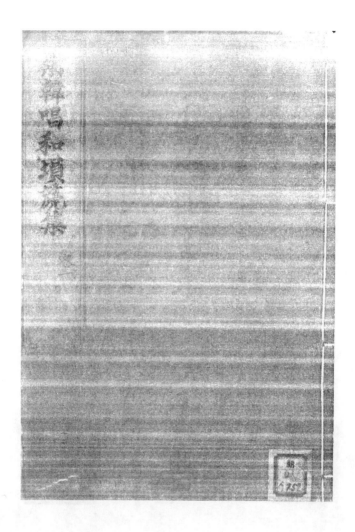

桑韓塤篪
一・二・三・四

여기서부터 영인본을 인쇄한 부분입니다. 이 부분부터 보시기 바랍니다.

조선후기 통신사 필담창화집
번역총서를 간행하면서

　　20세기 초까지 한자(漢字)는 동아시아 사회의 공동문자였다. 국경의 벽이 높아서 사신 외에는 국제적인 교류가 불가능했지만, 문자를 통한 교류는 활발했다. 중국에서 간행된 한문 전적이 이천년 동안 계속 한국과 일본을 비롯한 주변 나라에 전파되었으며, 사신의 수행원들은 상대방 나라의 말을 못해도 상대방 문인들에게 한시(漢詩)를 창화(唱和)하여 감정을 전달하거나 필담(筆談)을 하며 의사를 소통했다.

　　동아시아 삼국이 얽혀 싸웠던 임진왜란이 7년 만에 끝난 뒤, 조선에 군대를 파견하였던 중국과 일본은 각기 왕조와 정권이 바뀌었다. 중국에는 이민족인 청나라가 건국되고 일본에는 도쿠가와 막부가 세워졌다. 조선과 일본은 강화회담이 결실을 맺어 포로도 쇄환하고 장군이 계승할 때마다 통신사를 파견하여 외교를 회복했지만, 청나라와에도 막부는 끝내 외교를 회복하지 못하고 단절상태가 계속되었다. 일본은 조선을 통해서 대륙문화를 받아들일 수밖에 없었고, 그 방법 중 하나가 바로 통신사를 초청할 때 시인, 화가, 의원 등의 각 분야 전문가를 초청하는 것이었다.

오백 명 규모의 문화사절단 통신사

연암 박지원은 천재시인 이언진(李彦瑱, 1740~1766)이 11차 통신사 수행원으로 일본에 다녀온 지 2년 만에 세상을 뜨자, 이를 애석히 여겨 「우상전」을 지었다. 그 첫머리에 일본이 조선에 다양한 전문가들로 구성된 문화사절단을 파견해 달라고 요청한 사연이 실려 있다.

일본의 관백(關白)이 새로 정권을 잡자, 그는 저축을 늘리고 건물을 수리했으며, 선박을 손질하고 속국의 각 섬들에서 기재(奇才)·검객(劍客)·궤기(詭技)·음교(淫巧)·서화(書畵)·여러 분야의 인물들을 샅샅이 긁어내어, 서울로 모아들여 훈련시키고 계획을 갖추었다. 그런 지 몇 달 뒤에야 우리나라에 사신을 파견해 달라고 요청하였는데, 마치 상국(上國)의 조명(詔命)을 기다리는 것처럼 공손하였다.

그러자 우리 조정에서는 문신 가운데 3품 이하를 골라 뽑아서 삼사(三使)를 갖추어 보냈다. 이들을 수행하는 사람들도 모두 말 잘하고 많이 아는 자들이었다. 천문·지리·산수·점술·의술·관상·무력으로부터 퉁소 잘 부는 사람, 술 잘 마시는 사람, 장기나 바둑 잘 두는 사람, 말을 잘 타거나 활을 잘 쏘는 사람에 이르기까지, 한 가지 기술로 나라 안에서 이름난 사람들은 모두 함께 따라가게 되었다. 그런데 이들 가운데서도 문장과 서화를 가장 중요하게 여기지 않을 수가 없었다. 왜냐하면 그들은 조선 사람의 작품 가운데 한 글자만 얻어도 양식을 싸지 않고 천리 길을 갈 수 있기 때문이었다.

도쿠가와 이에하루(德川家治)가 쇼군을 계승하자 일본 각 분야의 대표적인 인물들을 에도로 불러들여 조선 사절단 맞을 준비를 시킨 뒤, "마치 상국의 조서를 기다리는 것처럼 공손하게" 조선에 통신사를 요청하였다. 중국과 공식적인 외교가 단절되었으므로, 대륙문화를 받아들이기 위해 조선을 상국같이 모신 것이다. 사무라이 국가 일본에는 과거제도가 없기 때문에 한문학을 직업삼아 평생 파고든 지식인들이 적어서, 일본인들은 조선 문인의 문장과 서화를 보물같이 여겼다.

조선에서도 국위를 선양하기 위해 여러 분야의 문화 전문가들을 선발하여 파견했는데,『계림창화집(鷄林唱和集)』이 출판된 8차 통신사 (1711년) 때에는 500명을 파견했다. 당시 쓰시마에서 에도까지 왕복하는 동안 일본인들이 숙소마다 찾아와 필담을 나누거나 한시를 주고받았는데, 필담집이나 창화집은 곧바로 출판되어 널리 읽혔다. 필담 창화에 참여한 일본 지식인은 대륙의 새로운 지식을 얻었을 뿐만 아니라, 일본 사회에서 전문가로서의 위상도 획득하였다.

8차 통신사 때에 출판된 필담 창화집은 현재 9종이 확인되었으며, 필담 창화에 참여한 일본 문인은 250여 명이나 된다. 이는 7차까지 출판된 필담 창화집을 모두 합한 것보다 훨씬 많은 수인데, 통신사 파견이 100년 가까이 되자 일본에서도 한문학 지식인 계층이 두터워졌음을 알 수 있다. 8차 통신사에 참여한 일행 가운데 2명은 기행문을 남겼는데, 부사 임수간(任守幹)이 기록한『동사록(東槎錄)』이나 역관 김현문(金顯門)이 기록한 또 하나의『동사록』이 조선에 돌아와 남에게 보여주기 위해 일방적으로 쓴 글이라면, 필담 창화집은 일본에서 조선과 일본의 지식인들이 마주앉아 함께 기록한 글이다. 그러기에 타인의 눈을 통해 자신의 모습을 객관적으로 볼 수 있다.

16권 16책의 방대한 분량으로 다양한 주제를 정리한 『계림창화집』

에도막부 초기의 일본 지식인은 주로 승려였기에, 당연히 승려들이 통신사를 접대하고, 필담에 참여하였다. 그 다음으로 유자(儒者)들이 있었는데, 로널드 토비는 이들을 조선의 유학자와 비교해 "일본의 유학자는 국가에 이용가치를 인정받은 일종의 전문 지식인에 지나지 않았다"고 규정하였다. 그 가운데 상당수는 의원이었으므로 흔히 유의(儒醫)라고 하는데, 한문으로 된 의서를 읽다보니 유학에도 관심을 가지게 된 것이다. 이노 작스이(稻生若水)가 물고기 한 마리를 가지고 제술관 이현과 서기 홍순연 일행을 찾아가서 필담을 나눈 기록이『계림창화집』 권5에 실려 있다.

> 이　현 : 이 물고기는 우리나라의 송어입니다. 조령의 동남 지방에 많이 있어, 아주 귀하지는 않습니다.
> 홍순연 : 이 물고기는 우리나라의 농어와 매우 닮았습니다. 귀국에도 농어가 있는지 모르겠지만, 이것과 같지 않습니까? 농어가 아니라면 내가 아는 물고기가 아닙니다.
> 남성중 : 이 물고기는 우리나라 송어입니다. 연어와 성질이 같으나 몸집이 작으며, 우리나라 동해에서 납니다. 7~8월 사이에 바다에서 떼를 지어 강으로 올라가는데, 몸이 바위에 갈려 비늘이 다 떨어져 나가 죽기까지 하니 그 성질을 모르겠습니다.

그는 일본산 물고기의 습성을 자세히 설명하고 조선에도 있는지 물었지만, 조선 문인들은 이 방면의 전문가들이 아니어서 이름 정도나 추정했을 뿐이다. 홍순연은 농어라고 엉뚱하게 대답하기까지 하였다. 조선 문인이라면 모든 것을 알 수 있을 것이라고 기대했기에 생긴 결과인데, 아직 의학필담으로 분화되기 이전의 형태다. 이 필담 말미에 이노 작스이는 이런 기록을 덧붙여 마무리했다.

> 『동의보감』을 살펴보니 "송어는 성질이 태평하고 맛이 달며 독이 없다. 맛이 진기하고 살지다. 색은 붉으면서 선명하다. 소나무 마디 같아서 이름이 송어이다. 동북쪽 바다에서 난다"고 하였다. 지금 남성중의 대답에 『동의보감』의 설명을 참고하니, '鮏'은 송어와 같은 것이다. 그러나 '송어'라는 이름은 조선의 방언이지, 중화에서 부르는 이름이 아니다. 『팔민통지(八閩通志)』(줄임)『해징현지(海澄縣志)』 등의 책에 모두 송어가 실려 있으나, 모습이 이것과 매우 다르다. 다른 종류인데, 이름이 같을 뿐이다.

기록에서 보듯, 이노 작스이는 다수의 의견에 따라 이 물고기를 '송어'라고 추정한 후, 비교적 자세한 남성중의 대답과 『동의보감』의 기록을 비교하여 '송어'로 결론 내렸다. 그런 뒤에 조선의 '송어'가 중국의 송어와 같은 것인지 확인하기 위해 중국의 여러 지방지를 조사한 후, '송어'는 정확한 명칭이 아니라 그저 조선의 방언인 것으로 결론지었다. 양의(良醫) 기두문(奇斗文)에게는 약초를 가지고 가서 필담을 시도하였다.

> 稻生若水 : 이 나뭇잎은 세 개의 뾰족한 끝이 있고 겨울에 시들지 않으며, 봄에 가느다란 꽃이 핍니다. 열매의 크기는 대두만하고, 모여서 둥글게 공처럼 되며, 생길 때는 파랗고, 익으면 자흑색이 됩니다. 나무

에 진액이 있어 엉기면 향이 나고, 색이 붉습니다. 이름은 선인장 나무 입니다. (줄임)

　기두문 : 이것이 진짜 백부자(白附子)입니다.

제술관이나 서기들이 경험에 의존해 대답한 것과 달리, 기두문은 의원이었으므로 자신의 지식을 바탕으로 확실하게 대답하였다. 구지 현박사의 연구에 의하면 이노 작스이는 『서물류찬(庶物類纂)』이라는 박물지를 편찬하기 위해 방대한 자료를 수집·고증하고 있었는데, 문화 선진국 조선의 문인에게 서문을 부탁하여, 제술관 이현이 써 주었다. 1,054권이나 되는 일본 최대의 백과사전에 조선 문인이 서문을 써 주어 권위를 얻게 된 것이다.

출판사 주인이 상업적인 출판을 위해 직접 필담에 참여하다

초기의 필담 창화집은 일본의 시인, 유학자, 의원 등 전문 지식인이 번주(藩主)의 명령이나 자신의 정보욕, 명예욕에 따라 필담에 나선 결과물이지만, 『계림창화집』16권 16책은 출판사 주인이 직접 전국 각 지역에서 발생한 필담 창화 원고들을 수집하여 출판한 것이다. 따라서 필담 창화 인원도 수십 명에 이르며, 많은 자본을 들여서 출판하였다. 막부(幕府)의 어용 서적을 공급하던 게이분칸(奎文館) 주인 세오겐베이(瀨尾源兵衛, 1691~1728)가 21세 청년의 몸으로 교토지역 필담에 참여해 『계림창화집』권6을 편집하고, 다른 지역의 필담 창화 원고까지 모두 수집해 16권 16책을 출판했을 뿐 아니라, 여기에 빠진 원고들까지 수집해『칠가창화집(七家唱和集)』10권 10책을 출판하였다.

『칠가창화집』은『계림창화속집』이라고도 불렸는데, 7차 사행 때의 최대 필담 창화집인『화한창수집(和韓唱酬集)』4권 7책의 갑절 규모에 해당한다. 규모가 이러하니 자본 또한 막대하게 소요되어, 고쇼모노도코로(御書物所)인 이즈모지 이즈미노조(出雲寺 和泉掾) 쇼하쿠도(松栢堂)와 공동 투자하여 출판하였다. 게이분칸(奎文館)에서는 9차 사행 때에도『상한창화훈지집(桑韓唱和塤篪集)』11권 11책을 출판하여, 세오겐베이(瀨尾源兵衛)는 29세에 이미 대표적인 출판업자로 자리매김하게 되었다. 그러나 안타깝게도 38세에 세상을 떠나, 더 이상의 거질 필담창화집은 간행되지 못했다.

필담창화집 178책을 수집하여 원문을 입력하고 번역한 결과물

나는 조선시대 한문학 연구가 조선 국경 안의 한문학만이 아니라 국경 너머를 오가며 외국인들과 주고받은 한자 기록물까지 연구해야 한다는 생각으로, 첫 번째 박사논문을 지도하면서 '통신사 필담창화집'을 과제로 주었다. 구지현 선생은 1763년에 파견된 11차 통신사 구성원들이 기록한 사행록 9종과 필담창화집 30종을 수집하여 분석했는데, 박사학위를 받은 뒤에도 필담창화집을 계속 수집하여 2008년 한국학술진흥재단의 토대연구에『조선후기 통신사 필담창수집의 수집, 번역 및 데이터베이스 구축』이라는 과제를 신청하였다. 이 과제를 진행하면서 우리 팀에서 수집한 필담창화집 178책의 목록과, 우리가 예상한 작업진도 및 번역 분량은 다음과 같다.

1) 1차년도(2008. 7.~2009. 6.) : 1607년(1차 사행)에서 1711년(8차 사행)까지

연번	필담창화집 책 제목	면 수	1면 당 행수	1행 당 글자 수	예상되는 원문 글자 수
001	朝鮮筆談集	44	8	15	5,280
002	朝鮮三官使酬和	24	23	9	4,968
003	和韓唱酬集首	74	10	14	10,360
004	和韓唱酬集一	152	10	14	21,280
005	和韓唱酬集二	130	10	14	18,200
006	和韓唱酬集三	90	10	14	12,600
007	和韓唱酬集四	53	10	14	7,420
008	和韓唱酬集(결본)				
009	韓使手口錄	94	10	21	19,740
010	朝鮮人筆談并贈答詩(國圖本)	24	10	19	4,560
011	朝鮮人筆談并贈答詩(東京都立本)	78	10	18	14,040
012	任處士筆語	55	10	19	10,450
013	水戶公朝鮮人贈答集	65	9	20	11,700
014	西山遺事附朝鮮使書簡	48	9	16	6,912
015	木下順菴稿	59	7	10	4,130
016	鷄林唱和集1	96	9	18	15,552
017	鷄林唱和集2	102	9	18	16,524
018	鷄林唱和集3	128	9	18	20,736
019	鷄林唱和集4	122	9	18	19,764
020	鷄林唱和集5	110	9	18	17,820
021	鷄林唱和集6	115	9	18	18,630
022	鷄林唱和集7	104	9	18	16,848
023	鷄林唱和集8	129	9	18	20,898
024	觀樂筆談	49	9	16	7,056
025	廣陵問槎錄上	72	7	20	10,080
026	廣陵問槎錄下	64	7	19	8,512
027	問槎二種上	84	7	19	11,172

028	問槎二種中	50	7	19	6,650
029	問槎二種下	73	7	19	9,709
030	尾陽倡和錄	50	8	14	5,600
031	槎客通筒集	140	10	17	23,800
032	桑韓醫談	88	9	18	14,256
033	辛卯唱酬詩	26	7	11	2,002
034	辛卯韓客贈答	118	8	16	15,104
035	辛卯和韓唱酬	70	10	20	14,000
036	兩東唱和錄上	56	10	20	11,200
037	兩東唱和錄下	60	10	20	12,000
038	兩東唱和後錄	42	10	20	8,400
039	正德韓槎諭禮	16	10	18	2,880
040	朝鮮客館詩文稿(내용 중복)	0	0	0	0
041	坐間筆語附江關筆談	44	10	20	8,800
042	七家唱和集－班荊集	74	9	18	11,988
043	七家唱和集－正德和韓集	89	9	18	14,418
044	七家唱和集－支機閒談	74	9	18	11,988
045	七家唱和集－朝鮮客館詩文稿	48	9	18	7,776
046	七家唱和集－桑韓唱酬集	20	9	18	3,240
047	七家唱和集－桑韓唱和集	54	9	18	8,748
048	七家唱和集－賓館縞紵集	83	9	18	13,446
049	韓客贈答別集	222	9	19	37,962
예상 총 글자수					589,839
1차년도 예상 번역 매수 (200자원고지)					약 8,900매

2) 2차년도(2009. 7.~2010. 6.) : 1719년(9차 사행)에서 1748년(10차 사행)까지

연번	필담창화집 책 제목	면수	1면 당 행수	1행 당 글자 수	예상되는 원문 글자 수
050	客館璀璨集	50	9	18	8,100
051	蓬島遺珠	54	9	18	8,748
052	三林韓客唱和集	140	9	19	23,940
053	桑韓星槎餘響	47	9	18	7,614

054	桑韓星槎答響	106	9	18	17,172
055	桑韓唱酬集1권	43	9	20	7,740
056	桑韓唱酬集2권	38	9	20	6,840
057	桑韓唱酬集3권	46	9	20	8,280
058	桑韓唱和塤篪集1권	42	10	20	8,400
059	桑韓唱和塤篪集2권	62	10	20	12,400
060	桑韓唱和塤篪集3권	49	10	20	9,800
061	桑韓唱和塤篪集4권	42	10	20	8,400
062	桑韓唱和塤篪集5권	52	10	20	10,400
063	桑韓唱和塤篪集6권	83	10	20	16,600
064	桑韓唱和塤篪集7권	66	10	20	13,200
065	桑韓唱和塤篪集8권	52	10	20	10,400
066	桑韓唱和塤篪集9권	63	10	20	12,600
067	桑韓唱和塤篪集10권	56	10	20	11,200
068	桑韓唱和塤篪集11권	35	10	20	7,000
069	信陽山人韓館倡和稿	40	9	19	6,840
070	兩關唱和集1권	44	9	20	7,920
071	兩關唱和集2권	56	9	20	10,080
072	朝鮮人對詩集1권	160	8	19	24,320
073	朝鮮人對詩集2권	186	8	19	28,272
074	韓客唱和/浪華唱和合章	86	6	12	6,192
075	和韓唱和	100	9	20	18,000
076	來庭集	77	10	20	15,400
077	對麗筆語	34	10	20	6,800
078	鳴海驛唱和	96	7	18	12,096
079	蓬左賓館集	14	10	18	2,520
080	蓬左賓館唱和	10	10	18	1,800
081	桑韓醫問答	84	9	17	12,852
082	桑韓鏘鏗錄1권	40	10	20	8,000
083	桑韓鏘鏗錄2권	43	10	20	8,600
084	桑韓鏘鏗錄3권	36	10	20	7,200
085	桑韓萍梗錄	30	8	17	4,080
086	善隣風雅1권	80	10	20	16,000
087	善隣風雅2권	74	10	20	14,800
088	善隣風雅後篇1권	80	9	20	14,400

089	善隣風雅後篇2권	74	9	20	13,320
090	星軺餘轟	42	9	16	6,048
091	兩東筆語1권	70	9	20	12,600
092	兩東筆語2권	51	9	20	9,180
093	兩東筆語3권	49	9	20	8,820
094	延享五年韓人唱和集1권	10	10	18	1,800
095	延享五年韓人唱和集2권	10	10	18	1,800
096	延享五年韓人唱和集3권	22	10	18	3,960
097	延享韓使唱和	46	8	14	5,152
098	牛窓錄	22	10	21	4,620
099	林家韓館贈答1권	38	10	20	7,600
100	林家韓館贈答2권	32	10	20	6,400
101	長門戊辰問槎상권	50	10	20	10,000
102	長門戊辰問槎중권	51	10	20	10,200
103	長門戊辰問槎하권	20	10	20	4,000
104	丁卯酬和集	50	20	30	30,000
105	朝鮮筆談(元丈)	127	10	18	22,860
106	朝鮮筆談1권(河村春恒)	44	12	20	10,560
107	朝鮮筆談1권(河村春恒)	49	12	20	11,760
108	韓客對話贈答	44	10	16	7,040
109	韓客筆譚	91	8	18	13,104
110	韓人唱和詩	16	14	21	4,704
111	韓人唱和詩集1권	14	7	18	1,764
112	韓人唱和詩集1권	12	7	18	1,512
113	和韓文會	86	9	20	15,480
114	和韓唱和錄1권	68	9	20	12,240
115	和韓唱和錄2권	52	9	20	9,360
116	和韓唱和附錄	80	9	20	14,400
117	和韓筆談薰風編1권	78	9	20	14,040
118	和韓筆談薰風編2권	52	9	20	9,360
119	鴻臚傾蓋集	28	9	20	5,040
예상 총 글자수					723,730
2차년도 예상 번역 매수 (200자원고지)					약 10,850매

58

3) 3차년도(2010. 7.~ 2011. 6.) : 1763년(11차 사행)에서 1811년(12차 사행)까지

연번	필담창화집 책 제목	면수	1면당 행수	1행당 글자수	예상되는 원문 글자수
120	歌芝照乘	26	10	20	5,200
121	甲申槎客萍水集	210	9	18	34,020
122	甲申接槎錄	56	9	14	7,056
123	甲申韓人唱和歸國1권	72	8	20	11,520
124	甲申韓人唱和歸國2권	47	8	20	7,520
125	客館唱和	58	10	18	10,440
126	鷄壇嚶鳴 간본 부분	62	10	20	12,400
127	鷄壇嚶鳴 필사부분	82	8	16	10,496
128	奇事風聞	12	10	18	2,160
129	南宮先生講餘獨覽	50	9	20	9,000
130	東渡筆談	80	10	20	16,000
131	東槎餘談	104	10	21	21,840
132	東游篇	102	10	20	20,400
133	問槎餘響1권	60	9	20	10,800
134	問槎餘響2권	46	9	20	8,280
135	問佩集	54	9	20	9,720
136	賓館唱和集	42	7	13	3,822
137	三世唱和	23	15	17	5,865
138	桑韓筆語	78	11	22	18,876
139	松菴筆語	50	11	24	13,200
140	殊服同調集	62	10	20	12,400
141	快快餘響	136	8	22	23,936
142	兩東鬪語乾	59	10	20	11,800
143	兩東鬪語坤	121	10	20	24,200
144	兩好餘話상권	62	9	22	12,276
145	兩好餘話하권	50	9	22	9,900
146	倭韓醫談(刊本)	96	9	16	13,824
147	倭韓醫談(寫本)	63	12	20	15,120
148	栗齋探勝草1권	48	9	17	7,344
149	栗齋探勝草2권	50	9	17	7,650
150	長門癸甲問槎1권	66	11	22	15,972

151	長門癸甲問槎2권	62	11	22	15,004
152	長門癸甲問槎3권	80	11	22	19,360
153	長門癸甲問槎4권	54	11	22	13,068
154	萍遇錄	68	12	17	13,872
155	品川一燈	41	10	20	8,200
156	表海英華	54	10	20	10,800
157	河梁雅契	38	10	20	7,600
158	和韓醫談	60	10	20	12,000
159	韓客人相筆話	80	10	20	16,000
160	韓館應酬錄	45	10	20	9,000
161	韓館唱和1권	92	8	14	10,304
162	韓館唱和2권	78	8	14	8,736
163	韓館唱和3권	67	8	14	7,504
164	韓館唱和續集1권	180	8	14	20,160
165	韓館唱和續集2권	182	8	14	20,384
166	韓館唱和續集3권	110	8	14	12,320
167	韓館唱和別集	56	8	14	6,272
168	鴻臚摭華	112	10	12	13,440
169	鷄林情盟	63	10	20	12,600
170	對禮餘藻	90	10	20	18,000
171	對禮餘藻(明遠館叢書 57)	123	10	20	24,600
172	對禮餘藻(明遠館叢書 58)	132	10	20	26,400
173	三劉先生詩文	58	10	20	11,600
174	辛未和韓唱酬錄	80	13	19	19,760
175	接鮮瘖語(寫本)1	102	10	20	20,400
176	接鮮瘖語(寫本)2	110	11	21	25,410
177	精里筆談	17	10	20	3,400
178	中興五侯詠	42	9	20	7,560
예상 총 글자수					786,791
3차년도 예상 번역 매수 (200자원고지)					약 11,800매

1차년도에는 하우봉(전북대) 교수와 유경미(일본 나가사키국립대학) 교수를 공동연구원으로 하여 고운기, 구지현, 김형태, 허은주, 김용흠 박

사가 전임연구원으로 번역에 참여하였다. 3년 동안 기태완, 이지양, 진영미, 김유경, 김정신, 강지희 박사가 연구원으로 교체되어, 결국 35,000매나 되는 번역원고를 마무리하였다.

일본식 한문이 중국식 한문과 달라서 특히 인명이나 지명 번역이 힘들었는데, 번역문에서는 독자들이 읽기 쉽도록 한국식 한자음으로 표기하고, 첫 번째 각주에서만 일본식 한자음을 표기하였다. 원문을 표점 입력하는 방법은 고전번역원에서 채택한 방법을 권장했지만, 번역자마다 한문을 교육받고 번역해온 과정이 다르기 때문에 재량을 인정하였다. 원본 상태를 확인하려는 연구자를 위해 영인본을 뒤에 편집하였는데, 모두 국내외 소장처의 사용 승인을 받았다.

원문과 번역문을 합하여 200자원고지 5만 매 분량의『조선후기 통신사 필담창화집 번역총서』를 12,000면의 이미지와 함께 편집하고 4차에 나누어 10책씩 출판하는 과정이 복잡하고 힘들었기에, 연세대학교 정갑영 총장에게 편집비 지원을 신청하였다.『조선후기 통신사 필담창수집 번역본 30권 편집』정책연구비(2012-1-0332)를 지원해주신 정갑영 총장에게 감사드린다.

『조선후기 통신사 필담창화집 번역총서』를 편집하는 과정에 문화재청으로부터『통신사기록 조사 및 번역, 데이터베이스 구축』연구용역을 발주받게 되어, 필담창화집을 비롯한 통신사 관련 기록을 세계기록유산으로 등재하는 작업에 참여하게 된 것도 기쁜 일이다. 통신사 관련 기록들이 모두 데이터베이스로 구축되어 국내외 학자들이 한일문화교류, 나아가서는 동아시아문화교류 연구에 손쉽게 참여하게 된다면『통신사 필담창화집 번역총서』의 사명을 다하는 것이라고 생각한다.

조선후기 통신사가 동아시아 문화교류 연구에 중요한 이유는 임진왜란 이후에 중국(청나라)과 일본의 단절된 외교를 통신사가 간접적으로 이어주었기 때문이다. 통신사 필담창화집 번역총서 60권 출판이 마무리되면 조선후기에 한국(조선)과 중국(청나라) 지식인들이 주고받은 척독집 40여 권도 데이터베이스로 구축하여, 일본에서 조선을 거쳐 청나라로 이어지는 '동아시아 문화교류의 길' 데이터베이스를 국내외 학자들에게 제공하고자 한다.

▌진영미(晉永美)

성균관대학교 국어국문학과 졸업
성균관대학교 대학원 석·박사.
성균관대학교 시간강사 및 대동문화연구원 선임연구원.
중국 북경대학교 중국고문헌연구중심 객원교수.
연세대학교 국학연구원 연구교수를 거쳐
현재 선문대학 인문과학연구소 연구교수.
주요 논문으로는 「『問槎餘響』과 『日觀唱酬』 所載 南玉의 酬應詩 比較 研究」(2011), 「갑신사행
시 필담창수집과 『日觀唱酬』의 誤記 문제」(2011), 「原作과 改作 漢詩 비교 연구─필담창화집과
『日觀唱酬』 所載 南玉의 수응시를 중심으로─」(2013), 「誠信交隣의 表象性과 淸見寺의 매화─
使行錄을 중심으로─」(2014) 등이 있다.

조선후기 통신사 필담창화집 번역총서 20
桑韓塤篪 一·二·三·四

2014년 8월 28일 초판 1쇄 펴냄

역 자 진영미
발행인 김흥국
발행처 도서출판 보고사

등록 1990년 12월 13일 제6-0429호
주소 서울특별시 성북구 보문동7가 11번지 2층
전화 922-5120~1(편집), 922-2246(영업)
팩스 922-6990
메일 kanapub3@naver.com
http://www.bogosabooks.co.kr

ISBN 979-11-5516-295-8
       979-11-5516-055-8 94810 (세트)
ⓒ 진영미, 2014

정가 38,000원

이 도서의 국립중앙도서관 출판예정도서목록(CIP)은 서지정보유통지원시스템 홈페이지
(http://seoji.nl.go.kr)와 국가자료공동목록시스템(http://www.nl.go.kr/kolisnet)에
서 이용하실 수 있습니다. (CIP제어번호 : CIP2014024654)